天津市哲学社会科学规划项目（TJWW15-033）
本著作出版受中国民航大学外语学科发展专项经费资助

E.M.福斯特
"连接"思想研究

苑　辉　著

南京大学出版社

图书在版编目(CIP)数据

E.M.福斯特"连接"思想研究 / 苑辉著. —南京：
南京大学出版社，2022.12
ISBN 978 - 7 - 305 - 26385 - 9

Ⅰ. ①E… Ⅱ. ①苑… Ⅲ. ①福斯特(Forster，
Edward Morgan 1879—1970)—小说研究 Ⅳ. ①I561.074

中国版本图书馆 CIP 数据核字(2022)第 230093 号

出版发行 南京大学出版社
社　　址　南京市汉口路 22 号　　　　邮　编 210093
出 版 人　金鑫荣

书　　名　**E.M.福斯特"连接"思想研究**
著　　者　苑　辉
责任编辑　郭艳娟

照　　排　南京紫藤制版印务中心
印　　刷　江苏凤凰数码印务有限公司
开　　本　635×965　1/16　印张 19　字数 300 千
版　　次　2022 年 12 月第 1 版　2022 年 12 月第 1 次印刷
ISBN　978 - 7 - 305 - 26385 - 9
定　　价　68.00 元

网　　址　http://www.njupco.com
官方微博　http://weibo.com/njupco
官方微信　njupress
销售热线　025 - 83594756

序

苑辉的专著出版,向她表示祝贺!

苑辉的书稿是在她的博士论文基础上完成的。当初她决定要从"连接"思想的角度来重写福斯特的时候,我就觉得这是一个很好的选题。国内有那么多的福斯特研究著述,其中从这个角度所做的研究也不少,但是,其中许多著述都是从后殖民理论出发来做的,因为福斯特本人特殊的经历以及跨越东西文化的写作题材,给这种理论方法提供了最佳的批评对象。甚至有的研究在阐述了作家的连接思想之后,还是要为他加上西方中心或英国中心的标签。我曾经有一个说法,萨义德的东方学理论或后殖民理论固然为我们理解殖民时期及后殖民时期的文学提供了一个解构主义时代的视角,但对于曾经作为殖民地的国家来说,这种理论"遗害无穷"。为什么?因为这种理论创设了一个把复杂问题简单化的公式,即殖民地国家的一切问题都是殖民者造成的,所以,我们只要把所有的现实困境、精神危机等问题都推到殖民者身上就万事大吉了。这种观念的贻害有两个方面:第一方面,如果一个原殖民地作家接受了这种理论,他就会在创作中对自己祖国存在的问题失去客观的评价立场,把所有落后、愚昧、罪恶都归结于殖民主义历史,甚至刻意去培育激进的民族主义情绪,引导对异族的对立、仇恨,而放弃了自我反省,放弃了从自身的内因来寻找问题的本源,因此也就失去了找到解决困境的真正途径的可能性。假如一个后殖民地国家大量的艺术作品都是持此类立场的时候，那么这个民族还怎么能走出历史的困境、建设以现代性为基石的理想国家呢？第二个方面，如果一个批评家持这种东方主义的立场，那么对于后殖民地文学的理解就会刻意去寻找并阐扬其中的反抗殖民主义的内容，并将这种反抗引导为族群之间的对立，从而同样起到激化极端民族主义情绪的作用。而对于西方作家，哪怕他是站在反殖民主义的立场上来写作的，他都无法摆脱西方中心主义的命名，因为在研究者看来，你一个西方人，祖上的传统就是殖民，你今天阔起来都是祖上对殖民地盘剥掠夺来的，你怎么可能成为一个背离你的殖民者基因的异类呢。这样一来，也就失去了从这些作品中发掘出其真正的"连接"性内容的可能性。

文学，作为人类文化系统中唯一不设门槛而为人类沟通架设桥梁的一类，它的一个重要功能是"共情"，能够流传下来，为不同地域的读者所接受，并最终成为经典的艺术作品，一定是具备这一功能的，否则它就不可能广为接受，当然更不可能成为经典。实际上，文学批评也是如此，它的任务就是寻找、凸显艺术作品的这种功能，从而使陷于各种历史困境、处于各种对抗关系中的人群重新连接起来，共同缔造一个不分地域、不分种族、不分阶层的和谐世界。从这个意义上说，苑辉的研究是把福斯特作品的普世性内容通过"连接"这一概念抽绎出来，从而为我们提供了一个建设自身和谐文化的镜像。

人是一种社会化动物，然而人类的文化发展史却是一部悖谬史，我曾经用"加蔽"这一概念来指称这种现象。即，人类需求社会性存在，以摆脱本然的孤立化生存，然而社会性存在却会加剧人的意识层面的孤立性，从而形成社会性状态下的个体隔绝以及群体隔绝。这种现象是由人类的动物性本能转化为社会性符号之后无法消除的效应，简单说，人在动物性状态所具有的自保、占有、攻击等行为及心理倾向在社会化状态下借助于群体平台会升级为"守护家园"、争夺资源、战争等"集体"行为，并且在各个集体之中成为具有合法甚至高尚色彩的行为。由此，人类的历史堪称一部家庭争斗、两性博弈、族群对立、国家战争、整体与个人抗衡的历史，或者说，分裂与对抗是人类历史的常态。人类所创造的各种文化形态，无论是物质文化还是精神文化，大多不同程度地起到了加剧这种分裂与对抗的作用，不必说政治、经济、军事等文化，我们只看宗教这种本来是出于解除人的现实困境，消弭人的社会地位差异的文化形态，在人类历史上却产生了极为恶劣的影响。不错，很多宗教教义对人类文化精神的培育起到了极为重要的作用，但宗教一旦成为宗派，就会导致不同信仰者之间的对立，甚至在人类历史上多次大规模的战争背后都有着宗教对立的魅影。在这种境况下，只有文学艺术承担着拯救人类分裂的功能。当年，柏拉图主张把诗人逐出理想国，因为他们在诗中表达的是个人的欲望，只有哲学家才能通过理性把国家治理好。人类历史的发展证明，诗人表达的个人欲望并非他在动物本能层面的欲望，即便他要表达这些东西，也必须经过自身"意识"层面的审查，更不必说还要经过社会的允许。有了这种审核机制，文学艺术一旦成为被大众所接受的形态，它就是符合普遍道德的。而人类的普遍道德标准的核心，就是"连接"，这也就是文学艺术的历史"祛蔽"功能。

苑辉的论著显然是从这一意义上来审视福斯特创作的，她把作家的"连接"诗学从五个方面加以建构：首先是人的自我的连接。自我的分裂是人进入社会化阶段所面临的一个重要问题，柏拉图在阐述城邦公民所应有的灵魂状态时提出要把理性和激情结合起来，从而使人能够达到人格的完善，否则如果激情靠近欲望，则会导致人格的断裂。但也许柏拉图没有预想到的是，这种人格分裂现象始终伴随着人类的发展。所以，福斯特在他的创作中重拾古希腊精神，再次为当代人开出了将自身的理性与激情相连接的药方，启发人们构建完善人格以应对各种现代性危机。第二个方面是人际关系的连接。人的切身感受是意识产生的基础，而这种切身感受的来源就是那些"密接者"。当然，福斯特本人的同性恋者身份也强化了他对边缘性密切关系的敏感，因此，这种书写本身就是为那些在密接关系中受到社会歧视的人群发出呐喊，从而让人们在人际交往中确立同情和宽容的态度。第三个方面是人与社会的连接。人进入社会，他所面对的是形形色色的社会身份认同程序，团体认同、阶层认同、国家认同等。无论什么样的身份认同，在某种意义上都是个体权益不同程度的让渡，坦率地说，人要在群体中获得承认，就要放弃一部分个人权益，而在这个过程中，人就与这个你本来要在其中获得认同的社会组织发生了对立。福斯特揭示了大英帝国内部的这种悖谬效应，并表达了通过人与社会的"连接"来重建当代文化的思考。第四个方面是种族之间的连接。族群对立也许是人类历史上几乎所有重大悲剧性事件的起因，也是今天后殖民时代各种东西对立观念产生的源头。显然，福斯特并不是一个萨义德意义上的东方主义者，当然也不是一个英国中心论者。他在东方的旅行奠定了他对东方文化的理想认同，他的东方题材作品完美地表达了他的这种重建不同民族之间的连接纽带的思想。第五个方面是人与宇宙的连接。有许多研究成果涉及福斯特的生态主义观念，而这些观念都来自他的连接思想。人及人类的孤立，实质上都是人类自身所造成的，当他们自信可以成为世界主宰，可以任意创造他们自我设想的乌托邦的时候，他们所创造的往往是碎裂的乌托邦，是驱逐了上帝之后世俗力量的狂欢，是以一部分人的牺牲为代价的恺撒式权力王国。所以，人类的终极理想是宇宙和谐，即，人对每一种存在都秉持共情的心态，都应有彼此相依为命、和谐共生的意识，唯有如此，人类才有可能真正摆脱分裂与孤立的状态，走向最终的理想国。

苑辉是我所带的博士生里年龄最大的之一，她入学的时候已有多年的教学和科研经验，本来是可以读得轻松一些，但她是一个十分律己的人，兢兢业业，从不懈怠。紧张的学习也给她的健康带来影响，但这些都没有妨碍她顺利完成学业，交出了摆在大家面前的这份出色的答卷。我相信，这部著作将会给国内的相关研究带来新的气象，为福斯特研究拓展出一个更广阔的空间。

王志耕

2022 年 5 月于南开大学

目　录

绪　论

E.M.福斯特(Edward Morgan Forster，1879—1970)是二十世纪初英国著名小说家、散文家和批评家，与当时的劳伦斯(D. H. Lawrence，1885—1930)、康拉德(Joseph Conrad，1857—1924)、伍尔夫(Virginia Woolf，1882—1941)等作家齐名。他一生共完成六部长篇小说：《天使不敢涉足的地方》(*Where Angels Fear to Tread*，1905)、《最漫长的旅程》(*The Longest Journey*，1907)、《看得见风景的房间》(*A Room with a View*，1908)、《霍华德庄园》(*Howards End*，1910)、《印度之行》(*A Passage to India*，1924)和《莫瑞斯》(*Maurice*，1971)，其中《霍华德庄园》和《印度之行》被看成英国小说的经典之作，受到人们的普遍赞誉。

福斯特的作品具有深刻的人文主义思想内涵，表现了作家对二十世纪初的英国社会及现代条件下人的生存状况的深刻思考，具有深刻的启示作用，正如英国文学批评家特里林(Lionel Trilling)所说的那样："对我来说 E.M.福斯特是唯一的一位可以反复阅读的当代作家，我每一次阅读[他的作品]时，都会有一种'学到'东西的感觉。现在很少有作家能在我们初读小说之后给我们这种感觉了。"①福斯特是公认的具有人文主义思想的作家。他的人文主义思想在英国现代文学史上占据着一席之地。

---

① Lionel Trilling, *E. M. Forster*, London: The Hogarth Press, 1969, p.129.

所以,了解福斯特的人文主义思想对理解福斯特本人及其小说作品都具有十分重要的意义。

福斯特生活的时代正是英国社会发生重大变革的时代。十九世纪末期,英国完成了从资本主义向帝国主义的过渡。资本主义所固有的各种矛盾更加激化,英国社会在政治、经济、思想等各方面都陷入了深刻的危机。随着科学技术的高度发展,社会和人的异化状态日益加深,人的固有地位受到动摇,让步给毫无人性的机器。从而,社会的价值观念也发生了重大变化。人们除了物质的攫取之外别无他求。在这种"混沌"的时代,人们渴望人文主义的再现,需要作家们用深刻的笔触,从不同的角度反映现代主义给人带来的危机,表现现代条件下人的苦闷与彷徨,展示有头脑、有思想的人对人的自身存在及人与社会和自然之间关系的独特认识。应时代的召唤,这一阶段涌现出许多有深刻思想的作家,他们都或多或少地带有人文主义色彩。劳伦斯、康拉德、伍尔夫等分别从不同的侧面反映了现代条件下社会的冲突和人的冲突,展示了现代社会对人性的破坏和影响。而福斯特更是一位地道的人文主义者,强调以人为本,珍视人的个性与发展,其思想的广度和深度不亚于同时代的任何思想家。

福斯特的"连接"思想构成了其人文主义思想的核心。"连接"(connect)一词最早出现在小说《霍华德庄园》的题跋"唯有连接"("Only connect...")中,福斯特用此喻指小说中的连接主题。"连接"一词在小说第22章中再次出现,小说主人公玛格丽特决意接受亨利·威尔科克斯的求婚之后,她的头脑中产生了连接的想法,她希望通过婚姻帮助缺乏内心生活的亨利构筑"连接平庸与激情的"的彩虹桥:"没有它,我们就是毫无意义的碎片,就是一半僧侣,一半野兽,就是毫无关联的拱形,永远不能连接起来成为人。……只要把平庸与激情连接起来,两者都会得到升华,人类之爱就会处于最高境界。"①在此,"连接"一词指的是内在生活与外在

---

① E. M. Forster, *Howards End*, New York: Bantam Books, 1985, p.146-147.

生活的连接。在小说第 33 章中，"连接"一词又一次出现，进而扩大了这个词在小说中的含义。玛格丽特面对霍华德庄园附近广阔的英格兰乡野，开始了对自然和田野的深层次思考："如果在什么地方你可以稳定地看待生命，完整地看待生命，把生命的转瞬即逝和永恒青春共置于一个视野当中，那就是在这些英格兰农场里。连接吧——毫无痛苦地连接，直到所有的人成为兄弟。"①此时，"连接"一词涉及人与人之间的关系和人与自然的关系，喻指在自然的环境中人才可以实现对生命自身的认识，并且可以最大限度地实现人与人的连接。这里，"连接"一词也喻指现代与传统的连接。这一点可以在福斯特的散文《我们时代的挑战》（"The Challenge of Our Time"，1946）中得到印证，福斯特在文中强调，在面对现代生活的挑战时，应该"将新经济与旧道德连接起来"②。福斯特所指的新经济是指现代社会所创造的物质财富，是外在的生活，而旧道德指的则是维多利亚自由主义时期所倡导的文化与艺术占主导地位的内在生活。由此，"连接"一词的含义进一步明确。"连接"的提出体现了福斯特对现代社会中人的生存境况的思考和忧虑，因为他的感觉带有怀旧的色彩，他看到的是现代工业已经剥夺了人的自我，人与自然的关系已不再和谐；另一方面"连接"也体现了福斯特欲改善人的生存境况的努力，"他发现自己处于英国浪漫主义传统之中，试图将想象的和现实的、预言性的和个人的模式结合起来"③。随着福斯特小说创作的深入，"连接"一词的外延不断扩大，涉及人的自我、兄弟之情、种族关系、人与宇宙之间的关系，甚至是同性恋人之间的关系等，逐渐成了福斯特具有代表性的思想。"连接"思想一直被人们所关注，几乎每一个评论作品都

① E. M. Forster, *Howards End*, New York: Bantam Books, 1985, p. 212.
② E. M. Forster, "The Challenge of Our Time," *Two Cheers for Democracy*, New York: Harcourt, Brace & World, Inc., 1951, p.57.
③ Daniel R. Schwarz, *The Transformation of the English Novel*, *1890-1930*, London: Macmillan, 1989, p.121.

要提及这一思想。但是,对他的"连接"思想的内涵是什么,本质如何,这种思想是怎样形成的,对解决当今人类困境有什么重要意义,在其小说中的具体体现是什么等诸方面问题还需要更综合、全面、深入的研究。所以本书拟结合小说文本,从人的本体出发,站在人类生存境况与发展的角度对福斯特的"连接"思想做一个较系统、全面、深入的研究。

第一节　选题意义

福斯特的"连接"思想对其小说创作起着主导作用。福斯特主张人与人的连接、人与社会的连接、人与自然的连接、种族与种族的连接、人的内在与外在的连接、人的想象力与激情的连接、科学与文化的连接,以及传统与现代的连接等,是关于人的存在和本质的思想。这种思想所探讨的是人的自身,把人放置于文化、社会、自然界和宇宙之中予以考察。福斯特的"连接"思想直接面向人的自我,它所探讨的问题是诸如"生存的意义何在",以及"人应怎样生活才能达到真正的幸福"等与现代人直接相关的问题。它坚持对人的本质的认识,挖掘个体与世界的内在联系,从而促进人的成长与发展,帮助人获得自由与快乐。所以,对福斯特"连接"思想的研究具有非常重要的理论和现实意义。

福斯特"连接"思想研究顺应了十九世纪中期至二十世纪以来西方兴起的哲学与文学思潮。从卡莱尔(Thomas Carlyle,1795—1881),到马修·阿诺德(Matthew Arnold,1822—1888),再到 T. S.艾略特(Thomas Stearns Eliot,1888—1965),西方知识分子越来越关注人的文化氛围与生存状态。物质的极大丰富、科学的高度发展,导致了西方文化发展遭受巨大冲击,人与人之间相互连接的纽带发生了断裂,甚至消失,人们普遍感到迷惘,对自己、对社会都失去了信心。T. S.艾略特的《荒原》为世人呈现了现代人所面对的文明危机。由此人应该怎样获得幸福，人类社会应该往何处去，都成了现代人必须回答的问题。福斯特的"连接"思想直接关注当代人类的真实生存状态，关注人的现实需要，关注现实问题的解决途径。他的"连接"理论为人们开辟了一条理想的现实路径，对人们探索摆脱目前人类生存困境的出路有着非常重要的意义。

福斯特是二十世纪初有代表性的小说家，在二十世纪西方文学史上占据重要地位。对其"连接"思想的研究可以帮助人们进一步了解其思想内涵，进而更深入了解二十世纪的文学发展状况，这对于我国学界进一步了解和借鉴西方优秀文化遗产具有积极意义。

福斯特"连接"思想研究对解决我国当前所面临的现实问题具有指导意义。我国目前也进入了社会经济飞速发展的阶段，也出现了道德的堕落和价值观的扭曲现象，许多人把追求物质作为生活的唯一目标。这必将对我国的文化建设和道德体系的维护产生不良影响。而福斯特的"连接"思想最主要的特征就是从"现实的人"出发，关注人的全面发展。所以本书的研究可以为人们提供很好的思想样本，帮助人们净化心灵，去反省自己，重新确立自己在社会中的位置。从这个意义上讲，本研究具有不可小觑的现实意义。

第二节　国内外福斯特研究现状

下面笔者将对近百年来国内外的福斯特研究状况进行梳理，以此透视福斯特研究方面所取得的成绩和发展趋势。

一、国外研究现状

国外学者对福斯特的研究起始于二十世纪初，一百多年来这方面的研究未曾停止过，已经形成了规模，并且一直保持繁荣态势。从总体上讲，大致可分为小说研究和文学批评研究两个方面。

小说研究主要分为三个阶段。第一阶段主要集中在 1910 至 1960 年之间。福斯特的小说承袭了自亨利·菲尔丁(Henry Fielding，1707—1754)和简·奥斯汀(Jane Austen，1775—1817)以来形成的现实主义传统，一方面揭示了第一次世界大战前英国的社会状况，真实再现了当时英国文化状态和中上层阶级的生活方式，反映了人与人之间以及各种观念之间的矛盾与冲突；另一方面揭示了"一战"后英国在印度的殖民统治，反映了大英帝国与英属印度之间的种族冲突与隔阂，具有高度的艺术性和深刻的现实性。所以人们大多从福斯特小说的现实主义手法入手探讨其小说对英国社会现实的真实反映。伍尔夫在《E.M.福斯特的小说》一文中指出福斯特的小说总是与当时的社会生活紧密相关，所展示的都是他所处时代的各种现象和新生事物，比如自行车、汽车、公学和大学生活、郊区与城市的对立，等等，"社会学家会在他的书中发现启发性的信息"①。萨拉(Alina Szala)在《北方与南方：E.M.福斯特第一部小说中的文明》一文中剖析了《天使不敢涉足的地方》中所描写的两种生活方式：一个是意大利自由浪漫的生活，一个是英国枯燥乏味的生活。文章通过两种生活方式的对比，揭示了福斯特对待自由生活的积极态度以及对僵硬的、矫揉造作的英国现代生活方式的批判。② 托马斯·杰弗斯(Thomas L. Jeffers)在《福斯特的〈最漫长的旅程〉和成长之思》一文中探讨了福斯特关于个人成长的思考，揭示了《最漫长的旅程》中个人与社会的冲突，认为小说表现了主人公从一个想象力受到社会制约的孩子，通过自我教育，最终成长为一个成熟的人的经历。③ 这一时期对《印度之

---

① Virginia Woolf, "The Novels of E. M. Forster," in J. H. Stape (ed.), *E. M. Forster: Critical Assessments*, Vol. 2, Bodmin: MPG Books Ltd., 1990, p.24.

② Alina Szala, "North and South: Civilization in E. M. Forster's First Novel," in J. H. Stape (ed.), *E. M. Forster: Critical Assessments*, Vol. 3, Bodmin: MPG Books Ltd., 1990, pp.26-38.

③ Thomas L. Jeffers, "Forster's *The Longest Journey* and the Idea of Apprenticeship," *Texas Studies in Literature and Language*, 30.2 (1988), pp.179-197.

行》的评论较多,比如格特鲁德·怀特(Gertrude M. White)的《〈印度之行〉:分析与评价》①、约翰·汤姆森(George H. Thomson)的《〈印度之行〉中的主题象征》②和约翰·亨特(John Dixon Hunt)的《〈印度之行〉中的混乱与神秘》③等,都从现实主义的视角揭示了福斯特小说中反映的英印民族间的矛盾与隔阂。

此外,在这一时期,人们也非常关注福斯特小说的道德意义,尤其是他的人文主义思想和"连接"(connection)理念。特里林在《E.M.福斯特》一文中指出,福斯特同霍桑(Nathaniel Hawthorne,1804—1864)一样都是伟大的小说家,因为他关注的是"道德现实主义",即"不仅意识到道德自身,而且还意识到道德生活中的矛盾、冲突和危险"。④ 弗雷德里克·麦克道尔(Frederick P. W. McDowell)在《温和的理智之光:〈霍华德庄园〉中的思想与主题》一文中指出,小说《霍华德庄园》揭示了"一战"前英国的社会生活状况,也传达了福斯特的一种信念,即:开放的想象力必须不断调节内在生活和外在生活。麦克道尔认为这种信念构成了福斯特经验哲学的基础。麦克道尔进一步指出福斯特具有"宽容的洞察力",这一洞察力决定了其在伦理、社会和哲学方面的价值。⑤ 这一论断是对福斯特极高的评价。E. K.布朗(E. K. Brown)也注意到了福斯特小说中的道德意义,他在《E.M.福斯特和沉思性小说》一文中指出,福斯特的小说表达了一个共同的思想,那就是行动的世界和内心世界是分离的,所以福斯特力图表现的是生活在内心世界中的人如何根据他的内心之光——即沉

①　Gertrude M. White, "*A Passage to India*: Analysis and Revaluation," *PMLA*, 68. 4 (1953), pp.641-657.

②　George H. Thomson, "Thematic Symbol in *A Passage to India*," *Twentieth Century Literature*, 7.2 (1961), pp.51-63.

③　John Dixon Hunt, "Muddle and Mystery in *A Passage to India*," *ELH*, 33.4 (1966), pp.497-517.

④　Lionel Trilling, "E. M. Forster," *Kenyon Review*, 4 (1942), pp.161-173.

⑤　Frederick P. W. McDowell, "The Mild, Intellectual Light: Idea and Theme in *Howards End*," *PMLA*, 74. 4 (1959), pp.453-463.

思之光——在行动的世界中表现自己。[①]

二十世纪六十年代以后,关于福斯特的批评折射出西方现代主义文论产生与发展的痕迹。人们多采用文本分析的方法,对福斯特小说文本形式更加关注。小说的结构、叙述视角、突然死亡的情节以及暴力性场面、语言特色等都是人们关注的焦点。比如,科鲁兹(Frederick C. Crews)在他的《〈最漫长的旅程〉与人文主义的危险》一文中剖析了福斯特五部小说的结构,认为小说看似松散的结构后面"暗藏着严密的逻辑,读者可以通过美学的或者哲学的角度去理解这种逻辑"[②]。芭芭拉·洛斯克兰斯(Barbara Rosecrance)的《福斯特的叙事视野》一书专门对福斯特小说中的叙述视角进行研究,指出福斯特与同时代的大多数作家不同,他通过使用维多利亚时期作家普遍采用的叙事技巧来表达自己对新世界的认识。[③] 弗兰西斯·吉伦(Francis Gillen)的《〈霍华德庄园〉与被忽视的叙述者》一文也探讨了福斯特小说中的叙述者,认为福斯特小说中出现了象征世界和真实世界的分离,原因在于人们忽视了小说中的叙述者的作用。[④] 艾伦·王尔德(Alan Wilde)在《生活的美学观:〈天使不敢涉足的地方〉》一文中解析了小说中出现的情节剧的艺术手法,认为福斯特通过对事件的突然强调、对震惊的强调以及对因果规律的明显漠视,为小说提供了一种结构上的对应,因此形成了"伟大时刻的福斯特哲学"[⑤]。杰弗里·迈耶斯(Jeffrey Meyers)则探讨了福斯特意大利小说中

---

① E. K. Brown, "E. M. Forster and the Contemplative Novel," in J. H. Stape (ed.), *E. M. Forster: Critical Assessments*, Vol. 3, Bodmin: MPG Books Ltd., 1990, p.63.

② Frederick C. Crews, "*The Longest Journey* and the Perils of Humanism," *ELH*, 26.4 (1959), pp.575-596.

③ Barbara Rosecrance, *Forster's Narrative Vision*, London: Cornell UP, 1982, Preface, p. Ⅱ.

④ Francis Gillen, "*Howards End* and the Neglected Narrator," in J. H. Stape (ed.), *E. M. Forster: Critical Assessments*, Vol. 2, Bodmin: MPG Books Ltd., 1990, p.250.

⑤ Alan Wilde, "The Aesthetic View of Life: *Where Angels Fear to Tread*," *Modern Fiction Studies*, 7.3 (1961), p.201.

的艺术媒介,指出福斯特通过这些艺术媒介,恢复了人物的视觉和感觉,并且唤醒了他们对绘画的幻想和爱的能力。①

另外人们普遍关注福斯特小说中的各种意象以及意象的象征意义,并采用不同方法和视角对此进行阐释和个性化解读。比如,邹瑞·沙利文(Zohreh T. Sullivan)的《福斯特的象征主义:〈看得见风景的房间〉第四章》详细解读了小说中出现的三个主要象征性场景:Signoria 广场、紫罗兰花丛中的吻和圣湖中的洗礼,认为这些象征性的意象引发了后面的所有意象和母题。② 格兰·艾伦(Glen O. Allen)在《E.M.福斯特〈印度之行〉中的结构、象征和主题》一文中探讨了小说《印度之行》中的结构、象征意象和主题与宇宙之间的关系。③ 约翰·卢卡斯(John Lucas)的《瓦格纳和福斯特:帕西法尔和〈看得见风景的房间〉》则从音乐的角度探讨了小说的象征意义。④

除此之外人们更加注重心理向度,偏向于对小说人物心理的探求。比如威尔弗雷德·斯托恩(Wilfred Stone)的研究专著《洞穴与山峰:E.M.福斯特研究》(1966)就采用了心理分析的方法,揭示了阿德拉马拉巴山洞经历的本质,认为阿德拉的感觉是她自己潜意识中对性的想象之后出现的恐惧和"歇斯底里"⑤。而斯托尔(Rae H. Stoll)的《"有着一张亚努斯面孔的阿弗洛狄特":福斯特〈最漫长的旅程〉中的语言、欲望与历史》一文则采用拉康(Jacques Lacan,1901—1981)的心理学和社会学视

---

① Jeffrey Meyers, "The Paintings in Forster's Italian Novels," *London Magazine*, 13 (1974), p.46.

② Zohreh T. Sullivan, "Forster's Symbolism: *A Room with a View*, Fourth Chapter," *Journal of Narrative*, 6 (1976), p.217.

③ Glen O. Allen, "Structure, Symbol, and Theme in E. M. Forster's *A Passage to India*," *PMLA*, 70.5 (1955), pp. 934-954.

④ John Lucas, "Wagner and Forster: Parsifal and *A Room with a View*," *ELH*, 33.1 (1966), pp.92-117.

⑤ Wilfred Stone, *The Cave and the Mountain: A Study of E. M. Forster*, Stanford: Stanford University Press, 1966, p.335.

角,解读了主人公里基的去中心化的地位,指出福斯特试图刻画的人物实际上"与拉康的假定身份在象征秩序中欺骗性地构筑的分裂个体非常接近"①。现代主义批评方法具有非常重要的意义,这些研究揭示了福斯特小说艺术的另一面,展示了其现代主义和象征主义的艺术特色。

二十世纪八十年代以后福斯特批评展现出更为广阔的话语空间,人们更注重研究的社会性、历史性和文化思维。这一时期的研究大致包括三方面内容:

一是对社会问题的研究。福斯特小说中的人际关系、性别意识、女性地位、婚姻等社会问题都成了评论家关注的对象,人们试图从小说的描写中挖掘出福斯特本人的社会意识、性别意识以及女性观。这方面的代表作有艾莉森·赛因斯伯里(Alison Sainsbury)的《"还没有……不在那儿":打破 E.M.福斯特〈印度之行〉中婚姻的束缚》②、约翰·马克思(John Marx)的《现代主义与女性的帝国凝视》③、阿努什·汗(Anoosh W. Khan)与胡玫拉·阿斯拉姆(Humaira Aslam)合著的《福斯特的〈印度之行〉:性别多样性与压迫的故事》④等。二十世纪七十年代福斯特的同性恋小说《莫瑞斯》⑤(1971)和 P. N.弗班(P. N. Furbank)关于福斯特的传记作品⑥(1978)发表之后,福斯特的同性恋情结引起了极大关注,成为评论的又一焦点,直到现在同性恋仍是人们讨论的热点话题。昆汀·

---

① Rae H. Stoll, "'Aphrodite with a Janus Face,' Language, Desire, and History in Forster's *The Longest Journey*," *Novel: A Forum on Fiction*, 20.3 (1987), p.237.

② Alison Sainsbury, "'Not Yet ... Not There': Breaking the Bonds of Marriage in E. M. Forster's *A Passage to India*," *Critical Survey*, 21.1 (2009), pp.59-73.

③ John Marx, "Modernism and the Female Imperial Gaze," *Novel: A Forum on Fiction*, 32.1 (1998), pp.51-75.

④ Anoosh W. Khan and Humaira Aslam, "Forster's *A Passage to India*: A Tale of Gender Diversity and Oppression," *Putaj Humanities & Social Sciences*, 21.1 (2014), pp.27-32.

⑤ 这部小说于 1913 年开始写作,1914 年完成。1971 年小说得以发表,同年被翻译成多种文字,在多国出版。我国中译本最早由文洁若翻译,于 2002 年由文化艺术出版社出版。参见[英]爱·摩·福斯特,《莫瑞斯》,文洁若译,文化艺术出版社 2002 年版。

⑥ P. N. Furbank, *E. M. Forster: A Life*, London: Martin Secker & Warburg Limited, 1977.

贝利（Quentin Bailey）的《英雄与同性恋者：E. M. 福斯特的教育与帝国》①、劳伦·古来德（Lauren M. E. Goodlad）的《自由主义者不敢涉足的地方：E. M. 福斯特的酷儿国际主义和关怀伦理》②、莱恩（Christopher Lane）的《福斯特的性征》③、格兰特的《作为幻想的〈莫瑞斯〉》④等都是对福斯特同性恋情结的探讨。1997 年英国批评家罗伯特·马丁（Robert K. Martin）出版了与乔治·皮格福（George Piggford）同著的《同性恋者福斯特》（1997），该书可以说是目前为止探讨福斯特同性恋问题的较全面的作品，详尽论述了关于同性恋的批评历史和各种观点，探讨了福斯特的同性恋身份与其自由主义思想的关系，从而确定了福斯特研究在新兴的同性恋研究方面的重要性。

　　二是对政治问题的研究。政治和与政治相关的种族意识、殖民主义和反殖民主义倾向、帝国、文化认同等问题是福斯特研究中另一个重要焦点，这方面的研究数量一直呈上升趋势，人们结合历史事实和小说文本深入挖掘福斯特的政治态度和种族观念。这方面的成果非常丰富，比如蒂莫西·克里斯坦森（Timothy Christensen）的《担负白人的重任：福斯特〈印度之行〉中的误解与文化差异》⑤、保罗·阿姆斯特朗（Paul B. Armstrong）的《阅读印度：E. M. 福斯特与阐释的政治》⑥、弗朗西斯·辛

---

① 　Quentin Bailey, "Heroes and Homosexuals: Education and Empire in E. M. Forster," *Twentieth Century Literature*, 48.3 (2002), pp.324-347.

② 　Lauren M. E. Goodlad, "*Where Liberals Fear to Tread*: E. M. Forster's Queer Internationalism and the Ethics of Care," *Novel: A Forum on Fiction*, 39.3 (2006), pp. 307-336.

③ 　Christopher Lane, "Forsterian Sexuality," in David Bradshaw (ed.), *The Cambridge Companion to E. M. Forster*, Cambridge: Cambridge UP, 2007, pp.104-119.

④ 　Kathleen Grant, "Maurice as Fantasy," in Judith Scherer Herz and Robert K. Martin (eds.), *E. M. Forster: Centenary Revaluations*, London: Macmillan, 1982, pp.191-203.

⑤ 　Timothy Christensen, "Bearing the White Man's Burden: Misrecognition and Cultural Difference in E. M. Forster's *A Passage to India*," *Novel: A Forum on Fiction*, 39.2 (2006), pp.155-178.

⑥ 　Paul B. Armstrong, "Reading India: E. M. Forster and the Politics of Interpretation," *Twentieth Century Literature*, 38.4 (1992), pp. 365-385.

格(Frances B. Singh)的《〈印度之行〉、民族运动和独立》[①]、亨利·特纳(Henry S. Turner)的《目标帝国:E.M.福斯特〈霍华德庄园〉中的积累与熵》[②]等都属于这类作品。印度学者穆罕穆德·沙恩(Mohammad Shaheen)的专著《E.M.福斯特与帝国政治》[③],以及古扎尔·尤萨夫扎伊(Gulzar Jalal Yousafzai)和加贝尔·汗(Qabil Khan)合著的《E.M.福斯特〈印度之行〉中的野蛮、种族、种族冲突与种族歧视》[④]等都揭示了福斯特对英国殖民统治的批判态度。

三是对宗教和神话问题的研究。在这方面人们主要关注福斯特小说中的希腊神话和印度神话原型,探讨与此相关的神秘主义以及基督教、伊斯兰教和印度教哲学思想。比如,比内塔·帕瑞(Benita Parry)的《物质主义与神秘化》[⑤]、达斯(G. K. Das)的《E.M.福斯特与印度神话》[⑥]、菲利浦斯(K. J. Phillips)的《E.M.福斯特〈印度之行〉中的印度教化身、穆斯林殉道者和原始的濒死神》[⑦]、彼得·菲尔初(Peter. E. Firchow)的《〈霍华德庄园〉中的德国与日耳曼神话》[⑧]、迈克尔·洛施莱因(Michael Roeschlein)的《E.M.福斯特与"心灵中很少说话的部分":〈印度之行〉中

① Frances B. Singh, "*A Passage to India*, the National Movement, and Independence," *Twentieth Century Literature*, 31.2/3 (1985), pp. 265-278.

② Henry S. Turner, "Empires of Objects: Accumulation and Entropy in E. M. Forster's *Howards End*," *Twentieth Century Literature*, 46.3 (2000), pp.328-345.

③ Mohammad Shaheen, *E. M. Forster and the Politics of Imperialism*, New York: Palgrave Macmillan, 2004.

④ Gulzar Jalal Yousafzai and Qabil Khan, "Rudeness, Race, Racism and Racialism in E. M. Forster's 'A Passageto India'," *Dialogue* (Pakistan), 6.1 (2011), pp.72-89.

⑤ Benita Parry, "Materiality and Mystification in 'A Passage to India'," *Novel: A Forum on Fiction*, 31.2 (1998), pp.174-194.

⑥ G. K. Das, "E. M. Forster and Hindu Mythology," in Judith Scherer Herz and Robert K. Martin (eds.), *E. M. Forster: Centenary Revaluation*, London: The Macmillan Press LTD, 1982, pp.244-256.

⑦ K. J. Phillips, "Hindu Avatars, Muslem Martyrs, and Primitive Dying God in E. M. Forster's *A Passage to India*," *Journal of Modern Literature*, 15.1 (1988), pp.121-141.

⑧ Peter. E. Firchow, "Germany and Germanic Mythology in *Howards End*," *Comparative Literature*, 33.1 (1981), pp.50-68.

的神秘主义、神话和讽刺》①是这方面的代表作,都探讨了福斯特小说中的东西方宗教和神话内容。在这里我们必须看道,关于福斯特宗教和神话方面的研究成果多限于单一文本,系统性、综合性的研究还比较少。1991 年印度学者艾德维塔·甘古利(Adwaita P. Ganguly)出版了专著《印度:神秘的、复杂的、真实的》②填补了这方面的空白。该书从印度人的角度揭示了《印度之行》中福斯特对印度历史和社会的态度之外,还探讨了福斯特对人类学、宗教、哲学等的看法。

　　除了福斯特的小说研究之外,人们对福斯特的文学批评也很关注。但是与小说研究相比,国外学者对福斯特文学批评的研究成果数目较少。这方面的成果主要集中在两个方面:一是对福斯特批评风格的研究,二是关于福斯特对小说理论贡献的研究。

　　福斯特的文学批评主要集中在他的评论集《小说面面观》(*Aspects of the Novel*,1927)和散文集《阿宾格的收获》(*Abinger Harvest*,1936)、《为民主的两次欢呼》(*Two Cheers for Democracy*,1951)中。《小说面面观》是福斯特于 1926 至 1927 年间在剑桥三一学院所做的克拉克讲座内容基础上出版的一部著作,该著作涉及小说的方方面面。该书确立了福斯特文学批评家的地位,但是福斯特在文学评论中所用的随心所欲的批评方式受到很多人的质疑。与福斯特同期的小说家 E.F.班森(E. F. Benson)就曾抱怨说福斯特的书确实充满了思想,但是这些思想都不是系统地表述出来的,读者只能通过"暗示"去捕捉转瞬即逝的"可疑的光亮"。班森称这种特征为"文学的神秘化"③。后期的评论家特

①　Michael Roeschlein, "E. M. Forster and 'The Part of the Mind That Seldom Speaks': Mysticism, Mythopoeia and Irony in 'A Passage to India'," *Religion & Literature*, 36.1 (2004), pp.67-99.

②　Adwaita P. Gaguly, *India: Mystic, Complex and Real*, Delhi: Motilal Banarsidass Publishers Private Limited, 1990.

③　E. F. Benson, "A Literary Mystification," in Philip Gardner (ed.), *E. M. Forster: The Critical Heritage*, London: Routledge & Kegan Paul, 1973, p.329.

里林也提到了这一点，认为福斯特的批评没有一致性，完全是一种印象主义批评，称福斯特是"一位没有成功欲望的批评家"①。但是，也有人对此持不同的观点。伍尔夫认为福斯特是故意选择了随意的风格，因为他拒绝成为"伪学者"②。也就是说，福斯特是以一个小说家的角度在解说，而作为小说家，"他凭经验知道作家的头脑是个多么混乱、多么没有逻辑性的机器"③。所以在伍尔夫看来，这种随意风格恰恰是最贴切的批评风格。学者加利·戴（Gary Day）指出，福斯特避免使用理论，而是尽量使用例子对文学现象加以解说，这种风格与英国的经验主义是一致的。④

关于福斯特对小说理论的贡献，人们的观点基本是一致的。伍尔夫认为福斯特探讨了小说的故事、人物、情节、幻想、预言、模式与节奏，对小说的要素进行了详尽的分析，这使人们开始认真审视小说作为艺术的特点，使小说的地位得到提升。伍尔夫说道："总之，小说会成为艺术作品。这是福斯特引导我们怀有的梦想。"⑤人们对伍尔夫的看法都十分赞同。加利·戴（Gary Day）认为福斯特对亚里士多德（Aristotle 公元前384—前322)的《诗学》做出回应，形成了自己的历史概念，并形成了英国性的观念。"他用典型英国式的自我贬低方式把小说看成是低级的艺术形式，这实际上是要提高它的地位所使用的策略。"⑥特里林也看到了福斯特要提高小说艺术地位的努力，认为福斯特试图把小说"当成阿喀琉斯的盾牌，来抵挡现实生活中的恐惧与空虚"⑦。事实上，这些评论都是

---

① Lionel Trilling, *E. M. Forster*, London: The Hogarth Press, 1969, p.141.
② Virginia Woolf, "Review," in Philip Gardner（ed.）, *E. M. Forster: The Critical Heritage*, London: Routledge & Kegan Paul, 1973, p.332.
③ Ibid.
④ Gary Day, "Forster as Literary Critic," in David Bradshaw（ed.）, *The Cambridge Companion to E. M. Forster*, Cambridge: Cambridge UP, 2007, p.224.
⑤ Virginia Woolf, "Review," in Philip Gardner（ed.）, *E. M. Forster: The Critical Heritage*, London: Routledge & Kegan Paul, 1973, p.336.
⑥ Gary Day, "Forster as Literary Critic," in David Bradshaw（ed.）, *The Cambridge Companion to E. M. Forster*, Cambridge: Cambridge UP, 2007, p.223.
⑦ Lionel Trilling, *E. M. Forster*, London: The Hogarth Press, 1969, p.158.

对福斯特文学批评能力的认可。

总之,西方学者对福斯特小说和文学批评方面的研究都取得了很大的成绩,为对福斯特的进一步研究奠定了良好基础。

二、国内研究现状

我国学者对福斯特的研究起始于二十世纪八十年代。虽然早在1941 年,萧乾和叶君健等就结识了福斯特,并有较深的私人交往,但是由于种种原因,福斯特并不为国内大多数学者所熟知。1984 年,广州花城出版社发行了《小说面面观》的中译本①,由此福斯特才逐渐走进国内学者的视线。此后,《小说面面观》出现了多个译本。1987 年苏炳文的《小说面面观》译文修订本出版,②2016 年和 2019 年冯涛翻译的《小说面面观》的两个版本也得以面世。③ 1984 年和 1986 年,电影《印度之行》和《看得见风景的房间》分别在国际热映,受到热捧。两部电影于 1986 年和 1988 年由上海译制片厂译制发行,由此福斯特的名字在国内被越来越多的人熟悉。自 1988 年开始国内出版界开始译介和传播福斯特的长篇小说。1988 年石幼珊等翻译的《印度之行》④出版,此后该小说出现了多个译本,译者包括张丁周、李东平、杨自俭等。目前福斯特六部长篇小说都有了译本。总之,出版界对福斯特小说理论和小说的译介以及由福斯特小说改编的电影的热映,为福斯特在我国学界地位的逐渐上升创造了条件。人们对福斯特的研究兴趣越来越浓。从总体来看,国内福斯特的研究主要集中在福斯特的思想研究、福斯特小说理论和文学批评研究以及福斯特小说研究几个方面。

关于福斯特的思想研究主要集中在对其思想的解读和思想根源的

---

① ［英］E.M.福斯特:《小说面面观》,苏炳文译,花城出版社 1984 年版。
② ［英］爱·摩·福斯特:《小说面面观》修订本,苏炳文译,花城出版社 1987 年版。
③ ［英］E.M.福斯特:《小说面面观》,冯涛译,上海译文出版社 2016 年版。
④ ［英］E.M.福斯特:《印度之行》,石幼珊、马志行、董冀平译,重庆出版社 1988 年版。

挖掘上。比如殷企平的《福斯特小说思想蠡测》一文就对福斯特的哲学观、社会观和艺术观进行审视,探究了他的小说美学体系与新柏拉图主义宇宙观的联系。① 张福勇和王晓妮的《爱·摩·福斯特的人性观及其借鉴意义》研究了福斯特的人性观,指出福斯特眼中的人性并不是"非善即恶,而是善与恶的混合体",从而揭示了福斯特欲通过"弘扬自由及纯真的人性之爱"来实现人性不断完善的主张。② 张福勇的《论爱·摩·福斯特的自由—人文主义思想及其体现》③一文则探讨了福斯特的自由人文主义的内涵,揭示了其思想形成的时代背景和历史渊源。由此可见,关于福斯特的思想研究方面已经进行得很深入了。

关于福斯特小说理论和文学批评的研究,人们首先关注的是福斯特的圆形人物和扁形人物理论。1991 年马振芳在专著《小说艺术论稿》④中根据福斯特的小说人物"二分"理论提出了人物形态三分法,增加了"尖型人物",试图用这种三分法对福斯特的小说理论进行修正和补充。对此,陈坚在其《小说人物"形状"辨析——兼与马振芳先生商榷》一文中做出回应,分析了马振芳的形态"三分法"的弊端,指出这种分法与福斯特的二分法相比更具有"局限性和模糊性"⑤,令人难以理解和实际操作。就此,陈坚对福斯特的圆形人物和扁形人物概念做了深入解读,使人们对福斯特的小说人物理论有了较深入的理解。此后,有一些学者利用福斯特的小说人物理论进行各种文本解读,比如杨柳的《扁型人物、圆型人物在福斯特作品中的塑造——以〈天使不敢涉足的地方〉为例》一文,就

---

① 殷企平:《福斯特小说思想蠡测》,《解放军外国语学院学报》2000 年第 6 期,第 73—76 页转80 页。

② 张福勇、王晓妮:《爱·摩·福斯特的人性观及其借鉴意义》,《外语研究》2013 年第 3 期,第97 页。

③ 张福勇:《论爱·摩·福斯特的自由—人文主义思想及其体现》,《鲁东大学学报(哲学社会科学版)》2010 年第 5 期,第 73—78 页。

④ 马振芳:《小说艺术论稿》,北京大学出版社 1991 年版。

⑤ 陈坚:《小说人物"形状"辨析——兼与马振芳先生商榷》,《北京联合大学学报》1992 年第 2期,第 14 页。

利用这一理论对福斯特第一部小说中的人物进行分析,指出福斯特的扁型人物、圆型人物刻画的手法塑造出了"既具丰满度又具立体感的人物形象,以表现生活的复杂性和真实感"①。石松的《圆型人物的"尴尬"——以〈亚瑟王之死〉与〈水浒传〉中人物为例》②等也与福斯特的人物理论相关。

　　除了小说人物理论,我国学者还探讨了福斯特小说图式、结构和节奏等方面的内容。比如王丽亚的《E.M.福斯特小说理论再认识》一文揭示了福斯特强调小说艺术理论探索必须以读者为中心的初衷,并重新审视了福斯特提出的小说"图式"与"结构"理论,指出"福斯特提出的以读者为中心的小说观点与 19 世纪传统小说批评之间的冲突,说明福斯特的现代意识的同时,展现形式主义小说理论内部的差异和发展"③。张福勇的《E.M.福斯特的小说节奏理论新解》一文则从简单节奏说和复杂节奏说两个方面对福斯特的小说节奏理论进行了解读,指出复杂节奏可以使小说具有整体性,也具有预言性作用,认为"福斯特的小说'节奏'理论的提出不仅使人们认识到了小说艺术的一个崭新的'面',而且也拓展了小说艺术批评的范畴"④。赵博的《小说叙事美学性质与模式——福斯特"小说美学"探究》一文从福斯特与传统小说理论家关于小说创作和批评的重点问题的分歧入手,从小说的情节、人物塑造及背景结构三个方面研究了福斯特的小说美学,揭示了福斯特对传统小说理论家所持的小说创作和批评的重点是加强小说内部成分的创作观点的质疑,并揭示了福斯特的"小说批评不应该局限于一些构思精巧的程式,小说理论的中心问题是小说内部结构与读者审美之间的关系,应该从形式技巧与读者阐

① 杨柳:《扁型人物、圆型人物在福斯特作品中的塑造——以〈天使不敢涉足的地方〉为例》,《南京工程学院学报(社会科学版)》2010 年第 1 期,第 15 页。

② 石松:《圆型人物的"尴尬"——以〈亚瑟王之死〉与〈水浒传〉中人物为例》,《荆楚理工学院学报》2012 年第 2 期,第 32—35 页。

③ 王丽亚:《E.M.福斯特小说理论再认识》,《外国文学》2004 年第 4 期,第 34 页。

④ 张福勇:《E.M.福斯特的小说节奏理论新解》,《文学理论》2009 年第 2 期,第 389 页。

释的关系入手来探讨小说美学"①的观点。文章进一步指出福斯特的理论"是认为要把在一定程度上对小说的形式技巧与小说的审美进行整合,使小说走出传统以事件或者人物为核心的封闭结构,进一步从美学方面来探究小说的创作"②,以此证明了福斯特对小说创作和批评理论的贡献。萧莎的《作为批评家的E.M.福斯特》一文就莱昂内尔·特里林对福斯特批评风格的"折衷主义"和"印象主义"的评价提出了看法,指出莱昂内尔·特里林的论断可以在后来出版的福斯特的两个文集《作为批评家的创作者》③和《E.M.福斯特的BBC谈话,1926—1960》④中得到印证。文章指出,从批评传统上看,福斯特看似漫不经心的、随心所欲的印象式批评是一种怀旧,是他的自由主义思想的表露,而他所信仰的艺术的秩序"不可能是社会秩序的产物,因为无论社会秩序如何良善,它都是强力的结果,因此,当福斯特放开'信仰'或'强力意志'、走向松弛和随意时,他正是举起了阿喀琉斯的盾牌,迎向即将在人间蔓延的空虚和无措"⑤。萧莎的解读为读者从一个侧面找到了福斯特批评风格的思想根源。

　　国内学者对福斯特小说的研究主要集中在长篇小说的研究方面,尤其是对《印度之行》、《霍华德庄园》、《看得见风景的房间》和《莫瑞斯》的解读,其他小说涉及较少。短篇小说研究更是寥寥。所以这里仅简单梳理一下国内学者对福斯特长篇小说的研究,主要包括福斯特小说艺术研究和小说主题研究两个方面。

　　福斯特小说艺术的研究主要包括对福斯特小说的结构、节奏、现实

---

① 赵博:《小说叙事美学性质与模式——福斯特"小说美学"探究》,《东北师大学报(哲学社会科学版)》2012年第5期,第156页。

② 同上,第159页。

③ E. M. Forster, *The Creator as Critic and Other Writings*, Jeffrey Heath (ed.), Toronto: Dundurn Press, 2008.

④ E. M. Forster, *The BBC Talks of E. M. Forster*, *1929-1960: A Selected Edition*, Mary Lago, et al. (eds.), Columbia: University of Missouri Press, 2008.

⑤ 萧莎:《作为批评家的E.M.福斯特》,《外国文学评论》2008年第4期,第159页。

主义和现代主义手法运用、象征技巧、各种意象解读、叙述视角、人物塑造、互文性等方法的研究和解读。比如，丁建宁的《〈印度之行〉的诗性和乐感》一文，分析了该小说通过结构、意象和歌曲来构建主题的写作手法，为读者展示了该小说的"审美视图"①。张福勇和王晓妮的《E.M.福斯特小说的"交响曲式"复杂节奏》一文研究了《最漫长的旅程》和《印度之行》中精美的三分式结构，认为"这种三分结构各部分之间相互交织，相互作用和影响，对小说意义的扩展起着非常重要的作用"②。金光兰的《〈印度之行〉中的意象与节奏》则探讨了该小说中的意象编排和节奏对主题和审美的作用，认为"意象编排反映了他［福斯特］对世界的思索和认识，而节奏则是他的表达美感的手段之一"③。程爱民的《现实主义与现代主义的兼容并蓄——试论福斯特的〈一间可以看到风景的房间〉》一文剖析了小说中的现实主义和现代主义互相交融的写作手法，指出"这种对传统与革新的兼容并蓄，对英国现代主义小说的发展起了极大的推动作用"④。金光兰的《〈印度之行〉的象征意蕴》⑤一文从书名、人名象征、结构象征和背景象征等方面探讨了《印度之行》中的象征意蕴。义蓉的《论〈最漫长的旅程〉中的象征意蕴》⑥一文探讨了该小说中典型人物的象征意义。其中，死亡作为象征也被涵盖其中。

值得注意的是，索宇环的《叙述视角与文学交流：是谁在操纵读者的同情心》一文从叙事视角、距离和主体性三个方面对《印度之行》进行解

---

① 丁建宁：《〈印度之行〉的诗性和乐感》，《外国文学》2001 年第 3 期，第 58 页。
② 张福勇、王晓妮：《E.M.福斯特小说的"交响曲式"复杂节奏》，《东岳论丛》2014 年第 8 期，第 187 页。
③ 金光兰：《〈印度之行〉中的意象与节奏》，《西北师大学报（社会科学版）》2000 年第 3 期，第 50 页。
④ 程爱民：《现实主义与现代主义的兼容并蓄——试论福斯特的〈一间可以看到风景的房间〉》，《南京师大学报（社会科学版）》1989 年第 2 期，第 53 页。
⑤ 金光兰：《〈印度之行〉的象征意蕴》，《兰州大学学报（社会科学版）》2000 年第 2 期，第 146 页。
⑥ 文蓉：《论〈最漫长的旅程〉中的象征意蕴》，《嘉应学院学报（哲学社会科学）》2014 年第 4 期，第 56—60 页。

读,指出"作者通过叙述视角来达到控制读者情感意向,从而激发了读者的同情心。这说明距离和主体性在其中发挥了重要作用,体现了经典叙述学向后经典叙述学过渡的连续性和发展性"①。李建波在《互文性的呈示:E.M.福斯特小说主题概观》一文中,通过与亨利·詹姆斯(Henry James,1843—1916)的国际小说、希腊神话梅拉姆普斯的故事原型进行对照,指出了福斯特小说寻找新的伦理道德标准、界定"极善"的境界、探索通达"极善"境界之途径的创作意图。② 之后李建波在《福斯特小说的框架叙述及其文学动力机制》中探讨了福斯特小说中的"框架叙述",认为借重框架叙述进行结构建构和主题呈现是福斯特长篇小说的典型特征之一,指出福斯特小说的框架叙述还具有文学动力学的意义。③ 最新研究也包括从旅行视角和对话视角对福斯特小说进行重新解读,如许娅的《教育旅行、反观光思想和英国性——〈看得见风景的房间〉中的旅行叙事和旅行隐喻》④和向淼的《E.M.福斯特〈印度之行〉中的复调艺术研究》⑤都侧重人格对话性,从情节设置、环境创设展现了小说中的多重声音和对话对小说主题呈现方面所起的作用。此外,梁福江的空间叙事策略研究也很有特色,该研究以《印度之行》为蓝本,分析了多重叙述视角在交替呈现色调反差巨大的物理空间和动态变化的人物心理空间方面所扮演的角色。⑥

福斯特小说的主题研究主要包括对政治和文化问题的研究。在政治问题研究中,福斯特的殖民立场是人们比较关注的一个话题。有些学者认为福斯特持的是殖民主义立场,比如,刘敏的《福斯特〈印度之行〉的

---

① 索宇环:《叙述视角与文学交流:是谁在操纵读者的同情心》,《学习与探索》2008年第2期,第199页。
② 李建波:《互文性的呈示:E·M·福斯特小说主题概观》,《外语研究》2001年第4期,第49页。
③ 李建波:《福斯特小说的框架叙述及其文学动力机制》,《外语研究》2009年第2期,第94页。
④ 许娅:《教育旅行、反观光思想和英国性——〈看得见风景的房间〉中的旅行叙事和旅行隐喻》,《天津外国语大学学报》2014年第3期,第68—73页。
⑤ 向淼:《E.M.福斯特〈印度之行〉中的复调艺术研究》,湖北民族学院硕士学位论文,2018年。
⑥ 梁福江:《〈印度之行〉空间叙事策略研究》,四川外国语大学硕士学位论文,2020年。

殖民主义意识解读》①、黄新辉的《从〈印度之行〉看福斯特的殖民主义色彩》②等都属于这个阵营；但也有学者认为福斯特所持的是反殖民主义立场，如雷玲玉的《从东方主义角度分析爱德华·摩·福斯特〈印度之行〉中的宗主国意识》③和于丹的《从空间视角解读〈印度之行〉中的殖民话语》等都坚持福斯特是反殖民主义者的观点。另有一种观点认为福斯特同时具有殖民主义和反殖民主义的双重立场，比如张中载的《〈印度之行〉不和谐的双声：反殖民主义与殖民主义话语》和刘苏的《福斯特〈印度之行〉中的反殖民主义与殖民主义意识》④等文章都持这种观点。

对福斯特小说的政治问题研究呈现出多重研究视角，如后殖民批评、生态批评、新历史主义、伦理批评等。后殖民批评是人们最喜欢用的批评视角。于丹在《后殖民批评"三剑客"的理论内涵及在文本解读中的运用》一文中概括了萨义德（Edward W. Said，1935—2003）的东方主义、斯皮瓦克（Gayatri C. Spivak，1942—　）的女性主义理论和霍米·巴巴（Homi K. Bhabha，1949—　）的混杂性理论在解读《印度之行》中的应用，认为萨义德并不赞成用被美化过的西方来侵蚀东方，也不赞成用民族式的东方去抵抗西方，他力求超越二元对立的东、西方冲突模式，构建平等对话、融合共生的新型关系。斯皮瓦克则要把种族、阶级等内容融入性别理论的批评中，试图恢复和实现第三世界女性的话语权。霍米·巴巴主张从内部摧毁西方欧洲中心主义，他的策略就是让殖民内部混杂化，消解其固有的权威性。于丹认为这三种主张均可以从《印度之行》中

---

① 刘敏：《福斯特〈印度之行〉的殖民主义意识解读》，《济宁学院学报》2013 年第 5 期，第 27—30 页。

② 黄新辉：《从〈印度之行〉看福斯特的殖民主义色彩》，《咸宁学院》2009 年第 1 期，第 37—38 页。

③ 雷玲玉：《从东方主义角度分析爱德华·摩·福斯特〈印度之行〉中的宗主国意识》，电子科技大学硕士学位论文，2015 年。

④ 刘苏：《福斯特〈印度之行〉中的反殖民主义与殖民主义意识》，《广西师范大学学报（哲学社会科学版）》2011 年第 5 期，第 58—61 页。

得到印证。① 陶家俊在《启蒙理性的黑色絮语——从〈印度之行〉论后殖民知识分子的民族—国家意识》一文中分析了《印度之行》中主要人物阿齐兹的民族—国家意识的形成过程和心理变化,呈现了后殖民理论的政治思想。②

也有学者采用女性批评视角解读福斯特的小说作品。耿焱在《论爱·摩·福斯特小说中女性的两难选择和身份/认同》③中论述了福斯特小说中女性在本国、意大利及殖民地文化中的身份认同和作用。索宇环对《印度之行》中的民族、种族、性别和政治做了饶有兴趣的分析,指出性别的政治隐喻和去政治化。④ 近年来吴华也用生态女性主义解读女性与生态自然的亲近,以及在《霍华德庄园》中男性与女性的最终调和。⑤

从生态主义视角研究福斯特小说的成果也不少。陈家晃和高琳佳的《〈印度之行〉解读:生态批评视角》研究了福斯特在《印度之行》中反映的印度在自然生态、社会生态、精神生态等方面的危机,认为福斯特在书中"表达了他良好的生态愿望——人与自然、人与人之间友好相处,进而实现整个生态和谐"⑥。陈永森和朱武雄的《福斯特对生态帝国主义的批判及其启示》一文从生态帝国主义的视角研究了福斯特的反殖民主义思想,指出了福斯特希望用"生态社会主义"取代"生态帝国主义"的愿望。⑦

---

① 于丹:《后殖民批评"三剑客"的理论内涵及在文本解读中的运用》,《东岳论丛》2013年第2期,第169—173页。
② 陶家俊:《启蒙理性的黑色絮语——从〈印度之行〉论后殖民知识分子的民族—国家意识》,《解放军外国语学院学报》2003年第3期,第83—87页。
③ 耿焱:《论爱·摩·福斯特小说中女性的两难选择和身份/认同》,辽宁师范大学硕士学位论文,2007年。
④ 索宇环:《解读〈印度之行〉的性别政治》,《内蒙古大学学报(哲学社会科学版)》,2008年第3期,第65—70页。
⑤ 吴华:《爱·摩·福斯特〈霍华德庄园〉的生态女性主义解读》,鲁东大学硕士学位论文,2017年。
⑥ 陈家晃、高琳佳:《〈印度之行〉解读:生态批评视角》,《安徽工业大学学报(社会科学版)》2013年第2期,第40页。
⑦ 陈永森、朱武雄:《福斯特对生态帝国主义的批判及其启示》,《科学社会主义》2009年第1期,第152—156页。

王苹的《〈印度之行〉中的生态诗学》一文也用生态批评视角对《印度之行》进行审视,指出该书"从生态的角度揭示了人类与自然的疏离、种族性别与自然不同的反映,以及对自然的超越"①,同时也指出该书是福斯特对人类存在终极意义的探求。蒋龙贺的《和谐的呼唤》指出了《霍华德庄园》中工业化带来的异化,认为对抗异化的方式是过简朴的生活、回归自然和建立人与人之间的连接。②

对福斯特小说的文化研究成果很多,主要集中在身份、跨文化交际、婚姻与人际关系、同性恋等方面的内容。

身份问题是学者关注比较多的话题。陶家俊的专著《文化身份的嬗变——E.M.福斯特的小说和思想研究》③对福斯特小说中文化身份的嬗变加以解读,揭示了福斯特式的自由—人文主义连接观所隐含的政治意识与英国中产阶级和帝国主义文化霸权之间的关系。岳峰的《福斯特意大利小说中文化身份的嬗变》也从福斯特文化身份嬗变的角度入手,对其两部以意大利为背景的小说进行研究,揭示了福斯特试图通过"批判"和"联结"来拯救英国人冷漠自私、情感麻木的灵魂的尝试,指出"这种福斯特式的'批判'和'联结'在表层上是非政治的、乌托邦式的,本质上则是一种资产阶级自由主义和人道主义者对工业文明带来的种种不'和谐'进行补救的方法"④。

跨文化交际也是人们关注的焦点。张德明的《〈印度之行〉:跨文化交往的出路与困境》一文探讨了《印度之行》中空间的转移和人物心理的变化等人为因素及神秘的宇宙力量相互作用对人类团结所造成的阻碍,

---

① 王苹:《〈印度之行〉中的生态诗学》,《四川外语学院学报》2006 年第 5 期,第 53 页。

② 蒋龙贺:《和谐的呼唤——〈霍华德庄园〉中福斯特的生态意识解读》,福建师范大学硕士学位论文,2010 年。

③ 陶家俊:《文化身份的嬗变——E.M.福斯特的小说和思想研究》,中国社会科学出版社 2003 年版。

④ 岳峰:《福斯特意大利小说中文化身份的嬗变》,《名作欣赏》2006 年第 2 期,第 75 页。

指出这部小说"对实现全人类和谐共存的理想的可能性作出了预言式的回答"①。屈晓丽的《〈印度之行〉与"交往"之旅》一文揭示了跨文化语境下人与人之间交往的困境,指出爱是福斯特主张的解决困境的"惟一的联结"②。

婚姻是福斯特小说中的一个重要主题。岳峰的《E.M.福斯特小说中的婚姻母题》就从婚姻的角度阐释了福斯特小说中的连接主题,指出"福斯特希冀通过不同文化语境下的'联结'给普遍疏离的世界注入温情、睿智和灵魂,最终拯救冷漠顽固的心灵"③。骆文琳的《福斯特小说中的婚姻与人际关系》则通过对福斯特小说中婚恋情节描写的分析,揭示了福斯特"对婚姻的质疑和对婚姻之外的人际关系的重视以及为建立友好人际关系所作出的种种努力"④。李建波在《"联结"之荒诞:〈通往印度之路〉中的婚姻母题》中以悲观的态度剖析了小说中的婚姻母题,指出阿德拉与朗尼婚姻的失败"意味着这种联结的失败,同时也预示着不同文化、不同信仰者之间'联结'的更为荒诞和更为惨重的失败"⑤。

关于福斯特小说中同性恋问题的研究成果也不少。许娅的《克莱夫:福斯特笔下的柏拉图式同性恋——从小说和电影的比较看同性恋身份的不同建构》一文通过对《莫瑞斯》的小说和电影进行对比,分析了小说在克莱夫身份建构方面表现出来的外在矛盾性和内在统一性,揭示了"小说对柏拉图式同性恋观进行嘲讽和批判的实质"⑥。陈静梅在《反叛

---

① 张德明:《〈印度之行〉:跨文化交往的出路与困境》,《宁波大学学报(人文科学版)》2012 年第 4 期,第 63 页。
② 屈晓丽:《〈印度之行〉与"交往"之旅》,《首都师范大学学报(社会科学版)》2001 年第 2 期,第 88 页。
③ 岳峰:《E.M.福斯特小说中的婚姻母题》,《名作欣赏》2005 年第 10 期,第 9 页。
④ 骆文琳:《福斯特小说中的婚姻与人际关系》,《重庆工商大学学报(社会科学版)》2003 年第 2 期,第 118—120 页。
⑤ 李建波:《"联结"之荒诞:〈通往印度之路〉中的婚姻母题》,《外国文学评论》1993 年第 2 期,第 40 页。
⑥ 许娅:《克莱夫:福斯特笔下的柏拉图式同性恋——从小说和电影的比较看同性恋身份的不同建构》,《外国文学》2010 年第 1 期,第 139 页。

与规训:解读 E.M.福斯特〈莫瑞斯〉中的同性恋再现》一文中指出,《莫瑞斯》呈现了复杂的同性恋结构,并与异性恋构成"勾连关系"[1],启发人们对文明与人性关系的思考。林晓青在博士论文《不能言说的秘密》中则从同性恋文化、莫瑞斯小说的同性之爱书写方式、艰难的身份认同和局外人的困惑四个方面,结合福斯特的短篇小说,分析了《莫瑞斯》的同性恋主题。[2]

总之,从福斯特小说近五十年在国内的研究情况可以看出,目前对福斯特小说艺术创作手法研究和政治、文化问题的研究成果较多,也呈现出多维视角。但是从以往的研究看,人们对连接内涵的挖掘还不够,比如张福勇的《论爱·摩·福斯特的联结观及其现实意义》[3]一文就是专门探讨了福斯特的连接思想,其中也提到了人与人的连接、人与社会的连接、种族之间的连接、人与自然的连接,但是该文的研究还没有将"连接"的思想提升到哲学的层面,更没有深入阐释其"善"的本质。

第三节 本著作的研究思路

虽然学界对于福斯特小说研究已经有了一定成绩,但是对于福斯特这样一位处在现实主义和现代主义交替时期的作家来说,人们对他的思想源流挖掘还有待更进一步深入,对同一时期的思潮比较还需要进一步拓展,对于他小说作品的整体性研究还须进一步加强,对于文化、政治、帝国、宗教这些重要主题的连接性问题尚须做出更多回应。因此,本著作将以福斯特的"连接"思想为研究重点,从自我完善、私人关系、人与社

---

① 陈静梅:《反叛与规训:解读 E.M.福斯特〈莫瑞斯〉中的同性恋再现》,《中南大学学报(社会科学版)》2007 年第 3 期,第 342 页。

② 林晓青:《不能言说的秘密》,南京师范大学博士学位论文,2016 年。

③ 张福勇:《论爱·摩·福斯特的联结观及其现实意义》,《东岳论丛》2013 年第 6 期,第 146—149 页。

会之间的关系、种族之间的关系和人与宇宙之间的关系几个方面深入探讨福斯特的自由人文主义思想和小说中体现的连接思想内涵。

本书共包括六章内容。第一章主要论述福斯特连接思想形成的原因。本章指出,福斯特的"连接"思想主要受到三方面的影响:一是欧洲人文主义思想传统的影响。古希腊时期的苏格拉底(Socrates,公元前469—公元前399年)、柏拉图(Plato,公元前427—公元前347年)、亚里士多德(Aristotle,公元前384—前322年)等哲学家的思想都对他产生了重要影响,使他形成了对人的认识和追求人的完善的思想。二是英国自由主义思想传统和十九世纪末二十世纪初英国人文理想的影响。边沁(Jeremy Bentham,1748—1832)的功利主义、穆勒(John Stuart Mill,1806—1873)的内在与外在互补的思想、马修·阿诺德(Matthew Arnold,1822—1888)所主张的"美好与光明"以及希伯来精神与希腊精神相结合的思想、使徒学社(the Apostles)和布卢姆斯伯里社团(the Bloomsbury Group)倡导的自由平等和私人关系等思想都对福斯特产生了重要影响。三是东方文化的影响。福斯特在东方宗教中看到了想象力与和谐理念对欧洲理性主义传统的补充。

第二章主要研究福斯特自我连接的思想。作为人文主义者,福斯特非常重视人的自我的提升与完善。由于受到古希腊哲学的影响,福斯特强调理性,但是他在强调理性的同时,也强调激情,进而提出了理性与激情连接的思想,主张人在具有正义、勇敢、自制的同时,还需要富有激情。在福斯特看来,激情主要来自两个方面:一是健康的身体所传递的生命的激情,二是艺术所承载的想象的激情。二十世纪初的英国现代生活受到单纯理性发展的制约,限制了人的激情的发展,现代英国人都被塑造成了"心灵发育不良"的人。福斯特对此持批评态度。在福斯特心中,只有实现理性与激情的连接才能够造就完美的人。本章主要研究了福斯特的小说《天使不敢涉足的地方》中的心灵拯救的主题和《最漫长的旅程》中的生命与死亡连接的主题,也研究了福斯特的艺术观和小说中的绘画和音乐的艺术书写，以此呈现福斯特理性与激情连接的思想，总结了福斯特所提出的提升自我、完善自我的有效途径。

第三章主要探讨福斯特的"私人关系"（personal relationship）理念，研究他的小说中的私人关系主题，深入挖掘连接思想中人与人之间关系的内涵。本章主要研究了小说《最漫长的旅程》、《印度之行》和《莫瑞斯》中的友谊、兄弟之情和同性恋情节，探讨了福斯特对美的追求和对自然理性的追求的精神实质，同时也探讨了殖民主义语境下友谊所面临的困境。福斯特一直信仰个人主义，珍视每一个个体，认为每一个人都是平等的和富有创造性的，他们心中都蕴藏着巨大能量，有能力理解世界和创造世界。福斯特珍视的人与人之间的关系是纯粹的，没有利益的纠葛，而是心灵相通，是最真诚、最可靠的富有创造性的关系，能给人提供光明和勇气。在现代社会，在物质泛滥的社会背景下，福斯特坚定地提出他的私人关系的信仰，强调如果要他从国家和个人之间进行选择的话，他会毫不犹豫地选择个人。可见福斯特的这种信仰是多么执着。他的内心充满了勇气。

第四章主要探讨人与社会的连接，阐释福斯特对英国中产阶级和英国性的看法和自由主义思想，并在此基础上研究小说《霍华德庄园》中的传统与现代的连接主题。本章指出，福斯特思想的成熟表现在他不断扩大自己的思考范围，此时他的关注焦点已经从人的自身来到人与周围环境之间的关系上。福斯特注意到，现代科技无疑给人带来了身体的舒适，满足了人现实生活的需要，但是人离不开精神的需求。由此他提出要珍视传统，并使传统得以保持。这种传统就是文化，是使人保持内心平静、实现完整的文化传统。福斯特崇尚自由主义，肯定维多利亚时期所遵循的仁慈、博爱、人性和智慧。他主张不应该放弃传统，而应该将"传统"与"现代"连接起来，以此实现人的内心与外在生活的统一，进而实现人的完善与幸福。福斯特认为放弃传统的必然结果是人生活的支离破碎。福斯特把英国的乡村看成他理想中传统文化的载体，认为那些平静的村庄和篱笆构筑了美好的生活全景,为人的心灵提供想象的源泉。同时他也推崇艺术,认为艺术具有内在的秩序,是人可以提升自我的精神食粮。福斯特在《霍华德庄园》中对自然和艺术大加赞美,呼吁人们把内在生活与外在生活结合起来,直到所有的人都建立起亲密的关系,成为"兄弟"。

第五章主要研究种族之间的连接思想,揭示福斯特对东方文化的认同。本章指出,福斯特主张种族之间的平等,他的私人关系哲学最终延伸到了东方。福斯特对东方的文化是认同的,他的认同主要包含对东方古老生命力和东方人的认同,也包括对东方哲学的认同。福斯特认为在古老的东方蕴藏着不竭的生命力,淳朴的东方人、古老的东方大地和大地之上的一草一木、岩石河流之中以及神秘的宗教思想中都蕴藏着英国人所缺乏的想象与激情。所以他希望各种族之间要平等相待,互相学习,共建美好家园。

第六章主要探讨福斯特的人与宇宙的连接思想,研究福斯特与古罗马哲学家普罗提诺思想的内在联系,阐释他的小说中形而上的内容,揭示福斯特对东方宗教尤其是印度教的深刻理解以及独特的宇宙秩序观。福斯特不是不可知论者,但是他确实认为在自然之中存在着一种神秘的力量,让人对之产生敬意。这种神秘的力量就是秩序,是主宰世界的神所控制的秩序。福斯特强调人与宇宙的和谐,强调宇宙万物都是平等的,人与人之间、种族与种族之间要和睦相处。福斯特认为人与自然之间是相通的,人可以实现与自然的融合。福斯特认为,虽然现实生活中的社会制度或种族偏见仍然存在,会阻碍和谐世界的进程,但最终人会与宇宙相融合。这是一种乐观的世界观。

本书认为,总体来讲,福斯特的"连接"思想是关于"善"的哲学,是人实现完善的一种尝试。它是建立在爱与宽容的基础上的哲学,是人实现自我、完善自我、与社会和宇宙建立有效联系的原则,是世界实现秩序和谐的一种有效途径。福斯特是二十世纪初英国重要的作家,他的连接思想为现代境况中人的生存状况的改善提供了建设性的思路。本书主要从文化和历史的角度出发，结合福斯特的小说文本，对福斯特的连接思想做多方位的深入解读。希望本书会给国内学界同仁对福斯特的研究提供一些参考和帮助。

第一章　影响与继承：福斯特"连接"思想的形成

　　任何思想都有其赖以生存的土壤。福斯特一直被认为是一位"自由人文主义者"(liberal humanist)[①]，所以他的"连接"思想必然带有人文主义的色彩。可以说，福斯特的"连接"理念是他的人文主义思想的宣言。当他在写作中明确地表露自己是"个人主义者"、他所信仰的是"自由主义"的时候，他流露的不仅是对自己自由人文主义者身份的自豪，更是在给人展示他对自己信仰的一种坚持。确切地说，福斯特的"连接"思想受到三方面的影响：一是源远流长的欧洲人文主义思想传统的影响，二是十九世纪末二十世纪初英国人文主义思潮的影响，三是东方文化的影响。这些力量交织在一起，形成合力，共同塑造了福斯特这位独特的艺术家。

第一节　"善"之哲学：欧洲人文主义传统[②]

　　欧洲具有悠久的人文主义思想传统。在剑桥求学期间，福斯特接触

---

①　David Medalie, *E. M. Forster's Modernism*, Houndmills: Palgrave, 2002, p.1.
②　本章部分内容曾经在学术期刊发表过，见苑辉《古希腊智者的人本主义思想》，《河北工业大学学报（社会科学版）》2022 年第 1 期，第 88—94 页。

到了古希腊时期的人文主义思想，为他自己"连接"思想的形成奠定了坚实的理论基础。人文主义（Humanism，又称"人本主义"）一词源于拉丁语的"humanitas"一词。"humanitas"意指"人性修养"。[①] 1808 年，一位德国人根据人文研究（studia humanistas）状况提出了人文主义（humanism）的概念，与当时流行的"博爱"（philanthropy）一词相区别。在教育学的范畴中，人文主义仅指"陶冶人类天赋中的高级力量"[②]。1859 年，该词被渥格蒂（B. Voigt）用作一个时代的标志。由此，人文主义被确定为"一种世俗人生哲学，标志着一个从古代汲取主要思想和启迪的高等文明的彻底重生，而这一重生就是文艺复兴"[③]。归根结底，人文主义是"一种关于人类一般事务的思想体系"[④]，这一思想体系弱化宗教的作用，强调人的理性，认为人的本性即为"善"。所以，归根结底，人文主义思想就是关于"善"的哲学。

作为一种哲学理论或思想流派，人文主义可以一直回溯到古希腊时期。古希腊哲学所包容的根本性概念是和谐与秩序，这也正是人文主义哲学的核心价值观。早在公元前六世纪，古希腊哲学家就开始追问世界的本源和运行规律的问题，他们的思想中不时闪烁出人文主义思想的火花。在第一代古希腊哲学家泰勒斯（Thales，公元前 547 或 546—约公元前 624 年）那里就有对人的思想的基本认识。泰勒斯声称"万物是水"，强调多样性中的统一性，认为水是构成世界的"始基"[⑤]，他的论断肯定了人类思想的能动性。在泰勒斯看来宇宙间的一切事物都是可以为人类

---

① ［英］阿伦·布洛克：《西方人文主义传统》，董乐山译，生活·读书·新知三联书店 1997 年版，译序，第 3 页。

② 王文俊：《人文主义与教育》，武南图书出版公司 1983 年版，第 1 页。

③ ［美］查尔斯·G·纳尔特：《欧洲文艺复兴的人文主义和文化》，黄奕翔译，上海三联书店 2018 年版，引言，第 2 页。

④ Kanta Kataria, "M. N. Roy's Conception of New Humanism," *The Indian Journal of Political Science*, 3（2005），p.629.

⑤ ［挪］G·西尔贝克·N·伊耶：《西方哲学史》，童世俊、郁振华、刘进译，上海译文出版社 2012 年版，第 6 页。

思想所理解的。泰勒斯的思想促成了古希腊人从神话思维到逻辑思维的转变:"他打破了传统,也打破了与直接感觉印象的短视的联系。"①在第二代哲学家赫拉克利特(Heraclitus,约前544—前483年)的思想中则见有和谐理念的萌芽,其"万物都处于流动状态之中"的理念绝不是单纯的不可知论,而是强调构成事物的各种因素之间既对立又统一的关系,认为各种事物在对立面相互作用下,能够最终实现整体的和谐。赫拉克利特认为在不断变化的宇宙当中必然会有一个不变的整体法则,这一法则就是"逻各斯",而对这一整体法则的理解便构成了人的"洞察力"②。在同一时期其他哲学家那里,理性则受到尊崇。巴门尼德(Parmenides of Elea,约公元前515年—前5世纪中叶以后)提出了与赫拉克利特完全相反的命题:"没有任何东西是处于变化状态之中的"。这一命题被后来的哲学家加以重构:凡所是[存在]的,是[存在]着。凡所不是[存在]的,不是[存在]。凡所是[存在]的,可以被思想。凡所不是[存在]的,无法被思想。③巴门尼德的理论指出了理性和感性之间的不可调和性,用逻辑推理的理性方式强调了理性的重要意义。德谟克利特(Democritus,约公元前460—公元前370年)的原子论构筑了一个微小粒子在虚空中的运动,主张不可分割的微小粒子是构成世界的统一元素。由于原子不能被感知,所以这个理论完全建立在理性的基础上,是对理性的充分肯定。而毕达哥拉斯(Pythagoras,约公元前580—约前500年)把世界运转的秘密归结为数学,主张构成世界的不是物质元素,而是"数"④。数学构成了世界中的永恒结构和形式。从这种意义来说,毕达哥拉斯是"双重意

---

① [挪]G·西尔贝克·N·伊耶:《西方哲学史》,童世俊、郁振华、刘进译,上海译文出版社2012年版,第8页。

② S. Marc Cohen, et al. (eds.), *Readings in Ancient Greek Philosophy: From Thales to Aristotle*, 4th ed., Indianapolis: Hackett Publishing Company, Inc., 2011, p.30.

③ [挪]G·西尔贝克·N·伊耶:《西方哲学史》,童世俊、郁振华、刘进译,上海译文出版社2012年版,第014页。

④ S. Marc Cohen, et al. (eds.), *Readings in Ancient Greek Philosophy: From Thales to Aristotle*, 4th ed., Indianapolis: Hackett Publishing Company, Inc., 2011, p.18.

义上的理性主义者"，他一方面提供了数学证明的理论依据，一方面坚持关于实在的知识是通过理性而非感官所获得的。但是我们必须看到，虽然早期哲学家有强调"和谐"和"理性"的可能，但这一和谐和理性都是在自然中寻求万物本源和归宿的哲学叩问中产生的，是宇宙论时期人们对自然界的一种认知，这些理论还没有完全摆脱神学的束缚，比如在毕达哥拉斯那里，人们就发现"宗教神秘主义与以数学为基础的理性主义肩并肩地存在着"[①]。

事实上，古希腊的人文主义思想最早可以追溯到公元前五世纪后期的智者运动。当时雅典和希腊社会进入古典时代的繁盛阶段。由于经济的发展和政治的进步，古希腊的哲学也出现了重大转向，人们研究的中心从自然转向对人和社会以及与此相关的政治和人类美德等问题，出现了人文主义思潮。这种思潮最早见于智者们的言行。智者的职业和思想体现了人文主义者的基本特征。他们很少讲授自然科学知识，更注重实际利益，所以，他们的整个思想体系表现出了与后来人文主义思想发展上的"某些相似的特点"[②]。

在公元前五世纪，希腊哲学家们主要探讨的对象从自然转向了人的自身，进入了人的本体论阶段，他们要解决的是"人是什么"、"社会法律和习俗是如何形成的"、"人如何获得幸福"等与人类自身相关的问题。智者们顺应时代的潮流，在关于人类社会、人的本性、人的价值、人神关系、道德评价等方面提出了诸多有价值的理论。智者对人文主义最突出的贡献就是对人的价值的充分肯定。他们首先打破了希腊早期神在人们心目中的固有地位，对神的存在、属性和作用提出质疑，甚至对人神关系进行重置，表现出独立的思维方式。在否定和怀疑神的存在的同时，智者把人的地位提高到前所未有的高度。普罗泰戈拉（Protagoras，约公

---

①　［挪］G·西尔贝克·N·伊耶：《西方哲学史》，童世俊、郁振华、刘进译，上海译文出版社2012年版，第022页。

②　叶秀山：《前苏格拉底哲学研究》，社会科学文献出版社2007年版，第25页。

元前490或480年—前420或410年)的哲学命题"人是万物的尺度"①就是对人的智慧的充分肯定。智者对人文主义的另一贡献就是他们对人类智慧的强调与应用。智者坚持积极的入世态度和对现实生活的追求。在享受火热的现实生活的同时,智者把审视的目光投向人的自身,对人的智慧和潜能进行正确评估并且充分利用,对人自身的发展起到了一定推动作用,从某种程度上开辟了社会哲学、语言哲学和思维科学等新领域的研究,推动了当时希腊民主制社会的进步。智者对人文主义的第三个贡献就是主张人的自我完善。首先,智者相信人具有自我完善的可能性,提出了"德性"(arete)和"善"(goodness)的概念,对人性和人的品德的提升等问题加以审视。Arete在希腊文中最初指"事物的特长、用处和功能"。古希腊人认为世间万物都有自己的arete,这构成了物与物相区别的基本特性。比如马能奔驰,鸟能展翅高飞,这些能力就构成了马和鸟区别于他物的根本特征。而智者认为人的arete就是人的才能、特长和优秀品质,即"德性"。所谓"善"(goodness)就是拥有和保持arete,而相对的恶就是arete的"缺失"②。人的技艺和才能各有不同,但是人人都应该拥有政治和道德方面的德性。每个人都有机会拥有一份这种美德,共同拥有正义感,共同享有参与城邦政治的权利。从这个意义来讲,智者们是相信人人平等的信条的。但是普罗泰戈拉相信,治理城邦的才能和品德并非天生的或自然而然拥有的,而是通过学习和接受教育获得的。也就是说,美德是可以灌输和传授的。普罗泰戈拉的观点从根本上肯定了人自我完善的可能性,代表了智者对人所抱有的希望。智者普遍主张人应该积极向善,努力学习,不断提高自己的才能和德性。对于善,智者还有更独到的见解,那就是善应该同正义紧密相连。智者认为人应该追求正义,把获得的才能用于善和法律的目的,为大多数人

---

① [古希腊]柏拉图:《柏拉图全集》第二卷,王晓朝译,人民出版社2003年版,第664页。
② 汪子嵩、范明生、陈村富等:《希腊哲学史》第二卷,人民出版社1993年版,第167—168页。

谋福利。这一见解说明了智者的社会敏感度和责任感。他们的思想都是出于对社会或城邦的发展考虑,是社会进步论的有力支撑。另外,智者找到了人实现自我完善的有效途径。智者们崇尚教育,相信教育可以实现人自我完善的目的。普罗泰戈拉说教育不仅可以为青年提供算术、天文学、几何学、音乐的知识,还教授他们恰当照料私人事务和国家事务的技能。[①] 每一种知识和技能都会使年轻人发生改变,最终弃"恶"从"善"。比如音乐教师在教授琴艺的过程中可以灌输自制,使年轻人不敢作恶;在年轻人学习弹竖琴时,老师们教他们优秀诗人的作品,在音乐与诗的氛围里孩子们既熟悉了节奏和旋律,又在心灵上得到了升华。

苏格拉底对人文主义做出了更突出的贡献。与智者强调现实生活的主张不同,苏格拉底更强调理性的作用,提出了"善的目的论"[②]思想。苏格拉底的"善的目的论"可以包含几个层次:一是"善"是世界一切事物存在的理由和秩序,世上的一切事物和美德都是为了善的达成,以善为最终目的。二是人的行为都应该是好的、善的、合理的,人应该积极向善,避免恶的、坏的和不合理的行为。三是"善"是人的美德的自然显现。苏格拉底把智慧、正义、自制、勇敢、虔诚都称作 arete,即美德,认为人的善的实现与这些美德有着直接的关系。在这些美德中,苏格拉底更强调知识与自制,他认为知识就是人对自我的认识,和自制一起都是人的理性的具体体现,最终都落实到人的智慧本身。苏格拉底认为人只有充分认识自我,才能实现自制;只有有了自制,人才能得到自由,并最终实现"善"。苏格拉底的"善"的目的论思想把理性推至崇高的地位,驳斥了智者所持的不受限制地满足欲望就是美德和幸福、就是真理的学说,认为人不能只从个人经验出发,沉溺于日常琐事和感官享受,在满足欲望中觅求快乐,而是应该通过知识训练和遵守法规、通过理性生活保持灵魂

---

① [古希腊] 柏拉图:《柏拉图全集》第一卷,王晓朝译,人民出版社 2002 年版,第 439 页。
② [古希腊] 柏拉图:《柏拉图全集》第二卷,王晓朝译,人民出版社 2003 年版,第 444 页。

和身体的和谐有序,实现"善"的目的,获得真正的幸福。

除了苏格拉底之外,柏拉图也对人文主义思想做出了重要贡献。柏拉图以他的理念论或相论著称,他从寻求伦理定义出发到寻求万物背后的普遍意义的"相"(idea,eidos)①,形成了融逻辑、辩证法和认识论为一炉的庞大的哲学体系。关于"善"的相的探讨是其相论的重要组成部分。柏拉图继承并发展了苏格拉底的"善"的学说,使其更加系统化。他将"善"纳入自己的相论体系,不但主张善具有"相",而且认为"善的相"是其他一切"相"的原因,是最高意义的相。在柏拉图看来善是完全的、自足的,它不依赖于其他的东西而存在,是最高层次的伦理范畴,完全高于正义等其他伦理范畴。柏拉图认为每个灵魂都追求善,把善作为自己一切行为的最终目的。人的灵魂之所以如此,是因为灵魂具有认识的能力。柏拉图认为对象的存在具有四个阶段:"相"、数理对象、具体事物、影像,与此相应,灵魂的认识能力分为四个阶段,它们是理性、理智、信念和想象。② 柏拉图认为"善的相"是最难看到的,但是一旦认识了它,便可以了解万物之所以合理存在的原因,因为"善的相"是"可见事物的光明的创造者,同时也是理智世界的真理和实在的源泉"。③ 三者之间的关系存在冲突,好比是一套马车,一个御车人驾驭着两匹马,一匹驯良,一匹顽劣。只有这三个部分在理性的统领下实现和谐统一,灵魂才能是正义的,才能最终认识"善的相"和"美的相",从而达到不朽。那么,对于人来讲什么是"善"呢?柏拉图提出智慧和快乐自身都不能称其为善,只有智慧和快乐结合在一起才成为善。另外,柏拉图也珍视友谊,但是在智慧和快乐当中,柏拉图更看重智慧,认为智慧高于快乐。柏拉图的理论将善的哲学向前推进了一大步。

亚里士多德在苏格拉底和柏拉图的基础上对善的含义进行了补充

---

① [古希腊]柏拉图:《柏拉图全集》第二卷,王晓朝译,人民出版社 2003 年版,第 654 页。

② 汪子嵩、范明生、陈村富等:《希腊哲学史》第二卷,人民出版社 1993 年版,第 798 页。

③ 参同上。

和修正。首先,亚里士多德确定了伦理学的概念,将善纳入伦理学的学科之下,认为善是一切事物所追求的目的。此外,亚里士多德对柏拉图的"善的相"理论进行批判,认为"相"只是个抽象的名词,并不能说明最终的善到底是什么。相比之下,他更强调善的实践意义。对于个人来讲,善自然是人所追求的最终目标。亚里士多德认为,最高的善不是享乐,也不是荣誉和财富,而是幸福(eudaimonia,英译 happiness)[①]。而所谓幸福就是"符合最好的最完善的品德的活动"[②]。亚里士多德将与人的幸福相关的善分成三种,即:外在的善、灵魂的善和身体的善。灵魂的善是最主要的,同时外在的善和身体的善也不可或缺。亚里士多德认为,人的最大的幸福是灵魂在理性的引导下从事积极的实践活动,也就是说,理性活动构成了最大的善。这一点同苏格拉底和柏拉图的理性观相一致。

新柏拉图主义运动的代表人物普罗提诺(Plotinus,205—270)继承了柏拉图哲学的精神内核,并把柏拉图哲学中的精神性方面推到顶点,构建了"太一——纯思——普遍灵魂"的一元三层本体论,在强调太一创世的同时,号召人的灵魂回归神圣源头。普罗提诺的哲学思想轻视现世生活,追求精神生活,确立了人与宇宙之间的互动关系,对古希腊的"善"的哲学是一种补充和扩展。希腊哲学家的智慧是最伟大的,他们对"善"的探讨为后世哲学的发展奠定了理论基石,也激发了后人的理性思考。他们的哲学思想都对福斯特产生了非常重要的影响。可以说,福斯特的连接思想就是对"善"的哲学的思考,是对人如何实现完美所做的一种尝试。他对理性的强调、对身体美的追求、对私人关系的渴望、对激情的看重、对人与宇宙关系的思考都是与古希腊罗马哲学的影响分不开的。

十四世纪到十六世纪,欧洲的文艺复兴运动使人文主义思想得到弘

---

① 汪子嵩、范明生、陈村富等:《希腊哲学史》第二卷,人民出版社 1993 年版,第 919 页。
② 同上,第 920 页。

扬。人文主义精神构成了这场运动的核心,人们希望恢复古希腊时期的人本主义思想,以此摆脱宗教的束缚,获得思想的解放,进而释放和挖掘人的潜能与创造性。这场运动把人的主体地位放置到更高的层面,人不再是宗教和强权压制的对象,而是独立自主的个体,他们有能力掌握和创造世界。资本主义萌芽的出现为这场思想运动的兴起创造了契机。城市经济的繁荣,使事业成功人士更加相信个人的价值和力量,从而使他们更加充满创新精神,不断进行科学和艺术方面的探索。这一时期,欧洲在艺术、建筑、哲学、文学、音乐、科学技术、政治、宗教以及智力探究的各个方面都取得了巨大进步。这一时期的思想家伊拉斯谟(Erasmus von Rotterdam,1466—1536)和蒙田(Michel de Montaigne,1533—1592)的思想对福斯特产生了重要影响,正如福斯特自己所说:"我的立法者是伊拉斯谟和蒙田,不是摩西和圣·保罗。"[1]伊拉斯谟是十六世纪欧洲杰出的人文主义思想家,著有《愚人颂》(*The Praise of Folly*)和《论死亡之准备》(*Treatise on Preparation For Death*)等作品,被称为"世界之光"、"西方的彼提阿"以及"无与伦比的人和学者的凤凰".[2] 伊拉斯谟是个人主义者,提倡自由,主张对社会进行温和的改革,而非使用暴力,强调宽容。伊拉斯谟主张,受人文主义教育者和持人文主义立场者绝不可依附于任何一种意识形态,因为所有意识形态从本质上来说都是在"谋取霸权",他主张绝不可与任何党派联姻,因为党派的义务会使人有所偏颇,努力维护党派的利益。他认为,无论在什么场合都必须确保自己"思想和行动的自由,因为没有自由也就没有公正,而公正应该是全人类惟一共有的最高理想"[3]。这些思想都对福斯特产生了重要影响。

---

[1]　E. M. Forster, "What I Believe," *Two Cheers for Democracy*, New York: Harcourt, Brace & World, Inc., 1951, p.67.

[2]　[奥]斯蒂芬·茨威格:《人文之光:托尔斯泰·伊拉斯谟》,魏育青、俞宙明译,漓江出版社2000年版,第58页。

[3]　同上,第68页。

福斯特对国家政府的不信任似乎就根源于此。他曾经宣扬的"如果让我在个人或国家中做出选择，我选择个人"①的言论就是伊拉斯谟思想的重现。蒙田是十六世纪法国人文主义思想家，著有上百万字的《随笔集》。蒙田的人生追求就是个人的内在自由，是人的自我，主张为人要敦厚温良，宽宏大量。这些思想也对福斯特产生了重要影响。

在英国，人文主义思想在十六世纪发展迅猛，最早体现在乔叟（Geoffrey Chaucer，1340 或 1343—1400）的诗歌和莎士比亚（William Shakespeare，1564—1616）的剧作中。他们肯定现世幸福，鞭挞禁欲主义，主张对幸福和自由的追求。他们赞美人的聪明才智，鼓励人们用双手创造美好的世界。到了十六世纪中叶和十七世纪初，随着英国文学的发展，人文主义思想成了一种传统，深深扎根于人们的头脑中，影响着无数的作家。

从欧洲人文主义传统中，福斯特深刻认识到人的巨大潜能和创造性，所以他最珍视的东西就是"个人"和人与人之间的友谊。另外福斯特也提高了对理性的认识，从青年时期开始，对理性的追求就成了他的一个人生目标。但是他认识到单纯理性还不能使人实现善的目的，所以他提出了理性要和激情相连接的主张。

第二节　"美好与光明"：十九世纪末二十世纪初英国的人文理想

福斯特生活在一个变革的时代。十九世纪末，英国正值从资本主义向帝国主义过渡的时期，虽然在经济方面出现了飞跃式发展，但是资本主义所固有的各种矛盾，导致英国社会在各个层面都危机重重。随着科

---

① E. M. Forster, "What I Believe," *Two Cheers for Democracy*, New York: Harcourt, Brace & World, Inc., 1951, p.69.

学技术的高度发展,人和社会都出现了异化状态,人的主体地位遭到瓦解,几乎成了机器的奴隶。这种状况导致了社会价值观念的变迁,人们投身于外在的追求,完全忽视了心灵的完善与自由。在这种黑暗的时代,人们自然渴望人文主义的再现。所以当时出现了很多具有人文主义思想的作家和思想家,他们用感性的或者理性的笔触,勾勒出美好的人文理想,试图唤醒思想麻木的人们。马修·阿诺德(Matthew Arnold,1822—1888)提出的"美好与光明"①构成了这一时期英国人文理想的核心。福斯特的连接思想就从这种人文理想中汲取了诸多养分。

十九世纪末二十世纪初的人文理想深深扎根于英国的自由主义传统。自由主义是资产阶级的政治哲学,它被看成古希腊民主实践和理性价值观的发展与延伸,②这其中自然也融入了犹太教和基督教所强调的上帝赋予人的做出道德选择的自由与权利。在历史上,不同阶段的人对自由主义思想有不同的理解,它可以"是一种基本的政治信念,一种哲学和社会运动,也是一种社会体制构建和政策取向。它还是一种宽容异己、兼容并包的生活方式"③。其中的基本准则是一致的,主要包括:"(1)崇尚自由胜过其他一切;(2)尊重人胜过人的财产(但这决不是说它不重视财产);(3)拒信权力和权威;(4)主张宽容异己;(5)坚信民主政治;(6)尊崇真理与理性;(7)勿耻于妥协;(8)最重要的是保持批判精神;(9)提倡多元主义或称多样性。"④这当中的核心概念就是"自由"与"宽容"。

英国素有自由主义传统,这一传统最早可以追溯到十七世纪。在十

---

① Matthew Arnold, *Culture and Anarchy*, Jane Garnett (ed.), Oxford: Oxford University Press, 2006, p.67.

② Marvin Perry, et al., *Western Civilization*, Vol. 2, Boston: Houghton Mifflin Harcourt Publishing Company, 2009, p.534.

③ 顾肃:《自由主义基本理念》,中央编译出版社 2003 年版,第 1 页。

④ 张福勇:《论爱·摩·福斯特的自由——人文主义思想及其体现》,《鲁东大学学报(哲学社会科学版)》2010 年第 5 期,第 74 页。

九世纪,英国的自由主义思想得到充分发展,在社会发展中起到了重要作用。福斯特曾经宣称的"我属于没落的维多利亚自由主义"①就带有怀旧的色彩,对维多利亚时期的自由主义思想所带来的成就充满了美好的回忆。在十九世纪英国的自由主义运动中,杰里米·边沁(Jeremy Bentham,1748—1832)和约翰·斯图尔特·穆勒(John Stuart Mill,1806—1873)的功利主义都对福斯特产生了重要影响。边沁的功利主义建立在个人主义的基础上,强调个人利益的最大化。穆勒也强调功利主义,但同时主张精神方面的追求,这一思想在其《论自由》("On Liberty")的文章中得到明确阐述,希望以此制衡人的外在需求。这一思想对福斯特的连接思想产生了重要影响,他在小说《霍华德庄园》中提出的内在与外在的连接思想即受到穆勒的影响。

马修·阿诺德也是自由主义者,他发展了穆勒的自由主义思想。马修·阿诺德被看成英国维多利亚时期的"文化巨臂"②,他的文化理论在英国起着举足轻重的作用。他的《文化与无政府状态:政治与社会批评》③系统阐述了他的文化理论。阿诺德看到了机器对人产生的影响,也看到了在现代社会中存在着文化与科学的冲突。他主张在科学发达的今天应该用弘扬希腊精神的方法来实现人生的"美好与光明",即实现"美与智"的结合。在阿诺德看来,科学的时代自然是人的智力高度发展的时代,而在此同时弘扬希腊精神则可以使单纯的非利士人变成具有美好与光明的人,即完美的人,这是因为希腊人具有"关于人类完美之基本品格的核心思想"④。阿诺德认为人性当中存在着两个方面,一个是智性

---

① E. M. Forster, "The Challenge of Our Time," *Two Cheers for Democracy*, New York: Harcourt, Brace & World, Inc., 1951, p.56.

② 吕佩爱:《马修·阿诺德的文化理论及其当代价值研究》,同济大学出版社 2015 年第 2 期,第 1 页。

③ [英]马修·阿诺德:《文化与无政府状态:政治与社会批评》,韩敏忠译,生活·读书·新知三联书店 2012 年版,第 17 页。文中出现时均简写成《文化与无政府状态》,特此说明。

④ [英]马修·阿诺德:《文化与无政府状态》,韩敏忠译,生活·读书·新知三联书店 2012 年版,第 17 页。

的,一个是道德的,这两个方面缺一不可。在阿诺德看来美好与光明是人性中最宝贵的东西,也是人生的最高目的。只有实现了美好与光明,人才能够实现完整。由此,阿诺德的思想可以概括为"外在生活与内在生活"的统一。很显然,福斯特的内在与外在连接的思想也受到阿诺德思想的影响,可以说,福斯特的连接思想是穆勒思想和阿诺德思想的双重合力影响的结果。

二十世纪初的文学思潮和活动对英国的人文理想的构建也有很大贡献。使徒学社(the Apostles)和布卢姆斯伯里社团(the Bloomsbury Group)对福斯特的思想也产生了重要影响。福斯特在剑桥读书时参加了这两个社团。在这两个社团中,福斯特结识了当时最重要的思想家、画家、哲学家、诗人以及经济学家和各种有识之士。这当中有传记作家里顿·斯特拉奇(Lytton Strachey,1880—1932),画家邓·格兰特(Duncan Grant,1885—1978),经济学家约翰·凯因斯(John Maynard Keynes,1883—1946)和弗吉尼亚·伍尔夫夫妇以及其他名流。他们具有相似的世界观,讨论文学、艺术和哲学等问题。他们对传统观念进行质疑,蔑视各种邪说,探讨真、善、美的确切含义。社团成员都对人有充分的理解。他们强调友谊,崇尚高雅文化,在文学史上产生了重要影响。在与社团成员的交流中,福斯特认识到了理性的意义和人与人之间友谊的重要性。这为福斯特"连接"思想的形成奠定了坚实的基础。

在剑桥大学学习期间,福斯特也接触到了几位有独特人文主义思想的教师,他从他们身上汲取到了丰富的人文主义思想的营养。其中有斯蒂芬(Leslie Stephen,1832—1904)、迪金森(Goldsworthy Lowes Dickinson,1862—1932)和摩尔(G. E. Moore,1873—1958)等。他们都极力倡导希腊文化,强调人的创造性,珍视友谊,这无疑为福斯特的"连接"思想指明了前进的方向。迪金森曾经与福斯特建立了深厚的个人友谊,同时迪金森对普罗提诺思想的研究对福斯特思想的发展产生了重要影响。摩尔对福斯特的影响也很大。摩尔是使徒学社成员,是当时著名的哲学家，著有《伦理学原理》(*Principia Ethica*)一书，阐释了其道德哲学思想。他试图对"善"加以界定，认为善应该由最可能丰富个人生活的追求和意识状态构成。他追求人的"内在价值"①，认为这一价值才是真理。而这一内在价值即使处于孤立状态中也是善的。摩尔所主张的最高的内在价值与传统价值无涉，却与现世生活紧密相关，是意识的某种状态，具体可为人际交往和美的事物所带来的愉悦。摩尔认为这些有价值的东西非常重要，它们可以决定人的行动和社会的进步。摩尔的思想强调人的快乐和幸福，这对福斯特的个人主义思想产生了一定影响。

事实上对福斯特产生影响的还有同时代的 T. S.艾略特(T. S. Eliot,1888—1965)。艾略特是二十世纪初最重要的人文主义思想家，他以诗人的笔触揭示了西方文明的堕落，使人们认识到了自己所处的精神困境，他的《荒原》具有历史性的意义。艾略特试图拯救世界的良方是基督教，要用宗教的方法使人得到心灵的拯救。他提倡回到人类最初的世界，回到那个人人有信仰、人人平等、互相爱护的和谐社会。这种通过基督教的教义让人得到心灵的救赎进而实现社会和谐的方法，确实可以是一种途径。福斯特似乎从艾略特的思想中获得了灵感，也从宗教的角度思考人与宇宙的关系和人的心灵的拯救。

总之，英国自由主义传统和十九世纪末二十世纪初的人文理想都对福斯特思想的形成产生了重要影响。

第三节　"向东方致敬"：东方文化对福斯特的影响

福斯特与其他英国作家的不同之处在于他与东方文化的接触。1907 年，福斯特结识了印度穆斯林马苏德(Syed Ross Masood)，与其建立了持续一生的友谊。他曾经在《西德·洛斯·马苏德》("Syed Ross

---

① 　G. E. Moore, *Principia Ethica*, Cambridge: Cambridge University Press, 1929, p.166.

Masood",1937)一文中记叙了他们的友谊,提到他从马苏德身上得到的东西很多。"他把我从古板的学术生活中唤醒,给我展示了新视野和新文明,帮助我对大陆有了了解。"①这里福斯特所提到的大陆就是印度。通过与马苏德的友谊,福斯特对东方人有了较深的认识,并被东方人的热情、幽默、智慧、美学品位和艺术气质所折服。在大学学习期间(1912—1913)他就曾经同自己的导师迪金森一起访问印度,考察文化,接触到了原汁原味的东方文化。1921 年到 1922 年间,福斯特第二次访问印度,受邀为德瓦斯(Dewas)邦主作私人秘书。在访问印度期间,福斯特两次拜访马苏德,并在马苏德的鼓励下开始小说《印度之行》的创作。小说出版时,福斯特把书献给马苏德,以示对马苏德的感激和爱。他说:"没有马苏德,就不会有《印度之行》的写作。"②《印度之行》中阿齐兹的原型就是马苏德。1915—1919 年间福斯特在埃及的亚历山大城的红十字会工作,对东方有了更多的了解。

福斯特对东方的古老生活方式和人与人之间的关系印象深刻,对印度的神话和宗教更是感兴趣。"如果要我们说起东方人,首先,人际关系对他是最重要的,其次,就是东方没有超出一般经验的法令……此外,在波斯和印度,与神同在是重要的理念,人的世界观相应地做出改变。"③但是令福斯特感到奇怪的是,在强调与神同在的情况下,东方人的个性并没有消失。"他们[东方人]不寻求成为神或甚至看到神。他们的沉思,虽然具有神秘主义的张力和超然特性,但是从来没有导致对个性的放弃。'自我'是珍贵的,因为创造自我的神自身就具有个性。"④东方人时刻在保护自我,不论是在最友好的时候,还是在最卑微的时候,他们永远

---

① E. M. Forster, "Syed Ross Masood," *Two Cheers for Democracy*, New York: Harcourt, Brace & World, Inc., 1951, p.292.

② Ibid.

③ E. M. Forster, "Salute to the Orient!" *Abinger Harvest*, London: Harcourt Brace Jovanovich, Publishers, 1964, p.273.

④ Ibid.

不会失去自我。这一点使福斯特对东方人有了深刻的理解。

福斯特在东方所得到的更多的是关于意识和形而上的感悟。印度文化向来以博大精深而著称,其中的伊斯兰教和印度教更是高深莫测。西方人由于受到西方思维的制约,对东方文化了解不深,也不能对它进行充分的理解。但福斯特对东方产生了特殊的情愫。他认识到,在东方蕴藏着最原始的生命力,因此东方并不是低级的存在,也不是粗俗、肮脏的存在,而是富有激情、充满了生命力量的存在。这种力量蕴藏在广袤的土地上,蕴藏在坚硬的岩石之中,也存在于神秘莫测的宗教中。在看似虚无的状态中,神展现着别样的美丽,默默地存在着,控制着整个世界。福斯特认为在东方存在着一种秩序,这种秩序就是神所创造的秩序。这种秩序可以使人和万物融汇在一起,形成一个和谐有序的世界。

神秘的东方哲学促成了福斯特对宇宙的认识。人们普遍认为福斯特的小说是对现实的描写,所揭示的都是包括私人关系、婚姻状况、种族矛盾、文化与物质的冲突等在内的现实性问题,但事实上福斯特也有形而上的一面,有对哲学和宇宙问题的思考。当人们试图从政治的角度理解他的《印度之行》时,福斯特解释道:

> 尽管引起公众关注并且成为卖点的是该书的政治方面,但这本书其实不是真正关于政治的。它比政治要宽泛,是关于人类对更永久的家园的寻找,关于印度大地所代表的宇宙,关于潜藏在马拉巴山洞中的恐怖和克里希纳的诞生所象征的释放。它是,或希望是,哲学的和富有诗意的,那就是为什么当这本书完稿时,我选用了惠特曼的一首著名诗歌里的诗句"印度之行"为它命名的原因。①

---

① Qtd. in John Colmer, *E.M. Forster: The Personal Voice*, London: Routledge & Kegan Paul, 1975, p.156.

如此看来,探索宇宙的奥秘、寻找人类的精神家园是福斯特创作《印度之行》的初衷。在这部小说中,福斯特不时地流露出对宇宙的深层次思考。小说第一章开篇就呈现了一幅莽莽苍苍的广阔的宇宙画面,太阳、天空、大地、被恒河冲刷着的印度小镇以及兀峰林立的马拉巴山,无不给人一种巨大的视觉和想象的冲击力。在小说第四章,在对等待搭桥聚会开始的人进行描写之后,福斯特笔锋一转,把关注的焦点转到了天空上面:"几只风筝在头顶上空盘旋,一只巨大秃鹫从风筝的上空掠过。天空没有染上深色,而像一个巨大的半透明体,不偏不倚笼罩在万物之上,从整个圆周上把光亮喷洒下来。这空间的层次似乎不可能到此终止,天空之外,真的没有架在整个天空之上的圆拱形了吗? 难道还有比天空更公正的吗? 在它之上还有……"①而在小说的末尾,广阔的宇宙图景再次出现,深幽的山谷、一览无余的茂城、寺庙、湖泊、神殿、飞鸟、天空,无不尽收眼底,使人产生一种无所不包、无限永恒的遐思。事实上,福斯特在《印度之行》中探讨的是宇宙秩序问题,即到底谁是宇宙的主宰,宇宙在以什么样的模式运行,而人类在宇宙中处于什么位置,哪里才是人心灵的家园。看得出,福斯特把对宇宙的探索设定成了小说内在的主线。

在到达印度之前,福斯特对宇宙的认识主要基于古希腊罗马时期哲学家对宇宙的认识,他受到普罗提诺(Plotinus,205—270)的影响较大。普罗提诺是新柏拉图派的主要代表,被认为是"处于从柏拉图和亚里士多德到奥古斯丁之间最伟大的哲学家"②,对后世产生过重要影响,包括从基督教哲学、犹太教和阿拉伯思想中成长起来的后期新柏拉图主义者们,到文艺复兴时期的费基诺(Ficino,1433—1499),再到后来的柯略律治(Samuel Taylor Coleridge,1772—1834)、爱默生(Ralph Waldo

---

① [英]E.M.福斯特:《印度之行》,杨自俭译,译林出版社 2003 年版,第 40 页。
② Kevin Corrigan, *Reading Plotinus: A Practical Introduction to Neoplatonism*, West Lafayette: Purdue University Press, 2005, Introduction, p.5.

Emerson，1803—1882）、叶芝（William Butler Yeats，1865—1939）等人，都受到过他的影响。普罗提诺的哲学思想以柏拉图和其他古希腊哲学思想为根基，在对亚里士多德学派、斯多葛学派和其他学派思想的批判中逐渐形成的。普罗提诺以其独特的宇宙论而闻名，认为宇宙是由太一创造并主宰的有序世界。普罗提诺强调太一对世界的创造，同时也强调人对太一的回归。福斯特通过东方之旅看到了印度教与普罗提诺宇宙论的相似之处。他说："基督徒的诺言是可以看见上帝，但是新柏拉图主义者同印度人一样，承诺人可以成为上帝。"[1]普罗提诺的哲学和印度教都强调人与神同在。事实上，福斯特在印度教的教义中看到了很多与普罗提诺的太一创世说相同的特点，包括宇宙的有序性、永恒性以及包容性。福斯特认为印度教强调秩序，在看似混乱的表象背后，却存在着一种秩序。这种秩序就是世界上的一切都有存在的理由，它们都是平等的，都受到神的关照。福斯特也在印度教的教义中看到了人与宇宙的内在联系，也就是人可以实现"梵我如一"，这一点完全与普罗提诺的创世说的回归思想相契合。福斯特认为，人生活在世界上，并不是孤立的，人和自然和谐相处。福斯特曾这样说道："我们都是太一的一部分，甚至岩石也是，尽管我们没有意识到这一点；人的目标实际上是要成为神，因为他潜在地具有神性。为了在将来的存在中比现在更好地意识到神，就可以再生；因此，为了在此生我们能见到神，就可以有神秘视野（Mystic Vision）。"[2]由此可知，福斯特既看到了神对世界和人的创造，同时也看到了人对神的崇敬和与神同在的渴望。《印度之行》中的穆尔夫人就通过神秘视野进入了这一境界，人与神最终联系在了一起，为人的心灵找到了可以栖居的宁静家园。东方哲学促成了福斯特的宇宙观的形成。

东方文化影响了福斯特小说的创作。在《印度之行》中，他表达了对

---

[1] E. M. Forster, *Alexandria: A History and a Guide*, London: Doubleday & Co., 1922, p.72.

[2] Ibid., pp.66-67.

印度文化的认同,同时也表现出了更深邃、更宏大的气质;他所要呈现的是整个世界和广袤的宇宙,所要探讨的也是世界的和谐和宇宙的秩序。在《小说面面观》中福斯特指出,小说不仅讲故事,更重要的是要传递一种价值观,也就是"要包含价值生活"①。事实上他在小说中表达的对东方文化的认同就在传达一种价值观,一种形而上的、纯粹精神的追求。福斯特对东方宗教的认同表明他对人和宇宙都有了深刻的认识,也了解了人与宇宙之间的关系,更重要的是,他已经找到了人类回归精神家园的路。东方文化使福斯特的连接思想有了更开放、更广阔的思想基础。

在福斯特漫长的一生中,他一直坚持对真理的思考与追求。他所关注的对象是人与人之间的关系、人与社会之间的关系、种族之间的关系,乃至人与宇宙之间的关系,这些都在他的小说作品中得以体现。虽然1924年以后他停止了小说创作,但是他对人的兴趣从来没有停止过。他转向了散文创作,关注政治与文学活动,继续探索真理性问题。福斯特曾进行过这样的反思:"对我认识的人,——我的亲戚,朋友和熟人,我应该怎样表现呢? 对我不认识的,但对我有所帮助的人——对政府,对整个社会,对整个人类,我应该怎样表现呢? 对于不可知的,我又应该怎样表现呢? 对于上帝,对命运,或对不论什么,只要是你喜欢称它是世界背后不可知的力量的东西,我都应该持什么态度呢?"②福斯特的问题揭示了他丰富的内心世界,是他对真理不断探索的真实反映。作为人文主义者,福斯特的一生是追求真理、追求理想的一生,他的目的是了解个体的人和整体的人的本质,完善人性,美化人的生活。

福斯特曾经在1943年评论法国作家纪德(Andre Gide)时对人文主义者所具有的特征进行了概括:一是好奇心,二是自由的思想,三是好的

---

① E. M. Forster, *Aspects of the Novel*, London: Hodder & Stoughton Ltd., 1974, p.19.
② Wilfred Stone, *The Cave and the Mountain: A Study of E. M. Forster*, Stanford: Stanford University Press, 1966, p.59.

品位,四是对人类的信仰。[①] 这些特征都很好地在福斯特本人身上有所折射。他是好奇的,执着的,开放的,乐观的,他坚信人的自我完善和人类和谐的人文理想,并且一直希望通过"连接"实现这些崇高的理想。福斯特的"连接"思想在今天世界一体化的进程中是非常有意义的。

[①] E. M. Forster,"Gide and George," *Two Cheers for Democracy*, New York: Harcourt, Brace & World, Inc., 1951, p.228.

第二章 理性与激情：自我的连接

E.M.福斯特的连接思想首先表现在人的自我的连接，这一点同他的人文主义思想是分不开的。人文主义最大的特点就是强调人的作用，对人的地位极为尊重，认为人是大自然最伟大的杰作。古希腊哲学家普罗泰格拉所称的"人是万物的尺度"确立了人在世界上的主体地位，而苏格拉底的哲学探讨则把哲学的视角引向人的自身。文艺复兴和启蒙运动推动人的主体地位进入了不可撼动的历史阶段。人文主义者所关注的是人的幸福和完善，从古希腊开始人们就注重探讨人如何获得幸福，以及什么样的人才是完美的人。德尔菲神庙上的"认识你自己"的箴言就印证了人对自我认识的需求，即人要完善自我的愿望和努力。苏格拉底认为人最大的幸福就是"善"，而善是灵魂与身体的和谐统一。苏格拉底尤其强调完美的灵魂，具体指勇敢、自制、知识和智慧。苏格拉底强调理性，认为理性是人实现善的最根本的保证。苏格拉底认为，为了实现灵魂的完美，人可以舍弃身体。由于受到苏格拉底思想的影响，福斯特也强调要追求完美的灵魂，但是他的观点又与苏格拉底的思想有所不同，他在强调完美灵魂的同时，也强调身体的作用。福斯特认为，对于作为个体的人来讲，单纯具有理性是不够的，这只能导致扁平的人，不能构成完美的人，因此他提出了理性与激情连接的思想。在福斯特看来，人在具有正义、勇敢、自制的同时,还需要富有激情。激情可以包括两个方面,一是生命的激情,即健康的身体,二是艺术的激情,即丰富的想象。在福斯特心中,只有实现理性与激情的连接才能够形成完美的人。福斯特的小说创作就是围绕着理性与激情连接的主题展开,这一主题构成了人的自我的连接思想。自我的连接构成了福斯特连接思想的重要组成部分。

第一节　心灵的拯救:《天使不敢涉足的地方》①

福斯特自我的连接思想首先表现在心灵的拯救主题,这一主题在小说《天使不敢涉足的地方》中得到充分的体现,小说试图通过理性与激情的连接实现人的自我的提升。《天使不敢涉足的地方》出版于 1905年。该书一出版即受到了广泛的关注与好评。在这部小说中作者表现出了极大的创作天赋。不论是从艺术性上还是从思想的深度上,该作品都给读者带来了满足感和愉悦感,正如英国评论家司特莱布莱斯(Oliver Stallybrass)所称道的那样:"我发现它[《天使不敢涉足的地方》]非常完美。"②确实,福斯特在这部小说中所呈现的完美的结构、敏锐的主题、稳定的风格、灵巧的喜剧以及巧妙的情节发展等都是别的作家所不及的。而更令人瞩目的是,在小说中福斯特表达了比较成熟的深刻的人文主义思想。英国批评家芭芭拉·罗斯克兰斯(Barbara Rosecrance)曾经对福斯特小说做过这样的评价:"福斯特的小说都展示了一种对绝对

---

① 本节内容曾经在学术期刊发表过,见苑辉:《心灵的拯救——福斯特〈天使不敢涉足的地方〉的人文主义思想主题透视》,《作家》2012 年第 8 期,第 83—84 页。这里个别字句做了改动。

② E. M. Forster, *Where Angels Fear to Tread*, Cambridge: Penguin Books,1905,"Preface",p.15.

价值的追求,这种追求在他早期的作品中表现为自我实现的人文主义理想……"①确实,人的自我完善构成了福斯特的人文主义思想的核心,也构成了《天使不敢涉足的地方》这一作品的灵魂。这部小说"以蒲伯(Alexander Pope)的诗句为书名,揭示英国中产阶级社会的势力与虚伪,提出人应在追求自然人性的过程中重新获得新生"②。在这部小说中,他成功地塑造了属于英国中产阶级的赫里顿太太一家和卡罗琳小姐,从不同的侧面揭示了他们所代表的英国中产阶级性格中的缺陷。《天使不敢涉足的地方》是福斯特长篇小说创作的起点,也是他的人文主义思想的起点。他通过表现英国中产阶级的生活方式,揭示了不完整心灵的种种弊端,同时通过理性与激情的连接,积极探索人提升自我的有效途径。

"发育不良的心灵"这一说法是福斯特在他的散文《英国人性格琐谈》("Notes on the English Character",1920)中提出来的,以此概括英国公学制度所塑造的英国中产阶级的共同特征:他们体格健壮,智力发达,但是心灵发育不良。③ 福斯特认为中产阶级是英国社会的最主要的力量,所以英国中产阶级的性格特征就是整个英国人的性格特征,英国中产阶级所面临的困难也是英国所面临的困难。福斯特在文章中分析说,英国中产阶级谨慎高效,但是自私、狭隘、虚荣、冷漠、刻板、缺乏想象力,并且没有任何激情。他们之所以如此是由于心灵发育不完整造成的。福斯特看到正是这种心灵的缺陷构成了英国内部生活的沉闷和英国人在国外困难重重的主要原因。

对"发育不良的心灵"的探讨是福斯特小说的重要主题。从《天使不敢涉足的地方》(1905)到后来的经典作品《印度之行》(1924),每部作品

---

① Barbara Rosecrance, *Forster's Narrative Vision*, London: Cornell University Press, 1982, p.13.

② 智量、熊玉鹏:《外国现代派文学词典》,上海文艺出版社1999年版,第220页。

③ E. M. Forster, *Abinger Harvest*, London: Harcourt Brace Jovanovich, Publishers, 1964, p.5.

都充斥着这一主题。在《天使不敢涉足的地方》这部小说中，福斯特选取意大利和英国为背景，采用象征性的手法展示了两个不同的世界和两种完全相反的生活方式及生活观念。一种是伦敦郊区索斯顿小镇所代表的所谓的文明生活及人们所恪守的传统的虚荣的资产阶级生活方式；另一种是优美、充满生机的意大利小镇蒙特利亚诺所代表的自由奔放的诚挚的生活方式。在这两种生活方式的对比中福斯特成功地塑造了两种心灵发育不良的典型。一类是赫里顿太太和她的女儿哈丽艾特。另一类是赫里顿太太的儿子菲利浦和另一位中产阶级家庭的小姐卡罗琳。

　　福斯特非常善于塑造典型人物，"他是一个把他的人物同周围环境紧密联系在一起的作家"①。他所塑造的赫里顿太太就是同英国小镇索斯顿紧密联系在一起的人物，是英国传统生活方式所造就的"心灵发育不良"的人的典型，与吉诺所代表的"真正的人"形成鲜明对照。赫里顿太太是英国传统势力的代表，同时也是虚伪的英国资产阶级生活方式的必然产物。她心胸狭隘、自命不凡、虚荣、专断，总是把自己的意志强加在别人身上。最初她极力反对自己的大儿子查尔斯同莉莉亚相爱，因为莉莉亚既没有钱，出身又不尊贵，她觉得莉莉亚根本配不上她的儿子。可是在他们结婚之后她却肩负起了监管儿媳的责任。等莉莉亚的女儿伊尔玛出生之后，她又从莉莉亚的妈妈那里争得了孩子的监管权。但是她根本就不喜欢"奶奶"这个角色。所以在送莉莉亚去意大利的站台上，当伊尔玛称她为"granny"的时候，赫里顿太太提醒孩子要称她为"grandma"。赫里顿太太没有任何想象力，从不相信浪漫的情感，更不相信心灵的转化。在莉莉亚走后，赫里顿太太和小儿子菲利浦谈到莉莉亚选择到意大利旅行的原因。菲利浦认为莉莉亚是喜欢那里的优美风光和文化氛围，可是赫里顿太太认为是莉莉亚贪图享乐，还认为去意大利

---

① 　Philip Gardner, ed., *E. M. Forster: The Critical Heritage*, London: Routledge & Kegan Paul, 1973, p.320.

只能使莉莉亚变得更糟。后来在得知莉莉亚同意大利地位低下的牙医的儿子吉诺订婚之后,赫里顿太太恼羞成怒,立刻派小儿子菲利浦前去意大利进行阻挠。最后在得知莉莉亚去世留有一个男孩之后,坚持认为这个孩子应该接受英国式的教育,不能在粗俗的环境中长大,更不能由吉诺这个没有教养的人来抚养,于是她派菲利浦第二次前往意大利,去完成抢夺孩子的使命。虽然福斯特对赫里顿太太采用了速写的方式,但是寥寥数笔就已经使她的性格跃然纸上了。

赫里顿太太的女儿哈丽艾特虽然受过很好的教育,但是同她的母亲一样是英国传统势力的代表。她完全是赫里顿太太的追随者,冷漠,刻板,缺乏想象。在对待莉莉亚的婚姻问题上,她一直站在赫里顿太太的立场上。在争夺莉莉亚和吉诺的孩子的过程中,她毫不思考,首当其冲,前往意大利去做赫里顿太太的帮手。她丝毫不同情吉诺这位孩子父亲的感受,将孩子偷偷抱走,结果孩子在路上意外夭折,给吉诺的内心造成极大伤害。在福斯特眼中,她们母女是极端的心灵不完整的典型,是不可救药的,她们的所作所为完全是英国传统势力的具体表现。福斯特认为这些人是英国社会生活刻板乏味的真正原因。

福斯特的创造性在于,除塑造了赫里顿太太这一类不可救药的"心灵发育不良"的人之外,还塑造了一类人:虽然他们也属于"心灵发育不良"的人,存在着心灵的缺陷,但是他们并不是顽固的旧势力的代表,他们可以接受新事物,并且在可能的情况下实现心灵的转变。这一类人就是以菲利浦和卡罗琳为代表的英国中产阶级中的知识分子,他们理性、睿智,充分了解现实生活中不如意的地方,用理性控制着自己的生活。福斯特认为他们是英国生活有所改变的希望。事实上,这类人物的出现,为小说增添了无穷的魅力。福斯特曾经在他的文学评论集《小说面面观》(*Aspects of the Novel*, 1927)中把这样不断发展变化的人物称作"圆形人物"(round characters),是比一成不变的"扁平人物"(flat characters)

优越得多的人物类型①,因为他们"能够以令人信服的方式使人感到意外"②。事实上,这些圆形人物为小说创造了悬念,使读者在阅读过程中有所期盼。菲利浦和卡罗琳是英国传统生活方式的牺牲品。菲利浦和卡罗琳孤独倦怠,对生活没有热情,被生活剥夺了爱的能力和被爱的权利,并同赫里顿太太母女一样充满了阶级等第的观念。但是他们存在着转化的可能,是地地道道的"圆形人物",同赫里顿太太母女是完全不同的两类人。虽然他们在传统的生活中得过且过,但是他们的内心仍然拥有完整的审美观念,都有一种对美好的自由生活的向往。卡罗琳对压抑的传统生活十分憎恨。而菲利浦自从在 22 岁第一次体验了意大利的美丽之后,改变了他的生活的旁观者的角色。他变得幽默,大胆讥笑他周围的一切不合理现象。小说中人物的塑造反映了福斯特对这些人物的态度。福斯特对赫里顿太太和哈丽艾特持否定态度,把她们当成了讽刺与批判的对象,但是把菲利浦和卡罗琳看成与自己相似的人,对他们抱有同情和希望。菲利浦和卡罗琳都是矛盾的统一体。但是福斯特看到了他们心中所藏的美感、幽默感和深刻的理解力。福斯特希望他们的心灵得到拯救。所以小说的情节发展过程恰恰是菲利浦和卡罗琳两个人思想发生转变、实现心灵拯救的过程。

福斯特认为发育不良的心灵是现代性的必然产物。欧洲社会理性的发展促成了社会的巨大飞跃,但是也造成了文化上的危机,人们的内心已经失去了真挚的情感和生命的激情。以索斯顿小镇为代表的英国传统生活枯燥乏味,限制了人的想象,人从本质的生活中剥离出来,感到痛苦和压抑。小说中赫里顿太太对儿媳婚姻的粗暴干涉以及吉诺婴儿的死亡就充分地证明了这一点。

那么什么样的生活才是理想的生活? 什么样的人才是心灵发育良

①　E. M. Forster, *Aspects of the Novel*, London: Hodder & Stoughton Ltd., 1974, p.50.
②　Ibid., p.54.

好的人呢？关于这一点，福斯特有他独到的见解。他认为自然的、自由自在的、富有生命激情的人才是真正的人，只有兼具理性和激情的人才是完美的人。在《天使不敢涉足的地方》中，福斯特除了描写以索斯顿为代表的英国传统生活、塑造了典型的心灵发育不良的人物之外，重点描绘了以意大利小镇蒙特里亚诺为代表的热情真挚的生活方式，塑造了吉诺这个有血有肉的热情奔放的人物形象，同时通过菲利浦和卡罗琳的心灵转化和与吉诺的和解实现了理性与激情的连接。

　　小说的意大利背景的选取及对意大利人的塑造都体现了福斯特独特的人文主义思想，充分展示了福斯特的理想追求。意大利，这个集美丽、粗俗、残忍、魅力于一身的神秘国度，在福斯特的眼里是自由的王国，是人们可以享受感性生活和摆脱基督教束缚的理想所在。福斯特认为意大利能净化每个来访者的心灵，能使他们摆脱世俗的观念并变得高尚起来，因为"她既是世界的赏玩之地，又是一所学校"①。福斯特之所以有这样的溢美之词，主要有三个方面的原因：一是在意大利到处都是自然美景，一切都处在美的氛围里，充满无穷的韵味。小说中福斯特对蒙特里亚诺小镇的描写就是有力的证明。当菲利浦乘车前往小镇时，他所看到的是在花海中延伸的道路和在橄榄树包围中的古老城墙，整个小镇仿佛漂浮在绿树和蓝天之间，犹如梦中的海市蜃楼。第二，意大利不仅风景优美，还是一个艺术的王国，到处耸立着高塔和雕塑，到处都有历史悠久的美术馆和艺术馆，这些都曾给菲利浦留下了深刻的印象。第三，也是最重要的一点，就是意大利拥有热情奔放的人民，他们坦率、真挚，为美丽的意大利注入了勃勃生机，也使意大利的生活与英国传统观念统治下的沉闷生活形成了鲜明的对照。

　　福斯特在这部小说中成功地塑造了吉诺这一人物形象。吉诺是意大利一位牙医的儿子，社会地位低下，可是在福斯特心中，吉诺是富有生

---

① E. M. Forster, *Where Angels Fear to Tread*, Cambridge: Penguin Books, 1905, p.22.

命力的意大利生活方式的代表：他粗俗，但是富有朝气，敢爱敢恨，是一个有血有肉有强烈感情的真正的人，是富有激情的理想的人的象征。吉诺外貌英俊，坦诚自然，情感真挚。他的真挚一方面表现在他对菲利浦的态度上，一方面表现在他对儿子的纯真感情上。菲利浦再次到意大利去救莉莉亚的孩子的时候，当晚，在剧院热烈的气氛中，吉诺不顾忌以前在菲利浦和他之间因为他与莉莉亚的婚姻发生的冲突，在看台上向菲利浦伸出了热情的双手。吉诺的友好与热情使菲利浦深受感动，使他的心灵受到了激情的震荡和兄弟情谊的洗涤。吉诺对菲利浦的态度是真挚的，而他对儿子的爱更深刻地勾画出他的真挚情感。可以说，吉诺同莉莉亚的婚姻是出于对经济的考虑，但是他对儿子的情感则是纯真的，不掺杂任何杂质。当莉莉亚难产时，他就为未出世的婴儿焦虑不安。莉莉亚去世后，他尽心地抚养儿子，为儿子喂奶，洗澡，关心备至。当后来得知儿子死去时他悲痛欲绝，失去了理智，痛打了向他说明真相的菲利浦，差一点要了菲利浦的命。吉诺对儿子的感情似乎不可理喻，但是这不可理喻的情感正是他的个性的真正体现。拥有一个儿子是吉诺一生中最大的愿望，因为他似乎在儿子的身上看到了生活的永恒和生命的延续。所以他对儿子表现出来的情感都是他的心灵的自然感受，没有任何矫揉造作的成分。孩子的死对吉诺来说意味着生命延续的终结和生活意义的丧失，所以吉诺不能控制自己的理智是很自然的，也是可以理解的。可以说，吉诺所感受的是生活本身，这种感受超出了索斯顿的肤浅生活方式所理解的深度，也超出了吉诺自身的个性深度。福斯特试图在吉诺身上表现混沌的外表下所存在的统一，从而找到某种将人与人、人与自然连接在一起的品质。吉诺这个人物形象是真实的，他体现了福斯特的人的理想。他的英俊的外表、他对朋友的坦率与真诚、对儿子的爱与温情、对妻子的钳制以及他同菲利浦打斗时所表现出来的残忍都说明他是一个完整的实实在在的人，是英国传统生活方式统治下的发育不良的英国人所不及的，具有积极的现实意义。

《天使不敢涉足的地方》一直被看成是关于拯救的小说。确实,从表面上看,小说是讲赫里顿太太一家为了虚荣对莉莉亚和莉莉亚之子所进行的"拯救",可是从深层次看,小说则是关于"心灵的拯救",是发育不良的菲利浦和卡罗琳拯救自己的灵魂、实现心灵转化并最终实现心灵升华的过程。约翰·考尔莫(John Colmer)在评述《天使不敢涉足的地方》的时候说:"拯救构成了这部小说的道德中心,而转化是实现拯救的诗化的或充满想象的方式。"[①]事实上,菲利浦和卡罗琳两个人心灵的转化构成了拯救主题的核心,也构成了福斯特展现其自我的连接思想内涵的最佳手段。在小说中福斯特采用了恰当的艺术手法,使这种转化非常自然,没有丝毫雕琢的痕迹。这些艺术手法主要包括故事背景的设置、特殊场景的设计、矛盾与冲突的激化和对人物内心强烈情感的激发。

福斯特善于从物象中获得灵感。《天使不敢涉足的地方》的灵感就"来自于某个地方的精神"[②]。在这部小说中,福斯特分别选取意大利的蒙特里亚诺(Monteriano)小镇和英国的索斯顿(Sawston)小镇为背景,采用象征性的手法展示了两个不同的世界和两种完全相反的生活方式及生活观念。小说中的高塔林立、山路陡峭的蒙特里亚诺小镇就取自佛罗伦萨附近的中世纪小镇散吉米纳诺(San Gimignano),福斯特游历意大利时曾到过那里。小说中对这一地点的描写完全出自福斯特本人对意大利的真实感受。事实上,这个地点的选取为菲利浦和卡罗琳的心灵转化做好了铺垫。那里的美丽风光和热情奔放的人们为两个人物展示了别样的风情和别样的生活画面。事实上,意大利对菲利浦和卡罗琳早就具有莫大的吸引力。菲利浦在 22 岁的时候,曾和朋友们一起去过意大利,对那里的美丽风光和人文环境都颇有好感。所以在莉莉亚去意大利之前他曾鼓励莉莉亚去了解意大利,了解意大利人。而卡罗琳

---

①   John Colmer, *E. M. Forster: The Personal Voice*, London: Routledge & Kegan Paul, 1975, p.57.

②   Ibid., p.53.

也在小说的开始自告奋勇陪伴莉莉亚前往意大利。也许正因为此，福斯特把菲利浦和卡罗琳的心灵转化地点设定在了意大利的小镇蒙特里亚诺。

菲利浦和卡罗琳心灵的转化主要发生在他们第二次在意大利的日子。福斯特天才地设计了一系列特殊的场景和一系列矛盾与冲突，激发了人物内心的强烈情感，使这种转化很自然地得以实现。

第一个特殊的场景是菲利浦和卡罗琳到达意大利的当晚所去的剧院。在这里，福斯特勾勒出一个宏大的场面和诸多的人物，展现了意大利人热情奔放的一面。在这一场景中，菲利浦和卡罗琳亲身感受到了火热的意大利生活。在剧院里每个人都欢呼雀跃，忘情地沉浸在音乐和艺术的氛围里，同时享受着人与人之间融洽友好的氛围。剧院中热烈的气氛深深地感染了菲利浦，使他的心中也充满了激情。就在这时，吉诺向菲利浦伸出了热情的双手，菲利浦也不由自主伸出手去，接受了吉诺所传递的兄弟般的友谊。歌剧院里的气氛也使当时在场的卡罗琳的心灵受到了极大的震动，她的心也完全融入其中。从剧院里出来后，她的心久久不能平静，音乐、掌声和笑声不断在她的脑海里回荡。她的身心受到了美的陶冶。她在内心深处开始对英国传统的生活理念产生怀疑，并开始形成新的价值观。这样看来，这个神奇的歌剧院使菲利浦和卡罗琳感受到了真正的意大利生活的活力，使从来没有表露过友情和激情的菲利浦和卡罗琳的心灵受到了极大的震动，并且开始有了很大的转变。

后来菲利浦和卡罗琳在吉诺的家里看到的情景又进一步促成了两人的心灵的转变。当卡罗琳去看吉诺的孩子，在那她看到了使她万分感动的场景：吉诺正把孩子举起来，深情地亲吻着。这个场景使卡罗琳看到了吉诺心中真挚的父爱，她知道吉诺是高尚的，他有权抚养自己的孩子。后来卡罗琳帮助吉诺为孩子洗澡，这一情景恰好被外边进来的菲利浦看在眼里：卡罗琳临窗而坐，怀里抱着刚刚洗过澡的婴儿；吉诺则交叉着双手跪在椅子旁边。这情景使菲利浦心生感动，他突然感到卡罗琳异常美丽,他也好像看到了圣母与耶稣及先知在一起的画面,不由得心中产生了圣洁的感情。就这样,在吉诺家的经历使菲利浦和卡罗琳都发生了彻底的转变。在他们眼中,吉诺对孩子的爱是神圣的,是世间最伟大的情感。所以最终他们决定把孩子留在吉诺身边。

现在卡罗琳已经不是以前的卡罗琳了,她完全醒悟并抛弃了传统的观念。菲利浦也已不是以前的菲利浦。他懂得了爱和美的真谛,也看到了生活的全貌,并且成了生活的参与者。看起来小说到这里可以圆满地结束了。但是,福斯特并没有就此打住,而是让风波再起,把故事情节推向高潮,同时也为菲利浦和卡罗琳两个人心灵的彻底拯救提供了必要条件。顽固的哈丽艾特偷走了吉诺的孩子,结果在去车站的途中,由于雨大路滑,她坐的车子翻了,孩子不幸夭折。菲利浦得知此事后,觉得有责任亲自向吉诺说明此事。结果吉诺极度悲痛,痛打了菲利浦。幸好卡罗琳及时赶到,才免出人命。吉诺悲痛欲绝,卡罗琳真诚地安慰吉诺,此时"她的眼里充满了无限的同情和庄严,好像它们能看到痛苦的极限和极限以外的不可想象的地域"①。卡罗琳的形象在菲利浦的心中再一次得到升华,他对她肃然起敬,觉得她就是圣母玛利亚,因为只有在圣母玛利亚的眼中才会有这种温柔热切的目光。此时强烈的感情再一次涌入菲利浦的心中,他感到心中有一种高尚的快乐情绪。他意识到了生活的伟大,也意识到了卡罗琳的博大胸怀。最后他在卡罗琳的帮助下,与吉诺握手言和,同吉诺一起喝掉了为婴儿准备的牛奶。经过这一系列的事件,菲利浦的心灵得到了彻底的拯救,他的心灵转化的全过程得以完成。可以说,婴儿的死亡促成了小说人物的转化,一方面是菲利浦和卡罗琳心灵的转化,从刻板、理性变得富有激情,实现了理性与激情的连接;另一方面,吉诺也实现了转化,他从单纯富有激情变得有了理性,能够控制自己的行为,因此变成了一个完美的人。吉诺和菲利浦喝掉婴儿的牛奶

---

①   E. M. Forster, *Where Angels Fear to Tread*, Cambridge: Penguin Books, 1905, p.151.

寓示二者的新生。

　　福斯特非常善于捕捉人物内心瞬间的强烈情感,正如英国学者克里斯多夫·吉利(Christopher Gillie)在谈及福斯特的写作技巧时所说的那样:"一阵突然且强烈的情感是福斯特的典型技巧……把它看做是一种技巧也很方便,因为他使用一阵突然且强烈的情感作为叙述和人物发展的转折点。"①确实,一系列的矛盾与冲突使卡罗琳和菲利浦都经历了一系列强烈的情感变化,使他们的心灵发生了彻底的改变,也使他们的心灵得到彻底的拯救。到最后,他们不再是"心灵发育不良"的人,而发展成了有情感、有品位、有爱、有恨的完整的人。在离开意大利车站的时候,他们都敞开了心扉,菲利浦承认自己爱上了卡罗琳,而卡罗琳则承认自己爱上了吉诺。这说明他们两个人同时都具有了爱的能力。至此,读者的好奇心得到了满足,也自然而然地接受了小说的完美结局。正如有人评论的那样:"这本书不同寻常,很令人信服,它的独特性和说服性以意想不到的新鲜的方式得到实现。"②

　　当然在这里人们可以看到福斯特思想的局限性。他把冲突放在了基督教的氛围里,似乎在以宗教的力量左右人们心灵的成长过程,这同他后来摒弃基督教的观点相悖。在 1938 年福斯特曾经宣称他的座右铭是"上帝呀,我不信仰—— 帮助我的不信仰吧"③,那个时候他完全摒弃了基督教,认为基督教不会改变人的心灵,更不可能使人达到永恒。当然,任何人的思想要达到成熟是需要一个过程的,福斯特在第一部小说里试图从基督教的角度去寻找完善自我的力量也是可以理解的。

---

①　Christopher Gillie, *A Preface to Forster*, New York: Longman Group Limited, 1983, p.108.

②　Philip Gardner (ed.), *E. M. Forster: The Critical Heritage*, London: Routledge & Kegan Paul, 1973, p.44.

③　E. M. Forster, *Two Cheers for Democracy*, New York: Harcourt, Brace & world, Inc. 1938, p.67.

　　弗吉尼亚·伍尔夫曾这样评价 E.M.福斯特："他有许多纯粹艺术家所具有的本能与天赋。"①伍尔夫的评价是精到的,因为在福斯特的小说创作中这种能力一直贯穿始终。在《天使不敢涉足的地方》中,不论是小说背景的设置、情节的构架、小说人物的塑造,还是小说主题的深化等方面都体现了福斯特作为艺术家的天分,给人留下了深刻的印象。

　　作为小说家,福斯特在《天使不敢涉足的地方》中的思想是深刻的。他认为人要得到幸福就必须具有完整的心灵。小说揭示了主人公菲利浦和卡罗琳心灵得以拯救的全过程,进而传达了独特的人文理念。经过了思想改变之后,菲利浦和卡罗琳摒弃了固有观念,决心开始新的生活。这是读者想要看到的,也是福斯特想要看到的。在小说中,福斯特通过选取象征性的背景、设计引人入胜的情节、制造不断激化的矛盾和冲突、激化主人公心中强烈的内心感受等手段创造性地描写了他们心灵转化的全过程,表达了他本人对英国人的希望和信心。小说中心灵拯救的主题和理性与激情连接的思想具有非常重要的现实指导意义,他让人们更清醒地认识到在英国传统生活观念统治下的英国人的个性受到压抑、心灵发展受到阻碍的事实,同时也为不完整的心灵是否能实现转化,从而趋于完整,实现自我的连接提供了一个有力的例证。福斯特对这一主题的探讨为他以后的小说创作创设了一个重要的主旋律,并充分展示了他作为一位思想家的智慧和才能。

第二节　生命与死亡的连接:《最漫长的旅程》②

　　福斯特的自我连接思想还表现在对身体的书写方面,他希望通过身

---

① Philip Gardner (ed.), *E. M. Forster: The Critical Heritage*, London: Routledge & Kegan Paul, 1973, p.322.
② 本节部分内容曾经在学术期刊发表过,见苑辉:《从〈漫长的旅程〉中的死亡看 E.M.福斯特的死亡哲学》,《作家》2012 年第 10 期,第 75—76 页。

体的在场与缺席实现理性与激情的连接。身体既是自然的产物，又是社会性符号。人类向来注重身体的自然属性。人类对身体进行重塑的记录最早可以追溯到古印度的梵语文本。现代外科的历史也可以追溯到公元前 600 年。但是，随着社会的发展，人们越来越关注身体的社会属性。克里斯·希林（Chris Shilling）认为，对于很多人来说，身体越来越成为自我的构成要素，"身体提供了一个牢固的基础，可以据之重新构建起一种可以依赖的自我感"①。所以，现代人往往把身体看成是自我认同感中的核心要素。福斯特把身体看成人的完整的要素，他说："珍惜躯体吧，那样你就会珍惜灵魂。"②所以他在小说创作中一直强调灵魂与身体的结合，他通过对身体的在场和不在场的思考，实现了生命与死亡的连接，最终实现了理性与激情的连接。

福斯特在小说创作和评论方面都很有建树，其小说和小说理论都给读者留下了深刻印象。事实上，福斯特的贡献不止于此，从某种意义上说他还是一位有见地的哲学家，因为他的每一部作品都蕴含着深刻的哲学思想，尤其是"对于存在他有一系列的理论，这些理论具有多种用途并形成了切实有效的体系"③。从哲学的层面来讲，福斯特所关注的问题很多，包括自然、社会、政治、人的存在和人际关系等，几乎无所不包。但是其中比较有分量的包括对身体的在场与不在场的思考，也就是对生命与死亡的辩证关系的思考。按评论家弗班（P. N. Furbank）的话说，"对死亡的见解构成了福斯特的哲学基础"④。本节仅以福斯特的死亡哲学为切入点，探察福斯特小说中的生命与死亡的连接主题。

---

① ［英］克里斯·希林：《身体与社会理论》第三版，李康译，上海文艺出版社 2021 年版，第 20 页。

② E. M. Forster, *Abinger Harvest*, London: Harcourt Brace Jovanovich, Publishers, 1964, p.172.

③ Judith Scherer Herz and Robert K. Martin(eds.), *E. M. Forster: Centenary Revaluations*, London: The Macmillan Press LTD, 1982, p.37.

④ Ibid.

死亡可谓一个古老的话题。从古至今,无数的智者都对死亡做过深刻的思考。段德智的《西方死亡哲学》一书认为在西方,自古希腊以来,人们对死亡的思考和阐释构成了一种文化传统和一个不断发展的哲学体系。该书把西方的死亡哲学划分成"死亡的诧异"、"死亡的渴望"、"死亡的漠视"和"死亡直面"四个阶段。① 该书提到,在"死亡的诧异"阶段,人们用自然的视角看待死亡的本质,对死亡的终极性、灵魂的永恒性和人生的有限性等命题进行探讨。在"死亡的渴望"阶段人们从宗教的角度看待死亡,认为死亡是实现"永生"、获得终极幸福的必经之路。所以人们轻视现实生活,向往死亡。在"死亡的漠视"阶段,人们开始重新思考死亡问题,把死亡看作自然事件,与人生无关,认为人对死亡的厌恶和恐惧是可以理解的。到了"死亡的直面"阶段,人们对死亡的看法又发生了变化,认为人不应该回避死亡问题,也不该采取漠视的态度,而应该勇敢地面对死亡,并对人生做出合理规划。福斯特就是在这种文化传统的氛围中成长起来的,可以说西方的死亡哲学构成了福斯特死亡观的坚实基础。从时间的跨度来讲,福斯特的死亡哲学属于西方死亡哲学发展的第四个阶段。在这一时期主要"以海德格尔的'向死而在'和弗洛伊德的'生本能'与'死本能'学说为代表。海德格尔把死亡看做是'此在最本己的可能性';而弗洛伊德则强调生本能与死本能的相互融合,并断言死本能是人的最原始、最基本的本能"②。福斯特的死亡哲学虽然不像海德格尔(Martin Heidegger,1889—1976)和弗洛伊德(Sigmund Freud,1856—1939)的死亡哲学那样影响广泛,但是他的死亡哲学的深刻性毫不逊色。

福斯特极其重视对死亡问题的深刻思考。在小说《霍华德庄园》中

---

① 段德智:《西方死亡哲学》,北京大学出版社 2006 年版,第 16 页。
② 参同上。

有过这样的话:"死亡可以使人毁灭;可是死亡的观念却可以使人得到拯救。"①福斯特看到了在死亡后面所隐藏的巨大精神力量,强调人们对死亡进行智性思考的积极作用,认为对死亡的思考可以使人的心灵得到提升与转化。这一点是福斯特哲学的基础,也是他作为一位有见地的作家的思想基础。

福斯特关于死亡的看法深受古希腊时期苏格拉底思想的影响。苏格拉底强调人完善自我的需求,认为人最大的成就就是不断地充实自我和完善自我,人最大的幸福就是"善"的达成。在苏格拉底看来,人追求"善"的行程就是追求知识、追求智慧和真理的过程,它构成了人生的"最漫长的旅程"。苏格拉底的"善"的哲学强调人心灵的作用,认为人第一要关注的不是自己的身体或职业,而是灵魂的最高幸福。苏格拉底认为"财富不会带来美德,也就是善,但是美德(善)会带来财富和其他各种幸福,既有个人的幸福,又有国家的幸福"②。苏格拉底所说的"善"的灵魂,就是指追求真理、追求理智的灵魂。他认为哲学家并不关心他的身体,而是尽可能避开身体,将注意力指向他的灵魂。③ 苏格拉底认为当灵魂能够摆脱身体带来的一切烦扰和快乐时,也就是当他漠视身体时,或避免一切与身体的接触和联系时,灵魂就能最有效地进行思考。

苏格拉底的"善"的哲学中存在着矛盾的灵魂与身体的辩证关系,也就是生命与死亡的辩证关系。苏格拉底说:"只要我们还保留着不完善的身体和灵魂,我们就永远没有机会满意地达到我们的目标,以及被我们肯定为真理的东西。"④从这一表述中可以推断苏格拉底对灵魂和身体都是很看重的。他认为只有身体和灵魂都保持完美,一个人才是完美的

---

①　E. M. Forster, *Howards End*, Oliver Stallybrass (ed.), London: Edward Arnold, 1973, p.236.

②　[古希腊]柏拉图:《柏拉图全集》第一卷,王晓朝译,人民出版社 2002 年版,第 18 页。

③　同上书,第 61 页。

④　同上书,第 64 页。

人。但是后来苏格拉底又强调,为了实现灵魂的完美,人应该舍弃身体。苏格拉底认为,要想获得关于某事物的纯粹的知识,我们就必须摆脱肉体的束缚,由灵魂本身来对事物本身进行沉思:"只有在我们死去以后,而非在今生,我们才能获得我们心中想要得到的智慧,如果有身体相伴,就不可能有纯粹的知识,那么,获得知识,要么是完全不可能的,要么只有在死后才有可能,因为仅当灵魂与身体分离,独立于身体,获得知识才是可能的。"①苏格拉底把人的死亡看成一种最高形式的净化,是灵魂摆脱凡俗事物的一种必要方式。所以,苏格拉底认为,真正的哲学家希望摆脱身体,他们对死亡毫不畏惧,反而把死亡看成一种快乐、一种追求,认为自己只有在另一个世界才能获得有价值的智慧。

福斯特在继承苏格拉底死亡理论的基础上提出了自己的观点。福斯特的死亡哲学主要包含两个方面内容。首先,他认为死亡是再自然不过的事情,只是人生中的一个变数而已。所以他的小说中经常出现意想不到的死亡事件。从《天使不敢涉足的地方》中吉诺的婴儿之死,到《最漫长的旅行》中杰拉德的死亡,再到《印度之行》中摩尔太太的死亡,都太过巧合,大大出乎读者预料。可是对于福斯特来说,这些都不值得大惊小怪。当被问及《最漫长的旅行》中运动健将杰拉德的突然死亡时福斯特这样说道:"它应该被忽略。"②在他眼里,死亡是一种客观规律,人的一生必然要经历从生到死的转变,死亡是不可避免的。针对这种状况,福斯特认为,唯一正确的态度就是正确面对死亡。所以,福斯特在小说中随时安排死亡事件,实际是在提醒人们:死亡无处不在,死亡是不可预测的。他认为,世界上的任何事物,包括死亡,都处于不断发展变化之中,而大多数情况下,人们对这种发展变化是不能把握的,"人们不可能预知

---

① [古希腊]柏拉图:《柏拉图全集》第一卷,王晓朝译,人民出版社 2002 年版,第 64 页。

② P. N. Furbank and F. J. H. Haskell, "The Art of Fiction: E.M. Forster," *Paris Review*, 1 (1973), pp. 27-41. Qtd. in Judith Scherer Herz and Robert K. Martin (eds.), *E. M. Forster: Centenary Revaluations*, London: The Macmillan Press LTD, 1982, p.38.

未来，也用不着做刻意的准备，因为生命中充满了错误的线索和不知通向何处的路标"①。

福斯特对死亡的第二个观点是死亡是实现灵魂完美、获得真理的最佳途径。人们必须看到，福斯特强调死亡是自然的，人们应该坦然面对死亡，但是福斯特对死亡的探讨则是对生命意义的重视。他认为人的完美在于身体与灵魂的完美结合，也就是理性与激情的和谐共生；但是为了实现灵魂的完美，人可以舍弃掉自己的身体，选择走向死亡。通过死亡，人获得了真理，此时死亡也就变成了新生，亡者的美德通过死亡传到新的生命中，再通过现实中的理性与生命激情的连接获得新的生命，形成一个有序的循环。由此看来，他更强调生的价值。在福斯特眼中，现世生活是十分重要的，人们只有重视现世生活，才能在有声有色的存在中享受生命的意义。在福斯特看来，要想享有理想的现世生活，一个人必须拥有完整的自我，而要实现这种完整，就必须通过生命与死亡的连接。福斯特把死亡看成最好的求知方式。在《霍华德庄园》中福斯特借海伦·施莱格尔之口说过这样的话："我爱死亡——不是病态的爱，而是因为死亡可以说明一切。死亡让我看到了金钱的虚无。死亡和金钱是永远的敌人。不是死亡和生命是永远的敌人。千万别在意死亡背后会有什么，巴斯特先生，而要相信诗人、音乐家和流浪汉，比起那种从来不会说'我就是我'的人来，在死后会更加幸福。"②从这段话可以看出，福斯特把死亡看成人类精神的最高境界，人可以通过死亡走向永恒与幸福，同时也可以通过死亡摆脱现世的低俗与烦恼。人的死亡并不是生命的终点，相反，却是升华的灵魂在新生命体内的再生与延续，从而构成了新的生命循环。

福斯特的死亡观点是独到的，他的死亡哲学贯穿了他小说创作的始

---

① Judith Scherer Herz and Robert K. Martin (eds.), *E.M. Forster: Centenary Revaluations*, London: The Macmillan Press LTD, 1982, p.39.

② ［英］E.M.福斯特：《霍华德庄园》，苏福忠译，人民文学出版社 2009 年版，第 290 页。

终。人们可以看到,他的每一部小说都有突然死亡的现象,有人曾认为这是他小说中的败笔。但事实上,福斯特正是在这些死亡现象中寄托了深刻的哲学思想。

《最漫长的旅程》是带有自传色彩的小说。福斯特在 1960 年为这部再版小说撰写前言时说,虽然这部小说是他的小说中最不畅销的一部,但是他很高兴写了这本书。他写道:"在这部小说中我试着接近我头脑中的想法——或者接近头脑和心灵的交汇点,在那儿创作的冲动迸发出火花。思想和情感可能不总是保持合作,但是它们却发生了碰撞。"①《最漫长的旅程》是福斯特本人的理智和情感发生碰撞的结晶,所以他自然有理由珍视它。事实上,这部小说之所以受到福斯特本人的青睐,还有另一个重要原因,那就是小说中蕴含的深刻的哲学内涵。同他的第一部小说《天使不敢涉足的地方》一样,这部小说所关注的也是现世生活的问题,表现了主人公里基对精神理想的追求,反映了里基所经历的理想与现实之间的冲突。里基是一位剑桥的大学生,他天生跛脚,孤僻,瘦弱,在中学曾受尽了欺负。他的父母都已经过世。但是剑桥的生活让他感到十分幸福。他享受着那里自由的学术气氛和同学间的友谊。可是一位名叫艾格尼丝·佩姆布洛克的女子的出现打破了里基平静的生活。艾格尼丝的男友杰拉德意外死亡后,出于同情和模糊的爱,里基同艾格尼丝结了婚,并到艾格尼丝的哥哥所在的索思顿一所学校教书。结果不完美的婚姻和枯燥的现实生活使他大失所望。这时里基得知在威特舍同姑妈一起生活的斯蒂芬是自己同母异父的弟弟,内心产生了极大的波动。艾格尼丝出于虚荣和财产方面的考虑,阻止里基承认这个弟弟。斯蒂芬是个未经开化的青年,他粗俗,健壮,意气用事,从来不把世俗放在眼里。当看到斯蒂芬同传统势力进行抗争表现出来的英雄主义精神时,

---

① John Colmer, *E. M. Forster: The Personal Voice*, London: Routledge & Kegan Paul Ltd, 1975, p.66.

里基的心完全被征服了。他最终决定离开艾格尼丝,同斯蒂芬一起生活,并打算帮助斯蒂芬改掉身上的坏毛病。但现实似乎总是同里基的理想过不去。斯蒂芬积习难改,违背了诺言,又一次喝得酩酊大醉。最后,里基把爬在铁轨上的斯蒂芬救了出来,自己却失去了生命。人们不得不承认,虽然《最漫长的旅程》这部小说从结构上看有些松散,但是一部难得的蕴含着深刻哲学意蕴的作品。小说中出现的死亡情节以及生命与死亡的连接的思想更是耐人寻味。

　　《最漫长的旅程》中有多个死亡情节,每一个情节都出现得非常突然,事先没有任何征兆。在第二章里福斯特提到里基父母的死亡时只是简单地说:"最终,他〔里基父亲〕死了。"①"他〔里基〕倒是没有感冒,但是外出的时候他的母亲死了。她只比她的丈夫多活了十一天,他们的墓碑上记录下了这个巧合的数字。"②在这里,福斯特的语气似乎非常平淡,好像根本没有发生什么重要的事一样。而且在提到他们的死亡之前除了轻描淡写的"每次过假期,他〔里基〕都发现他父亲更爱生气,更加虚弱。埃里奥特太太在加速衰老"。这个句子之外便没有其他任何令人信服的预兆了。艾格尼丝的男友杰拉德的死亡出现在第五章。杰拉德是一个体育健将,一直以身体强健受到里基的羡慕。但他在一次足球比赛中因为被踢了一脚意外死去。读者对这一情节难以接受。就连艾格尼丝也认为这不可能,一开始还以为是杰拉德的恶作剧。在第二十九章,福斯特讲述了里基母亲生前同一位农夫罗伯特相爱、私奔、怀孕、生下斯蒂芬的经过。在这里,福斯特设计了罗伯特的突然死亡,罗伯特在私奔的第十七个日子里溺水而亡。这些死亡情节看起来都过于巧合,大大出乎读者预料。但这些巧合恰恰反映了福斯特的一个哲学观点,那就是死亡是生活的一个组成部分,它就像人每天吃了早餐一样平常,也如大海的潮

---

①　E.M.福斯特:《最漫长的旅程》,苏福忠译,人民文学出版社 2009 年版,第 33 页。

②　同上书,第 35 页。

起潮落,是一种常见的自然现象,所以人们要做的不是大惊小怪,也不是恐惧和悲叹,而是坦然面对。福斯特的这种观点同海德格尔的"向死而在"和弗洛伊德的"生本能"与"死本能"学说很相似。海德格尔和弗洛伊德都把死亡看成是生命的本质,是存在的重要一环。福斯特让死亡事件在小说中随时出现,实际是在提醒人们:死亡无处不在,死亡是不可预测的。

事实上,福斯特小说中的死亡情节并不是单纯要展现死亡的无处不在,而是欲通过对死亡的书写表达自己对死亡的两个更深层的认识:一是死亡的净化本质;二是生命与死亡连接的思想。首先,小说中出现的婴儿的死亡、杰拉德的死亡和里基的死亡都是一种净化。柏拉图认为,人的净化分为两种,一种是灵魂的净化,另一种是身体的净化。[①] 所谓净化,就是保存好的,抛弃坏的。身体的净化是指消除掉身体的不和谐,也就是畸形和疾病。灵魂的净化,主要指从灵魂中消除邪恶。柏拉图认为,在灵魂中有两种恶,一种指人的胆怯、放纵、不公正等灵魂疾病,另一种就是无知。柏拉图认为无知是心灵的畸形,也需要剔除。[②]

在《最漫长的旅程》中,净化包括身体和灵魂净化两条线索。里基的孩子遗传了里基的跛足缺陷,一生下来就夭折了。也许在福斯特看来,这个孩子天生就是不和谐的,她根本没有存在的理由,所以婴儿的死亡是单纯身体的净化。而杰拉德则是健康的人,具有强健的体魄。在小说中福斯特突出强调了杰拉德具有古希腊运动员般的外形,额头宽阔,鼻梁高挺,是一个令里基非常羡慕的美的形象。福斯特设计了杰拉德的突然死亡,这主要是因为杰拉德虽然外表很美很健康,但是他徒有其表,没有心灵。里基承认"肉体美和一身蛮力,也许就是灵魂毁灭的信号"[③]。里基能够回忆起来的有关杰拉德的往事都是痛苦的记忆,杰拉德以各种

① ［古希腊］《柏拉图全集》第三卷,人民出版社 2003 年版,第 18 页。
② 同上书,第 20 页。
③ ［英］E.M.福斯特:《最漫长的旅程》,苏福忠译,人民文学出版社 2009 年版,第 45 页。

方法折磨里基，给他留下了心灵的创伤。从这些记忆来看，杰拉德是一个灵魂中存在着罪恶的人，他所有的罪恶是放纵、暴力和不公正。那么对于这样的人，在福斯特看来，不论他身体多么健康，他都没有存在的理由，应该被剔除。所以杰拉德的突然死亡是净化的内在需求，是单纯的灵魂的净化。

小说中里基的死亡既是身体的净化，也是灵魂的净化。里基最先认识到的是自己身体的缺陷。他认为自己的残疾是上帝开的一个玩笑，他的内心十分自卑，并因此养成了懦弱、孤僻的性格。他曾对艾格尼丝说过这样的话："我喜欢匀称和美的人。他们在世界上有些用处。我明白他们为什么存在。我不明白丑陋的人和瘸子为什么存在，不管他们在内心感觉多么健康。……在实际生活中每一个风景都被形体糟糕的人破坏掉了。"[①]福斯特认为身体的缺陷破坏了自然的秩序，给人们的生活带来了烦恼。所以里基的死亡首先是身体的净化，是对自然秩序的恢复。

里基的死亡同时也是灵魂的净化。事实上，关于里基的死亡研究者有不同的看法。威尔弗雷德·斯托恩（Wilfred Stone）从荣格理论出发，认为里基一直对母亲有一种渴望，所以，里基的死是一种"牺牲"，是一个孩子的自我释放性欲的"仪式"[②]。而约翰·考莫（John Colmer）则把里基的死看成一种"自我牺牲"，或是"自我毁灭"。[③] 约翰·考莫认为，在斯蒂芬违背诺言又喝得酩酊大醉的时候，里基的整个道德世界垮塌了。此时里基的内心产生了一种挫败感，正是在这种挫败感的支配下他完成了"作为一个人的职责"，把斯蒂芬救了出来。[④] 以上这两种看法都很有见地。从人文主义的角度看，里基的死确实是一种自我牺牲，但是这种牺

①　E. M. Forster, *The Longest Journey*, New York: Bantam Books, 1997, p.68.

②　Wilfred Stone, *The Cave and the Mountain*, London: Oxford University Press, p.212.

③　John Colmer, *E.M. Forster: The Personal Voice*, London: Routledge & Kegan Paul Ltd, 1975, p.82.

④　Ibid.

牲同里基的信仰和追求有着直接的关系。里基是一个理想主义者,他一直在追求一种完美的状态,即"善"的状态。他认为只有人的灵魂和身体都达到完美的状态,一个人才是完美的。他的一生就是追求善的,这是一个漫长而艰苦的过程。里基最终通过死亡实现了自己灵魂的净化。

里基灵魂中的缺陷是无知和草率。里基非常羡慕杰拉德健康的身体,并且在内心深处对他产生了爱慕的情绪。里基希望通过同健康人的接触来改善自我,由此犯了一个无知的错误。他同艾格尼丝的婚姻似乎就出于这种无知。在里基眼里,艾格尼丝健康活泼,浑身散发着青春的朝气,因此具有健康的美。里基认为同艾格尼丝结合可以使他实现完整的梦想。所以,在杰拉德突然死亡之后,里基同艾格尼丝建立了恋爱关系,一方面是因为艾格尼丝自身的健康和美,另一方面是他把自己想象成了杰拉德的替代品,进而感觉自己的身体也具有了杰拉德那样的健康和男性的魅力。所以,里基不顾好友安塞尔的警告和反对,同艾格尼丝结了婚。

里基由于自己的无知受到了惩罚。事实打破了里基的梦想,艾格尼丝势利、专横、没有丝毫的想象力,是一个有着灵魂缺陷的人。里基同她的结合没有对他理想的实现起到丝毫的促进作用,反而使他十分痛苦,琐碎的生活磨蚀掉了他的自我和内心对艺术的追求。里基错误的婚姻生活以悲剧收场,他们所生的婴儿就是例证。这个婴儿不但是个瘸子,而且状况比里基更严重。婴儿出生后不久就夭折了。其实她的死亡是一种必然,作为上帝的另一个玩笑她根本就没有理由存在。而里基意识到,志不同道不合的婚姻关系是一种折磨,它只能使他追求真理的人生旅程变得更加难以忍受,更加困难,因此变成了使他的内心备受煎熬的最漫长的旅程。

里基对健康身体的渴望在斯蒂芬的身上得到了回应。斯蒂芬是里基的同母异父兄弟,由生活在乡下的里基的姑妈抚养长大。淳朴自然的生活环境塑造了斯蒂芬健康的体魄。他鲁莽,粗俗,愤世嫉俗,但是他富有激情和想象力，同时又具有对世俗进行反叛的勇气，所以，斯蒂芬对里基有着特殊的意义，完全是个潘神式的人物。当得知斯蒂芬是自己的兄弟之后，里基异常兴奋，决定认下这个兄弟。事实上，里基对斯蒂芬的接受象征着他对激情和健康的身体的接受。他要用斯蒂芬的身体来弥补自己身体的缺陷。

从小说情节上看，福斯特似乎更注重灵魂的完善，他塑造的里基一直都在追求知识、探寻真理。里基希望自己是一个具有完美灵魂的人。优雅智慧、充满情趣的剑桥大学生活使里基忘掉了内心的孤独，他的心充满了快乐和想象。他的同窗好友安塞尔是一个智慧的化身，他热爱哲学，善于思考，对生活有着深刻的理解，同时对里基也富有深情。他们之间的友谊使里基的生活充满了阳光与激情。他希望通过安塞尔的友谊使自己的灵魂有所改善。安塞尔使他认识到自己在婚姻选择方面表现出来的无知和懦弱，从而看到了自己灵魂的缺陷。最终他的死亡证明了他灵魂的完美，他通过对斯蒂芬的拯救使自己具有了正义和勇敢的美德。所以里基的死亡可以说是一种牺牲，是为了拯救激情所做的有意义的牺牲。火车把里基膝盖以下的畸形部分轧掉了，这说明死亡使里基从内在和外在都实现了完整，他实现了灵魂的完善，也实现了身体的完善，从而最终实现了自己的人生理想。

事实上，福斯特想要传达的是灵魂与身体同样重要，他要通过里基的死亡实现生命与死亡的连接，进而实现理性与激情的连接。柏拉图认为无知是人灵魂的缺陷。所谓无知，"就是以为自己知道，而实际上并不知道。这是理智所犯全部错误的最大根源"[①]。同里基一样，斯蒂芬也犯有无知的过错，他一直刚愎自用，愤世嫉俗，以为他所了解的一切便是世界的全部，他不认为自己粗俗，也不承认酗酒的坏毛病是一种过错。但是里基的死亡使他的心灵受到了极大的震动，他开始认识到自身的缺

---

① ［古希腊］柏拉图：《柏拉图全集》第三卷，人民出版社 2003 年版，第 21 页。

陷,知道是自己的过错夺去了里基的生命。他开始反思自己的生活,并且开始深切领会里基对自己的教诲是要让自己成为一个完善的人。

事实上斯蒂芬通过里基的死亡从思想上受到了教育。柏拉图认为,在教育中可以有多种方法。有的比较粗暴,有的比较温和。对于无知,或者自负,最好的教育方法就是"驳斥",也就是通过事实来使人信服。福斯特对斯蒂芬的教育就采用了这种方法,他试图通过里基的死亡,让斯蒂芬认识到自己所持观点的错误。或者更确切地说是让斯蒂芬自己认识到自己的无知。柏拉图认为,"承认驳斥是最伟大、最主要的净化,没有受到过驳斥的人,哪怕他是一名伟大的国王,也处于一种可悲的不洁状态,他在这些事情上会是没有教养的和畸形的,而他本来应当得到真正幸福,处于最公正、最纯洁的状态之中"①。里基的死亡使斯蒂芬的灵魂得到了净化。所以里基的美德并没有随着他的死亡而消失,而是通过斯蒂芬的记忆传到了斯蒂芬的身上。斯蒂芬意识到自己生活的鲁莽和自己生活中的过错,因此他重新开始了正常的生活。他学会了思考,对生活进行本质性的沉思,同时在安塞尔的鼓励下开始了写作,不断完善自己的内心世界,从真正意义上实现了理性与激情的连接。里基的形象时刻激励着他,影响着他,使他对生命和灵魂有了更深层次的理解。在小说的最后一章,生活在乡下大自然怀抱中的斯蒂芬在完成了一本小说的写作之后,仰望星空,回忆起里基生前的各种美德,开始感受到大地的力量与激情。他开始设计自己的未来生活,抱起自己的女儿,希望里基的美德在自己身上和女儿身上得以延续。

福斯特的死亡观点是深刻的,而他的生命与死亡连接的思想更是别有韵味。人们可以看到,他的每一部小说都有突然死亡的现象,《最漫长的旅程》中的死亡情节尤其具有典型性,折射出福斯特的死亡哲学的魅力。在福斯特眼中,死亡是不可避免的,是再自然不过的事情,所以人们

---

① [古希腊]柏拉图:《柏拉图全集》第三卷,人民出版社 2003 年版,第 22 页。

没有必要回避这个问题，而是应该勇敢面对。另外，福斯特认为死亡也是实现人的完整的最终途径，通过死亡，勇敢、正义和理性等美德会作为记忆，在鲜活的生命中得到延续。生命与死亡的连接促成了人的自我的连接，使人既具有理性的智慧，又拥有生命的激情，进而升华为完美的人。

第三节　福斯特的艺术书写

福斯特的自我连接思想还表现在艺术方面，他通过艺术书写创造了理性与艺术激情的连接。除了从事小说创作之外，福斯特还从事散文和传记写作，发表了许多有特色的文学评论和艺术见解。1927 年福斯特发表的《小说面面观》(*The Aspects of the Novel*)系统而又全面地阐述了他的小说理论，奠定了他的艺术思想基础，推动了二十世纪文学理论的发展。福斯特的艺术观散见于他的散文集《阿宾格的收获》(*Abinger Harvest*，1964)和《为民主的两次欢呼》(*Two Cheers for Democracy*，1951)。散文《无署名》("Anonymity: An Inquiry"，1925)、《社会对艺术家的责任》("The Duty of Society to the Artist"，1942)、《艺术批评存在的理由》("The Raison D'etre of Criticism in the Arts"，1947)、《为艺术而艺术》("Art for Art's Sake"，1949)等都以艺术为中心，探讨艺术的性质和艺术在现实中的作用。

一、福斯特的艺术观

福斯特的艺术观大致包括两个方面：一是对艺术的看法，具体涉及对文学的看法和对小说的阐述。二是对艺术与现实的关系的看法。这些内容的阐述具体深入，体现了福斯特对艺术、对人生及对世界的独特看法。

"艺术是什么"是一个古老的问题，从古希腊起，哲学家、批评家和艺术家都试图回答这个问题。柏拉图曾提出了一种形而上学的理论,即"理念论"(idealism),把艺术置于人与世界的普遍关系中进行考察,认为艺术是一种"模仿"。①柏拉图用床的生产来解说艺术的功能。他认为,世界上有三种床,第一种床是神创造的床,这是一张本质的床,真正的床,是床本身。第二种床是木匠制造的床,这是木匠把神创造的理性的床付诸实践,变成了具体的床。而画家画出来的床是对理念的床的模仿的模仿,即是"对影像的模仿"②,离床的本质隔着两层,因此柏拉图认为艺术家并没有真正的知识。亚里士多德也强调艺术是对现实的模仿,但是认为这种模仿可以给人带来一种愉悦,这其实强调了艺术的功用。到了近代,人们已经不再强调艺术的模仿性,而是强调艺术与现实的关系。

席勒(Ferdinand C.S. Schiller,1864—1937)和马克思(Karl Marx,1818—1883)都强调美学的基本任务是探讨和揭示艺术的非功利性以及艺术在现代生活中的重要作用。席勒认为美的艺术是使人实现完美、变得高尚、达到自由的工具。席勒这样说道"政治领域的一切改善都应该来自性格的高尚化——但是在一种野蛮的国家制度的支配之下,人的性格怎么能够高尚化呢? 为此,我们必须寻求一种国家没有为我们提供的工具,去打开不受一切政治腐化污染保持纯洁的源泉"③,这一工具就是"美的艺术,在艺术不朽的范例中打开了纯洁的泉源"④。为此,席勒强调艺术的非功利性特征。所谓艺术的非功利性,就是艺术超越现实的本性。"艺术必须摆脱现实,并以加倍的勇气越出需要,因为艺术是自由的女儿,它只能从精神的必然性而不能从物质的欲求领受指示。"⑤席勒非功利的艺术有它自身的内在性特征,它的存在完全依靠自身内的品质,

---

① ［古希腊］柏拉图:《柏拉图全集》第二卷,人民出版社 2003 年版,第 612 页。
② 同上书,第 617 页。
③ ［德］席勒:《美育书简》,徐恒醇译,中国文联出版公司 1984 年版,第 61 页。
④ 同上书。
⑤ 同上书,第 37 页。

即美的原则,最终实现了多样性的和谐统一。美的艺术包含完整性和绝对价值,因此成了自我独立自由的象征,与资本主义生产方式相抗衡。十九世纪中期,西方出现的唯美主义思潮主张"为艺术而艺术"(art for art's sake),王尔德(O. Wilde)强调了艺术的内在自足性:"艺术除它之外不表现任何东西。艺术,如同思想,有它自己独立的生命,纯粹按照它自己的路线发展。"①

福斯特的艺术思想继承了先贤的各种美学思想,但是更多地得益于同时期的摩尔(G. E. Moore)、弗莱(Roger Fry)和迪金森(Goldsworthy Lowes Dickinson)等的美学理论。福斯特汲取了他们的理论精髓,形成了自己独特的艺术观。福斯特艺术观的作用不可小觑,它构成了一种美学理论,正如评论家斯托恩所强调的那样,福斯特的美学理论"巩固了布鲁姆斯伯里最初的理论体系"②,它为人们理解艺术提供了独特的视角。

福斯特把艺术界定为"独立自足的和谐"(self-contained harmony)③,而艺术品是"一个独立自足的有机体。由创作者赋予它自己的生命。它有内在的秩序,它也可能有外在的形式"④。福斯特的艺术观点与弗莱的艺术观是一致的。弗莱强调艺术的内在品质(也就是摩尔所强调的intrinsic qualities),即艺术作品中"独立的,自我完备的,不以外在的事物为其价值取向"⑤的性质。艺术不受世俗的支配,因为艺术是"他世界之物",是有自己的存在理由及生命力的有机体。

① [英]奥斯卡·王尔德:《王尔德全集:评论随笔集》,杨东霞、杨烈等译,中国文学出版社 2000年版,第356页。

② Wilfred Stone, *The Cave and the Mountain: A Study of E. M. Forster*, London: Oxford University Press, 1966, p.101.

③ E. M. Forster, "The Challenge of Our Time," *Two Cheers for Democracy*, New York: Harcourt, Brace & World, Inc., 1951, p.59.

④ Ibid., p.91.

⑤ See Wilfred Stone, *The Cave and the Mountain: A Study of E.M. Forster*, London: Oxford University Press, 1966, p.66.

在福斯特对艺术的界定中包含着三个基本思想：一是秩序，二是独立性，三是整体性。福斯特认为艺术是崇高的，因为它是宇宙中唯一拥有和谐之物，是在混乱的世界中实现和谐的一种可能。

秩序构成了艺术的第一特征。在福斯特看来，艺术之所以可贵，并不是因为它起着教育作用，也不是因为美，而是因为"它与秩序有关，在这混乱行星上创造出了一个自身和谐的小世界"[①]。在散文《为艺术而艺术》中福斯特列举了拥有秩序的几个范畴，包括社会与政治范畴、天文学范畴、宗教范畴和美学范畴。福斯特否定了前两种范畴中可能存在秩序，认为整个宇宙中只有两个秩序存在的可能：一是神的秩序，二是美学范畴。[②] 福斯特认为神的秩序是一种神秘的和谐，按照所有宗教的说法，只有静思内省的人才可以领略这种和谐。这种秩序之所以神秘，是因为它在无法驳倒的同时无法验证。而美学中存在的秩序则是能感知的，是艺术家在作品中创造出来的。但是这种秩序到底是什么？福斯特没有做出解释，笔者以为那应该是艺术品欣赏者心中产生的共鸣，是"在第五交响曲结束之后人们听到的从未弹奏的曲调"[③]，是在内部把艺术品缝合在一起形成一个整体的节奏。而这种节奏就是和谐的具有整体性和统一性的艺术的美。

福斯特理解的艺术的第二特性就是其独立性。既然艺术中存在着秩序，那么它必然是独立的。"秩序是内在生成的，并非外部强加的，它是内在的稳定，是充满生气的和谐"[④]，它不受其他任何事物的影响，不依赖社会及政治的范畴而存在。其他所有的东西都靠外界强加的形式，一

---

① E. M. Forster, "The Challenge of Our Time," *Two Cheers for Democracy*, New York: Harcourt, Brace & World, Inc., 1951, pp.59-60.

② Ibid., p.95.

③ E. M. Forster, "The Raison D'Etre of Criticism in the Art," *Two Cheers for Democracy*, New York: Harcourt, Brace & World, Inc., 1951, p.115.

④ E. M. Forster, "The Challenge of Our Time," *Two Cheers for Democracy*, New York: Harcourt, Brace & World, Inc., 1951, p.90.

且这种形式消失了,这种东西本身便分崩离析,不复存在。但是艺术作品自成一体,它"是宇宙中唯一拥有内在和谐的事物"[1]。社会尽可以消亡,朝代尽可以更替,但是,艺术可以永存。当然,福斯特并没有否认艺术形式的存在。福斯特同意雪莱的"诗人是世界未公认的立法者"的论断,指出了艺术家立法的形式:"他以创造活动自身立法,他以他的感性和他的赋形力去创造。"这里福斯特特意指出了艺术形式的重要性,认为"不进入形式,感性便会消失。某种形式是必不可少的,它是内在和谐的外壳,秩序的外象特征"[2]。换句话说,艺术的外在形式是使其与其他事物相区别的外在特征。

整体性构成了福斯特艺术的第三特性,也构成了福斯特艺术观的核心。福斯特认为艺术是独立的,艺术品是独立的"有机体",这一有机体的价值就在于其整体性。艺术可以是美的,可以给人启迪,也可以有其他的各种功能,但是它们都是在一个统一的整体内发挥作用。艺术是各种因素之和,但是它不是各个部分的简单相加,它是各个部分在一定秩序中的和谐统一。学者斯托恩认为这种和谐统一"同摩尔的有机整体(organic unity)一样,其卓越的价值超过其部分价值之和"[3]。

福斯特的艺术整体论深受柯略律治(Samuel Taylor Coleridge,1772—1834)思想的影响。柯略律治非常注重整体感。他把想象分成主要想象和次要想象,认为主要想象是人用以感知世界的强大的生命力量,而次要的想象,在程度上虽然稍差一些,但还是和人的整体感有关。在柯略律治看来,想象最终的目的就是要实现整体和统一。"为了重建,

---

[1] E. M. Forster, "The Challenge of Our Time," *Two Cheers for Democracy*, New York: Harcourt, Brace & World, Inc., 1951, p.92.

[2] Ibid., p.94.

[3] Wilfred Stone, *The Cave and the Mountain: A Study of E.M. Forster*, London: Oxford University Press, 1966, p.103.

它溶解,扩散,消散……努力实现理想和统一。"①柯略律治强调,诗人在创作的过程中利用想象调动整个心灵的活动,"它散发出一种统一的音调和精神,通过一种合成的、神奇的力量,把每一种都融合在一起"②。柯略律治理想中的诗人不仅能做诗,还能够创造出整体,通过调和各种对立的力量,形成一种神圣和谐的作品。柯略律治的整体观与功利主义思想形成对照。功利主义哲学和柯略律治思想的区别之一就在于对整体的看法。功利主义的方法"可以被描述为细节的方法"③。这种方法就是通过把整体分解成部分来对待整体,对待抽象的方法就是将抽象分解到组成抽象的个体。

福斯特继承了柯略律治的思想,推崇其整体的观点,对肢解整体的功利主义思想加以批判。在小说《霍华德庄园》中所塑造的威尔科克斯一家就是功利主义的代表。亨利·威尔科克斯对待婚礼"就像是对葬礼一样一项接着一项,从来不抬眼注视整体"④。威尔科克斯用处理公司事物那样的方式来处理感情:"他们从不犯成宗地处理事物的错误,相反,他们是一件一件地处理它们。"⑤福斯特的艺术整体的观点正是柯略律治思想的延伸。福斯特心中的艺术超出各种因素的简单相加,而是各种因素有机地结合在一起,形成统一的整体。艺术不单纯是绘画、音乐,或文学方面的创造性工作,也不是所有的艺术之和。艺术是整体的思想,这种整体远远高于艺术之和。对于福斯特来说,艺术是神和神圣理念的代名词,艺术家通过艺术,创造了一个超然的世界,是人的精神寄居之所。

---

① M. H. Abrams (ed.), *The Norton Anthology of English Literature*, 6th ed., New York, Norton, 1968, p.1542.

② Ibid., p.1546.

③ Wilfred Stone, *The Cave and the Mountain: A Study of E. M. Forster*, London: Oxford University Press, 1966, p.5.

④ E. M. Forster, *Howards End*, Pennsylvania: The Pennsylvania State University Electronic Classics Series, 2007, p.213.

⑤ Ibid., p.104.

福斯特极力推崇诗歌，因为他认为诗歌创造了整体，也使人们看到了整体，诗已远远超越了文学的形式，维系着整个人的道德和精神生活。

福斯特不但对诗歌备加推崇，而且把小说提到了艺术的范畴之中。斯托恩曾高度评价福斯特对小说的贡献，称"福斯特最重要的贡献就是把小说带到了美学的领域"[①]。从十九世纪八十年代起，沃尔特·贝赞特（Walter Besant）、亨利·詹姆斯（Henry James）、罗伯特·路易斯·史蒂文森（Robert Lois Stevenson）等就开始探讨小说是否是艺术的问题。到了二十世纪二十年代，英国陆续出版了几部探讨小说艺术的著作，包括珀西·卢博克（Percy Lubbock）的《小说的技巧》（*The Craft of Fiction*，1921）、埃德温·缪尔（Edwin Muir）的《小说的结构》（*The Structure of the Novel*，1928）和福斯特的《小说面面观》。福斯特在《小说面面观》这本书中探讨了小说的方方面面，包括人物、情节、幻想、寓言、结构和节奏等，使人们对小说这种形式有了更清晰的认识，从而使小说这一形式得到升华，跻身艺术殿堂。人们对小说艺术的探讨也从具体上升到了理论的层面。

福斯特除了对艺术做出界定之外，还对艺术的创作过程进行了描述。福斯特认为艺术的诞生依赖于艺术的"创作心态"（creative state of mind）[②]。在《艺术批评的存在理由》一文中，福斯特具体地描述了这种心态，"在此心态支配下，一个人会心神驰骋于体外。他垂下吊桶从潜意识底层里捞出一些通常远不可及的东西，他把这东西掺入日常经验，而从掺合物里提炼出艺术作品"[③]。这种状态是在艺术家进行创作时产生的，是对艺术进行加工和提炼的过程。在此，福斯特承认艺术创作是潜意识

---

① Wilfred Stone, *The Cave and the Mountain: A Study of E. M. Forster*, London: Oxford University Press, 1966, p.5.

② E. M. Forster, "Tolerance," *Two Cheers for Democracy*, New York: Harcourt, Brace & World, Inc., 1951, p.44.

③ E. M. Forster, "The Raison D'Etre of Criticism in the Art," *Two Cheers for Democracy*, New York: Harcourt, Brace & World, Inc., 1951, p.114.

的活动,是在超现实的情况下对现实材料的整合。对于艺术与潜意识的关系,弗洛伊德(Sigmund Freud,1856—1939)和荣格(Carl Gustav Jung,1875—1961)等心理学家都有过论述,福斯特深受其影响。他在1931年为剑桥大学开设的"作为批评家的创作者"系列讲座中做过类似的陈述:"我认为创作是一种活动,其中的一部分在睡梦中进行。它有——或通常有——清醒警觉的一面,但是它的根却扎在睡梦生长的领域……这一活动选择并组合在睡梦中发现的形象,这是人类的一种普遍活动。伟大的作家跟常人的不同点在于:他能恰如其分进行选择和组合。"①福斯特自然是承袭了弗洛伊德等的理论,强调潜意识,尤其是梦在创作中的作用。福斯特用《忽必烈汗》的创作过程加以说明。他强调柯略律治在创作时进入了白日梦,沉醉于潜意识,后来波尔洛克来的不速之客的来访打断了他与潜意识的联系。所以福斯特说"创作心态类似做梦,就柯略律治而言,创作就是做梦……即使最现实的作家也会对自己的作品怀有超越了自我的惊奇之感"②。

福斯特也探讨了艺术与现实之间的关系,他的观点可以归结为两点。一是艺术对个人的影响。福斯特认为,艺术可以使人受到感染,从而发生改变,介入作品的艺术世界中来,并因此具有与创作者同样的美学心态。福斯特还强调,艺术是人趋于完美的重要因素,因为艺术是一个富有想象的集合体,它能够对人的身心产生重要影响,使人充满艺术的激情。第二是艺术对全人类所产生的影响。福斯特认为艺术,作为一个具有内在秩序的统一体,是战胜混乱现实的重要工具。福斯特尊崇艺术,认为艺术是人类精神沟通的桥梁,艺术能够增加人的情感和精神体验。福斯特认为在混乱的世界中只有艺术可以同恐慌、空虚和暴力相抗衡。福斯特相信,通过艺术,建立在深藏于道德完整之下的人类本性的

---

① 殷企平:《英国小说批评史》,上海外语教育出版社2001年版,第153页。
② E. M. Forster, "The Raison D'Etre of Criticism in the Art," *Two Cheers for Democracy*, New York: Harcourt, Brace & World, Inc., 1951, p.115.

完整性最终将登上胜利的顶峰，给人们希望。"艺术活动使人类脱离原始的黑暗，与野兽划出界限，在黑暗的今天中。我们更需要继续尊重它，实践它。"①由此，福斯特对艺术家提出希望，指出艺术家的职责就是要实践艺术，努力使其作品实现内在的秩序，创造出有着内在的规律、自成一体的和谐的艺术世界。福斯特认为，艺术家确实应该承担一定的责任，但是这种责任应该超出对国家和社会的义务，他应该对整个人类负有义务。福斯特认为诗人与艺术家的责任就是创造艺术和传播艺术，把艺术当作宗教一样，让它能够得到扩散和传播，对人的精神产生积极正面影响。

福斯特自己就通过小说创作实践了艺术家的责任和义务。他的小说充满了艺术的气息，并且通过艺术书写来创造独立存在的、和谐的、完整的统一体，为人们逃离现实世界的混乱提供了心灵的场域。在福斯特的小说世界中，艺术代表了人物的思想趣味，也确定了人物的社会身份和地位，此外，也是更重要的，艺术是人能成为完美的人的要素。他通过小说中艺术的书写实现了理性与激情的连接。他在小说中的艺术书写具体包括绘画、音乐和诗歌。这些艺术形式的书写，在小说人物刻画、情节展开和主题深化方面起到了非常重要的作用。由于篇幅的关系，本节只探讨福斯特小说中的绘画与音乐艺术书写。

二、福斯特的绘画书写

福斯特喜欢绘画，他提到他经常参观博物馆，在各种各样的画作前流连。在散文《不看绘画》("Not Looking at Pictures", 1939)一文中福斯特强调了绘画的作用，他说，"绘画作品不容易看，它们产生个人的想象。它们提供玩笑的素材，它们唤起历史知识的记忆碎片。常年在展览馆徜

---

① E. M. Forster, "The Challenge of Our Time," *Two Cheers for Democracy*, New York: Harcourt, Brace & World, Inc., 1951, p.60.

徉使我相信,在绘画当中一定有某种稀缺的东西"①。福斯特所提到的稀缺的东西就是绘画所要揭示的思想主题。福斯特说,人们在看绘画作品时有两样东西在吸引他们,一是构图,二是色彩。但福斯特强调,除了色彩和构图之外,还有更重要的东西,那就是隐藏在后面的绘画作品的主题。构图和色彩都是用来帮助呈现主题的。在福斯特的意大利小说中不止一次地出现过对绘画作品的描写。这些描写暗示了小说人物的艺术品位,同时也通过艺术氛围的呈现揭示了生命与激情的深刻主题,表现了主人公欲改善自我、提升自我的内在需求。正如评论人梅尔斯(Jeffrey Meyers)所说的那样:"小说中的英国人物通过艺术媒介了解了生活,以此恢复了他们的视觉和感觉,唤醒了他们关于绘画的想象,也唤醒了他们爱的能力。"②

小说《看得见风景的房间》于 1908 年出版,是一部非常受欢迎的作品。这部作品把故事的场景设置在英国和意大利,主要讲述了出生于英国中产阶级的露西小姐寻找真爱的故事。露西美貌优雅,受过良好教育,生活在充满理性的氛围中。由于受到传统观念的束缚,她一开始接受了家里给她安排的婚姻对象,与出生于中产阶级的塞西尔订了婚。塞西尔富于理性,温文尔雅,但是不善于表达情感,是"心灵不发达"的中产阶级的典型,两个人之间并没有真正的爱情。露西到意大利旅游的时候遇到了来自美国的年轻游客乔治。乔治身体健壮,感情充沛,甚至有点粗野,但是他朴实自然,毫不造作,绝不掩饰自己的感情。这些品质都是露西非常欣赏和爱慕的。后来露西冲破传统观念束缚,解除了与塞西尔的婚约,与乔治喜结良缘。小说展示了理性与激情连接的主题,露西通过自己的理性抉择,使自己的生命与充满激情的乔治连接在一起。

---

① E. M. Forster, "Not Looking at Pictures," *Two Cheers for Democracy*, New York: Harcourt, Brace & World, Inc., 1951, p.130.

② Jeffrey Meyers, "The Paintings in Forster's Italian Novels," in G. H. Stape (ed.), *E. M. Forster: Critical Assessments*, Vol. 3, Bodmin: MPG books Ltd., 1990, p.13.

在小说中,为了展现生命和激情的主题,福斯特多次使用了绘画的描写。首先,绘画作为一种对应物,使露西对乔治产生了生动的联想。由于换房间的原因,露西与乔治相识。但是露西对乔治的第一印象并不太好。在参观圣克罗切教堂的时候,露西丢掉了旅游手册,所以她只能跟着乔治父子一起参观教堂。在进入一个小堂之后,她有机会对乔治做了仔细的观察:

> 拿一个年轻人来说,他的脸显得粗糙。而且——在阴影蒙上他的脸时——显得严峻。在阴影笼罩下,这脸上却突然显出柔情。她想象在罗马看到他,在西斯廷教堂的天花板上,抱着许多橡果。虽然他看起来身体健壮,肌肉发达,但是他给她一种灰色的感觉,一种也许只有夜幕才能解除的悲哀的感觉。这种感觉很快便消失了,她很难得有这种如此微妙的感觉。它是由于静默和一种莫名其妙的感情所产生的,等艾默生先生回来时这种感觉就消失了。[①]

在这里,绘画成了一个自然的媒介,表现了露西内心深处对乔治的微妙感觉。乔治生动的、富有变化、充满激情的面孔使她的内心受到触动,她把乔治与西斯廷教堂绘画中的裸体青年联系在一起,体现了她对乔治所代表的生命激情的深层意识。在罗马梵蒂冈的西斯廷教堂内,米开朗基罗(Michelangelo Buonarroti,1475—1564)绘制了天顶画,上面有二十个裸体的青年。画上的情景是露西在保守单调的生活中很难看到的,所以这些绘画的内容对露西来说是新鲜的,具有极大的吸引力。露西把乔治想象为其中的一个青年,这种联想表现了露西的内心对乔治本能的认可,为以后情节的发展做好了铺垫。

其次,绘画又起到了连接的作用,增进了主人公之间的互相了解。

---

① 　[英]E.M.福斯特:《看得见风景的房间》,巫漪云译,上海译文出版社2007年版,第30页。

在第四章主权广场暴力事件的描写中,绘画拉近了露西与乔治的关系。露西在来到广场之前,到一个商店买了一些画片,包括佩鲁吉诺(Pietro Perugino,1450—1523)的《维纳斯的诞生》、乔尔乔内(Giorgione,1477—1510)的《暴风雨》、无名氏的小神像,以及安哲利科(Fra Angelice,1387—1455)的《圣母加冕》、乔托(Giotto di Bondone,1266? —1337)的《圣约翰升天》,一些德拉·罗比亚(Luca della Robbia,1399或1400—1482)的婴孩陶雕以及几幅基多·雷尼(Guido Reni,1575—1642)画的圣母像。其中有一幅画是英国拉斐尔前派画家约翰·米莱司(John Everett Millais,1829—1896)的名作《游侠骑士》,画上的女子遭到抢劫,被赤裸裸地绑在树上,骑士恰好路过此地,于是仗义相救。在露西看到暴力场景晕倒醒来后,她发现自己躺在乔治的怀里,所以她感到非常不自在。她想到了游侠骑士那幅画上的内容,觉得自己就是画中赤裸的女子,无处躲藏,但是乔治没有把自己的目光移开。这幅画的内容以不可见的方式拉近了露西与乔治的心理距离,使两个人的内心赤裸裸地相遇,所以,在两个人互相交错的视线中彼此已不再陌生。

更重要的是,小说中的绘画作品起到了象征的作用,从更深的层次上揭示了小说的内在主题。梅尔斯评价说:"福斯特巧妙地用吉兰达约和乔托的绘画作为象征,揭示了小说人物,强调了小说主题。"[①]这一评价是非常贴切的。小说中绘画的主题和内容与小说情节相呼应,为读者提供了很多典故,这些典故与小说故事内容互相映衬,互为表里,促使读者进行更深入的思考和联想。吉兰达约和乔托的绘画作为美学范本,以视觉的形式强调了小说情节的内在意义。福斯特小说中最富有象征意义的绘画就是教堂里的关于圣菲娜(Santa Fina,1238—1253)的壁画。在小说《天使不敢涉足的地方》中,故事发生的背景是意大利小镇

---

①   Jeffrey Meyers, "The Paintings in Forster's Italian Novels," in G. H. Stape (ed.), *E. M. Forster: Critical Assessments*, Vol. 3, Bodmin: MPG Books Ltd., 1990, p.13.

Monteriano，该小镇是以圣吉米尼亚诺（San Gimignano）为原型，小镇内有很多高塔、教堂等人文景观，吸引了无数的游客。福斯特在小说中提到了 Santa Deodata 教堂和里边著名的壁画。这个教堂实际就是圣菲娜教堂（the church of Santa Fina），教堂内的壁画讲述了圣菲娜的典故。圣菲娜是一名圣女，在 15 岁的时候受主恩召。在小说中，福斯特讲述了圣菲娜的传说。据说圣菲娜因病卧床不起，但是她非常虔诚地信仰上帝，整个一生都躺在床上，拒绝吃喝，拒绝玩耍，拒绝工作。魔鬼非常嫉妒她的虔诚，用葡萄、玩具、柔软的枕头等各种方式引诱她。看到这些方法都没有奏效，魔鬼便故意在她眼前绊倒她的母亲，让她摔倒在地。但是圣菲娜仍旧一动不动地躺在床上，没有试图将母亲扶起来。由于圣菲娜的虔诚，她得到了天堂加冕的褒奖。在文艺复兴时期，一位意大利画家完成了两幅壁画作品，壁画中表现的是圣菲娜的死亡和葬礼。[①] 事实上，圣菲娜的传奇所强调的是，她用自身的疾病换来了他人的救赎。她得了病以后，只能侧卧，由于身体的一边长时间与床接触，所以腐烂了。在她死亡之前，当人们抬起她的身体的时候，发现她躺过的木头上开满了紫罗兰花。传说在她死亡的时候，她举起手抓住了她的朋友贝尔蒂娅（Beldia）的手，治好了贝尔蒂娅受伤的胳膊。[②] 福斯特小说中提到的两幅壁画是由意大利画家吉兰达约（Domenico Ghirlandaio，1449—1494）创作的，分别为《格雷戈里宣告圣菲娜的死亡》（*St. Gregory Announces the Death of Santa Fina*）和《圣菲娜的葬礼》（*The Funeral of Santa Fina*）。第一幅画表现了圣菲娜躺在床上就要死亡时的情景。画面上有多个人物，除了格雷戈里之外，还有圣菲娜的母亲和贝尔蒂娅，再有就是簇拥在格雷戈里身边的六位天使。画家通过线条和器具突出了圣菲娜

[①] E. M. Forster, *Where Angels Fear to Tread*, New York: Vintage International, 1947, p.98-99.

[②] Jeffrey Meyers, "The Paintings in Forster's Italian Novels," in G. H. Stape (ed.), *E. M. Forster: Critical Assessments*, Vol. 3, Bodmin: MPG Books Ltd., 1990, p.15.

的形象。格雷戈里身后的窗子和门映出远处的风景。壁画强调了三个女人仰视幻象的情景。墙壁、房顶和人物衣服的颜色构成了和谐亲切的气氛。这幅壁画给菲利浦和卡罗琳都留下了深刻的印象,为他们后来心灵的转化埋下了伏笔。

在圣菲娜的典故中,有一个重要的细节,那就是在圣菲娜躺过的木头上盛开的紫罗兰。这些花朵是生命的象征,它们伴随着圣菲娜的死亡而盛开,代表了新生命的诞生。这一意象与小说中要展现的菲利浦和卡罗琳心灵转化的主题直接相关,预示着二人通过意大利之行心灵发生转变、实现新生的完美结局。在菲利浦第一次来到意大利时,他就注意到了紫罗兰的存在:"树林里的树木又小又秃,但是也因为树干矗立在紫罗兰花丛中而惹人注目,这些树干宛如岩石,矗立在夏日的大海中。"①很显然,菲利浦被美丽的紫罗兰所吸引,他完全陶醉其中,感受到了生机勃勃的意大利生活与沉闷的英国生活的差异。在小说最后,具有象征意义的紫罗兰再次出现,这些紫罗兰构成了菲利浦心中意大利的美好回忆,与他将要返回的地狱般的枯燥的英国生活形成鲜明的对照。菲利浦意识到,在意大利的所有美好时光,包括在剧院里边人们兴高采烈地沉浸在音乐中的情景、那布满星星的紫色天空,还有盛开的紫罗兰,所有这一切都帮助他实现了对生活的重新认识,使他的心充满了柔情。可以说,在菲利浦心中,紫罗兰代表了生机益然的意大利和富有激情的真正的生活。这种对生活本质的认识把菲利浦和卡罗琳的互相理解和连接推向高潮。

紫罗兰的意象在小说《看得见风景的房间》中也得到应用。在这部小说中,紫罗兰的意象反复出现,升华了小说中生命和激情的主题。在小说第五章露西和两位牧师一起去郊游。在山上,她看到了许多盛开的

---

① E. M. Forster, *Where Angels Fear to Tread*, New York: Vintage International, 1947, p.24.

紫罗兰花。露西不小心从山上跌落下来，恰好跌落在紫罗兰花丛中。此时福斯特的描写非常细腻，也是非常唯美的："她没有回答，可以看到脚下的斜坡十分陡峭，大片紫罗兰像小河、小溪与瀑布般往下冲，用一片蓝色浇灌着山坡，在一棵棵树的树干四周打漩涡，在洼地里聚集成一个个小潭，用点点的蓝色泡沫铺满草地。然而，再也不可能有这么茂盛的紫罗兰了，这片台地是泉源，美就是从这个主要源头涌出来灌溉大地的。"① 就在这紫罗兰花丛中，乔治受到露西青春的、美的形象的吸引，热切地吻了她。这一吻是富有激情的乔治感情的自然流露，释放了爱的信息，确立了两人之间的亲密关系，从此他们心有灵犀，为后来露西解除婚约以及与乔治的结合设定了充分的理由。

评论人梅尔斯提道，《天使不敢涉足的地方》中的壁画与小说中的歌剧院一样，为小说提供了美学范例，使小说具有一系列戏剧性场景，构成了吸引人的美学"景观"。② 这一评价是合理的。小说《天使不敢涉足的地方》中的许多情节都与绘画相关联，成就了独特的美学效果。例如。菲利浦到吉诺家去的时候，从外面看到的吉诺和卡罗琳为婴儿洗澡的场景，就与教堂中的壁画的情景相呼应，具有美学和宗教色彩。卡罗琳坐在椅子上，背后是美丽的远景。吉诺把滴着水的婴儿放在她的膝盖上，孩子身上闪耀着健康的光芒。吉诺一开始是站着看眼前的情景，后来为了更好地看着婴儿，他在椅子旁边跪下来。菲利浦进来的时候，他们就是这个姿势。于是菲利浦不由自主地联想到了吉兰达约关于圣母、耶稣和施主的壁画。这一场景意义非常深刻，菲利浦通过这一画面，真正地理解了卡罗琳。他把卡罗琳想象成圣母，同时他也把自己和卡罗琳比作婴儿，因为他们完全改变了自我，内心深处都迸发出火热的激情，开始对生活有了新的感悟，都像新生的婴儿，散发着清新的气息。在这个场景

---

① ［英］E.M.福斯特：《看得见风景的房间》，巫漪云译，上海译文出版社 2007 年版，第 81 页。

② Jeffrey Meyers, "The Paintings in Forster's Italian Novels," in G. H. Stape (ed.), *E. M. Forster: Critical Assessments*, Vol. 3, Bodmin: MPG Books Ltd., 1990, p.16.

过后,菲利浦和卡罗琳各自心生所爱,打破了他们以前的思维定式,从生活的观察者变成了生活的参与者,以火热的激情和想象参与到生活中来。这是他们以前从来未曾想象过的。

《天使不敢涉足的地方》和《看得见风景的房间》都是以意大利为背景的小说,在这两部小说中,意大利是生命力的源泉。以绘画为代表的人文景观为人物的刻画和情节的发展以及主题的揭示提供了想象空间。每个来到这里的英国人都看到了真正的生活,也看到了自己的不足,最终通过转化实现了理性与激情的连接,从而焕然一新,获得了新的生命。这些获得了新生的英国人就像是《看得见风景的房间》中露西在领报圣母广场上看到的婴儿雕像那样,散发着勃勃生机。"她站在领报圣母广场上,看到了那些活生生的赤陶雕塑的圣洁的婴儿,那是任何廉价的复制品永远也不可能使之失去光辉的。他们就站在那里,闪闪发亮的四肢从人们施舍的衣服里伸展出来,雪白强壮的手臂高高举向苍穹。露西认为,她从来没有看到过这样美丽的景象。"[①]这些婴儿的雕像是新生命的象征,也是意大利富有生机的生活的象征,露西、菲利浦和卡罗琳等人就像这些婴儿一样,他们将在这里获得新的思想,从此开始崭新的生活。但这些在很大程度上应该归功于小说中绘画的作用,可以说,绘画使他们的自我得到了提升,因此具有了完整的充满激情的内心世界和丰富多彩的生活。

三、福斯特的音乐书写

福斯特的小说中不仅有对绘画的书写,也有对音乐的观照。音乐是艺术门类中最特殊的类型,它以声音与节奏对人的心灵和情感产生强烈的影响。从古到今,人们对音乐推崇备至。柏拉图主张将诗人驱逐出城

---

① ［英］E.M.福斯特:《看得见风景的房间》,巫漪云译,上海译文出版社 2007 年版,第22 页。

邦①,但是他对音乐另眼相待。柏拉图认为,音乐在人的教育过程中起着重要的作用,因为"美好的节奏与和谐的音调则与节制与美好的气质相关联,并且成为他们的象征"②。柏拉图强调:"音乐通过习惯的养成来教育卫士,用曲调培养一种并非知识的和谐精神,用节奏来培养分寸感和优雅得体,还用故事的语言和更加接近真实的语言来培养与此相近的品质。"③普罗泰格拉与柏拉图的看法一致,认为音乐可以作为教育的手段,帮助人实现心灵的完美。普罗泰格拉提出,音乐教师可以通过音乐的方法对青年进行教育,使他们认识到自治的重要性,从而规范自己的行为。"当他们学习弹竖琴时,老师教他们另一类好诗人的作品,亦即抒情诗,在竖琴的伴奏下,孩子们的心灵熟悉了节奏和旋律。通过这种方式,他们变得越来越文明,越来越公平,能够比较好地调整自我,变得更有能力说话和做事,因为节奏与和谐的调节对整个人生来说都是基本的。"④柏拉图和普罗泰格拉都强调了音乐对人的教育作用,但是对于音乐通过什么机制对人产生影响并没有做详细的解释。这一工作主要由后来的黑格尔来完成,黑格尔对音乐艺术进行了详细的研究,他主要探讨了音乐与造型艺术和诗歌之间的关系,指出了音乐与二者的差异。黑格尔认为,音乐、造型艺术和诗歌都是对主题思想的表达,但是它们所用的材料和表现方式有所不同。造型艺术主要使用有形的材料,对有形材料进行加工,用"持久的象征形式来建立它的巨大的结构,以供外在器官的关照",诗歌则利用语言符号,通过符号所指涉的思想和情感对象呈现主题。而音乐则避开具有外在形状的材料,通过声音自身来完成主题的呈现。音乐主要对人的心灵产生巨大的影响。按照黑格尔的话说,就是"迅速消失的声音世界,却通过耳朵直接渗透到心灵的深处,引起灵魂的

---

① ［古希腊］柏拉图:《柏拉图全集》第二卷,王晓朝译,人民出版社 2003 年版,第 628 页。
② 同上书,第 368 页。
③ 同上书,第 520 页。
④ ［古希腊］柏拉图:《柏拉图全集》第一卷,王晓朝译,人民出版社 2002 年版,第 447 页。

同情共鸣"①。也就是说,音乐是通过内省的过程促成人情感的变化。"音乐就促使内心世界变化的发源地,即心情和神智,亦即整个人的单纯的精神凝聚的中心,处于运动状态。"②黑格尔认为,与造型艺术和诗歌相比,音乐具有更自由的品质,但是它最终要通过和声与旋律实现思想与形式的和谐统一。

福斯特对音乐情有独钟。由于音乐是艺术的一种,所以它自然具有福斯特所强调的艺术的自在自足的特性。但实际上,福斯特最看中的是音乐能够激起人的想象与激情的特点,以及它的永恒性。在《不听音乐》("Not Listening to Music",1939)一文中,福斯特强调:"它[音乐]似乎比任何东西更真实,在其它文明腐朽的时候,它能够存活下来……它永远不会被摧毁,也不会被民族化。"③福斯特把音乐分成两种:一种是"使我想起什么的音乐"④,即使人产生联想的音乐;另一种是"音乐自身"⑤的音乐,即使人完全忘掉自我的音乐。福斯特认为那种自由自在的、不受任何约束的音乐才是最好的音乐,是最值得一听的。福斯特之所以这样认为,主要有两个原因:一是因为在听这类音乐的时候,"我们更接近现实的中心"⑥,也就是听音乐的人完全沉浸在音乐之中,将音乐本身看作具有现实意义的对象,从而完全摆脱了现实的存在;现实中所有的烦恼与不快都与他不相干,音乐为他构筑了一个独立的完美的世界。二是音乐能提高人的理解力和洞察力,使人更接近事物的本质。福斯特在谈到自己弹奏钢琴的感受时提到,他通过弹奏贝多芬的钢琴曲,完全忘记了自我的存在,同时也学会了"建构",即通过想象去理解贝多芬音乐的各

---

① ［德］黑格尔:《黑格尔美学》第三卷上册,朱光潜译,商务印书馆1979年版,第336页。

② 同上书,第347—348页。

③ E. M. Forster, "Not Listening to Music," *Two Cheers for Democracy*, New York: Harcourt, Brace & World, Inc., 1951, p.127.

④ Ibid.

⑤ Ibid.

⑥ Ibid., p.129.

种技巧和音乐要表达的思想主题。

　　福斯特创造性地将音乐用于自己的写作当中。在福斯特的小说中，随处可见对音乐的书写，表达了他对音乐的更深层次的理解。在福斯特的书写中，音乐具有多种功能，它既代表了一种人文理想，也具有审美功能，更重要的是音乐构成了维系人心灵的精神纽带，为人类构筑了一个精神共同体。

　　首先，福斯特心中的音乐代表了一种人文理想，他把它看成建构完美的人的重要因素。福斯特认为，现代科技使人的完整性受到了破坏，由于现代人强调理性，忽略了人的情感发展，这就导致了人灵魂的缺陷。二十世纪初的英国中产阶级就是这类带有缺陷的人。他们不善于表达情感，对人异常冷漠。为了唤醒英国人心中的激情，福斯特提出了"连接"的思想，即理性与激情的连接。在福斯特看来，这种激情一方面来自健康的体魄所带来的生命的激情，另一方面则来源于艺术所带来的想象的激情。音乐，作为一种艺术的表现形式，不仅给人带来一种满足感，而且还会激起人的无限想象和生命的激情。在小说《霍华德庄园》中，福斯特曾经对贝多芬的第五交响曲做过描写，提到了交响曲对人所产生的影响："我们一般都承认，贝多芬的第五交响曲是雄伟卓绝的声音，一直以来震撼着人类的耳朵。不管什么人听来，也不管什么条件下听来，都能够从中获得满足。"[①]《霍华德庄园》中的施莱格尔姐妹玛格丽特和海伦从小受到家庭的熏陶，对艺术非常敏感。在听到贝多芬的第五交响曲时，海伦的想象尽情驰骋，她看到了"英雄和船难"，而玛格丽特则完全沉浸其中，"只是看到了这只乐曲"。福斯特认为，"不论哪一种情况，你生命的激情几乎变得历历在目，你肯定会承认，花两先令听一次这样的声音是值得的"[②]。福斯特非常赞同黑格尔对音乐的看法，那就是音乐会塑造

---

① 　[英] E.M.福斯特：《霍华德庄园》，苏福忠译，人民文学出版社 2009 年版，第 36 页。
② 　同上。

人的内心情感,创造强大的内心世界。在现代条件下,人的心灵处于不完整的状态,福斯特希望通过音乐,也就是艺术,来改善人的心灵,使人具有丰富的情感和内心生活。

小说中的主人公玛格丽特就代表了这一人文理想。玛格丽特和妹妹海伦出生于德裔英国中产阶级家庭。她们敏感、热情、善解人意,主张人与人之间的交流和沟通。作为知识分子,玛格丽特具有理性,能够理性地看待一切事物。但是,音乐让她同时具有了内在的激情,并因此具有了丰富的内心世界。同海伦相比,玛格丽特更具有一种特殊的气质。海伦所表现出来的更多的是浪漫的气质,对音乐的理解处于想象和联想阶段。在听到贝多芬的乐曲时,海伦心中充满了无限的想象,她的脑海中不断出现英雄、精灵、大象以及悲壮的战争的场面:

> 仿佛事情扯得太远了,贝多芬于是把精灵们牢牢抓住,让他们按他所想的行动。贝多芬亲自出现了。他把精灵们轻轻推了一把,它们便开始按大调键而不是小调键行动起来,然后——然后他用自己的嘴吹一口气,他们吓得四下逃散!宏伟雄壮的乐曲汹涌澎湃,诸神和半神半人们挥舞大刀,一通厮杀,战地弥漫着色彩和芳香,辉煌的胜利,悲壮的战士!哦,这一切统统迸发在这姑娘的跟前,她甚至伸出两只戴手套的手,仿佛这一切是伸手可触的东西。任何命运都是伟大的;任何争夺都是合乎需要的;征服者和被征服者同样会受到遥远星球上天使们的击掌礼遇。①

在音乐面前,海伦所表现出来的是无限的激情,她把音乐理解成与文学相同的东西,她听到了音乐,就等于看到了一部文学作品。这说明海伦把艺术当成了单纯的艺术;而对于生活,海伦确实充满了激情,但是她对生活的理解流于表面。她同威尔科克斯家的二儿子保罗的短暂恋

---

① [英]E.M.福斯特:《霍华德庄园》,苏福忠译,人民文学出版社2009年版,第39页。

爱以及她和伦纳德的关系都说明了她对生活的浮浅认识。她对伦纳德的贫困以及对艺术的追求深表同情，以为自己能够拯救伦纳德的命运。但是她没有认识到伦纳德人生悲剧的真正原因。事实上，在福斯特看来，伦纳德之所以不能实现他的文化理想，最根本的原因是他的贫困。在福斯特眼中，伦纳德是一个精神上和身体上都处于营养不良状态的人，他没有理由继续存在，在小说中设计了他的死亡。海伦与伦纳德的热情最终落于失败。但是玛格丽特则与海伦完全不同，玛格丽特认为，音乐不是文学，也不是任何其他东西，音乐就是生活本身。所以她赋予音乐的是全部的热情。她对生活具有深刻的洞察力，能够理解生活的真正本质；面对科技给社会带来的巨大变化，她深感不安，但是她还是能够正视现实，理性地接受了这一现实。她能够正确处理内在生活与外在生活的关系。威尔科克斯太太把霍华德庄园作为遗产留给她，也是看中了她身上的这种艺术气质和善解人意的品质。威尔科克斯太太认为，只有玛格利特才能够真正理解霍华德庄园所代表的传统与自然的真正意义。庄园是过去美好生活的回忆，所以它是一种象征，玛格丽特对霍华德庄园的继承就说明这种传统在人们心中的继续，它将作为英国人的精神遗产，永远地流传下去。对于威尔科克斯一家，玛格丽特欣赏他们的蓬勃朝气，认为他们是促成英国进步的中坚力量，是富有激情的外在生活的代表，因此，玛格丽特希望与亨利走进婚姻，以此实现内在生活与外在生活的连接，实现理性与激情的完美结合。玛格丽特的深谋远虑和精神品位完全归功于音乐所代表的艺术的力量。

在小说《霍华德庄园》中，音乐不仅仅是玛格丽特姐妹所追求的，也是穷困潦倒的伦纳德·巴斯特所仰慕的。伦纳德是一个无产阶级的代表，在听了场音乐会之后，他意识到了自己与其他阶级的差别，也意识到了生活的真正意义。"也许因为音乐的作用，他开始明白活人有时一定要松弛一下。否则人生在世还有什么意义呢？"[1]对于伦纳德来说，音乐

---

① ［英］E.M.福斯特：《霍华德庄园》，苏福忠译，人民文学出版社 2009 年版，第 42 页。

代表了一种趣味,也代表了一种文化;它既是一个身份的象征,也是一个人生的理想,是他可以耗费一生的精力去追求的人生理想。

另外,音乐在福斯特的小说中也具有特殊的审美价值。这种价值主要包含了三个方面:一是音乐帮助了人物性格的塑造,第二是音乐对情节发展起到了推动作用,第三是音乐作为人的精神纽带,将人们紧密地连接在一起。

在福斯特的小说中,音乐的第一个审美价值就是音乐对人物刻画所起的微妙作用。福斯特把音乐当成了小说创作的一种艺术手段。音乐表明了一个人的艺术品位和社会身份,更重要的是,音乐表明了一个人的性格和对各种事物的态度。这一点在小说《看得见风景的房间》中表现得非常充分。露西是个年轻闺秀,长得非常秀气,有一头浓密的黑发。从外表上看她和其他的女孩没有任何区别,她似乎与其他女孩儿有同样的兴趣和爱好,比如,她也喜欢冰咖啡和蛋白酥皮,也喜欢去听布道。但是事实上,她的性格与别的女孩完全不同。她喜欢音乐,会弹奏钢琴。音乐为她构筑了充实的内心世界,"……露西发现日常生活是着实乱糟糟的,但一打开钢琴就进入了一个比较扎实的世界。这时她不再百依百顺,也不屈尊俯就;不再是个叛逆者,也不是个奴隶"①。音乐使她成为她自己——一个有主见、倔强、追求内心自由的年轻女性。对音乐的选择就表现出了露西的倔强性格。她声言不喜欢弹奏悲悲切切的曲调。在一个阴雨天,人们不能外出观光,所以只能待在旅馆里。露西弹奏了贝多芬的几支奏鸣曲。贝多芬的奏鸣曲写得很悲怆,但是露西在演奏的时候充分表现胜利的一面,她认为作为演奏者,她有权选择如何表现乐曲的内涵,演奏者可以决定是表现胜利还是绝望,所以她选择去表现胜利。对于音乐的演奏,她也有不同的理解和感受。同每一位真正的演奏家一样,一接触那些音乐,露西就陶醉了。但是她在演奏过程中所感受到的

---

① ［英］E.M.福斯特:《看得见风景的房间》,巫漪云译,上海译文出版社 2007 年版,第 35 页。

是音乐带给她的身体的快感和生命的激情:"这些音键像手指般爱抚着她自己的手指,因而不仅仅通过乐音本身,也通过触觉她被激起了情欲。"①露西是个非常自我的人,她妈妈所说的她[露西]"将永远不会在生活中弹二重奏"就说明了她的这一个性。露西也非常自信,认为自己的演奏胜过任何其他人的演奏。音乐也促成了露西对新鲜事物的极大兴趣和对自由生活的大胆追求。"露西只有在弹奏音乐后才最清楚自己向往的是什么。她盼望的是出现什么不平凡的事情,她相信只要站在风吹雨打的电车平台上,就会遇到不平凡的事情。"②可以说音乐塑造了露西的灵魂,音乐暗示给她的是火热的生活,引领着她去寻找生命的激情。

在二十世纪初的英国,人们固守着一个传统观念,那就是要求女性做事要不失大家闺秀的身份。按照小说中夏绿蒂的话来说,女性与男性不同,"女人的使命是鼓励别人去取得成就,而不是自己去取得成就。一位女士,凭着机敏和洁白无瑕的名声,可以通过间接方式获得巨大的成功。但是如果她亲自去冲锋陷阵,那么,她将首先受到指责,继而被人看不起,最后,大家将不理睬她"③。露西对束缚女性的社会习俗感到不解和愤愤不平,她认为,女人不应该只是作为生活的旁观者,而应该身处其中,作为生活的参与者和创造者。"她心底里也涌现出各种奇怪的欲望。她也迷恋狂风,迷恋波澜壮阔的全景和一望无际的绿色大海。"④她认为女性应该冲出家庭的樊篱,去做自己想做的事情,实现自己的内心追求。她渴望看到生活的全景,同时也希望自己能够投身到火热的生活中去,获得不同的生活体验。"她注意到,当今世界的这个王国,它多么美好,充满了财富和战争,四周是一层金灿灿的外壳,中间是熊熊的火焰旋转

---

①　[英]E.M.福斯特:《看得见风景的房间》,巫漪云译,上海译文出版社 2007 年版,第 36 页。
②　同上,第 47 页。
③　同上,第 47 页。
④　同上,第 48 页。

上升,向着渐渐远去的天空。"①在小说第四章,露西来到主权广场,在那里她如愿目睹了一个生活中的真正场景,经历了一个意大利人将另一个人杀死的暴力事件。虽然露西在看到暴力场景后由于恐惧晕了过去,但是她毕竟是看到了生活中的真实场景,她自己也不自觉中扮演了生活当中的一个角色。露西在看到鲜血以后晕了过去,恰好被路过的乔治看到。乔治帮助了露西,露西在醒来时发现自己倒在乔治的怀里。露西匆忙离开。在经历了这一切激动人心的真正生活经历之后,露西陷入沉思。此时,音乐再一次出现。这一次,音乐是在露西的心中回荡:"她双肘搁在护墙上,继续凝视着阿诺河,淘淘的流水声送入她的耳中,似乎具有某种意想不到的美妙旋律。"②由于触及了生活的底色,露西内心十分激动,她开始认真地思考生活的意义。从这些描写中读者可以看出,音乐对小说人物的塑造起到了重要的引导作用。

小说中音乐的描写也揭示了人物内心的变化,从而从另一个侧面揭示了人物的思想动态,就此推动了小说情节的发展。在《看得见风景的房间》中,音乐呈现出了露西不同的心理变化,按照麦克道威尔(Frederick P. W. McDowell)的话说,福斯特"从音乐中抽取意象"③来表现露西的内心冲突。在热情奔放、文化底蕴深厚的意大利,露西选择了贝多芬的音乐,这一乐曲与她的新奇、澎湃的心情相呼应。在伦敦为塞西尔和他的客人演奏的时候,露西选择了高雅的舒曼的乐曲,这一乐曲让她想到了"不完美的悲伤"。麦克道威尔认为,露西的这些选择是在"暗示她现在要拒绝生活对她的要求,所以她不能在这种矫揉造作的环境下演奏贝多芬的乐曲"④。后来露西大胆演奏了格卢克(Gluck)歌剧

---

① [英]E.M.福斯特:《看得见风景的房间》,巫漪云译,上海译文出版社 2007 年版,第 48 页。
② 同上,第 54 页。
③ Frederick P. W. McDowell, *E. M. Forster*, Revised ed., Boston: Twayne Publishers, 1982, p.22.
④ Ibid., p.23.

《阿尔米德》（*Armide*）中东方花园一场的音乐，这一场情节涉及情爱的场景，所以读者可以看到露西冲破传统习俗的勇气，但是她不愿意在乔治面前演奏《帕西发尔》（*Parsifal*）①中具有感官色彩的音乐，原因是她当时对乔治的感情犹疑未定。后来，当她决定拒绝激情的召唤时，她选择了莫扎特充满艺术技巧的乐曲，表明她将置身事外，决心不再考虑与乔治的感情问题。可见，不同的音乐表现了小说人物不同的心境，以不可见的方式揭示了小说人物丰富的内心世界。

在福斯特的小说中，音乐不仅促成了人物的细致刻画和情节的有序发展，同时也在深化主题方面起到重要作用。在小说《印度之行》中，福斯特突出强调的是印度文化的神秘性和不可替代性，以及跨越种族界限、实现世界融合的思想。在小说中，音乐一方面突出了印度的神秘性，另一方面也展现了人可以通过神秘的音乐符号实现彼此沟通，实现人与宇宙的连接。小说中有两处描写了戈德博尔教授的歌唱。第一次是在阿德拉和穆尔夫人第一次访问昌德拉普尔学校的时候。阿德拉和穆尔夫人在讨论了印度的神秘性和混乱之后，他们邀请戈德博尔教授唱一首歌。戈德博尔教授演唱了一支宗教歌曲，主要内容是一位挤奶的少女呼唤牧牛神讫里什那（即黑天）。在场的人对歌唱的内容感到迷惑。戈德博尔教授的歌声增强了一种神秘感，神秘的曲调与神秘的夜晚相互融合，这从某种程度上有力地说明了印度文化的神秘性。而小说中戈德博尔教授的第二次歌唱则用他的虔诚与激情打破了种族界限和等级差别，在所有在场的人们心中产生共鸣。这歌声跨越了时间与空间，打破了理性与外部形态的限制，把所有人的心连接在一起。最后，戈德博尔教授的歌声，以及演唱队的歌声，再加上鼓声和小型乐队的演奏声，与人们欢乐的嬉闹声混合在一起，共同构成了一个壮观的混乱的交响乐。音乐最终将人与宇宙连接在一起，形成了一个混乱而又和谐的世界。可以说，

---

① 帕西发尔（Parsifal），是中世纪圣杯传奇中的英雄人物。

福斯特用音乐创造了一个人人可以融入其中的精神共同体。

人们普遍承认福斯特是一位艺术家,他的艺术气质不仅表现在对艺术有非常独特的看法,珍视艺术,把艺术看成生活中重要的组成部分,同时他也把艺术作为一种美学手段,应用到他自己的小说创作当中。其小说中的绘画和音乐等艺术描写,为小说提供了艺术的气息,同时也深化了思想的主题,为读者提供了美妙的、超越的瞬间,创造了高于生活的神秘的和谐。福斯特小说中的艺术书写使其小说本身成了具有高雅品位的艺术品。

第三章　私人关系：人与人的连接

　　除了自我的连接，福斯特的连接思想也包含人与人的连接。作为个人主义者，福斯特所看重的是私人关系（personal relationship），这种关系维系着每个个体与周围世界的联系。福斯特把私人关系看成自己信仰的一部分，并声称他的小说创作强调"私人关系和私生活的重要性"①。这种私人关系可以是友谊、兄弟关系、婚姻关系，也可以是同性之间的爱恋。对私人关系的强调使福斯特与其他单纯注重婚姻关系的小说家完全不同。在十九世纪和二十世纪的英国小说中素有书写婚姻关系的传统。不论是在简·奥斯丁（Jane Austen,1775—1817）的家庭喜剧中，还是在维多利亚时代的英国小说中，抑或在劳伦斯（Charles Dickens,1812—1870）和其他人的现代预言性和象征主义的小说中，婚姻都是叙事的主要内容，承载着一种社会功能，表现人物对生活和社会的更广泛的体验和认知。比如，在简·奥斯汀的家庭喜剧中，"女主人公的婚姻是对良好行为的奖励。它标志着个人进入社会，从幻想、自我主义和骄傲

---

① E. M. Forster, "The Challenge of Our Time," *Two Cheers for Democracy*, New York: Harcourt, Brace & World, Inc., 1951, p.55.

的自给自足中获得了最终的解放"①。而维多利亚时期的小说中,婚姻则成了社会批评的工具,比如在狄更斯的《艰难时事》(*Hard Times*,1854)和盖斯凯尔夫人(Elizabeth Gaskell,1810—1865)的《北方和南方》(*North and South*,1854—1855)中,婚姻就成为作者对社会批评的重要组成部分,小说通过对空虚婚姻的描写展现了"整个社会制度的不育性"②。在这类小说结构中,婚姻起到了象征作用,标志着各种社会冲突以及达成和解的可能性。婚姻成了生活方式的隐喻,婚姻状况可能是一个时期社会观念发展的外在表现。但是在英国现代的象征主义和预言性小说中,婚姻已经不是生活的全部,婚姻不再以社会的角度被接受,而是"通过个人的冲突和启示录的视野被发现"③,也就是说,婚姻已经逐渐失去了其主导性社会功能,让位给个人的精神生活,正如约翰·考莫所言:"在预言性小说中,如同布莱克的诗歌一样,婚姻已经不再像维多利亚小说中那样是社会意识,而是成了一种宇宙精神原则的象征。"④

当然,婚姻也曾经是福斯特小说的一个母题,在《天使不敢涉足的地方》《看得见风景的房间》和《霍华德庄园》中都有对婚姻的描写。但这些都是借助婚姻的描写探索个人的完美途径,在福斯特看来婚姻并不构成生活的最终追求。1906年,福斯特在劳动者大学授课期间发表了《文学悲观主义》("Pessimism in Literature")一文,文中探讨了婚姻问题,驳斥了现代作家所主张的婚姻是一个幸福的结局的观点,认为这一观点是"真理的敌人"⑤。在这篇文章中,福斯特表露了他对婚姻的反感。这种反感一直在他的小说中有所体现。在《最漫长的旅程》中,福斯特就明确

---

① John Colmer, "Marriage and Personal Relations in Forster's Fiction," in Judith Scherer Herz and Robert K. Martin (eds.), *E. M. Forster: Centenary Revaluations*, London: The Macmillan Press LTD., 1982, p.113.

② Ibid., p.114.

③ Ibid., p.114.

④ Ibid., p.116.

⑤ Ibid., p.114.

表示，婚姻生活是一种折磨，陷入婚姻的生活是最漫长的旅程。与婚姻相比，福斯特更珍视兄弟之情和男性之间的友谊。私人关系的主题贯穿他小说创作的始终，使他的小说充满了独特的个人韵味。

第一节　福斯特的"私人关系"观

福斯特具有独特的"私人关系"观，实际上他所追求的是兄弟之情和同性之间的友情和爱恋。福斯特对"私人关系"的理解与他个人的成长经历有很大关系。1879 年福斯特生于伦敦。他出生 10 个月后，父亲去世，福斯特是在妈妈、姑奶（Marianne Thornton）的呵护下长大。他的生长环境缺乏男性的关怀，所以他一直渴望男性的友谊。福斯特四岁的时候随妈妈搬到了赫特福德郡（Hertfordshire）乡下的住所 Rooksnest。在那里，福斯特不但被古老而舒适的老房子和长有榆树的美丽花园以及周围一望无际的绿色草地所吸引，还遇到了一些乡下男孩儿，福斯特经常和他们一起玩耍。与其中一个男孩的友谊在福斯特后来的情感生活和想象生活中一直都很重要。① 后来，福斯特分别在苏塞克斯（Sussex）海岸的伊斯特伯恩（Eastbourne）和同桥公学（Tongbridge）完成了小学和中学教育。在此期间，福斯特并不快乐，他感到自己与学校生活格格不入，孤立无助，经常受到同学欺负，所以他内心十分渴望友谊的降临。

福斯特在剑桥的生活让他尝到了友情的真味。1897 年福斯特进入剑桥国王学院学习。在那里，福斯特结识了他的老师韦德（Nathaniel Wedd）和迪金森（Goldsworthy Lowes Dickinson），并同他们建立了良好的私人关系。迪金森腼腆、善良，是一位思想敏锐、知识渊博的学者。在迪金森的影响下，福斯特改变了自己对基督教的信仰。福斯特后来完成

---

① Glen Cavaliero, *A Reading of E. M. Forster*, London: The Macmillan Press LTD., 1979, p.3.

了迪金森的传记《高尔斯华绥·洛斯·迪金森》(*Goldsworthy Lowes Dickinson*,1934),记录了迪金森的生活经历、思想和他们之间的友谊。在书中,福斯特表达了他对剑桥生活的赞美:"由于在剑桥到处都是朋友,它有一种魔幻般的特质。身体与精神,理性与情感,工作与游戏,建筑与风景,笑声与严肃,生活与艺术——在别处这些成对的东西都是对立的,但是在这里,它们融合在一起。"[①]在剑桥,福斯特徜徉在友情温暖的羽翼下,享受到了人间特殊的情感,由此,福斯特的生活发生了天翻地覆的变化。1901 年,在大学四年级的时候,福斯特加入了使徒学社。这个学社成立于 1820 年,是剑桥最高级的文化圈,很多名人都曾经是其中一员,包括诗人丁尼生(Alfred Tennyson, 1809—1892)、亚瑟·哈勒姆(Arthur Hallam, 1811—1833)、基督教社会学家 F. D.莫瑞斯(F. D. Maurice,1805—1872)、物理学家克莱-麦克斯韦尔(James Clerk-Maxwell, 1831—1879)、哲学家西奇威克(Henry Sidgwick, 1838—1900)等。后来很多文化名人也相继加入其中,如梅纳德·凯恩斯(Maynard Keynes,1883—1946)、罗杰·弗莱(Roger Fry,1866—1934)、伦纳德·伍尔夫(Leonard Woolf, 1880—1969)、德斯蒙德·麦卡锡(Desmond MacCarthy, 1877—1952)、利顿·斯特拉奇(Lytton Strachey, 1880—1932)、伯特兰·罗素(Bertrand Russell,1872—1970)和阿尔弗雷德·怀海特(Alfred North Whitehead,1861—1947)等。使徒学社最初的名字是"谈话社团"(the Conversazione Society,或简称为社团 the Society)。使徒学社只许男性成员加入,主张雅典式的言说和思想的自由,倡导知识交流和私人关系,彼此之间亲密无间。该社团主要以严肃的对话方式探讨各种文化和哲学问题,按照西奇威克的话说,

---

① E. M. Forster, *Goldsworthy Lowes Dickinson*, London: Edward Arnold & Co., 1934, p.35.

使徒学社的目的就是"一群亲密朋友全身心地、毫无保留地追求真理"①。在追求真理的过程中私人关系是不可或缺的。对此,与福斯特同期的著名哲学家G.E.摩尔(G. E. Moore, 1873—1958)的哲理性阐述十分透彻,清楚地指出了私人关系的本质:"真理不是一种需要特殊智性和特殊表达语言的深奥追求,而是需要忠实于严格的思维,将所思存于良好的心态中,并且以仰慕美的事物和与他人保持良好的关系为标志。"②在摩尔那里,私人关系是实现真理的必要条件。在使徒学社的经历大大开阔了福斯特的文化视野,同时对私人关系有了更深一步的理解。

在离开剑桥之后,福斯特加入了二十世纪伦敦著名的布卢姆斯伯里文化圈,这个文化圈始于二十世纪初的剑桥,更确切地说是1899年秋天在三一学院开始形成的,是"知识精英的一个松散团体"③。使徒学社的所有成员都是该文化圈的一分子,唯一的不同是布卢姆斯伯里文化圈也允许女性加入。弗吉尼亚·伍尔夫就是其中一员。在英国社会越加商业化、社会价值观越来越趋向于物质财富的时代,布卢姆斯伯里文化圈代表了思想和文化的自由,也代表了批评的自由,总而言之它代表了"文明"④,在自由主义、女权主义、和平主义、同性恋解放,以及文化和政治的历史中都起到了重要作用。布卢姆斯伯里文化圈珍视私人关系,其成员的共同价值观是"生活的意义取决于浪漫的性的伙伴关系"⑤,他们开始重新审视个人作为朋友、爱人和配偶的角色。文化圈的成员互相理解,有着非常亲密的私人关系。福斯特从这种亲密的关系中获益匪浅,正如

---

① Christopher Gillie, *A Preface to E. M. Forster*, New York: Longman Group Limited, 1983, p.21.

② Ibid.

③ [英]昆汀·贝尔:《隐秘的火焰:布卢姆斯伯里文化圈》,季进译,江苏教育出版社2006年版,第3页。

④ Christopher Gillie, *A Preface to E. M. Forster*, New York: Longman Group Limited, 1983, p.26.

⑤ Jesse Wolfe, *Bloomsbury*, *Modernism*, *and the Reinvention of Intimacy*, New York: Cambridge University Press, 2011, p.2.

吉利(Christopher Gillie)所说"福斯特从亲密关系中得到的远远大于从文化圈自身所得到的"①。

福斯特的"私人关系"观也离不开古希腊文化的熏陶。由于在剑桥期间接触到了古希腊文化,福斯特对古希腊文化非常崇拜。在古希腊时期,私人关系在个人的生活中占有重要地位。生活的浪漫以男性之间的关系体现出来,这种关系就是友爱(philia, philo)。② 其实,这种男性之间的关系在各个时代、各个国家都有,但是在古希腊时期,这种关系是一种社会"机制"③的体现。当时,在希腊社会上存在着一种普遍的做法,往往把两个男人组合在一起进行各种训练,他们希望通过年长者的作用促进年轻人的教育和发展,从而使年轻人被社会所接受。例如,在斯巴达,每个男孩都有一位年长者和他一起参加训练,对他的行为进行告诫,并在公众的评价中荣辱与共。据说有一次,一个斯巴达的男孩在一场战斗中哭了出来,不是因为他自己做得不好,而是他的朋友因自我控制的失误而被惩罚。在古希腊,这种友爱之情主要发生在男性的青少年之间以及他们和成年男性之间,成为社会交往的重要方式,它所起的感染和教育的作用甚至超过家庭教育。在希腊历史和传奇中,男性之间的友谊是最珍贵的。比如阿喀琉斯(Achilles)和普特洛克勒斯(Patroclus)、苏格拉底(Socrates)和亚西比德(Alcibiades)之间的友谊就是男性友谊的典范。在古希腊,真诚的友谊是生命中最美好的东西。柏拉图的《吕西斯篇》就是对友爱的探讨。苏格拉底说:"我宁可要一位好朋友,也不要世上最漂亮的鹌鹑或公鸡;我宁可要一位好朋友,也不要世上最名贵的马或狗。我相信,只要我得到一个朋友和伴侣,胜过得到大流士王的全部

---

① Christopher Gillie, *A Preface to E. M. Forster*, New York: Longman Group Limited, 1983, p.27.

② Philia, philo 指的是友爱,不是同性恋,eros 这个词才含有性爱的意思。

③ Goldsworthy L. Dickinson, *The Greek View of Life*, 6th ed., New York, 1909, Section 10.

黄金，也强过大流士王本人。所以我喜欢友谊。"①苏格拉底教诲人们要懂得友爱和友谊的价值，要懂得如何交友和待友。他奉劝人们要选择有价值的朋友，让自己的言行从善，最重要的是有一颗真诚善良的心。后来，亚里士多德在苏格拉底思想的基础上，以目的为支点概括了三种友爱——"因有用而生的友爱，因快乐而生的友爱以及因善而生的友爱"②。亚里士多德认为，前两种友爱都带有功利性特点，建立在利益和快乐情感的基础上，带有偶然性，因此不会长久。但是第三种友爱以善为基础，所以是完善和牢固的，与善本身一样长久。柏拉图对友爱的阐述最为精辟，他在《会饮篇》中探讨的是厄罗斯（eros），也就是爱情。这个概念超乎了单纯友情的范畴，既包含精神上的爱，也包含肉体的爱，即性爱。性爱包括异性之爱，也包括同性之间的爱。柏拉图指出，爱是"人类一切最高幸福的源泉"③，爱本身无所谓美与丑，而是要看爱的方式如何。如果爱肉体胜于爱心灵，这种爱就是丑的，是低级的；只有爱优美心灵的人的爱才是高尚的爱，是永恒的爱。所以，柏拉图把爱的真谛归于精神之爱，即对真、善、美的爱。在柏拉图心中，友情是珍贵的，它是一种爱，它的价值在于彼此精神的提升。相爱的人应该互相支持和鼓励，共同进步，共同提高，正如迪金森总结的那样："爱的结局不是自身的满足，而是灵魂的发展与完善。"④

　　在希腊传统的熏陶下，福斯特找到了私人关系存在的理由。所以他在自己的生活中一直追求纯真的友情和爱，并且在自己的小说创作中把私人关系作为重要的书写主题。

---

① 　［古希腊］柏拉图：《柏拉图全集》第一卷，王晓朝译，人民出版社 2002 年版，第 212 页。
② 　汪子嵩、范明生、陈村富等：《希腊哲学史》第二卷，人民出版社 1993 年版，第 459 页。
③ 　［古希腊］柏拉图：《柏拉图全集》第二卷，王晓朝译，人民出版社 2002 年版，第 213 页。
④ 　Goldsworthy L. Dickinson, *The Greek View of Life*, 6th ed., New York, 1909, Section 10.

第二节　美的追求:《最漫长的旅程》中多面的厄罗斯

　　《最漫长的旅程》(1907)是福斯特发表的第二部小说。小说出版以后人们对这部小说的评价褒贬不一。很多人对这部小说持肯定的态度。比如《国家》杂志的一位不署名评论者看到了这部小说中的机智和对普通生活的哲学性批判,称:"这部小说显然很机智,有很多出其不意的地方,在故事之流中出现很多精妙、细致的想法。作者的风格和方法同他的生活观一样富有创意。"①著名评论人马斯特曼也称赞这是一部"富有洞察力的、极其聪明的"②小说,认为"虽然这部小说不算是伟大的,但是里边嵌入了许多伟大的元素"③。但是也有人对小说提出质疑,比如《晨邮报》的一位评论人就认为小说中频繁出现的死亡情节缺乏说服力。④特里林也认为这部小说"最不紧凑、结构最不精确",因此是福斯特的五部小说中"最不完美的"。⑤ 不论人们怎样评价,福斯特一直把这部小说看成是自己的最爱,原因是这部小说记录了他自己的生活,最接近于他的"迸发出创作冲动火花的头脑和心灵的交汇处"⑥。事实上,福斯特之所以珍视这部小说,最主要原因是这部小说探讨了他最崇高的友爱理想和兄弟之情,揭示了私人关系的本质,展现了多面的厄罗斯。

　　福斯特主张私人关系是建立在对美的追求的基础上,这同柏拉图的

---

① "Unsigned Review," in Philip Gardner (ed.), *E. M. Forster: The Critical Heritage*, London: Routledge & Kegan Paul, 1978, pp. 68-69.

② C. F. G. Masterman, "The Soul in Suburbia," in Philip Gardner (ed.), *E. M. Forster: The Critical Heritage*, London: Routledge & Kegan Paul, 1978, p.76.

③ Ibid., p.75.

④ See "Unsigned Review," Philip Gardner (ed.), *E. M. Forster: The Critical Heritage*, London: Routledge & Kegan Paul, 1978, pp.79-80.

⑤ Lionel Trilling, *E. M. Forster*, London: The Hogarth Press, 1967, p.67.

⑥ Wilfred Stone, *The Cave and the Mountain: A Study of E. M. Forster*, London: Oxford UP, 1966, p.185.

思想相一致。小说《最漫长的旅程》展现了主人公里基对私人关系的追求。里基是一位天生聪慧敏感的青年，由于身体的缺陷，他一直把灵魂的完整作为他追求的目标。他喜欢沉浸在自己的内心世界中，渴望得到真挚的友情。他喜欢美的事物，剑桥生活中的智性之美深深地吸引着他。小说以傍晚时刻剑桥大学生聚在里基的房间里讨论存在哲学问题的情景展开，大学生们就奶牛是否存在的问题进行激烈的争论。关于奶牛是否存在的问题是剑桥永恒的哲学话题，对该问题的探讨启发人们的心智。里基完全沉浸在抽象的思考当中，尽情享受着宽松的氛围和窗外美好的景致。对他来说，奶牛是否存在并不重要，他所惬意的是思想自由、人人平等、互相友爱的和谐气氛。这似乎是他理想中的美好生活。但是这种美的生活被另一种美所打破，艾格尼丝出现了。艾格尼丝是一位来自英国中产阶级的女性。在里基心目中，艾格尼丝健康美丽，是"一位肤色黝黑、头脑聪慧的公主"，富有青春活力，兼有希腊神话中美狄亚的善良和埃及女王克里奥佩特拉的责任感。在里基眼里，她比任何女人都更有"在那里"的现实感。① 在里基眼里，艾格尼丝是美的，她的美对里基产生了巨大的诱惑，使里基误以为这就是生活的全部，就是他理想中的美，所以在她的未婚夫杰拉德去世之后，里基毅然与艾格尼丝走进了婚姻。

里基的生活中存在着两种友爱，除了他与艾格尼丝之间以婚姻维系的性爱之外，还有一种就是同性之间的友情。里基内心深处隐匿着更多的对同性友情的渴望，所以他一直在性爱和同性恋两种情感中来回摇摆。

里基同性恋倾向的基础也是对美的热爱。里基与艾格尼丝的未婚夫杰拉德之间有着奇妙的关系。杰拉德是个英俊的青年，体格健壮，具有运动天赋。虽然在公学求学期间，里基经常受到杰拉德的虐待，再次

① ［英］E.M.福斯特：《最漫长的旅程》，苏福忠译，人民文学出版社 2009 年版，第 58 页。

见到杰拉德时里基所能回忆的都是"塞了馅饼的床……拧掐,踢蹬,扇耳光,拧胳膊,揪头发,夜里装神弄鬼,往书上洒墨水儿,涂抹照片"①等自己受其虐待的陈年往事,但是里基阻止不了自己内心深处对杰拉德身体之美的羡慕与喜爱。他被杰拉德外在的美所吸引。小说中多次描写了杰拉德身体的美:

> 艾格尼丝倚靠在涂了杂酚油的花园门上,在他[她]身后站了一个年轻男子,一副希腊运动员的身材,一张英国人的脸。他肤色白净,头脸刮得很干净,一头淡色的头发剪得很短。太阳照在他的眼睛上,那双眼睛,如同他的嘴唇一样,好像在他那健康的皮肤上划出了几条裂缝。衣服开始出现的地方,正是他开始英姿勃发的地方。绕着他的脖子是一个起伏不平的领子和一条紫色和金色相间的领带,他的四肢穿在一身灰色的西服便装里,把袖子和裤筒撑得满满的。②

由于自己身体残疾的缘故,里基尤其羡慕男性的健康体魄。杰拉德具有希腊式的强健的身体,英俊潇洒,因此,他不仅是艾格尼丝追求的目标,也成了里基的"欲望对象"③。福斯特用隐喻的方法暗示在那半敞开的衣领下面隐藏着的男性诱人的身体,表达了里基对杰拉德的同性恋欲望。小说中还描写了里基看到杰拉德和艾格尼丝相互依偎在一起、互相亲吻的时候所流露出来的嫉妒与羡慕,从而折射出里基的强烈的内心情感。也许他希望被挽着的是他自己,而不是艾格尼丝。他内心希望艾格尼丝离开杰拉德,那样的话,艾格尼丝的缺席就可以给他的心里留下足

---

① ［英］E.M.福斯特:《最漫长的旅程》,苏福忠译,人民文学出版社 2009 年版,第 46 页。

② 同上,第 43 页。

③ 骆文琳:《〈最漫长的旅程〉:福斯特对同性恋欲望的隐匿书写》,《西南农业大学学报(社会科学版)》2009 年第 6 期,第 120 页。

够的空间，他可以在内心拥有杰拉德身体的美。

　　杰拉德对里基来说是重要的。杰拉德对艾格尼丝的亲吻激发了里基对爱的思考与向往。"他似乎在俯视色彩斑斓的峡谷。峡谷闪闪发光，更加明亮，后来纯粹火焰的神灵在峡谷里诞生，然后他看见了洁白的雪的尖端。"①他感到越来越多的美丽的形象侵入他的肉体。他听到音乐从他身边飘过，如同一条河流。在原始的单音中，在短短的乐句中，在小提琴交织的如泣如诉中，在丰满的童音中，他看到了爱神的诞生，"火焰的火焰，照亮了他身下那条黑魆魆的河流以及上面的洁白的雪峰。他的翅膀无限，他的青春永恒"，最后，音乐变成了创造性的华章，以越来越宽的旋律和越来越嘹亮的辉煌为它喝彩。在里基心中，爱情就是一股烈火，爱情就是一股洪流，或者它比烈火和洪流更伟大。② 杰拉德对艾格尼丝的亲吻也使里基认识到了艾格尼丝的美。里基在艾格尼丝的脸上看到了女性的"神秘的美，如同一颗星星在闪烁"③。可以说，杰拉德使艾格尼丝变得真实，里基对艾格尼丝的爱不是因为她自身的缘故，而是因为"有男子气的、暴力的杰拉德的欲望把她转化成了爱的对象"④。

　　但是，我们必须看到里基与杰拉德之间的关系是不稳定的，这主要有两个原因。一是杰拉德的美是外在的美，他的美是转瞬即逝的，正如他在球场上的突然死亡一样，不可能持久。所以，福斯特借此想要表达的是，单纯具有外在的美，没有丰富的思想内涵，必然导致美的最终缺失。二是里基与杰拉德之间的关系是隐在的，是单方面的，其中只包含里基对杰拉德身体的羡慕，在杰拉德那里并没有得到任何回应，所以他们之间的私人关系可以说实际上并不存在。

---

① 　[英] E.M.福斯特：《最漫长的旅程》，苏福忠译，人民文学出版社 2009 年版，第 49 页。

② 　同上。

③ 　同上。

④ 　E. M. Forster, *The Longest Jurney*, New York: Bantam Books, 1997, Introduction, p. xi.

相比之下,里基与安塞尔的关系则是稳定的,长久的,因为他们之间的友情是建立在真正的、精神之爱的基础上的。安塞尔是里基在剑桥的同学,出生于布商之家。他并没有杰拉德那样健壮英俊的外貌,但是他有着智性之美。他是理性的,一直醉心于人文理想,热衷于哲学的思考,追求的是宇宙和存在等宏大深奥的哲理。他对里基的感情非常深厚,他在里基生活中所扮演的角色也是独特的,是一个知己、精神伴侣,同时也是一个理想的引导者。

安塞尔对里基的情感首先建立在"知"的基础上。他了解里基的一切,包括他身体的缺陷、早年的生活,以及他的内心追求,所以他一直鼓励里基从事他自己喜欢的文学创作,希望他能在文学创作方面有所建树,发挥自己的想象力和创造力,实现里基对社会的价值,这对里基来说是最为珍贵的。从这个角度来讲,安塞尔是里基的知己。在里基陷入热恋,打算与艾格尼丝结婚时,安塞尔对里基提出善意的忠告,希望里基解除婚约,这时的安塞尔又是里基的精神引领者。他认为里基身体有残疾,灵魂上也不健全,所以不适合结婚:"男人和女人要求截然不同的东西。男人想爱人类;女人只想爱一个男人。她得到了他,她的活就完成了。"[1]安塞尔认为女人思想狭隘,所关注的是一个人的世界,而男人应该关注整个人类,应该具有更远大的抱负。所以他极力反对里基把自己的聪明才智淹没在婚姻的牢笼里。他对里基说,艾格尼丝并不真正爱他,她所要的就是控制,她想要达到的是满足自己的控制欲。安塞尔认为一个只有女人陪伴的人生是悲惨的,这样的人生旅程是最令人难以忍受的,是"最漫长"的旅行。安塞尔用雪莱的诗来劝说里基,但是他所表达的是对女性和婚姻的独特看法,这一看法也恰恰是福斯特本人的看法。

安塞尔对于里基的深情还表现在他对里基心灵的塑造,让里基获得正义和勇气。在艾格尼丝为了获得里基姑妈的全部财产从而试图掩盖

---

① [英]E.M.福斯特:《最漫长的旅程》,苏福忠译,人民文学出版社2009年版,第101页。

斯蒂芬是里基的同母异父兄弟的事实真相时，安塞尔在众人面前揭示了真相。这一事实的揭示，使里基彻底看清了艾格尼丝势利自私的本性，最终有勇气离开她，走出婚姻的牢笼，重新回归初心，实现了与斯蒂芬的团聚。安塞尔在这其中所起的作用就是让里基坦然面对事实，从而做出正确抉择，也就是做出正义的选择，这对里基重返理想的内心生活起着至关重要的作用。所以，安塞尔对于里基来说，既是一面镜子，又是一座灯塔，他引领着里基走在正确的人生轨道上。

安塞尔和里基之间的私人关系是双向的、相互的。对于安塞尔的深情，里基从始至终做出积极的回应。在剑桥读书期间，他带领安塞尔到学校旁边的小树林里，那个象征着里基纯净内心世界的地方，向他讲述自己的童年经历和家庭生活，里基呈现给安塞尔的是他火热的真情。里基对安塞尔十分依恋，他们一起散步、游戏、打闹，在假期里基到安塞尔家中做客，共同度过美好的时光。在里基决定与艾格尼丝结婚的时候，里基首先想到的也是安塞尔，他把这一喜讯第一个告诉了安塞尔，让他来分享自己的喜悦。所有这些事实都表明里基与安塞尔之间存在着真挚的友谊，他们之间的友情是相互的。后来，在安塞尔的帮助下，里基认识到了自己人生道路上出现的偏差，及时接受了安塞尔的忠告，重回人生的正确轨道。最后他接受了斯蒂芬，勇敢地接受了大地母亲给他的馈赠，这使他的心灵得到了提升。在小说末尾，里基为了救斯蒂芬牺牲了自己的生命，从而实现了灵魂的真正完整，完成了实现心灵完整的人生旅程，这对里基来说无疑是一个最完美的结局。通过里基与安塞尔之间的私人关系，福斯特向读者展示了最真挚的同性之间的友谊。在福斯特看来，这种友谊是最牢不可破的。

小说《最漫长的旅程》中还有一层特殊的私人关系，那就是里基与斯蒂芬之间的关系。斯蒂芬是里基同母异父的兄弟，他生活在威尔特郡的乡下，由里基的姑妈带大。他是一个粗俗、健壮、散发着自然气息的青年。在他的真实身份被揭示之前，里基对斯蒂芬的感情暗含着一种同性恋的情结,他在斯蒂芬身上看到的是狂野的男性魅力。斯蒂芬总是让他想起杰拉德,那个过去十分霸道的杰拉德。里基在斯蒂芬身上看到的是朝气蓬勃的生命力。但是,在斯蒂芬的身份被揭示之后,他们之间的关系发生了质的改变,由同性恋的关系转变成了兄弟之情。随着身份的变化,里基对斯蒂芬的感情也发生了变化,现在他成了斯蒂芬的保护人和道德导师,他希望斯蒂芬能够规范自己的行为,改掉酗酒的坏毛病,在心灵上得到提升。他不断对斯蒂芬进行道德教育,告诫他要成为一个正派的人:"一定要认真,一定要忠实","一定要相信,我们的生命是一种有几分重要性的状态,我们的大地不是消耗时光的地方","饮酒,当今之日,是一种不美的东西","最好还是与希腊人的公正精神遥相辉映吧",[①]"我希望你在这里[乡下]住下来……我相信你热爱这些特殊的田地,超过了全世界"[②]。由于里基的教育,斯蒂芬认识到了道德的重要性,也理解了乡村和大地的意义。后来,里基把喝得烂醉的斯蒂芬从火车铁轨上救了下来,可是他自己却因此失去了生命。里基的死亡是对斯蒂芬最好的道德教育。斯蒂芬认识到,里基为了救他牺牲了自己,因此是最高尚、最有担当的人。从此以后,斯蒂芬改掉了酗酒的坏毛病,也不再愤世嫉俗。像里基所希望的那样,斯蒂芬住到了乡下,在那里开始了他的新生活。小说结尾提到斯蒂芬完全改变了自己的生活方式,他开始创作,寻求自己的内心世界和理性的火花,不断思考人生的真谛,并用自己的爱心去爱家人,爱其他人。里基对斯蒂芬的道德教育变成了一种鼓励,一种督促,使斯蒂芬的心灵得到了提升,这无疑也是一种完美的私人关系的典范。里基和斯蒂芬来到这个世界上就是为了对方而生,他们互相搀扶走完最漫长的旅程。里基的肉体已经化为泥土,斯蒂芬成了里基生命的延续,这种生命还将在斯蒂芬的孩子那里得到延续。

---

① ［英］E.M.福斯特:《最漫长的旅程》,苏福忠译,人民文学出版社 2009 年版,第 330 页。
② 同上,第 332 页。

总之，在小说《最漫长的旅程》中，福斯特描绘了多种私人关系，使小说具有复杂的情感色彩，而这些复杂的私人关系又交织在与婚姻的冲突和矛盾之中，使小说具有一种独特的魅力，所以从这一点来讲，马斯特曼说的是对的，这本小说确实有其"伟大"之处。

第三节　"不是现在"：《印度之行》中友谊的困境

随着写作的深入，福斯特对私人关系的理解也在进一步加深。他开始思考私人关系存在的社会因素，他想要回答的问题是，私人关系能否跨越阶级和种族的樊篱而存在。无疑，小说《印度之行》中也探讨了私人关系，包括友谊和隐秘的同性恋情结，但是这部小说与《最漫长的旅程》完全不同。福斯特把小说背景设置在英国殖民统治之下的印度，呈现了更广阔、更复杂的帝国历史语境。

帝国主义与殖民主义紧密相连，在历史语境中这两个词经常互用。殖民主义　词来源于罗马词"colonial"，意思是"农场"、"定居点"或"殖民地"，指在他者的土地上定居但仍保留其原有公民身份的罗马人。[①] 殖民者在新的土地上建设新的社区。新社区包括原有住民及其后代，隶属原属国或与原属国有联系。1660 年，东印度公司得到英国国王允许，进驻印度。此后英国人在印度大肆掠夺物产，对印度当地土著进行无情的剥削和压迫，恶行累累。1773 年英国议会颁布了《调整法案》，以国家的名义接管了东印度公司的殖民地事务，从此开始了大英帝国对印度的殖民统治。殖民主义的本性就是掠夺，殖民地的原材料和矿产源源不断地从印度运往英国，同时印度成了英帝国的巨大市场。最终的利益全都流回到英国国内。《殖民主义/后殖民主义》一书的作者卢姆比亚（Ania Loomba）感慨道："殖民主义有如欧洲帝国主义诞生时的助产士，没有殖

---

① Ania Loomba, *Colonialism/Postcolonialism*, London: Routledge, 1998, p.1.

民主义的扩张就不会出现向欧洲资本主义的过渡。"①英国在印度的殖民统治为国内的经济发展起到了不可估量的作用。

卢姆比亚指出,殖民主义必然涉及原住民与殖民者之间的矛盾与冲突:"在世界各地,殖民主义的过程各不相同,但是在每一个地方原住民和殖民者之间都锁定在最复杂最具创伤性的关系之中。"②矛盾与冲突伴随着殖民主义的进程,所以帝国的殖民史就是殖民者与被殖民者的冲突史。在英属印度殖民地,殖民者与印度人的冲突此起彼伏。1857年发生的由于英国人在枪支上涂抹牛油所引起的印度士兵哗变和二十世纪上半叶甘地所领导的非暴力不合作运动,都是印度人反对英国殖民统治的历史铁证。1919年4月在印度阿姆利则发生了骚乱,有几个英国人被杀,结果英国军队向印度人群开枪,导致379人死亡。在英国殖民者和印度人之间一直埋藏着仇恨和隔阂的种子。

在帝国的大背景下,福斯特一直不忘自己的私人关系的人文理想。《印度之行》的创作源于福斯特本人与东方人的私人关系。私人关系激发了福斯特对印度的极大兴趣。福斯特在《戴维山》一书中提到:"我与这个神秘国度的联系是建立在私人关系基础上的,我去那里不是为了统治那个国家,也不是为了赚钱,也不是为了改造那里的人民。我去那里是去看一个朋友。"③所以私人关系是福斯特写作《印度之行》的初衷。福斯特提到的这位朋友就是他的印度穆斯林好友马苏德。马苏德与福斯特一直保持友好关系。在马苏德的鼓励下,福斯特开始了《印度之行》的写作。福斯特试图通过阿德拉和穆尔夫人两位英国女士的印度之行反映帝国语境下私人关系所遭遇的困境。

《印度之行》揭示了英印人统治下的印度社会中存在的人与人之间

---

① Ania Loomba, *Colonialism / Postcolonialism*, London: Routledge, 1998, p.4.

② Ibid., p.2.

③ E. M. Forster, *The Hill of Devi*, London: Edward Arnold, 1973, p.297.

的隔阂。小说开始的部分就描写出了这种隔离状态。昌德拉普尔小镇的印度人和英印人居住区相离甚远。印度本土居民区处在恒河边缘，环境肮脏破烂。而英印人的居住区则位于山上，环境优美。这种地理位置和居住状态的反差映衬了英印统治者与当地印度居民之间的等级关系。以治安法官朗尼为代表的英国殖民统治者时时宣扬种族优越论，处处摆出上帝的姿态，在那里推行强权政治。一个曾经在印度做过护士的英国女人说道："我们唯一的希望就是和他们［印度人］严格地隔离。"在昌德拉普尔小镇身居高位的卡伦德夫人也说："当然！对本地人，我们最仁慈的做法就是让他们死亡。"①她们的言论无疑就是英印统治者的心声。所以英印人与当地居民完全隔离开来，没有任何交流可言。就连英印统治者的内部也矛盾重重，互相孤立。朗尼与未婚妻阿德拉之间的冷淡和菲尔丁与其他英印统治者的分歧都充分证明了这一点。

　　小说以阿齐兹为主线描写了两种私人关系：一种是阿齐兹与阿德拉和穆尔夫人之间的关系，另一种是阿齐兹与菲尔丁之间的关系。阿齐兹是一位体格健壮、英俊的穆斯林医生，一直信奉友谊，相信人与人之间的真诚沟通。穆尔夫人是一位仁慈和善的英国老夫人，信仰基督教。阿德拉则是一位英国知识分子。虽然都是英国人，但是穆尔夫人和阿德拉都和福斯特一样信仰私人关系，与英印统治者完全不同。穆尔夫人之所以能同阿齐兹建立友谊，是因为他们都信仰爱，都珍视友谊。由于穆尔夫人参观清真寺的时候脱了鞋，表示了对伊斯兰教的尊重，因此引起了阿齐兹的好感。阿齐兹与她建立了友谊。通过茶会等方式，阿齐兹与穆尔夫人和阿德拉有了较深的了解。两位女士希望更多地了解印度、了解印度人，所以阿齐兹组织了一次到马拉巴山洞景点的参观，希望能满足她们的愿望。在路上，阿齐兹与阿德拉一直在谈话，阿齐兹向阿德拉讲述了自己的生活，而阿德拉也开始羡慕起阿齐兹健美的身体，并且开始思

---

① 　［英］E.M.福斯特：《最漫长的旅程》，苏福忠译，人民文学出版社 2009 年版，第 25 页。

考自己与朗尼的婚姻和未来自己的社会身份问题。此时看起来一切都很顺利,阿齐兹与阿德拉的友谊在加深。但是此次观光因为阿德拉在山洞中产生的幻觉使他们刚刚建立起来的友谊陷入了困境。阿德拉指控阿齐兹在山洞中侮辱了她,阿齐兹由此锒铛入狱,失去了自由。而穆尔夫人在参观了山洞之后也对阿齐兹失去热情,不再关心他们之间的友谊。当穆尔夫人被问到她是否认为阿齐兹做了那件事时,她只是简单地回答不会,但是拒绝加以解释,也没有在法庭上出庭作证,为阿齐兹辩护。阿齐兹与穆尔夫人之间建立起来的友谊就此中断。但是阿齐兹在内心深处是十分敬重穆尔夫人的。后来,在山洞风波过后,阿齐兹得知了穆尔夫人的死讯,他感到切肤的悲痛,"他像个孩子似的哭得伤心,并命令他的三个孩子也像他一样悲伤、痛哭"①。阿齐兹是真心尊敬和热爱穆尔夫人的。但是对于阿德拉,阿齐兹充满了仇恨。他要报复她,所以起初不肯免除阿德拉的名誉赔偿费。后来,阿齐兹想到死去的穆尔夫人的愿望就是宽容这个未来的儿媳,他还是答应免除了这笔费用。

阿齐兹与菲尔丁的友谊相对比较稳固。菲尔丁是昌德拉普尔小镇小型预科学校的校长,是一个已经步入中年的英国人。他"性情温和,聪明能干,是一个笃信教育事业的学者"②。从外表上看,菲尔丁英俊潇洒,他"身材高大,头发蓬松,眼睛碧蓝,手足懒散,不修边幅"③,是很容易获得人们信任的那种人。菲尔丁和阿齐兹还没有见面,就已经互生好感。阿齐兹第一次收到菲尔丁的茶会邀请,他没有回复,也没有去参加,因为他完全忘记了。所以,当阿齐兹第二次收到菲尔丁的邀请时感到非常高兴,"他的精神猛然振作起来"④,他感到菲尔丁是一个有礼、善良的人。阿齐兹做了热情洋溢的回复,并准时去菲尔丁所在的学校参加茶会,从

---

① ［英］E.M.福斯特:《最漫长的旅程》,苏福忠译,人民文学出版社 2009 年版,第 292 页。
② 同上,第 65 页。
③ 同上。
④ 同上,第 63 页。

此与菲尔丁建立了真挚的友情。

　　阿齐兹与菲尔丁的友谊具有良好的基础。首先他们有共同的信仰,阿齐兹信仰私人关系,菲尔丁也主张人人平等,互相交流:"他最得意使用平等交换思想的方式进行个人交谈。他相信未来的世界一定属于这样的人们:他们尽一切努力来促进人们互相接触,相互影响,并且通过友好相待和文化与智力方面的帮助,使这种接触和影响达到人类理想的境界。"①其次,他们互相吸引,在一起时彼此感到很自在,心情愉快。阿齐兹第一次和菲尔丁见面,就无拘无束地盘腿坐到了菲尔丁的床上。② 更重要的是他们真诚相待。在阿齐兹得知菲尔丁衬衫上的扣子坏了时,他毫不犹豫地从自己衬衫上把他妻兄从欧洲给他带来的珍贵的金扣子拽下来给了菲尔丁。在阿齐兹受到冤枉被起诉以后,菲尔丁始终站在阿齐兹一边,绝不相信阿齐兹会干侮辱阿德拉的坏事。在阿齐兹被关押期间,菲尔丁多方营救,还到关押所探望阿齐兹。为了阿齐兹,菲尔丁写信给阿德拉,希望她这个聪明而又通情达理的女孩子一定要慎重,不要诬告一个印度人,结果受到阿德拉的冷遇,阿德拉无理地拒绝了他。后来,菲尔丁不惜与英印统治者站到了对立面,并因此受到了排挤和孤立。但是面对重重阻力,菲尔丁始终没有后退。在法庭上,菲尔丁坚持正义,勇敢地为阿齐兹辩护:"如果他确属有罪,我愿辞去我的校长职务,马上离开印度。我现在就退出俱乐部。"③菲尔丁的勇敢担当为阿齐兹的获释起到了很大作用。从这些情节中可知,菲尔丁是一个十分值得信赖的人,是一个优秀的朋友。菲尔丁对阿齐兹的友谊是真挚的。

　　虽然菲尔丁做出了多种努力,但是菲尔丁与阿齐兹之间的友谊还是出现了问题。由于阿齐兹不了解真相,不知道菲尔丁为他所做的一切,所以埋怨菲尔丁抛弃了他,对菲尔丁的态度大大转变。阿齐兹已经失去

①　[英] E.M.福斯特:《最漫长的旅程》,苏福忠译,人民文学出版社 2009 年版,第 65 页。
②　同上,第 68 页。
③　[英]E.M.福斯特:《印度之行》,杨自俭译,译林出版社 2003 年版,第 211 页。

了对他们之间友谊的原有热情。虽然菲尔丁还是与阿齐兹以诚相待,但是他们已经不能回到从前的关系。多年以后,菲尔丁重返印度,与阿齐兹再次相见时,阿齐兹仍旧心存芥蒂。后来,阿齐兹偶然读到了两封信,一封是朗尼写给菲尔丁的,一封是阿德拉写给菲尔丁夫人①的。通过这两封信的内容,阿齐兹了解了事实的真相,知道自己错怪了菲尔丁。阿齐兹与菲尔丁重归于好。但是由于对殖民政治问题意见的分歧,二人又产生了隔阂。菲尔丁认为大英帝国在印度的统治不能废除,因为印度人需要它;而阿齐兹对此则非常愤怒,他认为英国的殖民统治给印度人造成了无尽的苦难,所以,他愤怒地大声喊道:"滚出去! 所有你们这些特顿们和伯顿们!"②最后,当菲尔丁满怀深情地抓住阿齐兹的手,再次请求与阿齐兹成为朋友,说这是他们双方的愿望时,他们的坐骑、天空和大地上所有的一切都做出了回答:"不,……现在还不能","不……在这儿不能……"③在这里,福斯特借苍天和大地之口说出了答案:在殖民背景下,种族与种族之间不会存在真正的友谊,即使有,也会困难重重。

小说《印度之行》中来自不同种族的个人之间的友谊所遇到的困难处境的原因是多方面的,这主要归结为两点:一是东西方文化的差异。马拉巴山洞是印度的灵魂,但是对这个印度灵魂的不同理解使阿德拉和穆尔夫人产生了不同的感受,这些感受引起了他们和阿齐兹之间相互的误解和伤害。二是不合理的大英帝国的殖民政策。福斯特认为带有种族歧视色彩的英国殖民政策是使私人关系陷入困境的真正元凶。有些批评人士声称福斯特在小说中对偏执的帝国主义者的攻击并不一定是对帝国主义本身的攻击。④ 其实事实并非如此,"福斯特在他的书中不是

---

① 注:也就是朗尼的妹妹,菲尔丁娶了她。
② [英] E.M.福斯特:《最漫长的旅程》,苏福忠译,人民文学出版社 2009 年版,第 366 页。
③ 参同上。
④ Hunt Hawkins, "Forster's Critique of Imperialism in 'A Passage to India'," *South Atlantic Review*, 48.1 (1983), p.55.

简单嘲笑一些偶然个人的不宽容，而是做得更多"①。福斯特所做的就是对英帝国主义的批判。福斯特在小说中传达的理念是，私人关系的培养和维持除了需要个人的努力之外，还需要有宽松、和谐的社会环境。通过在这部小说中私人关系主题的设置，福斯特对大英帝国的殖民统治进行了有力批判。他认为英国的殖民统治破坏了私人关系的基础，阻碍了私人关系的发展，因此阻碍了个人自我完善的实现。在福斯特看来，只有消除了殖民统治，实现种族与种族之间的平等和阶级之间的平等，才能真正地拥有私人关系。从这个角度来讲，《印度之行》也确实是"政治的"。福斯特认为政治应该为个人的幸福服务，智慧的国家政策应该以个人的幸福和发展作为出发点。美国诗人惠特曼的长诗《通往印度之路》的文字，表达了世界人民连接在一起的美好愿望。② 福斯特采用这个书名也是带有相同的梦想，要表达一种人文理想，希望友谊可以跨越种族、跨越阶级，实现人与人之间心灵的连接。

第四节　"大地的生活"：《莫瑞斯》中同性恋者的抉择

在《最漫长的旅程》和《印度之行》中的同性恋情节是隐性的，但在小说《莫瑞斯》中的同性恋书写是显性的。《莫瑞斯》（*Maurice*）发表于 1971 年，是福斯特的第六部小说。这部小说专门描写同性恋，是对私人关系的更深入的探讨。1914 年福斯特就完成了这部小说的创作，但是为了避免受到迫害，这部小说在他生前没有发表。这部小说带有自传的性质，从某种程度上真实记录了福斯特本人的真实生活经历和同性恋心理历程。在 1960 年 9 月的《最后笔记》（"Terminal Note"）中福斯特详尽记叙

---

① Hunt Hawkins, "Forster's Critique of Imperialism in 'A Passage to India'," *South Atlantic Review*, 48.1 (1983), p.55.

② ［美］沃尔特·惠特曼：《草叶集》，楚图南、李野光译，人民文学出版社 1994 年版，第708 页。

了他创作这部小说的经历,称"克莱夫就是剑桥"①。在福斯特生活的年代,同性恋是被基督教社会严厉禁止的,但是福斯特大胆完成了这部小说的创作。福斯特之所以要写这样一本小说,是他"感到有一种特殊的需要,用虚构的视角来看待一个个人最关心的问题"②。事实上,同性恋是社会的一种普遍现象,福斯特的小说不仅涉及了个人私生活的问题,也涉及社会道德伦理问题。小说抛出了这样的问题,即同性恋能否超越精神的爱恋,实现身体的连接?社会能否承认并接纳这种现象?这些问题的提出,使这部小说具有重要的社会性意义。而在小说中主人公莫瑞斯这个同性恋者的抉择则冲破了传统的道德束缚,体现了福斯特本人的自然观和对自然理性的深刻理解。所以,从这个意义来讲,当这部小说被评价为是福斯特的"重要成就"③的时候,一点也不为过。

同性恋一直是一个敏感而又令人避讳的话题。近年来,世界各地都开始对同性恋现象展开研究。在美国,同性恋研究是学术研究的领域之一。人们对同性恋者的行为、特点,以及他们的思想意识和政治吁求等进行深入研究。有些大学还开设与同性恋相关的课程,比如斯坦福大学、加州大学伯克利分校、耶鲁大学、阿姆赫斯特大学、麻省理工学院和布鲁克林学院等。1989年,旧金山市立学院首设同性恋研究系,从1991年开始开设各种与同性恋相关的学习课程。该系的目标是"要从社会和文化的多维视角,加深对同性恋研究的认识,倡导社会正视业已存在的同性恋文化"④。美国学者对于同性恋现象是否是一种病一直争论不休,所以对于该问题一直没有定论。人们的观点可大致分成两类:一类是

---

① Norman Page, *E. M. Forster*, London: Macmillan Education Limited, 1987, p.120.
② John Sayre Martin, *E. M. Forster: The Endless Journey*, Cambridge: Cambridge UP, 1976, p.128.
③ Claude Summers, "The Flesh Educating the Spirit: *Maurice*," in Alan Wilde (ed.), *Critical Essays on E. M. Forster*, Boston: G. K. Hall & Co., 1985, p.95.
④ 黄兆群:《美国的民族、种族和同性恋——关于美国社会的历史透视》,东方出版社2007年版,第320页。

"生物决定论",认为同性恋是先天的、与生俱来的习性;另一类是"环境论",认为同性恋是后天的、生存环境作用的结果。[①] 在欧洲,十九世纪末的英国性心理学家哈维洛克·艾利斯(Henry Havelock Ellis,1859—1939)[②]和奥地利性病理心理学家克拉夫特·埃宾(Richard Krafft Ebing,1840—1902)[③]等均认为同性恋并不是一种罪恶,而是病态的表现。后来,这种观点普遍被人们所接受,成为支配二十世纪的主导思想。通过研究,性学家和心理学家得出的最重要的结论是同性恋是一种感觉,这种感觉涉及个体对其他个体的连接与承诺。这种感觉在性的表达之前就已经存在,有的时候甚至已经存在数年。[④] 最近的研究发现,性取向与神经机制有关,是"特定神经过程相互作用的结果"[⑤]。但是在英国的爱德华时期,这种现象是被禁止的,为社会传统和社会意识所不容。1895 年英国作家王尔德因为同性恋的原因被判刑就是那个时期英国公众关于同性恋问题的普遍态度,是对福斯特所提出的问题的回应。

关于福斯特所提出的问题,就连同性恋者自己也存在分歧。当时在英国,一批作家、艺术家和哲学家掀起了同性恋权益运动,他们通过诗歌作品、小册子和书不断发声,试图在压抑性的社会体制中为同性恋争取同情和承认。其中主要的代表人物是西蒙兹(John Addington Symonds,1840—1893)和卡朋特(Edward Carpenter,1844—1929)。西蒙兹的态度是逃避的,倾向于同性恋中的精神性;而卡朋特则比较坦率,

---

① 黄兆群:《美国的民族、种族和同性恋——关于美国社会的历史透视》,东方出版社 2007 年版,第 321 页。

② 亨利·哈维洛克·艾利斯(Henry Havelock Ellis,1859—1939),英国医生、性心理学家和社会改革家。他创立了性科学,使性研究形成体系;著有《性心理的研究》等著作。

③ 理查德·克拉夫特·埃宾(Richard Krafft Ebing,1840—1902),德国出生的奥地利精神病学家,性学研究的创始人,早期的性病理心理学家。

④ Claude Summers, "The Flesh Educating the Spirit: *Maurice*," in Alan Wilde (ed.), *Critical Essays on E. M. Forster*, Boston: G. K. Hall & Co., 1985, p.95.

⑤ Amirhossein Manzouri and Ivanka Savic, "Multimodal MRI Suggests That Male Homosexuality May Be Linked to Cerebral Midline Structures," *PLOS ONE* 13. 10 (2018), e0203189.https://doi.org/10.1371/journal pone.0203189.

偏向于身体的连接。福斯特在小说中通过主人公的同性恋经历，表达了自己的同性恋立场。他从自然人的角度出发，认为同性恋是美好的，是本真的人的自然需求；同性之间身体的投入是对自然召唤的真诚回应，是身体与灵魂的连接，是"大地的生活"①。福斯特认为，只有在这种生活中，人才能实现真正的自我完善。

《莫瑞斯》描写了主人公莫瑞斯的两段同性恋经历，一个是莫瑞斯与克莱夫之间的关系，一个是莫瑞斯与艾莱克之间的关系。莫瑞斯是一个成功的商人，健壮英俊，与《最漫长的旅程》中的杰拉德一样属于中产阶级阶层。但是由于心理因素的影响，他对同性伙伴非常感兴趣。克莱夫是莫瑞斯在剑桥读书时的同学，他们在一个讨论班结识。莫瑞斯与克莱夫之间的爱恋完全是柏拉图式的精神的爱恋，他们在精神上互相鼓励，互相支持，共同进步。在克莱夫的鼓励下，莫瑞斯放弃了基督教，在思想上发生了改变。但是他们之间的关系没能继续下去，因为莫瑞斯希望与克莱夫有身体的接触，而对此克莱夫十分厌恶。克莱夫认为这种身体的接触是有悖社会伦理，是不道德的。克莱夫转向了异性恋，并结了婚，回到了社会规范当中。

克莱夫的离开使莫瑞斯陷入痛苦之中，同时他对自己的行为进行深刻的反思。他不断地拷问自己的内心，"我是谁?"在克莱夫订婚的那天早晨，莫瑞斯瞥见了一个年轻男子赤裸的身体，他感受到了那身体散发出来的奇异的美，他从内心深处感到一种快乐，同时感受到自己对那个男子身体的欲望。此时，莫瑞斯的内心实现了他身体欲望的觉醒，完成了"肉体对精神的教育"，预示着王尔德所说的"自我实现肉体模式"的达成，这种模式要求"灵魂和肉体合为一体，不可分离"，因为"外在是内在的表达"。② 莫瑞斯意识到他对同性伙伴的友谊不仅仅停留在精神上，他

① E. M. Forster, *Maurice*, London: W·W·Norton & Company Inc., 1971, p.215.

② Oscar Wilde, *De Profundis*, London: Methuen, 1905, p.27.

还有对身体的需求；人不应该压抑自己的直觉，不应该无视身体和心理的需求，不应该否认身体的力量，所以他决心去寻找自己的真爱。

莫瑞斯在艾莱克那里找到了真爱。艾莱克是一个猎场看守员，在社会地位上与莫瑞斯有很大差距，但是莫瑞斯认为艾莱克是一个完美的个体。莫瑞斯与艾莱克之间的恋情是建立在身体的欲望基础上的，同时也是建立在对美的向往的基础上的。莫瑞斯在一个远离城市的破败的村舍与艾莱克相遇，那里一切都很萧条，无精打采，但是就在这没有一样东西是完美的环境中，莫瑞斯发现了艾莱克那双明亮的棕色眼睛。莫瑞斯在艾莱克身上看到了充满生机的自然的美。这个破败的村舍就是一种象征，"它象征着户内生活与户外生活、社会价值观与自然价值观、体面的生活与大地的生活的对照"[①]。莫瑞斯和艾莱克的结合就是在这个自然的场所自然地发生的，他们最终实现了身体与灵魂的结合。至此，莫瑞斯完成了他的自我实现之旅。这一旅程伴随着他思想的矛盾与斗争，社会习俗一直往回拉扯着他，他不断地在真我与模糊的社会中的我之间徘徊，但是最终他还是听从自然的召唤，放弃了社会习俗与等级观念，走进了大地的生活。此时，莫瑞斯成了一个"英雄"，一个敢于挣脱传统社会观念、追求自己人生理想的社会反叛者。

最后，莫瑞斯选择了同艾莱克隐遁绿林，回归到大自然的怀抱。这一选择表面上看好像是表达了福斯特对当时英国社会的批判，因为福斯特知道社会传统价值观不会接受这种私人关系，但是实际上，从另一个侧面来讲，这更说明了福斯特对同性恋这种特殊的私人关系的肯定。他让主人公自主抛弃了世俗社会，在大自然中建构自己的自由和爱的王国，实际上更充分地证明了同性恋的纯洁、自然的本质，只有在那个没有世俗污染、没有喧嚣的地方才适合这一完美情感的存在。福斯特的这一

---

① Claude Summers, "The Flesh Educating the Spirit: *Maurice* ," in Alan Wilde (ed.), *Critical Essays on E. M. Forster* , Boston: G. K. Hall & Co., 1985, p.104.

思想也许可以从王尔德的语句中找到共鸣：

> 在社会中没有我的位置，社会也不会给我提供什么；但是大自然，它甜丝丝的雨会落在所有公正和不公正的物体上，它将给我提供遮挡风雨的岩石裂缝，给我提供我可以尽情哭泣的寂静山谷。它将在夜晚挂满繁星，让我在黑暗中稳健地行走，让风覆盖我的足迹，不让任何人追踪到我将我伤害：她将用大瀑布将我洗涤，用苦涩的草药使我完整。①

约翰·马丁（John Martin）曾经对《莫瑞斯》提出批评，认为这本小说是福斯特写的缺点最多的一本小说。他列举了许多小说的不足之处，比如结构松散、人物描写不均衡、对人物的失控等。② 这些批评不是没有道理，但是小说所探讨的私人关系的主题和小说主人公从黑暗走向光明的完美结局的设置使小说闪耀出人文主义思想的光辉。瑕不掩瑜，这部小说无疑会被人们记住。

福斯特信仰私人关系，这一信仰无疑为他贴上了一个人文主义的标签。他认为私人关系是使个人实现灵魂完整的最重要的因素，应该是人一生的追求。他的小说创作就印证了他本人对这种追求的执着。通过小说创作，他揭示了私人关系的内涵，也揭示了私人关系美的本质和自然的要义，把私人关系看成崇高的自然生活的一部分，承认了私人关系的纯洁性和不可替代性。他在小说中对私人关系的探讨，表明在他的心目中，私人关系可以跨越种族，跨越阶级，在互相吸引、互相支持和互相爱护的条件下存在；但是要维系这种真诚的私人关系，必须有理解与宽容，有和谐的社会环境和适宜的现实土壤。福斯特小说中对私人关系的

---

① Oscar Wilde, *De Profundis*, London: Methuen, 1905, pp.150-151.
② J. S. Martin, *E. M. Forster: The Endless Journey*, Cambridge: Cambridge UP, 1976, p.128.

描写,尤其对同性恋主题的书写,大大拓展了英国小说的表现题材,将个人情感与社会道德伦理有机地结合起来,为英国小说的发展贡献了他自己的智慧和感受。

第四章　现代与传统：人与社会的连接[①]

　　福斯特的"连接"思想不但包含人与人的连接，而且也包括人与社会的连接。福斯特确实注重私人关系，但是他的私人关系从来没有离开过社会语境。小说《天使不敢涉足的地方》和《最漫长的旅程》中的索斯顿、《看得见风景的房间》和《霍华德庄园》中的伦敦、《印度之行》中的昌德拉普尔小镇，都是私人关系赖以存在的社会背景。事实上，福斯特十分关心英国社会的进步和社会中存在的普遍问题。有学者就曾评价说福斯特的《霍华德庄园》是一本关于"英国境况"[②]的作品，小说中表达了他对英国社会中存在的日益增加的贫困、帝国的衰落和种族的退化等状况的忧虑。也就是说，在探讨私人关系的同时，福斯特在小说中融入了他对英国社会和政治等因素的思考。小说中各种类型英国人的互相作用和交流中出现的障碍揭示了英国社会发展中的诸多问题，关系着英国未来的发展，因此这部小说被看成"国家讽喻"[③]。而《印度之行》则抨击了英

---

① 　本章大部分内容曾在期刊发表过，见苑辉：《〈霍华德庄园〉中的文化与国民性重塑》，《中国图书评论》2022 年第 8 期，第 86—97 页。

② 　P. Widdowson, *E. M. Forster's "Howards End": Fiction as History*, London: Chalto and Windus for Sussex University Press, 1977, pp.21-26.

③ 　Paul Peppis, "Forster and England," in David Bradshaw (ed.), *The Cambridge Companion to E. M. Forster*, Cambridge: Cambridge UP, 2007, p.47.

印人的缺陷，揭示了在帝国语境下私人关系是不可能的。由于小说探讨了帝国环境下的社会矛盾与冲突，所以该部小说自然也就成了"帝国讽喻"①。保罗·比佩斯（Paul Peppis）认为福斯特的小说经常以爱德华时代的英国为描写对象，因此福斯特可以称得上一位"文学领域中的爱国者"②。从福斯特的个人主义思想来看，福斯特绝不会接受这样的头衔，但是他确实对英国文化的发展提供了良策，那就是传统与现代的"连接"理念。所以本章专门对此进行深入探讨，以挖掘福斯特"连接"理念中人与社会连接的内涵。

第一节　英国性及二十世纪初的英国文化重建

福斯特传统与现代的"连接"理念与英国性和二十世纪初的英国文化重建有着直接关系。具体而言，福斯特所关心的是英国性的问题。所谓英国性就是英国的国民性，指英国人所具有的普遍特性。这一特性在十九世纪后期表现得越发明显，正如《帝国主义危机 1865—1915》（*The Crisis of Imperialism 1865-1915*，1976）一书的作者理查德·香农（R. Shannon）所说的那样："当时的英国文化具有的英国特色与现在的英国文化非常相似。有句俏皮话说，所有最古老的英国传统都是在十九世纪的最后四分之一时期发明出来的，这句话很有道理。"③十九世纪后期英国政治文化的发展促成了英国性的显现。英国自由党人詹姆斯·布利斯（James Bryce）在《现代民主》（*Modern Democracies*，1921）一书中对英国的国民性进行了概括："遵守政策的基础演变成了民族意识中与生俱来的好像是民族性格的一部分。对于英国人来说，这就是尊重法

---

① Paul Peppis, "Forster and England," in David Bradshaw (ed.), *The Cambridge Companion to E. M. Forster*, Cambridge: Cambridge UP, 2007, p.47.

② Ibid.

③ R. Shannon, *The Crisis of Imperialism 1865-1915*, St Albans: Paladin, 1976, pp.12-13.

律,感觉到每个公民注定要过来支持它……传统的对自由的爱,传统的对集体的责任感,不论大小,传统的对法律的尊重和希望用宪法而不是其它暴力手段来实现变革——这些都是英国人头脑中根深蒂固的习惯。"①由此可见,自由主义传统构成了英国性的基本特征,包括对自由的追求、对法律的尊重、对集体的责任感和用温和的方式寻求变革的心态等。对此,菲利浦·多德曾经感慨道:"自由主义变成了英国性,一个政党的原则变成了人们自我形象的一个主要因素。"②

福斯特对英国性的问题十分关注,他提到英国的文化是民族性的文化,这种文化塑造了英国人的国民性,他这样说道:

> 它[英国文化]是民族性的:它自然来自我们看待事情的方式,来自我们看待过去事情的方式。它[英国文化]是缓慢地、容易地、慵懒地发展起来的;英国人对自由的热爱、英国的乡村、英国人的拘谨和伪善、英国人的异想天开、我们温和的理想主义和良好的理性,都结合在一起,创造出了一个当然不完美但却可能是不寻常的东西。③

从这里的字里行间,可以感受到福斯特对英国性的深刻认识和暗藏在心中的作为英国人的骄傲。从总体上来讲,他对英国的国民性是认可的。此时的福斯特同詹姆斯·布利斯和菲利浦·多德一样,都是从乐观的角

---

① J. Bryce, *Modern Democracies*, 2 vols., London: Macmillan, 1921, I, pp.156-160, Qtd. in D. Smith, "Englishness and the Liberal Inheritance after 1886," in Robert Colls and Philip Dodd (eds.), *Englishness: Politics and Culture 1880-1920*, Bloomsbury Academic, 2014, Chapter 9, epub.

② Philip Dodd, "Englishness and the National Culture," in Robert Colls and Philip Dodd (eds.), *Englishness: Politics and Culture 1880-1920*, 2nd ed., Bloomsbury Academic, 2014, Chapter 1, epub.

③ E. M. Forster, "Culture and Freedom," *Two Cheers for Democracy*, New York: Harcourt, Brace & World, Inc., 1951, p.31.

度去审视英国的国民性。但是随着科技的进步和英国国内经济的高度发展，英国的国民性发生了改变。福斯特清醒地意识到英国性中负面因素的增加。福斯特在《英国人性格琐谈》中提到，"英国人的性格主要是英国中产阶级的性格"①，自十八世纪末以来，英国中产阶级一直是英国社会中的主导力量。工业革命使他们获得了财富，1832 年的《改革法案》（*Reform Bill*）又使他们获得了政治权利。他们与大英帝国的崛起和发展有着紧密的联系。除了具有所有国家中产阶级的诚实、谨慎、诚信高效的普遍特征之外，他们具有更突出的缺陷，那就是"缺乏想象力和虚伪"②。福斯特认为，追求商业利益的公学教育体制塑造了具有"发达的身体，发达的头脑和不发达的心灵"③的典型的英国中产阶级。虽然凭借强健的体魄和精明的头脑，英国中产阶级在世界建造了庞大的商业帝国，但是他们"不发达的心灵"使他们困难重重。二十世纪初，大英帝国在不断衰落，整个英国社会处于"可怕的混乱之中"④，维多利亚时期平静而富裕的美好生活变得支离破碎。福斯特对此作了生动的描述：

> 在本世纪，这一切都改变了。股息大幅度缩水，在某些情况下甚至消失了。穷人开始踢腿了。落后的种族正在踢腿——他们的靴子力气更大了。这意味着对维多利亚时代的自由主义来说，生活变得不那么舒适了，我们的观点，在我看来似乎是令人钦佩的，已经失去了它最初赖以产生的黄金主权的基础，现在悬在深渊之上了。⑤

---

① E. M. Forster, "Notes on the English Character," *Abinger Harvest*, New York: Harcourt Brace Jovanovich, Publishers, 1964, p.3.

② Ibid.

③ Ibid., p.5.

④ E. M. Forster, "The Challenge of Our Time," *Two Cheers for Democracy*, New York: Harcourt, Brace & World, Inc., 1951, p.55.

⑤ Ibid., pp.56-57.

福斯特笔下的情景恰恰是二十世纪初大英帝国所面对的四面楚歌的境况。这种状况构成了当时英国人所面对的最严峻的挑战。

针对这一挑战,人们提出了重建英国文化的主张。因此二十世纪初在伦敦乃至英国都出现了大兴实业的热潮,到处建造和改造建筑。针对这一现象,福斯特提出了自己的见解。福斯特认为,要实现文化重建的目标,除了物质上的建设之外,还必须从人的心灵入手,从根本上对英国性加以重构。福斯特指出:"除非你有一个健全的心态,一个正确的心理,否则你不能构造或重建任何会持久的东西。"[1]在福斯特看来,文明的唯一健全的基础是"健全的精神状态"(a sound state of mind)[2]。福斯特这里所说的"健全的心态"和"健全的精神状态"就是指"发达的心灵",是具有想象力、富有激情、善于感知的完美的人的状态。但是,为了实现这一目标,福斯特并没有试图依赖爱的力量,在他心中,单纯依靠爱难以完成这一使命,因为"爱是私人生活中的强大力量。它的确是一切事物中最伟大的,但在公共事务中爱是不起作用的"[3]。福斯特认为在公共事务中的爱只能带来"危险的、模糊的多愁善感"[4]。福斯特心目中唯一能够担此重任的就是"宽容":"这就是我们正在寻找的健全的精神状态。这是使不同种族、阶级和利益集团能够一起安定下来进行重建工作的唯一力量。"[5]在宽容思想的基础上,福斯特提出了"连接"的理念,该理念既是他的小说《霍华德庄园》的主题,也是福斯特提供的英国文化重建的具体方案。在这里,连接的含义定位在社会的层面上,具体指传统与现代的连接。福斯特对此做过这样的解释:"如果我们要成功地应对我们时代

---

[1] E. M. Forster, "Tolerance," *Two Cheers for Democracy*, New York: Harcourt, Brace & World, Inc., 1951, p.44.

[2] Ibid.

[3] Ibid., p.45.

[4] Ibid.

[5] Ibid., p.44.

的挑战。我们必须设法把新经济和旧道德结合起来。"①所以所谓现代，指的就是帝国主义经济，而旧道德指的则是自由主义的价值观。具体而言，这就是传统与现代的"连接"。这一"连接"理念看起来好像是一种妥协，但实际上它是一种变革，是温和方式下的道德的重建。它是人与社会连接的一个奇特的方式。

第二节　"连接"与英国自由主义传统

福斯特现代与传统的"连接"理念得益于英国的自由主义传统。福斯特曾经宣称"我属于没落的维多利亚自由主义"②，对于那个时代，福斯特充满了美好的回忆："我可以回顾那个时代，那个时代的挑战语气温和，地平线上的乌云也不过是一个男人的手那么大。在许多方面，那是一个令人钦佩的时代。它践行慈善和慈善事业，充满人性和求知欲，倡导言论自由，几乎没有肤色偏见，相信每个人都是不同的，也应该是不同的，对社会的进步抱有真诚的信念。"③由此可见，福斯特与英国的自由主义传统有着千丝万缕的联系。

作为政治术语，自由主义一词很难界定。这个词在十九世纪三十年代才被正式使用。但是英国的自由主义传统最早可以追溯到十七世纪的革命，当时提倡的是代议制政府和公民自由。学者吉利（Christopher Gillie）把十九世纪初开始的英国自由主义的发展经历大致分成了三个阶段，第一阶段为十九世纪第二个 25 年期间，是较激进的自由主义阶段；第二个阶段是十九世纪第三个 25 年期间，属于维多利亚中期的自由主义阶段；第三阶段为十九世纪最后一个 25 年到 1910 年左右，也就是福

---

① E. M. Forster, "The Challenge of Our Time," *Two Cheers for Democracy*, New York: Harcourt, Brace & World, Inc., 1951, p.57.
② Ibid., p.56.
③ Ibid.

斯特的青年时期。自由主义一词最初来源于法国革命时期的口号"自由、平等、兄弟之情或者死亡"①。十九世纪初这一词汇进入英国时带有强烈的激进色彩,因此第一阶段的自由主义是激进的自由主义,他们攻击的是社会制度本身,其目的要么是完全改变它,要么废除它,以便建立新的制度。这场激进的运动深受杰里米·边沁(Jeremy Bentham)思想的影响。边沁思想的核心是功利主义,在1789年发表的《道德与立法原则》(*An Introduction to the Principles of Morals and Legislation*)中,边沁提出政府行为或个人行为的效用主要看这种行为是否会给大多数人或个人带来幸福,如果能够增加幸福,就是善的,如果减少幸福,给人带来痛苦,就是恶的。② 边沁的功利主义立足于个人主义,主张"每个人都是他自身利益的最好评判者"③,在功利主义思想支配下,当时任何政治原则和政策的确立均以是否对人有用作为准则。

在第二阶段,也就是维多利亚中期的自由主义已经不是激进的少数派,而是被两个主要大党所采纳。所以此时自由主义超出了大多数英国工商业中产阶级的政治哲学,变成了英国国民思想。早期自由主义给带有惰性的英国传统带来了变革,中期维多利亚的自由主义对这种变革非常欢迎,因为这意味着物质的进步。他们认为这一进步是个人能量得到释放的结果,是个人主义的胜利。还有一些人是被动地接受了自由主义哲学,他们大量投资,希望通过此举给人们带来更多的利益。这和新教福音派伦理相一致。此时的自由主义已经失去了最初的激进色彩。

在第三阶段,由于政治经济环境的变化,自由主义失去了其锋芒,随着经济组织的不断扩大,个人的利益被忽视,自由党人也转向保守党,那

---

① Christopher Gillie, *A Preface to Forster*, New York: Longman Inc., 1983, p.50.

② Jeremy Bentham, *An Introduction to the Principles of Morals and Legislation*, Kitchener: Batoche Books, 2000, p.14.

③ [美]罗兰·斯特龙伯格:《西方现代思想史》,刘北成、赵国新译,金城出版社2012年版,第259页。

些曾经激进的自由主义者开始寻求与讲求立法改革的社会主义者，尤其是费边社会主义者的合作。

福斯特属于中期维多利亚时期的自由主义。他的思想无疑受到边沁思想的影响，他所关注的个人主义和个人的幸福都与边沁的思想相契合。所以只要对个人幸福有利的事情，福斯特都是欢迎的。对于帝国主义和伦敦城市的重建，福斯特并没有提出反对，因为他知道这会给人的生活带来舒适与惬意，是对人的幸福的促进。但是，他和另一位功利主义者约翰·斯图尔特·穆勒（John Stuart Mill）一样，也看到了边沁思想的有限性。穆勒指出，边沁的理论就是要使"社会的物质利益"得到保护，但是忽略了这些手段是否会对国民性产生有害的影响，同时也忽略了人对荣誉感、个人尊严、对美的热爱、对艺术的追求等精神方面的需求，因此作为一个道德家，边沁犯了一个"片面的错误"①。福斯特同穆勒的看法是一致的，所以他提出要将现代性与旧道德连接起来，目的就是要弥补英国国民性中精神方面的不足。

福斯特传统与现代的连接思想尤其得益于马修·阿诺德的自由主义思想。马修·阿诺德也是一位重要的维多利亚自由主义者，他认为政治与文化不应该分离；如果非要说出政治和文化的先后顺序的话，文化应该置于政治之先。阿诺德认为，文化是"对完美的探究和追寻，而美与智，或曰美好与光明，就是文化所追寻的完美之主要品格"②。阿诺德对自由党人所奉行的随心所欲、各行其是的自由主张产生怀疑，认为要想实现个人的完美，必须首先实现国家的完美。在《文化与无政府状态》一书中，阿诺德指出："文化的概念，或者对完美的研究，使我们认识到，如

---

① J. S. Mill, "Bentham," in Mary Warnock (ed.), *Utilitarianism and on Liberty: Including Mill's 'Essay on Bentham' and Selections from the Writings of Jeremy Bentham and John Austin*, 2nd ed., Malden: Blackwell Publishing Ltd., 2003, p.84.

② ［英］马修·阿诺德：《文化与无政府状态》，韩敏中译，生活·读书·新知三联书店2012年版，第36页。

果不是包括我们所有同胞在内的普遍的完美,就不是真正的完美。……只要世界上其他的人不能和我们一样完美,个人的完美就是不可能的。"①可见,在实现幸福和追求完美的过程中,阿诺德更看重的是国家和集体的力量。他对于当时自由党中的实干家单纯强调积极兴业、将实业和人口增长作为国家富强的唯一标准的做法极不认同。他认为这种希伯来式的实干精神远远不够,还需要希腊精神来促进他们的思想。所谓希腊精神其实就是"思"的精神,它是"对可理解的事物的规律不断进行思考的习惯",它可以"让我们看到那个唯一绝对的善,那个由上帝的律法规定给我们的唯一绝对和永恒的事物,或者事物的神圣秩序",它是"向完美的迈进——不仅是我们向完美的迈进,而且是整个人类向完美的迈进"。② 在阿诺德看来,只有加入了智性思考的实际行动才能体现出其真正切实的好处:

> 一切都使我们更坚定地相信这样一个原则,即当前的主要任务,不是按我们脑海中已有的规划方案去拼命地进行某些粗糙的改革,而是在文化的指引下,在我们一开始就赞扬推荐的文化的帮助下,去创造一种思想氛围,只有在这种氛围中真正有效的改革规划才会随着时间的推移出现并成熟起来。③

这里,阿诺德强调的是希腊文化"思"的传统与希伯来实干精神的完美结合。福斯特的连接思想与阿诺德的这一思想是一致的。福斯特在《我们时代的挑战》中强调的"新经济与旧道德"的连接思想就是阿诺德

---

① Matthew Arnold, *Culture and Anarchy*, Jane Garnett (ed.), New York: Oxford University Press Inc., 2006, p.141.

② Ibid., p.144.

③ [英]马修·阿诺德:《文化与无政府状态》,韩敏中译,生活·读书·新知三联书店 2012 年版,第 169 页。

思想的再现和具体化。福斯特指出："我们要的是新经济与旧道德。我们要的是对身体的规划，而不是对精神的规划。"①福斯特所说的旧道德就是指人对精神的追求，是那种寄托在自然和艺术之中的人的心灵的自由与提升。

福斯特与阿诺德连接的主张都以个人为出发点。福斯特强调人的个体，认为个人的幸福是生活的最高追求。福斯特对于国家的考虑完全是建立在个人利益基础上的，他希望为个人的幸福创造一个良好的社会环境。阿诺德虽然强调国家的利益，但是这种强调也是建立在个人的基础上的，正如克里斯托弗·吉利所说的那样："阿诺德所宣扬的社会保障的信条一定来自个人。他并没有谴责维多利亚时期对个人意识的培养，这种意识他称之为'希伯来精神'，并将其定义为'严格的良心'。"②阿诺德所要的是对这种希伯来精神的补充。他认为作为"意识的自发性"③的希腊精神可以作为这种补充，为国家实现完美铺平道路。

福斯特对有实干精神的中产阶级的看法与阿诺德的看法也是一致的。阿诺德把英国中产阶级称作"菲利士人"，原因是他们过于现实，没有追求美好与光明的理想，"菲利士意味着僵硬而乖张地对抗光明与光明之子，而我们的中产阶级岂止不追求美好与光明，相反他们喜欢的就是工具，诸如生意啦，小教堂啦，茶话会啦，墨菲先生的讲演啦等等"④，这些琐碎的事情构成了中产阶级枯燥乏味、目光短浅、思想狭隘的生活。福斯特对中产阶级的描写与阿诺德的描写具有异曲同工之妙。在福斯特的笔下，英国中产阶级几乎成了庸俗、势力、狭隘、缺乏想象的代名词。

① E. M. Forster, "The Challenge of Our Time," *Two Cheers for Democracy*, New York: Harcourt, Brace & World, Inc., 1951, p.57.

② Christopher Gillie, *A Preface to Forster*, New York: Longman Inc., 1983, p.57.

③ Matthew Arnold, *Culture and Anarchy*, Jane Garnett (ed.), New York: Oxford University Press Inc., 2006, p.97.

④ ［英］马修·阿诺德：《文化与无政府状态》，韩敏中译，生活·读书·新知三联书店 2012 年版，第 69 页。

福斯特在小说中刻画的威尔科克斯父子就是这类中产阶级的典型,是被批判的对象。

福斯特和阿诺德对文化的看法也很相似。阿诺德认为文化是一种秩序,这种秩序是创造出来的,或者是被重新发现的,而不是外界强加的。福斯特也持同样的看法,认为秩序是内在的,不是来源于外界的规则或命令。福斯特这样说道:"我认为,秩序是从内部演化而来的,而不是从外部强加的,它是一种内部的稳定,一种至关重要的和谐,在社会和政治范畴中,除了为历史学家方便起见,它从未存在过。"①

但是,关于文化如何对人产生影响,福斯特与阿诺德存在分歧。阿诺德认为"真正的优雅和宁静属于古希腊和希腊艺术,从中能感到值得钦羡的完美理想,那种宁静来自有序的、达成了和谐的思想"②,但是希腊文化是通过阅读、观察和思考等直接的方式对人产生作用。而福斯特认为,希腊文化对人的影响应该是潜移默化的。而且,福斯特主张,文化不仅仅停留在希腊文化之中,它可以是任何形式的艺术,因为艺术"是一种自足的和谐"③,它与秩序有关,存在着内在的和谐。

虽然在文化方面福斯特与阿诺德有小小的分歧,但是我们必须看到,他们的最终目标都是一个,那就是通过文化创造更和谐美好的社会,为人的幸福和完美创造必要的条件,正如阿诺德所说的那样:

> 追求完美就是追求美好与光明。……在我们全体都成为完美的人之前,文化是不会满足的,文化懂得,在粗鄙的盲目的大众普遍得到美好与光明的点化之前,少数人的美好与光明必然是不完美

① E. M. Forster, "Art for Art's Sake," *Two Cheers for Democracy*, New York: Harcourt, Brace & World, Inc., 1951, p.88-95.
② [英]马修·阿诺德:《文化与无政府状态》,韩敏中译,生活·读书·新知三联书店 2012 年版,第 50 页。
③ E. M. Forster, "The Challenge of Our Time," *Two Cheers for Democracy*, New York: Harcourt, Brace & World, Inc., 1951, p.59.

的。……一定要让尽可能多的人拥有美好与光明。……当一个国家出现全民性的生命和思想的闪光时，当整个社会充分浸润在思想之中，具有感受美的能力，聪明智慧，富有活力——这便是人类最幸运的时刻，是一个民族生命中的标志性时代，是文学艺术繁荣发达，天才的创造力流光溢彩的时代。①

追求美好与光明，不仅是阿诺德的文化理想，也是福斯特的文化理想。福斯特一直在小说中构建着这种理想，希望用自己的笔创造一个和谐的秩序世界。事实上，福斯特做到了这一点。他的《霍华德庄园》试图通过文化与财富的结合实现阿诺德理想中的"美好与光明"。

第三节　行动中的"连接"：《霍华德庄园》中知识分子的婚姻

《霍华德庄园》发表于 1910 年，是福斯特最受瞩目的小说之一。小说　发表即受到热评，被誉为"季度最佳小说"②和"年度最佳小说"③。评论者在这部小说中看到了很多伟大小说所具有的特质。芒克豪斯（A. N. Monkhouse）说"《霍华德庄园》是一部高质量的小说，好像是用女性的智慧写成的"④，因为"小说中有一种巨大的慷慨，一种似乎是宽容的不那么折衷的同情。小说以人道的方式来描写真实的男人和女人"⑤。一位

① ［英］马修·阿诺德：《文化与无政府状态》，韩敏中译，生活·读书·新知三联书店 2012 年版，第 33—34 页。
② A. Marshall, "The Season's Great Novel," in Philip Gardner (ed.), *E. M. Forster: The Critical Heritage*, London: Routledge & Kegan Paul, 1973, p.143.
③ R. A. Scott-James, "The Year's Best Novel," in Philip Gardner (ed.), *E. M. Forster: The Critical Heritage*, London: Routledge & Kegan Paul, 1973, p.135.
④ A. N. Monkhouse, "Initialled Review," in Philip Gardner (ed.), *E. M. Forster: The Critical Heritage*, London: Routledge & Kegan Paul, 1973, p.123.
⑤ Ibid., p.124.

匿名评论者说在这部小说中福斯特的创作天才找到了"成熟和充分的表达"①;另一位匿名者则把福斯特看成最伟大的小说家之一,因为"他的故事不是关于生活,而是生活,他的情节引人入胜,因为他的人物是真实的;他不是创造他们,而是观察他们。……他具有异乎寻常的探究人类行为的智慧,尤其具有探究可以连接的精神的智慧"②。这部小说确实是深刻的,它的深刻之处就在于它的连接思想。同他以前的小说一样,这部小说以对照的方法描写了施莱格尔一家和威尔科克斯一家完全不同的生活方式,但是这种互相对照的家庭生活的描写具有更深刻的社会意义,它揭示的是在个人生活和社会生活的语境中文化与物质主义之间的矛盾与冲突。在小说中,福斯特呈现了爱德华时期英国社会方方面面存在的分离状态,过去与现在、城市与乡村、文化与经济、人与自然等都处于分离状态中。人与人之间更是充满了隔阂,人们生活在分离与碎片之中。福斯特看到了这种分离,所以他提出了连接的思想,希望用爱与宽容将人们连接起来,将传统与现代连接起来。"唯有连接……"是贯穿整篇小说的深刻主题,也成了他一生的座右铭。小说通过玛格丽特这一知识分子与实干家亨利·威尔科克斯的婚姻实现了传统与现代的连接。

知识分子是英国中产阶级中一个特殊的群体,他们由于受到良好的教育而与普通民众有所区别。但是在英国历史上,知识分子一直给人一种负面的联想。雷蒙·威廉斯(Raymond Williams)在他的《关键词:文化与社会词典》一书中指出:"直到 20 世纪中叶,英文中的知识分子(intellectuals)、知识主义(intellectualism)和知识阶层(intelligentsia)都用于负面含义。这种用法显然依然存在。"③随着时间的推移,知识分子

---

① "Unsigned Review," in Philip Gardner (ed.), *E. M. Forster: The Critical Heritage*, London: Routledge & Kegan Paul, 1973, p.125.

② Ibid., p.130.

③ Raymond Williams, *Keywords: A Dictionary of Culture and Society*, New ed., Oxford: Oxford University Press, 2015, p.122.

一词已经具有了中性的含义，甚至是正面的含义，指一些专门从事与知识相关的工作的人。但是知识分子与专家或专业人士（specialists or professionals）有所区别，专家或专业人士兴趣狭窄，但是知识分子兴趣广泛，他们往往是"意识形态和文化领域的直接生产者"①，而不单纯是知识的使用者和管理者。凯里（John Carey）在《知识分子与群众：文学知识阶层中的傲慢与偏见 1880—1939》②一书中研究了知识分子对大众社会的兴起所持的态度，比如吉辛（George Gissing，1857—1903，英国小说家）和威尔斯（H. G. Wells，1866—1946，英国科幻小说家）等，他们对大众文化、郊区习俗和中产阶级品味并不认同；相反，他们强调一种自然的贵族气质、怀念美好的往日时光和高级文化。同吉辛和威尔斯一样，福斯特也强调高级文化。他自己就是一个知识分子，同时他也十分看重知识分子。福斯特看重知识分子的原因就是他们所具有的人文和艺术的气质。他认为知识分子对文化和艺术的内在追求使他们更了解人的本质，更理解人的自然需求。在福斯特眼中，知识分子要比科学家更能触及人性，因为虽然科学家看起来似乎可以叱咤风云，把过去、现在和未来都掌控在自己的手中，但是实际上他们是受政府的支配，因此他们与普通民众隔离开来，致使他们在感情上与普通人相分离。而知识分子相对具有很强的独立性，他们是萨义德所说的"边缘人，业余者，对权势说真话的人"③。在这种情况下，福斯特希望通过知识分子来改变英国社会中过于追求外在生活的现状。福斯特主张应该弘扬艺术，因为艺术自身能够创造一种秩序，与黑暗的现实相抗衡，"这种活动能够把人从黑暗中拯救出来，使他与野兽区别开来，我们必须继续实践它、尊重它，直到我们

---

① Raymond Williams, *Keywords: A Dictionary of Culture and Society*, New ed., Oxford: Oxford University Press, 2015, p.122.

② John Carey, *The Intellectuals and the Masses: Pride and Prejudice Among the Literary Linguistic Intelligentsia 1880-1939*, New York: St. Martin's Press, 1993.

③ Edward. W. Said, *Representations of the Intellectual*, New York: Vintage Books, 1993, Introduction, p.xvi.

渡过今天的黑暗时期"①。

小说《霍华德庄园》中的威尔科克斯父子是典型的英国中产阶级,他们是精明高效的生意人,富有阳刚之气,追求外在的生活,把精力都用在汽车、桥梁、郊区社区的建设中。对于这对父子,福斯特怀着非常矛盾的心理。一方面他们是英国社会进步的中坚力量,为人们的舒适生活做出了绝对性贡献;但是另一方面他们具有难以抹掉的缺点。他们在情感和人际关系方面完全是无知的,他们不理解人,也不理解单个人在社会中所扮演的角色。他们非常精明,能够事无巨细,把事情打理得井井有条,能够顺利处理各种问题;但是,他们没有把支离破碎的事物联合在一起的情感和想象力。他们粗俗、残忍,"代表了现代文明中最坏的品质"②。

而与追求外在生活的威尔科克斯父子相对照的是施莱格尔姐妹玛格丽特和海伦。她们是德裔英国人,生长在传统文化丰富的社会环境中,聪明、敏感,受到良好的教养。她们热爱艺术,在艺术的氛围中长大,经受过艺术的熏陶。她们追求美和真理,讲求良好的私人关系,具有正义感,总而言之,"她们代表了现代文明中最好的东西"③,她们所追求的是内在的生活,是英国知识分子的典型。福斯特对施莱格尔姐妹持赞赏的态度。他认为施莱格尔姐妹的内在生活恰恰是威尔科克斯父子所缺少的良好品质。

客观来讲,福斯特看到了两种生活方式中各自的优点和缺点。威尔科克斯父子不能理解生活,但是他们善于行动,创造了人们赖以生存的物质财富,他们建造帝国,"把全世界踩踏成他们所谓的常识"④。而施莱格尔姐妹虽然富有想象力,但是她们缺少行动。福斯特意识到单纯依靠

---

① E. M. Forster, "The Challenge of Our Time," *Two Cheers for Democracy*, New York: Harcourt, Brace & World, Inc., 1951, p.60.

② "Unsigned Review," in Philip Gardner (ed.), *E. M. Forster: The Critical Heritage*, London: Routledge & Kegan Paul, 1973, p.151.

③ Ibid.

④ E.M.福斯特:《霍华德庄园》,苏福忠译,人民文学出版社 2009 年版,第 290 页。

其中的任意一种力量，英国社会都不能朝着良好的方向发展，由此个人的发展也必然受到阻碍。所以福斯特主张两者的结合。这一思想促成了小说的进一步发展。

小说以霍华德庄园的继承问题展开。霍华德庄园是威尔科克斯太太的个人财产，是她的父母传给她的一处老宅。这个庄园位于伦敦郊外与乡村的连接地带，是一个"很旧，很小，不过总的来说看着很顺眼——一水儿红砖"①的住宅，带有一个花园，花园里长满了各种各样的树木和花草，环境非常优美，空气清新。这座老宅实际上是一个象征，"霍华德庄园总是故事的背景。它是一个在上百次的新情况中不断重复的柔和的副歌。这所房子本身就是英格兰一切事物的象征，既古老又新，一成不变，但也在不断变化。它连接着两个完全相反的观点"②。对于这个老宅，威尔科克斯父子只是把它看作一处房产，一个由红砖和灰浆砌成的建筑物，一个可以变成钱的物件，是经济秩序中的一部分，除了物权之外没有任何神圣的地方。但是对于威尔科克斯太太来说，这座住宅则代表了"任何私人的、亲密的、可珍视的东西"③，是带有她各种美好回忆的"家"，是她的精神寓所，是她心灵中最神圣的地方。这个住宅也是英格兰传统的象征，带有英格兰社会发展的历史记忆，象征着过去所有美好的、平静的生活方式。所以，威尔科克斯太太在寻找一位合适的继承人。最后，威尔科克斯太太选定了施莱格尔姐妹中的姐姐玛格丽特做了庄园的继承人。施莱格尔姐妹是在一次旅途中认识威尔科克斯一家的。海伦在被邀请去霍华德庄园小住期间爱上了威尔科克斯家的二儿子保罗，很快这种恋爱关系就结束了，但是施莱格尔姐妹因此与威尔科克斯一家发生了更多的联系。威尔科克斯太太与玛格丽特建立了友谊。玛格丽

---

① E.M.福斯特：《霍华德庄园》，苏福忠译，人民文学出版社2009年版，第1页。

② R. A. Scott-James, "The Year's Best Novel," in Philip Gardner (ed.), *E. M. Forster: The Critical Heritage*, London: Routledge & Kegan Paul, 1973, p.136.

③ Ibid.

特的文化气质吸引了威尔科克斯太太,威尔科克斯太太相信玛格丽特就是这座精神庄园的最合适的继承人。威尔科克斯太太的遗嘱自然引起了威尔科克斯父子的不满,他们并没有告知玛格丽特这一遗嘱。后来,玛格丽特与亨利·威尔科克斯结了婚,自然而然成了霍华德庄园的主人,由此霍华德的传统精神得到了很好的继承。所以,霍华德庄园以连接的符号而存在,这一象征意象的设置表达了福斯特对美好的过去生活的怀恋,也表达了架构更美好生活的期望。

威尔科克斯太太之所以相信玛格丽特是霍华德庄园最好的继承人,主要原因是威尔科克斯太太具有"内在的智慧"①,她在玛格丽特身上看到了别人所没有的善解人意的特点。玛格丽特是英国二十世纪初的新女性,她对婚姻和家庭乃至社会都有独到的见解,是一个理性多于感性的人,她所关心的是如何让生活变得更好一些。学者 H. A. 史密斯(H. A. Smith)认为,在一个人身上可以同时具有两种声音:这两种声音可以是本能与智慧、文化与自然、理性与宗教洞察力。H. A. 史密斯认为福斯特的本意是玛格丽特身上同时具有两样不同的东西,因此她有能力在深层次上实现"连接"。② 这种看法是合理的。威尔科克斯太太是一位具有本能的人物,她与她的庄园以及周围的乡村融合在一起,就像海伦在小说中所描绘的那样:

> 那些美丽的葡萄藤叶! 这住宅被一棵葡萄藤遮挡得好严实,早些时候我向外眺望过,威尔科克斯太太已在花园里了。她显然对这花园钟爱有加。……她一直在观察大朵的罂粟含苞待放。然后她走出花园草地去草坪……她身着一袭长裙在潮乎乎的青草上逶迤而行,返回来时手里抱满前一天割下的干草,……只见她一次又一

---

① H. A. Smith, "Forster's Humanism and the Nineteenth Century," in J. H. Stape (ed.), *E. M. Forster: Critical Assessments*, Vol. 4, Bodmin: MPG Books Ltd., 1990, p.282.

② Ibid., p.284.

次闻那些干草。……她拖着裙裾一边走，一边闻甘草，观看那些花。①

威尔科克斯太太宛如一个自然的精灵，在绿草和花丛中穿行。她完全是庄园的一部分，也是自然的一部分。她对庄园的爱和对自然的爱完全出于本能。她就像一首清新自然的诗，韵味无穷。但是她似乎还不完整，她需要玛格丽特来"使她变得完整，实现她的潜能，把这隐匿的光环变成绚烂的光线"②。玛格丽特具有知识，但是吸引威尔科克斯太太的并不是这一点，而是她具有想象力的文化气质，这种文化气质把两个女人联系在一起。威尔科克斯太太在玛格丽特那里找到了"一种更深沉的共鸣，一种更牢靠的判断力"③。玛格丽特的行为满足了威尔科克斯太太的愿望，所以玛格丽特不仅仅是一个人，而且还是一个象征，她把平庸与激情连接了起来，所以她思想的特征可以被归结为马修·阿诺德所说的"想象的理性"④。

虽然玛格丽特追求的是内在生活，但是她充分认识到行动的重要意义。小说《霍华德庄园》描写了玛格丽特从思到行动的转变过程，这种转变起始于她对金钱和财富的认识。她和弟弟妹妹都有一定的资产，是父母给他们留下来的遗产，靠着这些遗产的正确投资，她们过着舒适的生活，因此玛格丽特认为"金钱是一种教育。比起钱能买到的东西，钱的教育作用更大"⑤。她认为钱在生活中的作用非常重要，"只要你手里有钱，

---

① E.M.福斯特：《霍华德庄园》，苏福忠译，人民文学出版社 2009 年版，第 75 页。

② H. A. Smith, "Forster's Humanism and the Nineteenth Century," in J. H. Stape (ed.), *E. M. Forster: Critical Assessment*, Vol. 4, Bodmin: MPG Books Ltd., 1990, p.284.

③ E.M.福斯特：《霍华德庄园》，苏福忠译，人民文学出版社 2009 年版，第 2—3 页。

④ Matthew Arnold, *Culture and Anarchy and Other Selected Prose*, P. J. Keating (ed.), London: Penguin Books, 1970, Introduction, p.20.

⑤ E. M. Forster, *Howards End*, Hazleton: Pennsylvania State University, 2007, p.135.

倒是什么大风险都再也没有了呢"①,"钱能把事情摆平……上帝帮助没钱的人"②。在同姨妈的谈话中,玛格丽特说道:

> 你和我还有威尔科克斯一家站在钱上,就像站在海岛上,钱在我们的脚下,稳如磐石,我们忘了它的存在。只是我们看见我们身边有谁摇摇晃晃难以为继,我们才充分认识到一种可靠的收入意味着什么。昨天夜晚我们在这里围着火炉聊天,我开始想到这世界的灵魂是经济,想到最深的深渊,不是缺乏爱,而是缺乏硬币,穷人总是不能接触到那些他们想爱的人,却又很难摆脱那些他们不再爱的人。我们富人想干什么就干什么。③

玛格丽特的意思是,金钱可以提供舒适的生活,只有有了钱,人们才可以过上有尊严的生活,才可以实现自己的精神追求。

所以玛格丽特对于创造金钱和财富的威尔科克斯父子持有比较宽容的态度。她虽然对威尔科克斯父子在人际关系方面表现出来的迟钝和麻木感到失望,但是她非常欣赏他们的阳刚之气和实干精神,也对他们的乐观主义态度表示赞赏。她对海伦说:

> 如果几千年来没有像威尔科克斯这样的人在英格兰实干,那么你我别说坐在这里,活都活不成了。没有他们,便没有火车,没有轮船,把我们这些文化人运来运去,连田野都没有了。只会过着野蛮的生活。不——也许连野蛮的生活都过不上。没有他们的精神,生活也许永远不会摆脱原生态。我越来越难以拒绝接受我的收入,对

---

① [英] E.M.福斯特:《霍华德庄园》,苏福忠译,人民文学出版社 2009 年版,第 70 页。
② 同上。
③ 同上。

那些保证我的收入的人不能冷嘲热讽。①

她教训她的弟弟蒂比要像威尔科克斯父子那样去行动,去工作:"工作,工作,工作,只要你需要拯救你的灵魂,拯救你的肉体,就要工作。这真的是一种必须,亲爱的孩子。看看威尔科克斯一家,看看彭布罗克先生。这样的人脾气不好,理解力偏狭,可是他们给了我更多的快活,远比许多穿戴得像模像样的人强,而我认为之所以这样,就是他们按部就班地干活。"②在玛格丽特眼中,威尔科克斯父子代表了英国积极向上的力量,他们创造了帝国,也塑造了英国的民族性。所以玛格丽特感叹道:"一个民族出这种人,就是一个值得骄傲的民族。难怪英国会成了一个帝国呢。"③

吸引玛格丽特的还有威尔科克斯一家的勇气与毅力。玛格丽特认为生活就是战斗,男人和女人都充当不同的角色。但是威尔科克斯一家所扮演的角色则是胜利者的角色。他们认真、高效、有能力,面对各种挑战,他们应付自如。"一旦越过感情的暗礁,他们就会非常明白做些什么,派遣什么人去做;他们的手都抓住了绳索,他们既有勇气又有毅力。"④玛格丽特知道这是一种与自己的生活完全不同的,是"电报和怒气"⑤的外在生活。虽然这种生活有缺陷,但是这种生活培育了诸多优良品质,如整洁、决断和服从等。玛格丽特承认,这些优秀品质是英国文明所不可缺少的。玛格丽特也认识到这种外在的生活对个人成长的作用,因为它也能使人的性格得到锻炼,变得坚韧、自信。"玛格丽特不能怀疑这种生活:它们不让灵魂滑向泥淖。既然缺一物不成世界,施莱格尔家

---

① ［英］E.M.福斯特:《霍华德庄园》,苏福忠译,人民文学出版社 2009 年版,第 213 页。
② 同上书,第 133 页。
③ 同上书,第 134 页。
④ 同上书,第 123 页。
⑤ 同上书,第 124 页。

族怎么能看不起威尔科克斯家族呢?"①

对于威尔科克斯一家,玛格丽特不但没有看不起,反而有一种尊重和崇拜。对于亨利更是如此。她喜欢和他在一起,虽然他比她大二十来岁,但是他仍然生气勃勃,充满了自信和乐观主义,"他深信不疑,这是一个非常愉快的世界"②。亨利看起来健康,具有一种和蔼的威慑力。玛格丽特不喜欢变动,把二十世纪初没完没了的变动看成英国国民性中的"劣根性的一个参照物"③,但是亨利非常喜欢这种变动,他说:"这表明事物在运动中。对生意没的说。"④他在变动中看到了商机,也看到了事物发展的可能性。对于情感,亨利也是有的,只不过是这种情感被深藏在内心深处,没有得到很好的释放。亨利向玛格丽特求婚之后的第一次热吻就说明了这一点:

> 她吓了一跳,差一点尖叫起来,但是马上稳住自己,带着真正的爱情,迎住了压在她自己嘴唇上的那两片嘴唇,这是他们的第一次接吻,热吻之后,他目送她安全地走近家门,为她摁下门铃,不过女佣没有应声之前,他便走进了夜幕中。回想起来,不期而来的热吻让她不快。热吻说来就来,没有任何铺垫。此前他们说了那么多话,没有一点预兆,而且更不尽如人意的是,温情蜜意没有一点余味。倘若一个男人不能引发激情,那么他怎么也该把激情顺势引导,她原本还希望她迎去热吻之后,会有一些喁喁情话彼此倾诉一番呢。可他转身匆匆离去,仿佛无地自容似的,刹那间,她想起了海伦和保罗。⑤

---

① ［英］E.M.福斯特:《霍华德庄园》,苏福忠译,人民文学出版社 2009 年版,第 124 页。
② 同上书,第 196 页。
③ 同上书,第 221 页。
④ 同上书。
⑤ 同上书,第 223 页。

通过这次热吻,玛格丽特意识到,亨利不是没有激情,也不是没有爱,他想爱,但是不敢爱,更确切地说,"他爱。他害怕爱"①。至此,玛格丽特了解了亨利所有的缺点:"他害怕情感。他对成功过分在乎,对历史却很少在乎。他的同情缺乏诗意,所以算不上真正的同情。"②而且在精神层面上,亨利不如玛格丽特诚实。至此,玛格丽特认识道,她自己所代表的灵魂世界确实优于亨利所代表的世俗世界,但是这种世俗世界是英格兰生气勃勃的真正动力。所以,玛格丽特认为,在当今的条件下人们要做的不是"把二者对立起来,而是把二者调和起来"③。她要行动起来,要对亨利·威尔科克斯进行改造,"尽管他是熟透的果子,她也能帮他建造彩虹桥,把我们身上的平凡和激情连接起来"④。这种改造的方式就是"连接"。玛格丽特认为,只有通过"连接",才能实现人的完整,创造完美的生活:

> 没有彩虹桥,就是没有意义的碎片,一半僧侣,一半野兽,没有合拢的拱顶,永远无法连接成一个人。有了彩虹桥,爱情便会产生,渐渐升高到拱顶的端点,针对灰色熠熠生辉,针对大火保持冷静。一个人能从两端看见彩虹桥的展翼的辉煌,是幸福的。他的灵魂之路历历在目,他和他的朋友们能够畅通无阻地行走。⑤

为了实现连接,福斯特安排玛格丽特接受了亨利的求婚。她要通过婚姻实现自己连接的使命。当然,玛格丽特的婚姻不是一时冲动,而是经过深思熟虑的结果,是用了很长时间打腹稿写成的"优美的散文"⑥;玛

---

① 　[英] E.M.福斯特:《霍华德庄园》,苏福忠译,人民文学出版社 2009 年版,第 228 页。
② 　同上书,第 227 页。
③ 　同上书,第 124 页。
④ 　同上书,第 212 页。
⑤ 　同上书,第 227 页。
⑥ 　同上书,第 212 页。

格丽特的婚姻也不是妥协,而是一种宽容,是智者的宽容。马修·阿诺德认为宽容是美好之不可或缺的品格,"在完美的文化中,宽容的精神是永不枯竭的,如是英国的野蛮人在自我审视中一般都会发现自己并非是那么纯粹的野蛮人,在他的身上也有一点非利士的,甚至是群氓的习气,另外两个阶级的人也会发现同样的情形"①。也就是说,每一个人都会兼容多种品质。而玛格丽特的宽容则是要创造一种文化,或者说是创造一种完美的人。她所考虑的是英格兰的未来,是整个英国民族的未来;她要创造的是既有实干精神又有文化底蕴的完美的英国人。她希望这个完美的人将引领着英国走向永恒。

《〈霍华德庄园〉:神圣中心》一文的作者约翰·哈迪(J. E. Hardy)说过:"一个人被他的责任来定义,也用责任来进行自我定义。"②所以每个个体都由于责任与社会有着某种关联。福斯特的连接思想就存在着这种人与社会连接的含义。福斯特强调,一个人要想实现完美,必然要对社会承担一定的义务和责任。而反过来整个社会的发展必然会推动个人的进步与完善。作为个人主义者,福斯特所关注的是个人,同时也关注整个英国人的国民性。他在个体中看到的缺点是整个英国人的缺点,所以他认为自己有责任去揭示英国性中的这些弱点,并努力采取行动去弥补这些缺点,使英国的国民性得到修正和完善。二十世纪初的英国正处在扩张开放的时代,现代性的深入使英国的国力大增,进入了帝国主义阶段,但是福斯特认识到,为了保持英国的发展处在正确的轨道上,单纯的思和单纯的实干都不能承此重任,必须实现两者的结合才行,也就是必须实现现代与传统的结合才行。所以他的传统与现代连接理念无疑是一种最好的最安全的前进方式。福斯特在小说《霍华德庄园》中的

---

① [英]马修·阿诺德:《文化与无政府状态》,韩敏中译,生活·读书·新知三联书店 2012 年版,第 73—74 页。

② J. E. Hardy, "*Howards End*:The Sacred Center," in Alan Wilde (ed.), *Critical Essays on E. M. Forster*, Boston: G. K. Hall & Co., 1985, pp.113.

知识分子玛格丽特就是福斯特思想的代言人，她从单纯的"思"转向实际的"行动"，用婚姻和宽容将自己与具有实干精神的威尔科克斯一家连接在一起，实现了内在生活与外在生活的统一，也实现了传统与现代的连接。可以说，福斯特在小说中的连接的尝试是在创设一种"真正的思想，真正的美，真正的美好与光明"①，从这个意义上讲，福斯特确实是一个怀着极大热情的"文化使者"②。

---

① Matthew Arnold, *Culture and Anarchy*, J. Garnett (ed.), New York: Oxford University Press Inc., 2006, p.52.
② Ibid., p.97.

第五章　东方文化认同：种族之间的连接[①]

E.M.福斯特的连接思想内涵是十分丰富的，它不仅涉及自我的连接、人与人的连接和人与社会的连接，还涉及种族之间的连接。福斯特的连接思想跨越国界，主张种族之间的平等与和谐，主张世界人民互相尊重、互相沟通，共同创造美好的生活，这在全球一体化的构建中不失为一种积极的声音，具有十分重要的意义。

福斯特是二十世纪英国本土作家，但是因为其对印度的书写与东方产生了千丝万缕的联系。1924 年他的《印度之行》出版，将东方再一次置于西方人的关注视野之中。此时距离《霍华德庄园》(1910)的出版已经有十四年之久。与福斯特同时代的作家在惊叹之余，纷纷撰文，称该小说是福斯特写的最好的小说作品[②]。罗斯·麦考利(R. Macaulay)称《印度之行》是福斯特最好、最有趣的作品，小说中富有想象的现实主义使福斯特有别于其他作家，而小说中栩栩如生的人物刻画都表现出作者出色

---

① 本章部分内容在期刊发表过，见苑辉：《民族文化身份的自我重构：E.M.福斯特的东方文化认同》，《世界文化》2022 年第 12 期，第 30—34 页。

② T. F. Staley, *Dictionary of Literary Biography*, Vol. 34, Detroit: Gale Research Company, 1985, p.139.

的"洞察力和想象力"①。虽然《印度之行》一直是后殖民文学的重要读本，但是长期以来，如何定位福斯特与东方文化的关系是一个难题。岳峰在其《殖民时代旅行写作与身份认同——E.M.福斯特〈印度之行〉的跨文化解读》一文中强调了福斯特的"双重文化身份和意识"："他倾心于神秘的东方文化，但又留恋理性的西方文化；他同情印度人民反殖民统治的斗争，但潜意识里留恋英帝国的辉煌；他真诚地对待印度人民，但又不自觉地流露出种族偏见。"②这一论断似乎精辟地概括了福斯特的两面性，指出了福斯特矛盾的内在心理。根据萨义德的东方学理论，任何教授东方、书写东方或研究东方的人都可以被称作"东方学家"③，从这个意义上讲，福斯特确实是一位东方学家。但是福斯特似乎与普通意义的东方学家不同。萨义德认为东方学家往往具有优于东方的种族优越感。他们将东方看成西方用以"控制、重建和君临"④的对象，所以他们对东方的书写完全是一种霸权，是对东方的任意贬抑与控制。当黑格尔把东方和东方哲学排除出哲学史的时候不能不说是一种霸权，他对东方人做出的"仅表现为自然的特性或主观的任性——而没有伦理和法律的规定"⑤的论断带有极其强烈的主观色彩。但是福斯特似乎有所不同。他在《印度之行》中打破了随着帝国扩张形成的帝国文化传统，肯定地表达了对印度的"热爱"⑥，表现了包括"广大的土地，难以理解的信仰、秘密行动、历史和公众社会形式"⑦在内的按照小说的准则难以表现的内容。书中

---

① R. Macaulay, "Women in the East," *Daily News*, 4 June 1924, p.8.

② 岳峰：《殖民时代旅行写作与身份认同——E.M.福斯特〈印度之行〉的跨文化解读》，《河南社会科学》2007年第2期，第135页。

③ 爱德华·W·萨义德：《东方学》，王宇根译，生活·读书·新知三联书店1997年版，绪论，第3页。

④ 同上书，第4页。

⑤ ［德］黑格尔：《哲学史讲演录》第一卷，贺麟、王太庆等译，商务印书馆1959年版，第96页。

⑥ ［美］爱德华·W·萨义德：《文化与帝国主义》第二版，李琨译，生活·读书·新知三联书店2016年版，第284页。

⑦ 同上书，第2页。

的主人公打破了地域与种族的界限,进入印度完全陌生的异质空间,在那里发生的一切使他们经历了思想上的变化。最终他们认识到人生的真谛,回归到原先所信奉的人道主义的生活中来。笔者认为,福斯特之所以对印度抱有深切的情感,主要原因就是他内心深处对东方文化的认同。这一文化认同使他与英国其他的作家区别开来,表明了他对本国文化的反省态度,也展示了他自我完善的民族文化理想。而对东方文化的认同则构成了福斯特连接思想的又一重要内容。

第一节　旅行写作与文化理想

福斯特对东方的认识源于他的旅行写作。从十九世纪末起,随着旅游业的出现和帝国疆域的拓展,旅行成了一种时尚,人们的足迹几乎踏遍了世界的每个角落,以满足对世界的好奇心。旅行的发展提升了人们对空间的认识,福柯把二十世纪定义为是"空间的世纪"[①]原因便基于此。到了二十世纪初,旅行超越了其原初的意义,它不仅仅是指旅行这种形式,也指特定的社会阶层,一种生活方式,甚至是一种文化意识,即"旅行认同"[②]。皮特(Alexandra Peat)对旅行做出大胆定位,认为旅行是一种"精神朝圣"[③],是去朝拜心中圣地的旅行。而法国的学者茨维坦·托多罗夫(Tzvetan Todorov)则把旅行看成是追寻"异国情调"和"完美蒙昧人"的过程。[④] 在这种意义层面上,旅行不仅调试了个人与世界的关系,同时也在不同文化的冲击和交汇中促成了旅行者自我的提升以及对自身文化的反思。旅行往往伴随着对自身文化的批判,尤其是欧洲旅行者

---

① Michel Foucault and Jay Miskowiec, "Of Other Spaces," *Diacritics*, 16.1 (1986), p.26.

② A. Peat, *Travel and Modernist Literature Sacred and Ethical Journeys*, New York and London: Routledge Taylor & Francis Group, 2011, Introduction, p.4.

③ Ibid.

④ [法]茨维坦·托多罗夫:《我们与他人——关于人类多样性的法兰西思考》,袁莉、汪玲译,北京大学出版社 2014 年版,第 242 页。

更是如此。他们在东方、美洲以及非洲的游历使他们将自身文化与他者的文化相对比,因此更深刻地认识到现今的"败落"。旅行者在"野蛮人"的身上看到了自己祖先的身影,从而形成了对充实而和谐的过去的推崇。在这种旅行文化氛围中,很多作家加入旅行的队伍中,因此促成了旅行写作这一文学样式的产生与发展。正如保罗·福塞尔(Paul Fussell)指出的那样,"现代主义文学痴迷于描绘空间和空间之间的移动",这种痴迷致使旅行写作成了当时重要文化转折时期的一种"迫切需要"[①]。从十九世纪末到二十世纪初,旅行写作成果更加丰硕。罗斯·麦考利(Rose Macaulay)的《特利比松塔》(*The Towers of Trebizond*),弗吉尼亚·伍尔夫(Virginia Woolf)的《远航》(*The Voyage Out*)、《到灯塔去》(*To the Lighthouse*)和《岁月》(*The Years*),亨利·詹姆斯(Henry James)的《美国人》(*The American*)和《大使》(*The Ambassadors*),伊夫林·沃(Evelyn Waugh)的《一把尘土》(*A Handful of Dust*)等都是旅行写作的例证。福斯特也加入了旅行写作的行列,他的小说《天使不敢涉足的地方》和《看得见风景的房间》都是他青年时期游历欧洲大陆的结晶,小说以现实主义的笔触勾画了带有异域风情的生动生活画面,构成了二十世纪初旅行写作的重要组成部分。

福斯特的东方之旅和旅行写作促成了他对东方文化的认同。1906年福斯特结识了印度青年马苏德(Syed Ross Masood)。马苏德热情英俊,其高雅的美学气质和独特的艺术品位深深地吸引了福斯特。1937年福斯特在一篇关于马苏德的散文中写道:"没有人,也不会有人能像他那样。对他不能像对普通人那样评价。"[②]福斯特之所以给予马苏德极高的评价,是因为马苏德把福斯特从传统的刻板学术生活中唤醒,在他面前

---

① A. Peat, *Travel and Modernist Literature Sacred and Ethical Journeys*, New York and London: Routledge Taylor & Francis Group, 2011, Introduction, p.3.

② E. M. Forster, "Syed Ross Masood," *Two Cheers for Democracy*, New York: Harcourt, Brace & World, Inc., 1938, p.292.

展示了全新的视野,使他对印度文化有了全新的认识。从那以后,在福斯特的心目中印度不再是充斥着"王公、阁下、先生、大象"等诸多名词的"混乱的一团",[①]而是具有古老文化底蕴的、极具神秘色彩的东方国度。福斯特一生曾三访印度。第一次是 1912—1913 年,福斯特跟随其导师迪金森(Goldsworthy Lowes Dickenson)游历了印度很多地区。1921—1922 年福斯特重访印度,受邀担任印度德瓦斯邦王公的私人秘书。1945 年福斯特再访印度,作为著名学者受邀参加学术会议。[②] 福斯特前两次在印度的经历为他的小说创作提供了第一手材料。第二次访问对福斯特来说尤其重要。在此期间,福斯特亲历了在德瓦斯邦举行的庆祝印度救世神黑天(Sri Krishna)再生的仪式。福斯特的小说天才使这一仪式在小说中得到了艺术再现,将小说的情节推向高潮。

　　除了在印度的经历之外,福斯特还曾在埃及有过短暂的工作经历。1915—1919 年间福斯特为亚历山大港(Alexandria)的红十字会工作。其间,他游历了埃及的部分名胜古迹,完成了《亚历山大:历史与指南》(*Alexandria: A History and A Guide*,1922)和《法罗斯与法利隆》(*Pharos and Pharillon*,1923)两部非小说作品。《亚历山大港》是一个详细的指南,介绍了仍然存在着纪念碑和手工艺品的城市,以及著名建筑已经消失的景点。该书还在开篇部分详细介绍了亚历山大港的历史,主要包括从亚历山大大帝时期到 1882 年英国通过轰炸巩固其统治期间的历史。在这一写作中,福斯特通过展示最丰富多彩的人物和最有特色的文化传统重塑了这座历史名城。《法罗斯与法利翁》一书的写作风格比较随意,书中收集了福斯特曾经发表的各类文章,记录了他对从十七世纪到现在的现代城市的思考。在这两本书中,福斯特通过对东方城市

---

① E. M. Forster, "Syed Ross Masood," *Two Cheers for Democracy*, New York: Harcourt, Brace & World, Inc., 1938, p.292.

② David Bradshaw, *The Cambridge Companion to E. M. Forster*, Cambridge: Cambridge University Press, 2007, p.xi.

历史、文化冲突与现状的描述，揭示了东方文化的本质。

必须承认，福斯特的东方文化认同同他的本民族文化情节是分不开的。福斯特对东方文化的认同更多地归因于他对英国国民性和当时英国文化状态的思考。十九世纪末二十世纪初，在英国出现了关于文化的论争。有人诋毁文化，贬低文化的社会作用，把文化说成"无非是一知半解地摆弄希腊、拉丁那两门死语言"[①]，是"受到好奇心的驱动"，是"排斥他人的孤傲和虚荣"。[②] 对此，马修·阿诺德进行了抨击，指出文化不单纯是出于科学热情，也不单纯出于认识事物本质的良好愿望，而是具有"社会性"动机，即具有"让世界变得更美好、世人更幸福的高尚努力"，包括行善的"道德热情"和"社会热情"。所以，在阿诺德看来，文化即是"对完美的追寻"[③]，是对"美好与光明"[④]的追寻，在人的成长和现代社会进程中发挥着至关重要的作用。但是令马修·阿诺德感到失望的是，在英国，由于对机械和物质文明的过度尊崇，"凡是文化教我们所确立的几乎所有的完美品格，都遭遇到强劲的反对和公然的蔑视"[⑤]。人们把财富作为唯一追求的目标。所以在英国，到处都是唯利是图的"非利士人"[⑥]，即"市侩"。

作为文化人，福斯特也有与马修·阿诺德同样的文化理想。因此他一直对英国的文化状态心存不满。虽然他没有像 T. S.艾略特那样把这种文化状态直呼为"荒原"状态，但是他认为，那种只关注外在而忽视内在追求的英国文化状态确实促成了英国人的畸形发展，造就了身体健

---

① ［英］马修·阿诺德：《文化与无政府状态》，韩敏中译，生活·读书·新知三联书店 2012 年版，第 2 页。
② 同上书，第 6 页。
③ 同上书，第 8 页。
④ 同上书，第 17 页。
⑤ 同上书。
⑥ 同上书。

壮、头脑发达,但是心灵"发育不良"①(undeveloped heart)的具有严重缺陷的现代英国人。这些英国人有着共同的外在特征"自满、没有同情心、保守"②。作为自由人文主义者,福斯特所崇尚的是人的幸福与完整,而这种幸福与完整只有理智与激情完美结合才能实现。福斯特认为英国人之所以势利、缺乏同情心,原因就在于缺少激情。福斯特认为英国人并不是生来就是冷漠的,他们也有温情,有爱心,有浪漫。他们的心中也应该始终有一个不灭的火焰。英国人的诗歌成就充分地说明了这一点。福斯特认为英国诗歌充满"温暖的同情、浪漫和想象"③,完全可以与希腊、波斯和法国的诗歌相媲美。而文学总是建立在民族性的基础上的,所以英国人的天性中必然藏有这种隐秘的"火源",否则不会产生我们在英国诗歌中所常看到的"火焰"④。现在问题在于这一火焰被遮住了,或被有意地掩藏了起来,使人们无法捕捉,无法发现,所看到的唯有冷漠与迟钝。

福斯特把英国民族性缺陷的原因归咎为"机制"问题,⑤即英国文化问题。福斯特把矛头直指当时盛行的公学制度,认为公学制度使英国人对情感心生恐惧,也使他们忘掉了自己具有完善自我的能力,因此变得迟钝、麻木。福斯特的小说《最漫长的旅程》就深刻揭示了英国公学环境下主人公的烦恼,揭示了对内在完美的人的追求与外在世界的冲突。所以当福斯特在东方游历的时候,既是一种"逃离",也是一种"寻找",是对生命之火的寻找。从这个意义来看,福斯特的旅行写作不是在推崇他者,而是在批判自我,不是在描述现实,而是在勾画文化理想。当福斯特在描写东方的时候,他完全站在文化的立场上,在审视本国的民族性和

---

① E. M. Forster, "Notes on the English Character," *Abinger Harvest*, New York: Harcourt Brace Jovanovich, Publishers, 1964, p.5.

② Ibid., p.14.

③ Ibid., p.8.

④ Ibid.

⑤ Ibid., p.14.

文化缺陷的同时,希望本民族文化能够借鉴东方文化的优势,从东方文化中汲取力量,借以实现本民族文化的自我完善与更新,完成文化自我身份的重构。从这个意义上理解,福斯特笔下的东方实际上是西方人用以反观自我的镜像,是西方文化的"一种替代物甚至是一种潜在的自我"①。从某种程度上说,东方的某些文化特色完全是福斯特心中英国文化应该有而实际上没有的样子,它既是英国文化的过去,又是英国文化的未来。福斯特的东方文化认同主要体现在两个方面:一是对东方原始生命力的认同,二是对东方宗教的认同。

第二节　不灭的火焰:福斯特对东方原始生命力的认同

福斯特的小说创作过程就是寻找生命激情的过程。福斯特敏锐地意识到,传统的"索斯顿"(Sawston)式的英国社会生活枯燥沉闷、了无生机。为了改变这种文化状态,福斯特首先寄希望于苏格兰宁静的乡野,希望在田园式的生活中找回现代都市早已缺失的生命活力。《最漫长的旅程》(1907)是福斯特自己非常看重的一部作品,标志着其小说艺术"发展的转折点"②。这部小说在探讨"私人关系"主题的同时,塑造了粗俗、鲁莽、带有乡土气息的斯蒂芬的形象。斯蒂芬体格健壮,敢爱敢恨,构成了"激情"的象征,小说的主人公里基用自己的生命挽救了斯蒂芬的生命,换取了这一"激情"生命的延续。无疑,这部小说是挽救英国文化生命力的一种尝试。

但是福斯特认识到,英国文化毕竟没有希腊和东方文化的古老底蕴,终究不能最终解决英国自身的文化问题。所以他把目光投向了意大利,希望在风光旖旎、具有深厚的古希腊传统的意大利小镇找到生机和

---

① ［美］爱德华・W・萨义德:《东方学》,王宇根译,生活・读书・新知三联书店1997年版,第3页。

② J. B. Beer, *The Achievement of E. M. Forster*, London: Chatto & Windus, 1962, p.77.

生命的激情。在小说《天使不敢涉足的地方》中,福斯特塑造了吉诺这一形象,一个粗鲁但坦率真诚、充满爱和生命激情的意大利青年。从某种程度上说,吉诺是一个"自然的意象",尽管他偶尔表现得很粗野,但是也许正因为此,他被看成"宇宙的象征,秩序的象征",不经意间成了一个"具有空间深度和道德深度"的存在。[①] 可以说福斯特似乎在意大利小镇找到了他渴望已久的激情。但这种激情是短暂的,并且局限于剧院和家庭这两个有限的场域中,并没有给读者提供更广阔的想象空间。

然而在东方,福斯特找到了真正的想象与激情。由于受到"逻各斯中心主义"思维的影响,遥远的东方一直被西方人看成肮脏混乱的荒蛮之地。但是福斯特在这肮脏混乱之中看到了东方所蕴含的强大的生命力。生命力是有机体保持自身存在和发展的动力和源泉,这是一种机制,一种结构,也可以是一种信仰,一种精神。它可以是弗洛伊德所说的里比多[②]。也可以是叔本华所说的"存在意志"及尼采所说的"权力意志"[③],或"强力意志"[④]。在尼采看来,生命力是"在细胞胚质中起支配作用的同化和规整力量",这种力量"在对外部世界的吞食中起着支配作用"。[⑤] 对于人类来讲,这种强力意志就是人的"自我",它是"唯一的存在",人要根据这一存在来使一切存在或者理解一切存在[⑥],它构成了最高的道德原则与生活原则。柏格森把生命力看成"生命冲动"[⑦](original impetus),认为每一个有机体都具有这种原始的生命冲动,这一冲动激励着有机体实现从低级到高级的飞跃。对于人类来讲,这种生命的冲动是人的自我在时间里的"绵延",它构成了我们的全部感觉、全部意念和

---

① Alan Wilde, "Cosmos, Chaos, and Contingency," in Alan Wilde (ed.), *Critical Essays on E. M. Forster*, Boston:G. K. Hall & Co., 1985, p.70.

② [奥]弗洛伊德:《精神分析引论》,高觉敷译,商务印书馆2013年版,第261页。

③ [德]尼采:《权力意志》上卷,孙周兴译,商务印书馆2013年版,第129页。

④ 同上书,第255页。

⑤ 同上书,第127页。

⑥ 同上书,第126页。

⑦ [法]亨利·柏格森:《创造进化论》,肖聿译,译林出版社2011年版,第80页。

意志，"构成了我们在任何既定瞬间的全部存在"①。人类就在这绵延中实现了生命的进化与发展。而福斯特把想象和激情看成人的生命力的源泉，这一观点恰恰与柏格森的观点相辅相成。福斯特看到，古老的东方蕴含着最原始的生命力，这是一种能够激起想象和激情的最贴近自然的生存状态，它使东方按照最本真的方式存在着，不受任何外力的影响，暴力、占领和殖民永远不能抹杀掉这种生命力。

一、淳朴生活与"完美蒙昧人"：福斯特对东方存在方式和东方人的认同

在福斯特看来，东方的原始生命力呈现出多种表现形态。它首先寓于简单而淳朴的生活方式之中。西方的工业化剥夺了人的自然生存状态，给人带来异化的恐惧。然而在遥远的东方，一切仍保持着原初的样态。在《向东方致敬》（"Salute to the Orient"）一文中福斯特借用英国小说家默杜克·皮克豪（Marmaduke Pickthall）的小说《尼罗河的孩子》（*The Children of the Nile*）中的描写呈现了生动的原始生活画面：

> 为了躲避他们那使他不安的目光，他向窗外望去，看见城郊已悄悄过去，那片已开垦的平原出现了，一直延伸到一排低矮的小山，山的颜色像狮子的脊背，是沙漠的边界。萨基人，一丛丛棕榈树，还有一堆泥土盖的小屋，像岛屿一样突出来。田野里充满了生机：男人和女人在犁地或收割绿色的三叶草，孩子们在放牧灰色的羊，笨重的水牛，棕色的绵羊，或大嚼着的骆驼。沿着堤坝走着一群乡下人，他们中间有骆驼、公牛、骡子，但主要是驴，他们被夕阳晒得暖洋洋的尘土团团围住。②

---

① ［法］亨利·柏格森：《创造进化论》，肖聿译，译林出版社 2011 年版，第 3 页。
② E. M. Forster, "Salute to the Orient," *Abinger Harvest*, London: Harcourt Brace Jovanovich, Publishers, 1964, p.260.

福斯特认为这虽然不是最美的画面,但是最真实的画面。一切都在自然之中,平原,远山,棕榈树,泥土小屋,田野里劳作的人们,放牧的孩子,一切都显得那么从容,那么和谐,那么宁静。就在这宁静的基调中,福斯特感受到了最原始的生命激情。在此,人本能地生活着,与自然融为一体,成为浩瀚宇宙的一部分,所以他们的存在是最本真的存在。福斯特提到,在东方,随处可见这样的画面。而这样的画面必然激起人的想象与激情。正如福斯特自己所认识的那样,要理解东方景致其中的奥秘,需要观察者自身要富有激情,因为"只有在青春里,或者通过对青春的回忆,只有在欢乐的晨光中,才能看到东方景物的线条,才能完成敬礼"①。福斯特所提到的敬礼,无疑是西方人对东方原始生命力的崇敬与膜拜。

在小说《印度之行》中,福斯特用广阔的视角呈现了东方的原始生存状态。布满垃圾的昌德拉普尔小镇,涤荡一切的洪水,恒河中漂浮的死尸,随时出没的黑背豺与蛇,飞舞着苍蝇的阴暗肮脏的房屋,"赤身露体、只束着一块腰布"②的印度土著,都说明印度的生活是最自然的,毫无雕琢的痕迹。然而就在这种自然的状态中,生命周而复始,延绵不绝。恒河每年发水之时,房屋倒塌,人被淹死,尸体腐烂,然而"昌德拉普尔城的轮廓却依然存留着,只是这儿扩大了一点,那儿缩小了一点,活像一种低等而又无法毁灭的生物体"③。福斯特眼中的昌德拉普尔小镇就是倔强的东方,从不屈服,从不妥协,在时间和季节的变化和更迭中永恒地存在着,与遥远的天空相互辉映,构成了苍茫而和谐的存在。《印度之行》中阿德拉的所见和所想更充分说明了东方的原始生活状态。在去参观马拉巴山洞的路上,阿德拉所看到的到处都是乡野:"遗憾的是印度的重要

---

① E. M. Forster, "Salute to the Orient," *Abinger Harvest*, London: Harcourt Brace Jovanovich, Publishers, 1964, p.259.

② ［英］E.M.福斯特:《印度之行》,杨自俭译,译林出版社 2003 年版,第 37 页。

③ 同上书。

城市很少，整个国家都是乡村。原野连着原野，然后是丘陵，丛林，丘陵，而后，是更加广阔的原野。这条铁路支线已到了尽头，下边的路只能通行汽车。牛车常常蹒跚地走在旁边的小路上。一条条小径差不多都变成了耕地，消失在近处红色的泥迹之中。"①面对这散发着原始气息的土地，阿德拉开始思考英印人在印度的处境。她认为英国历代侵略者都尝试过要从精神上控制印度，但他们都以失败而告终，到最后，占领者都成了不能回归祖国的流放者，而他们在印度留下的城市建筑完全成了英国流放者的避难所。而这一结局最终的原因就是东方自身所具有的原始生命力。

　　除了生存方式，福斯特认为东方原始生命力也寓居在富有生命激情的东方人身上。同受过严格训练的文明的西方人相比，东方的土著粗俗、肮脏，毫不优雅，但他们是福斯特眼中真正的人，即法国哲学家托多罗夫所说的"原始蒙昧人"②。在西方，民族主义一度盛行，民族主义者坚信自己的国家拥有最高的道德价值，并由此产生了傲慢的态度。与此同时，西方也有一些人，他们与民族主义者的观点相反，极其推崇异国情调。他们认为最高道德价值并非存在于本国，而是存在于其他国度。他们感觉到自己的文化过于造作，所以他们推崇欧洲之外的某些古老传统，形成了怀旧的异国情调。"完美蒙昧人"就是怀旧的异国情调者对"野蛮人"的一种称谓，他们在"野蛮人"的身上看到了自己祖先的身影，看到了过去时代的充实与和谐。十六世纪的旅行探险家亚美瑞格·韦斯普奇(Amerigo Vespucci，1454—1512)通过对印第安风俗的描绘指出了"完美蒙昧人"的基本特征：一是"顺着自然本性生活"，二是具有"非凡

---

① ［英］E.M.福斯特：《印度之行》，杨自俭译，译林出版社 2003 年版，第 150 页。
② ［法］茨维坦·托多罗夫：《我们与他人——关于人类多样性的法兰西思考》，袁莉、汪玲译，北京大学出版社 2014 年版，第 242 页。

的身体素质"。① 十八世纪游记作家拉翁唐(Lahontan)男爵也在他的游记《作者与一个野蛮人之间的奇特对话》中对完美蒙昧人的特征进行了概括:即"平等原则、简朴原则、自然原则"②。从二人的描述中可以看出,完美蒙昧人之所以完美,从而被推崇,主要原因在于他们顺应自然的天性,过着自由自在的生活,这种生活被看成人最理想的生存状态。我们可以看到,这种"原始蒙昧人"体现了对自然理性的追求。根据意大利哲学家维柯的理论,人都有自然的生理需求和心理需求,这包括对美好生活的向往、对安逸状态的偏好、对孩子的真情表露、对爱情的追求,以及对生命的渴望等。③ 这些需求构成了人的内在生命冲动。福斯特认为,恰恰是这种追求构成了完美的人的要素。

在《印度之行》中,福斯特塑造了阿齐兹这一形象,这一形象恰恰是一个富有原始生命力的人的形象。首先,阿齐兹身体健康,体格健壮,对生活充满激情,对妻子和孩子充满热爱。在妻子去世后阿齐兹仍对妻子念念不忘。他努力工作,希望能为孩子们提供更好的生活。另外,阿齐兹追求内在的生活。他喜欢诗歌,热情好客,一直追求平等的私人关系。阿齐兹也有非常强烈的身份意识和民族自尊心。最重要的是,阿齐兹有着"连接"的渴望,一直希望与他人建立良好的"私人关系"。而这种私人关系是建立在互相理解、互相包容的基础上,超越阶级,超越种族,完全是心与心的交换,是冲破黑暗保持自我的最稳固的心理支持,是人类黑暗之中的"不灭的火焰"。福斯特之所以强调阿齐兹的这一追求,是因为"私人关系"恰恰是他本人一生的理想。福斯特认为私人关系是解决现实问题的最佳出路,也是保持人的自然属性的最佳出路。

但是阿齐兹也表现出一些无法克服的弱点。首先,阿齐兹非常敏

---

① [法] 茨维坦·托多罗夫:《我们与他人——关于人类多样性的法兰西思考》,袁莉、汪玲译,北京大学出版社 2014 年版,第 243 页。

② 同上,第 248 页。

③ [意大利] 维柯:《新科学》,朱光潜译,人民文学出版社 1986 年版,第 447 页。

感,容易受到情绪的控制,经常对英国殖民者对待自己和印度土著的态度感到不满,所以看起来易怒,反复无常。此外,阿齐兹似乎也不能抵御自然的生理和心理的需求,会不自觉地想到女人。小说中有一个细节,阿齐兹在菲尔丁第一次到访他的住处时竟然谈论起了女子的乳房。这个话题在西方人眼中无论如何是难以启齿的,以至于菲尔丁感到异常尴尬。除此之外,阿齐兹还有懦弱的一面,在马拉巴山洞事件后,得知自己要被逮捕的时候,阿齐兹表现得焦虑,无助,竟然"伤心地哭了",而且还"试图从对面的车门跳下去逃走"。① 再有,阿齐兹对事情缺乏本质性判断。由于产生错觉的阿德拉起诉了阿齐兹,阿齐兹被捕入狱。在狱中,阿齐兹对一直信任他、支持他的菲尔丁产生了误解,认为他之所以被起诉是由于菲尔丁抛弃了他,并因此对菲尔丁产生了怨恨。后来,在阿德拉撤销了起诉后,阿齐兹重获自由。在菲尔丁的劝说下,阿齐兹免除了阿德拉对他的高额诉讼费赔偿,重新回归他友好善良的本性。所以,从小说对阿齐兹的描写来看,阿齐兹的个性既有优点,又有不足,而事实上正因为他的这些不足才使他变得更加丰满,成为有血有肉、充满生命激情的真正的人。也正因为他的缺点,他才是一个完美的人,符合一个完美的人所应具备的基本特征。

福斯特在《印度之行》中塑造的最具东方特色的人物是在法庭上负责拉布风扇的印度土著。福斯特仅用了寥寥数笔,就刻画出了一个典型的印度土著的形象。他出身卑微,外表粗俗冷漠,几乎赤身露体。但是就在这个其貌不扬的土著身上蕴藏着东方的神秘力量,这种力量就是"坚忍、耐力和高贵的心灵"。阿德拉在这位拉风扇者身上看到了所有这些品质,顿时产生了敬畏之情,她感到这个印度土著"好像在控制着整个诉讼程序"②。同时阿德拉也感到自责,不禁对大英帝国的统治政策产生

---

① ［英］E.M.福斯特:《印度之行》,杨自俭译,译林出版社 2003 年版,第 179 页。
② 同上书,第 243 页。

了怀疑,也对英印人的傲慢产生了怀疑:

> 这位拉风扇的仆人和眼前的事情丝毫无关,他几乎连自己的存
> 在都意识不到,更不理解为什么今天法庭上的人比平时增加了这么
> 多。他的确不明白这是怎么回事,虽然他认为自己在拉绳子,可他
> 甚至不知道是在拉着布扇风。他流露出的那种孤凄冷漠之情触动
> 了这个出身英国中产阶级的姑娘的心,谴责了她那所谓苦难的偏狭
> 之见。她靠什么力量把这么多人聚集在这儿? 是靠了她那贴着特
> 别标记的主张,还是靠了有偏见并把她的主张神圣化的耶和华——
> 他们凭什么声称权力在世界上如此重要? 他们凭什么要戴上文明
> 这顶桂冠?[①]

在这位印度土著身上,阿德拉看到了大英帝国统治者的罪恶,也看
到了自己在现实问题上的缺陷。也就是说,这个普普通通的印度土著,
以他的神秘古老的东方力量征服了她,使这位感情迟钝的英国女士增加
了一份人的情感,这种情感不仅仅是悲悯和同情,还有深深的自责和对
自己身份的质疑,也有对英印人和印度土著的关系的深层次思考。由此
阿德拉不再刻板,不再淡漠,而是具有了人的复杂情感。这无疑是神秘
的生命力量在她身上的传递,使她最终实现了一种生命的再生。

二、原始生命力:福斯特对东方生殖想象的认同

除了生存方式和东方人,福斯特还在东方的自然物象之中看到了最
原始的生命力。发育力学的创始人威廉·鲁说:一个物体如果具备如下
特征那么它就是有生命的:(1) 新陈代谢(物质被吸收,同化,异化和分
离);(2) 生长;(3) 主动的运动;(4) 生殖(繁殖或增殖);(5) 遗传(亲代

---

① [英]E.M.福斯特:《印度之行》,杨自俭译,译林出版社2003年版,第244页。

与子代之间的相同或相似性）。[①] 而东方的自然物象无疑具有所有这些特征。天空、大地、河流、山川、岩石、洞穴，以及大地之上的所有生物都不断地变化着，运动着，不断地进行着新陈代谢。

在《印度之行》中，福斯特对印度的地形地貌所做的描写就记录了印度大地上的自主运动。在他的笔下，古老的恒河和更加古老的德拉维迪亚高原尽收眼底，散发着最原始的气息：

> 恒河发源于毗湿奴的脚，流经湿婆的头发，但它并不是一条古老的河流。地质学的研究比宗教的理论大大前进了一步，它告诉人们，很久很久以前印度斯坦这块神圣的地方没有恒河，也没有喜马拉雅山，而是一片汪洋大海。后来山峰崛起，山脉的岩屑碎石把大海淤塞，众神就座于各个山岭，而后创造了这条恒河，于是我们所说的古老的印度就在世界上出现了。然而，印度实际上是个更为古老的地方。在史前海洋时期，半岛的南半部分就已经存在，德拉维迪亚高原自从地球上陆地出现以来就一直是块陆地，它亲眼看见了连接高原和非洲的那块大陆在它旁边沉入大海，也亲眼看见了喜马拉雅山在另一边从海里隆起。[②]

在福斯特的描述中，读者首先看到了古老东方大地上的物质被吸收同化的缓慢过程，体味到了高山河流从无到有、不断运动的冲动与喜悦。湍急的河流和静默的山峦各具形态，但是它们见证了地球的进化和变迁，是最富有原始生命力的自然物象。

事实上，福斯特之所以认为东方自然物象具有原始生命力，最主要的原因是它们都与生殖有着直接关系。福斯特对自然物象的强调，表现

---

① ［德］莫里茨·石里克：《自然哲学》，陈维杭译，商务印书馆 2013 年版，第 63 页。

② ［英］E.M.福斯特：《印度之行》，杨自俭译，译林出版社 2003 年版，第 135 页。

了他对东方生殖想象的认同。生殖是生命力的重要表征和前提,是生命创造的唯一途径,也是生命得以延续不可或缺的重要一环。从古到今,人类一直重视生殖。在东方,生殖的观念更是构成了东方文化的核心,这一点可以在东方各种古老的宗教神话中得到验证。罗素指出:"埃及与巴比伦的宗教正像其他古代的宗教一样本来都是一种生殖性能崇拜。大地是阴性的,而太阳是阳性的。公牛通常被认为是阳性生殖性能的化身,牛神是非常普遍的。"①在巴比伦,大地女神伊什塔尔在众女神之中的地位是至高无上的,原因也与生殖有关。这位女神在整个亚洲有各种不同的名称,一直受人崇拜。希腊殖民者在小亚细亚为她建筑神殿的时候他们就称她为阿尔蒂米斯,并且把原有的礼拜仪式接受过来。这就是"以弗所人的狄安娜"的起源。基督教又把它转化成为童真玛利亚。但是,到了以弗所宗教大会上才规定把圣母这个头衔加给教母。《圣经》中的上帝在创造世界之初,用泥土创造了亚当之后,又抽取亚当的肋骨创造了夏娃,其原因就是上帝预估到生殖的必要性,就此创造了阴阳二体。后来,上帝看到了人的罪恶,于是欲用洪水毁灭世界。上帝命挪亚制造方舟,并命挪亚一家进入方舟以保全性命,同时吩咐"凡有血肉的活物,每样两个,一公一母,你要带进方舟,好在你那里保全生命"②,于是,进入方舟的挪亚一家和各种畜类、飞鸟以及昆虫都得以保全。这一结局完全归功于上帝对生殖观念的重视。

在印度,生殖更是不可或缺的神话题材。黑格尔在论述象征型艺术时说:"印度人所描绘的最平凡的事情之一就是生殖,正如希腊人把爱神奉作最古的神一样。生殖这种神圣的活动在许多描绘的形象里是很感性的,男女生殖器是看作最神圣的东西。"③按照黑格尔的理论,印度幻想和艺术的主要题材之一就是神和万物的起源,即神谱和宇宙谱。"贯串

① [英]罗素:《西方哲学史》上卷,商务印书馆 2010 年版,第 26 页。
② 《圣经》,中国基督教协会 2016 年版,创世纪,第 6 页。
③ [德]黑格尔:《美学》第二卷,朱光潜译,商务印书馆 1979 年版,第 49 页。

在这些起源史里的一个基本观念不是精神创造的观念，而经常复现的是自然生殖的描绘。"①《梨俱吠陀》(Rgaveda)是印度最重要的一部诗歌典籍，讲述了绚丽多彩的创世神话。书中提到天父和地母二神合二为一，创造万物，并为众生提供庇护，被尊称为一切神与人的父母。《梨俱吠陀》中有六支歌颂二神连体形象的神曲，其中的《天父—地母神赞》赞道：

> 天地斯二元，普利一切物，
> 恪守世秩序，支持空中仙；
> 是此二巨碗，合创宇宙美；
> 光辉太阳神，如律行于中。

> 伸延远无际，宏伟超极限，
> 父亲与母亲，庇佑一切物。
> 是此二世界，如二娇美人，
> 慈父给穿上，华丽靓衣裳。

> 是彼运输神，圣洁双亲子，
> 智仙施幻力，净化众生界；
> 牝牛身斑点，牡牛富精子，
> 如常日挤奶，新鲜有淳脂。

> 彼在诸天中，作业最精勤，
> 创造二世界，利益一切物；
> 妙智表丈量，上下二空间，
> 支持无衰变，普遍受赞扬。

---

① ［德］黑格尔：《美学》第二卷，朱光潜译，商务印书馆1979年版，第56—57页。

天地诚伟大，周遍受颂扬，

惟愿赐我等，荣誉及领地；

随此祈带来，值赞赏力量。

我等将永远，治民遵此章。①

这一赞歌形象地描绘了天地好像两只巨型的圆碗，光辉灿烂，神圣庄严，共同创造了人间的真善美，为人类带来福祉，因此受到人的普遍尊崇与赞颂。所以不论是在东方还是西方，生殖崇拜一直贯穿人类发展的始终，构成了"世界范围内原始人类的一种共同的思维方式和普遍的祭祀礼仪"②。而东方的自然物象大多与生殖直接相关。所以福斯特在《印度之行》中创造了诸多的生殖喻象，来展示东方的原始生命力。

在福斯特看来，最有生命力的东方自然物莫过于天空，它构成了重要的生殖喻象。福斯特认为，天空是东方万物生命的源泉。这一观点与印度关于天神的神话相呼应。在《印度之行》中，福斯特对印度的天空做过诗意的描写，整个天空在云彩的点缀下不断变化着绚丽的色彩，呈现出各种美丽的风景。但是福斯特最关注的还是与印度神话相关联的天空的形状以及其强大的生命力：

云彩时常把天空描绘得像地图一样，五颜六色，然而天空通常倒像一个混合色彩的大圆顶，其主调为蓝色。白天，蔚蓝的天空与白色的大地相接之处，那蓝色渐渐淡薄，变成了白色。太阳落山之后，天空出现一条新的圆周线，颜色橘黄，从下向上渐渐变为柔和的紫色，然而那圆顶中心的蓝色依然存在，就是到了夜间也是如此。③

① ［印度］《〈梨俱吠陀〉神曲选》，巫白慧译解，商务印书馆2010年版，第47页。
② 赵国华：《外域的生殖崇拜》，《世界宗教文化》1995年第3期，第34页。
③ ［英］E.M.福斯特：《印度之行》，杨自俭译，译林出版社2003年版，第5页。

　　福斯特强调，不论天空的色彩如何变化，它的圆顶依然存在，而且圆顶中心的"蓝色"也永不消逝，永恒存在，这就昭示着印度天空的生命力永远不会枯竭。在福斯特眼中，天空力大无穷，巨大无边，作为万物的主宰，掌管着气候变化和四季更迭，同时会把福泽施予印度众生。天空之所以如此，原因就是有太阳的存在。"太阳是力量的源泉，力量天天从太阳释放出来，释放多少则根据俯卧的大地的需要。"[①]在这里，福斯特把太阳看成与天空直接相关的生殖意象。这与古印度的宗教和佛教文化相一致。在古印度宗教和佛教文化中，太阳以及太阳发出的光一直被看成是生殖力的象征，是男性生殖力的"直接释放"。婆罗门典籍《百道梵书》（VIII.7.1.16）中就提到过"光便是生殖力"[②]。《多启奥义书》中把精液比喻成"作为年岁的光"，同时也是"作为每一单个生物的自我（奥特曼）"。《阇弥尼奥义梵书》（III.10.4—5）中在描述人类的起源时则把精子直接比喻成太阳，"当人类之父将彼精子射入子宫时，以彼精子射入子宫的即是太阳"[③]，由此可知，在东方，太阳以及太阳发出的光芒就是生命力的象征，是大地得以孕育万物的先决条件。

　　与天空相呼应的大地是另一个具有生命力的生殖喻象。在西方，大地一直是女性的象征。古希腊诗人赫西奥德（Hesiod）在描写宇宙诞生的神话时，就把大地比作胸部丰满的盖亚（Gaia）[④]。在东方，大地也一直被看作女性的化身。《圣经》中上帝用地上的泥土造人的神话就充分表现了希伯来文化中以大地象征女性的观念。正如在《梨俱吠陀》中所描绘的地母神，大地本身接受了天神射出的太阳之光，孕育了万物，创造了芸芸众生。在福斯特眼中，与西方的大地相比，东方的大地本身更是具

---

① ［英］E.M.福斯特：《印度之行》，杨自俭译，译林出版社 2003 年版，第 5 页。

② 王政：《印度教及佛教中的生殖喻象》，《世界宗教文化》1995 年版，第 3 期，第 29 页。

③ 同上。

④ S. Marc Cohen, et al. (eds.), *Readings in Ancient Greek Philosophy: From Thales to Aristotle*, 4th ed., Cambridge: Hackett Publishing Company, Inc., 2011, p.2.

有原始的生命力,这主要与东方大地的古老特性和神秘的神话色彩相关。在小说《印度之行》中,福斯特直接把大地描写成女性,那平坦的平原和肥沃的田野则是女性平坦腹部的象征,预示着大地丰产的可能性:"没有高山峻岭破坏这大地的曲线,大地一里格一里格地平坦地向外延伸,偶有小小隆起,复又平展开来。"①福斯特对大地的描写与印度的古老生殖观念相一致。在印度婆罗门观念中,田野中的耕种与劳作代表生殖。这在《摩奴法论》中可以找到佐证。该书中大地被称为"生物的原始母胎",女子被说成是田地(子宫),男子为种子(男精),而一切生物的诞生皆因"田地和种子的结合"②。

除了大地自身,福斯特还在小说《印度之行》中创造了其他的生殖意象,这些喻象都置于大地之上,与自然息息相关,或者说就是自然本身,与大地一起共同构成了东方的生命力。费尔巴哈曾经说过:"一个人,一个民族,一个氏族,并非依靠一般的自然,也非依靠一般的大地,而是依靠这一处水、这一条河、这一口泉。埃及人离了埃及就不成为埃及人,印度人离了印度就不成为印度人。"③这一说法指出了这样一个事实,每一个民族都有一个特殊的特性,这一特性使它与其他的民族相区别。东方人的肉体和灵魂都依附在自己的土地上面,他们自然而然地对祖国的山川河流、一草一木,以及各种动物等都具有特殊的感情,把他们当作神来崇拜。

在福斯特的笔下,水是大地上最不容忽视的生殖喻象,这既包含河水,又包含湖水,也包含雨水。水在不同的文化中一直是公认的生命的源泉,自然与生殖有关。在东方,人们一直对河流保存着敬意。在《圣经》神话中,比逊、基训、底格里斯和幼发拉底河从伊甸园流出,环绕着、滋润着亚当和夏娃生活的园子,为他们提供了生命的源泉。在《罗摩衍

---

① [英] E.M.福斯特:《印度之行》,杨自俭译,译林出版社 2003 年版,第 5 页。
② [印度]《摩奴法论》,蒋忠新译,中国社会科学出版社 2007 年版,第 180 页。
③ [德] 费尔巴哈:《宗教的本质》,王太庆译,商务印书馆 2013 年版,第 3 页。

那》的故事中,为了让六万个叔伯起死回生,英雄安苏曼和他的儿孙刻苦修行,使恒娥之水从天而下。为了拯救大地,湿婆垂头让水从他的头发上流过,最后恒娥的水变成了六条河流,第七条河流被用来使六万人起死回生。[①] 可见,在东方,水是和生命的再生紧密相关的。福斯特曾在《印度之行》中提到"恒河发源于毗湿奴的脚,流经湿婆的头发,但它并不是一条古老的河流"[②],很显然他对这种东方的特性和神话故事十分了解,所以他在《印度之行》中,以水的意象来强调东方的生命力。在开篇的第一章福斯特对恒河的生动描写就充分展示了这一点。在他笔下,恒河放荡不羁,以强大的冲撞力冲刷掉先前的一切痕迹,将世界还原到最原始的混沌状态。这看似一种破坏,但实际上是一种再生,是让世界重新开始生命发端的象征。在这种生命力的推动下,以昌德拉普尔为代表的东方世界又开始了新的生命循环。在小说的第三部分,福斯特又将笔锋转至对湖水和雨水的描写。这一章主要描写了印度教徒庆祝黑天再生的仪式。在仪式中,人们组成游行的队伍,将神的雕像浸入湖水中,于是黑天神便在水中实现了再生。此时,福斯特对湖水进行了细致的描写:

> 离开城区沿着这条小道很快就到了那高高的山岭和茂密的丛林。阿齐兹到了这儿勒马观看这茂城的大湖,湖面就从他的脚下展现开来,最远的边缘成了一条曲线。湖上映出了美丽的晚霞,水下镶嵌着一个与天空有同样光彩的世界,天和地相互靠得很近,似乎在心醉神迷之中突然相撞。[③]

这里,福斯特生动地描绘了天地交融的美丽图景。纯净的湖水被看

---

① ［德］黑格尔:《美学》第二卷,朱光潜译,商务印书馆 1979 年版,第 57—58 页。
② ［英］E.M.福斯特:《印度之行》,杨自俭译,译林出版社 2003 年版,第 135 页。
③ 同上书,第 349 页。

成生命之水。这与远古的人们对精液崇拜的集体意识如出一辙,构成了人类生殖崇拜的一个重要组成部分。在人类历史上早有对精液的崇拜。在希腊就有向妇人身上喷洒魔水从而使之受孕的传说。[①] 希腊神话中宙斯变为"金雨"与少女达娜厄相结合。其中的雨也是精液的象征。在印度神话中,大神湿婆的白色的精液干燥后形成雪山,成了人们崇拜的对象。雪可以融化成水,所以水自然而然成了生命力的象征。《印度之行》中的宗教仪式正值印度的雨季,在人们忘情地庆祝嬉闹的过程中,大雨从天而降,此时,爱神完全变成了暴风雨。"八月的洪水带来了短暂的奇妙生命,这生命在支持着他们,似乎这生命要永远生存下去。"[②]水不仅有促生的作用,同时也可以洗涤人的心灵,使人在精神上重塑自我。在小说所描写的仪式中,阿齐兹和菲尔丁等人都被雨水淋湿。后来,阿齐兹和拉尔夫的小船与他人的小船相撞,二人都落入水中。在生命之水中的洗涤,净化了阿齐兹的心灵,他决心忘掉前嫌,与菲尔丁重续友情。所以,落入湖水的事件对于阿齐兹来说,无疑是一种精神的再生。

除了水的意象之外,福斯特还把树木看成生命的喻象,象征着印度的生命力。从古至今,在世界各地素有树神崇拜的传统。根据弗雷泽(James G. Frazer)的记载,人们把树木看成有生命的精灵,认为树神能够行云降雨,使阳光普照,保佑庄稼丰收,六畜兴旺,多子多福。[③] 在希腊神话中,狄安娜是一位森林女神,同时也是生育繁殖女神,生活在繁茂的树林之中,后来发展成为自然界繁殖生命(动物和植物)的化身,并因此受到人们的崇拜。[④] 古希腊的女神赫拉是孕妇和产妇的保护神。人们敬献给她各种各样的祭品,包括石榴、布谷鸟、孔雀和乌鸦。鸟是男根的象

---

① 岑家梧:《图腾艺术史》,学林出版社1986年版,第23页。
② [英]E.M.福斯特:《印度之行》,杨自俭译,译林出版社2003年版,第349页。
③ [英]J.G.弗雷泽:《金枝》,徐育新、汪培基、张泽石译,新世界出版社2006年版,第120—121页。
④ 同上书,第120—142页。

征物,石榴用来象征女阴。因此赫拉的神职与祭品石榴之间存在一定的关系,"是古希腊初民以植物象征女阴的生殖崇拜的曲折表现"[①]。古希腊神话中的神女娜娜由于吃了石榴,因此受胎,生下佛律癸亚的自然界主宰神阿提斯(Atits)。这说明古希腊时期就有生殖崇拜和吃女阴象征物的生殖祭仪。在东方,印度先民也有树木崇拜的习俗,并且这种习俗与繁衍观念有关。在印度,树木是被当作神来崇拜的。《奥义书》中说"存在于这个宇宙、水中即火中的神也同样存在于大量的树木和草本植物中"[②],因此印度教徒认为,所有的树木和植物都富有灵性,富有各种各样的情感。在印度,菩提树、金刚子树、吐尔西树、瓦塔树、芒果树和樟树等都被视为圣树,受到人们的崇拜。圣树的叶子多用于印度教的宗教仪式上,所以圣树在日常生活中有着重要的地位。这其中,菩提树崇拜最为普遍,该树被认为是印度各种神的象征。根据《吠陀经》记载,用菩提树的木头可以钻出圣火。印度的很多宗教祭祀活动都是在菩提树下进行的。人们认为,祈祷时在菩提树上洒上水,即可驱除疾病,同时认为已婚妇女敬拜菩提树能得到子嗣,更可以避免守寡。从这些神话和习俗资料可以看出,树木与生殖之间存在着紧密的关系。确切地说,树木就是生殖喻象,是无限生命力的象征。

在《印度之行》中,福斯特提到了印度小镇上的各种树木,棕榈树、芒果树和菩提树等都被纳入他的视野。对于这些树木的描写,福斯特只用了寥寥数笔,但是读者可以从中窥见福斯特对树木寄予的无限深情。在福斯特看来,正是这些树木,赋予了印度昌德拉普尔小镇无限生机,使它看起来是一座"花园之城"[③]:"那些树长在花园中,从古老的水塘里得到滋养,它们长得高出了令人窒息的贫民区和被人遗忘的庙宇,寻得了阳

---

① 赵国华:《外域的生殖崇拜》,《世界宗教文化》1995 年第 3 期,第 36 页。
② 毛世昌、刘雪岚:《辉煌灿烂的印度文化的主流——印度教》,中国社会科学出版社 2011 年版,第 299 页。
③ 〔英〕E.M.福斯特:《印度之行》,杨自俭译,译林出版社 2003 年版,第 349 页。

光和空气,有了比人类或其创造物更加旺盛的生命力。"①这些树木不仅为鸟儿提供了乐园,也为人们遮风挡雨,处处美化着这座小城。

在小说中,福斯特也用了很多动物作为生殖意象。人的存在自然离不开动物。动物为人提供保护,所以动物一直被看作保护人的精灵,是使人超脱动物境地的实在自然之物。费尔巴哈指出:"只有凭借动物,人才能超生到动物之上,人类文化的种子才能滋长。"②从古到今,动物与人类相伴,帮助人创造了人类的文化历史。所以,在人类的历史上一直有动物的宗教崇拜。希伯来人的先民以蛇和鸟来比喻男根。传说伊甸园中的蛇有一双漂亮的翅膀,蛇能像鸟一样在空中翱翔,因此,蛇和鸟都是生殖喻象。在印度也是如此,人们一直把动物当作神来崇拜。许多动物也因此构成了生殖意象。在印度有卵生蛇、卵生鸟,以蛇和鸟为儿子的种种传说,这些传说都意在生殖崇拜。除了鸟和蛇之外,雄鹰、大象等都象征男根,是男性生命力的化身。在《印度之行》中,福斯特采用了鸟、大象、雄鹰和蛇等多种动物来喻指生殖意象,象征印度强大的生命力。

福斯特认为,最有说服力的体现东方生命力的生殖喻象就是印度的山峦和岩石。"这岩石的外层,有一种奇怪的现象,用语言简直难以描述,那石头好像是世界上最不可思议的东西,和任何事物都毫无共同之处,看它们一眼就会使你惊讶地屏住呼吸。"③福斯特认为,在岩石不可言说的外表下蕴藏着巨大的生命力,它们都以自己独有的特征言说着东方无可辩驳的存在。它们是印度和东方灵魂的真实写照:豁达、沉默、倔强、宽容、隐忍。首先,古老的山峰和岩石具有神性。"恒河发源于毗湿奴的脚,流经湿婆的头发"④,它们与印度的神话相伴而生,是聚居着大神的地方,因此具有神秘性,受到人们的崇拜。此外,这些山峰和岩石同坚

---

① [英] E.M.福斯特:《印度之行》,杨自俭译,译林出版社 2003 年版,第 349 页。
② [德] 费尔巴哈:《宗教的本质》,王太庆译,商务印书馆 2010 年版,第 4 页。
③ [英] E.M.福斯特:《印度之行》,杨自俭译,译林出版社 2003 年版,第 136 页。
④ 同上书,第 135 页。

硬的大地一样，都是太阳赋予大地母亲的有形实体，因此具有无限的能量，具有永不枯竭的生命力：

> 德拉维迪亚高原堪称世界上最古老的地方。从来没有海水淹没过它们，太阳观察它们已经有无数年月，但从它们的外形上，太阳依然可以认出，地球离开自己怀抱之前，其形体是属于太阳的。要是想在什么地方触及一下从太阳的机体上分离出来的骨肉，那就只能在这儿，在这些极其古老的山峦之中。①

另外，这些山峰和岩石处于不断的变化之中，因此是永恒的和不朽的。印度的山峰有升有降，不断地经历着地质变迁，"像当年那个印度随喜马拉雅山升起一样，这个原始的印度从诞生后就一直在下降，现在正缓慢的再次变成地球的凹陷部位"②，而这种地形地貌也可能在未来发生变化。

在福斯特看来，印度山峰和岩石具有巨大的生殖能力。这种生殖能力以山峰和岩石的特殊形状来体现。在《印度之行》中，昌德拉普尔的马拉巴山呈现出三种与生殖相关联的意象：一是错落无序、平地拔起的拳头和手指样的山峰，二是与隧道相连的山洞，三是卵形的岩石。这些各具形态的物象都表明了印度大地不可枯竭的生命力。

首先，拳头和手指样的山峰是男性生殖力的象征。在东方文化中，素有生殖崇拜的信仰和习俗。在印度就有古老的生殖崇拜哲学，例如坦陀罗哲学，人们持有女性是创造的源泉的观念，这种观念主要来源于印度先民对女性生殖器的崇拜。对女性生殖力的崇拜演化成人们对女性性力的崇拜，因此促成了印度教性力派的出现。性力派的宗教思想和修

---

① ［英］E.M.福斯特：《印度之行》，杨自俭译，译林出版社 2003 年版，第 135 页。
② 同上。

炼行为对佛教产生了一定影响,被佛教所接纳,逐渐发展成佛教中的密教。后来这种密教传入中国,在西藏地区广为流传①。印度人用"林迦(linga)"称呼男根,用"由尼"(yoni)称呼女阴。② 他们往往把直立的岩石塑造成翘起的男根形状,称其为"林迦",并对之行礼膜拜。在印度文化中,普通的手指和拳头都被赋予了男性性力,是生殖力的象征,正如有的学者所表述的那样:"佛教及佛教史前的印度宗教中,手有浓厚的生殖意蕴。"③大拇指多用来喻指男性。"Panigra hand"原初的意思是握手,但是在印度文化中该词具有了特殊的含义,意为"结婚"。印度人也用握手的各种姿势表示对生育男孩和女孩的期望,"丈夫想要男孩,握住新娘的拇指;想要女孩,握住新娘四个指头(四指构成缝隙,象征女性)"④。可见手指和拳头指称的都是生殖精神,都强调一种强大的生命的力量。所以福斯特在描写昌德拉普尔的马拉巴山的时候,突出了拳头和手指状的山峰和岩石,这无疑具有文化上的深意。"没有高山峻岭破坏这大地的曲线,大地一里格一里格地平坦地向外延伸,偶有小小的隆起,复又平展开来。只有南面,一簇拳头和手指伸出地面,中断了大地无际的延伸。那些拳头和手指便是马拉巴山,山里有许多奇特的山洞。"⑤这些拳头和手指守护着马拉巴山洞,构成了男性的生殖力象征,用以暗示印度的强大生命力。

而与拳头和手指样的山峰相呼应的马拉巴山上的圆形洞穴无疑是女性的生殖力的象征。从古到今,世界各地的人们对于洞穴一直保持着强烈的好奇心。尤斯蒂诺夫(Yulia Ustinova)认为希腊人对洞穴的看法模棱两可,他用伊萨卡岛上著名的仙女洞穴作为例证:"伊萨卡岛上著名

---

① 赵国华:《外域的生殖崇拜》,《世界宗教文化》1995年第3期,第36页。
② 同上,第34页。
③ 王政:《印度教及佛教中的生殖喻象》,《世界宗教文化》1995年第3期,第29页。
④ 同上。
⑤ [英]E.M.福斯特:《印度之行》,杨自俭译,译林出版社2003年版,第5页。

的仙女洞穴就是这种模棱两可的象征：它有两个入口，一个供凡人使用，另一个仅供神仙使用。"①尤斯蒂诺夫认为洞穴之所以令人神往，是因为洞穴里可能藏着令人敬畏的秘密和宝藏，也可能它们是人们的避难所或隐居之地。古代文献中关于洞穴最著名的描述是柏拉图在《国家篇》第七卷中所写的洞穴理论。一个被铐住的囚犯居住的黑暗洞穴，是柏拉图用来比喻未开化和未受教育的人的生存状态。他们被迫生活在无知的黑暗中。他们相信真实物体映在洞壁上的影子就是真实；如果他们离开洞穴，阳光会刺痛他们的眼睛，使他们暂时看不到东西，但片刻之后他们将能够理解可见的世界。当他们回到洞穴，他们在外面获得的知识会受到那些没有见过真实世界的人的嘲笑。② 在柏拉图看来，整个人类世界就是这个黑暗的洞穴，居住在那里的人不能或不想看到现实。那些被俘虏的人所看到的有形世界，说到底就是实在，也就是至高的真理；囚犯从黑暗的洞穴中上升进入光明就是灵魂上升到理性和善的领域。柏拉图似乎在向人们证明，世界就是一个洞穴，在理想世界里，洞穴是表象和普遍观点的世界，无知的人只知道表象和普遍观点，而开明的人知道表象和普遍观点之外的世界。在《斐多篇》中，柏拉图把有人居住的世界看作一个巨大的洞穴，"这个大地有一个洞穴不仅比其它洞穴要大，而且可以从大地的一端穿透到另一端"③。这空洞实际上只是这个巨大而美丽的现实世界被腐蚀了的一部分。因此，在古希腊哲人的眼里，洞穴要么是无知者灵魂被囚禁的地方，要么是弱智者居住的地方。但在这两种情况下，洞穴都具有否定性含义，即"洞穴都是被囚禁在无知之中、对至上的

① Yulia Ustinova, *Caves and the Ancient Greek Mind: Descending Underground in the Search for Ultimate Truth*, Oxford: Oxford UP, 2009, p.1.
② ［古希腊］柏拉图：《柏拉图全集》第二卷，王晓朝译，人民出版社 2003 年版，第 510—511 页。
③ ［古希腊］柏拉图：《柏拉图全集》第一卷，王晓朝译，人民出版社 2002 年版，第 125 页。

实在一无所知的未开化者的住所"①。

但是,洞穴的意义并没有完全停留在否定性的特征上,后来的人们又发掘出了洞穴的生命意义。洞穴被比喻为"地球的子宫"②,与生育和冥神崇拜的观念联系在一起。弗洛伊德对洞穴的解说就贴近这个含义。在印度,有很多洞穴式的地下建筑,它们是在原有的自然洞穴的基础上修建而成,采用的是岩石开凿("rock-cut")③的方法,可以作为庇护所,也可以作为静思的场所,还可以作为聚会场所和地下教堂,建造的目的是"引起宗教的惊奇感和有利于精神集中"④,因此具有象征的意义。洞穴可以实现人灵魂的净化,"当一个洞穴支撑着一座山,上面的岩石已经从内部被深深地侵蚀,不是人工凿成的,而是由自然原因掘成的,那么你的灵魂就会被一种宗教恐惧攫住"⑤。

福斯特小说《印度之行》中的洞穴一直是评论者关注的焦点。威尔弗雷德·斯托恩强调洞穴是《印度之行》的中心。"在我所知的现代小说中,没有一本像这部伟大的小说那样,具有如此有机地与整体相联系的象征中心。"⑥威尔弗雷德·斯托恩之所以对洞穴如此强调,原因是洞穴在《印度之行》这部小说的结构和主题上都处于中心地位。它们一方面为这部包括三个部分的小说的中心部分提供了名字,另一方面它们也为小说提供了空间,一种"诗意的空间"⑦。斯托恩的看法与福斯特本人对

---

① Yulia Ustinova, *Caves and the Ancient Greek Mind: Descending Underground in the Search for Ultimate Truth*, Oxford: Oxford UP, 2009, p.2.

② Ibid., p.3.

③ David Raezer and Jennifer Raezer, *The Caves of India: Ajanta, Ellora and Elephanta*, Version 1.0., New York: Approach Guides, 2012, Introduction, p.3.

④ [德]黑格尔:《美学》第三卷,上册,朱光潜译,商务印书馆1979年版,第48页。

⑤ Yulia Ustinova, *Caves and the Ancient Greek Mind: Descending Underground in the Search for Ultimate Truth*, Oxford: Oxford UP, 2009, p.32.

⑥ John Beer, *A Passage to India: Essays in Interpretation*, New York: Palgrave Macmillan, 1985, p.16.

⑦ Wilfred Stone, "The Caves of *A Passage to India*," in John Beer (ed.), *A Passage to India: Essays in Interpretation*, New York: Palgrave Macmillan, 1985, p.16.

小说的设计不谋而合。1953 年，当有人问到福斯特关于他小说中洞穴的作用时，他说他需要"前面有一块坚实的东西，绕着、翻过或穿过一座山……这个故事总得有个结局吧"。他接着说，他知道洞穴里发生了"一些重要的事情"，"它将在小说中占据中心位置"。①

人们对《印度之行》中的马拉巴山洞有过不同的解释。自二十世纪八十年代以来，一系列女权主义和后殖民主义的方法将不同的重点放在了小说所反映的殖民论述、实践和表现方式上。例如，萨拉·苏里利(Sara Suleri)认为，在使用隐喻地理学时，西方的"他者"往往以超越文明、神性或道德的(黑暗的)洞的形式出现，因此，欧洲叙事中对东方最引人注目、最持久的印象是一个空洞，甚至是一个洞穴。这与福斯特无论是在洞穴、寺庙还是清真寺的空间中所描述的印度的其他错误，比如混乱和矛盾，相对应。② 在这里，萨拉·苏里利把小说中对山洞的描写看成福斯特对东方人的贬低，在这种阐释的语境中，山洞带有柏拉图式的否定的色彩，而所喻指的对象就是一无是处的印度人：愚昧、无知、低等，是优越的西方人可以随意压制和支配的对象。但是有些学者看到了洞穴的正面意义，把洞穴看成对印度人的积极刻画。比如，威尔弗雷德·斯托恩就在承认洞穴代表着"宇宙子宫"的前提下，指出马拉巴山洞中深藏着印度古老民族的"无意识"：

> 如果我们不求助于宗教，而是求助于心理学，就能最好地解释这些洞穴及其回声。在印度教神话中，洞穴代表着"宇宙的子宫"，通过雌雄同体受精的奇迹，产生了所有被创造的生命形式：首先出现的是女性法则(月亮)，然后是男性法则(太阳)，然后是女性被她的后代强奸而产生的后代。神话有许多不同的版本，但基本都有对

---

① 　E. M. Forster, "The Art of Fiction," *Paris Review*, I.30 (1953), p.1.

② 　Sara Suleri, *The Rhetoric of English India*, Chicago: University of Chicago Press, 1992, p.132.

洞穴的认识,洞穴中弥漫着原始的作为生命源头的史前虚无。如果我们对"宇宙的子宫"这一观点寻求心理学上的解释,我们可以在心理学上的潜意识概念——或者像弗洛伊德一直以来所说的"无意识"中找到一个推论。①

事实上,马拉巴山洞确实代表了印度,是印度民族性的体现,但是他所代表的是印度民族古老、坚韧、富有想象的一面,是不可枯竭的强大生命力的象征。在《印度之行》中,福斯特对马拉巴山洞的描写是令人震撼的。山洞是由隧道相连的看似单调的圆形洞室组成,里面空无一物,漆黑一片,只能借助外界的光线才能看到里面的情形。但是就在这漆黑的洞穴里,藏着一个永恒的火焰,只要外面的火焰有机会接近,洞中的火焰就会和外面的火焰迅速结合,创造出生命的奇迹。福斯特对山洞内部和火焰的描写都是非常生动的:

> 奇怪的是,圆形洞室的墙壁被磨得无比光滑,火柴一划着,另一个火焰便立即在墙壁里面燃起,并且像一个被监禁的幽灵向墙壁的表面移动。两个火焰在相互靠近,而且要奋力结合在一起,然而却不能,因为其中一个火焰在呼吸空气,而另一个则在石头里。那墙壁像一面装点着漂亮色彩的镜子,把一对情侣分隔在两个世界里,柔和的星光,一会儿粉红色,一会儿灰色,交替变换着。镜子里还可以看到奇妙的星云,以及比彗星尾巴或中午的月光还要黯淡的阴影。这都是花岗岩发出的短暂的生命之火,只有此地可以看到。拳头和手指状的山头,钻出了那日益增厚的泥土,牢牢地屹立在这儿——马拉巴山的皮肤终于看到了。那皮肤比任何动物身上的皮

---

① Wilfred Stone, "The Caves of *A Passage to India*," in John Beer (ed.), *A Passage to India: Essays in Interpretation*, New York: Palgrave Macmillan, 1985, p.20.

毛都美丽,比无风的水面还光滑,甚至比情人更富有肉感美。火光更加明亮起来,两个火焰相互接触了,亲吻了,但很快便熄灭了。这个山洞又恢复了它原有的黑暗,依然像所有的山洞一样。[①]

在这里,福斯特把山洞描写成女性子宫,深居于大地母亲的体内,光滑的内壁和洞中不灭的火焰散发着青春的气息,蕴含着无限生命的可能。两个火焰的接触虽然短暂,却创造出生命的奇迹。这种生殖的能力是永恒的,只要时间存在,只要光还存在,这山洞就会创造出无限的生命,这是永恒的力量。这永恒的山洞与大地、与星空和太阳的光融合在一起,构成了永恒的世界。从对山洞的描写来看,再加上从整个小说的内容来看,福斯特摆脱了西方人的传统认知,对代表印度的山洞带有一种崇敬。马拉巴山洞所代表的是印度的民族性格,是集原始性和永恒性为一身的生命力的化身,也是神秘、深奥、宽容、无所不包的特性的典范,能够激起人们无限的想象。

除了山洞之外,小说《印度之行》中的卵形巨石也是明显的生殖喻象。作为一个被创造的物体,卵形巨石是一个自然的和可察觉的超自然真理的标志,它是一个象征,蕴含着深刻的生命意义。首先,蛋与宇宙的创造有关,一些文明认为世界始于一个巨大的蛋,而另一些文明认为宇宙是一个"宇宙蛋"[②]。在埃及仪式中,宇宙被称为"在双重力量的伟大时刻孕育的卵子"[③]。所以,在世界文化中,蛋的概念被扩展了,变成了一个世界符号和宇宙符号。其次,蛋也是生育的象征,代表着生命和延续。色劳特(J. C. Cirlot)在《象征词典》中写道,中国人相信第一个人是由天神从天上扔下的鸡蛋在原始水域漂浮而成的。[④] 蛋在古埃及、波斯和罗

---

① [英] E.M.福斯特:《印度之行》,杨自俭译,译林出版社 2003 年版,第 137 页。

② J. C. Cirlot, *Dictionary of Symbols*, 2nd ed., Routledge & Kegan Paul Ltd., 1971, p.94.

③ Ibid.

④ Ibid.

马的春季仪式和节日中扮演着重要角色。它们可能被描绘成代表春天的明亮色彩和阳光,并被作为礼物赠送。再次,蛋象征着永生。色劳特提到,在俄罗斯和瑞典的许多史前墓穴中都发现了粘土蛋,这些蛋是作为不朽的象征留在那里的。在埃及象形文字中,蛋的决定性符号代表着潜力、世代的种子和生命的奥秘。[①] 最后,蛋预示着复活,所以基督教徒在复活节要准备彩蛋,盼望耶稣从坟墓中出现和复活。蛋与生命和创造相联系的观念从古到今一直存在着,从创世的神话到今天的当地习俗都可以看到这一点。虽然在历史上经历了一些功能上的转变,但蛋的原始寓意并没有改变。蛋在不同的文化中有相似的隐喻特征,代表生育、生命、健康、复活、延续。所以蛋在人们的信仰中占有重要地位,人们认为蛋能带来好运,如长寿和美好的生活、生育能力等。由于宗教和神话的作用,蛋的生命寓意在世界各地不同的文化中都得以保存和延续。

在印度,蛋一直富有生命色彩,与印度教大神梵天的诞生有关。根据印度神话,梵天从金蛋中脱壳而出。所以,福斯特在小说中通过卵形巨石的描写想要传达的就是印度的生命力。

三、阿德拉的觉醒

在福斯特心中,富有原始生命力的东方是英国人应该追寻的理想世界,因为那里燃烧着不灭的火焰;他要在小说中拿到那火种,借以实现英国人的自我完善。小说《印度之行》的创作就带有这一文化目的,可以说阿德拉的印度之旅就是"文化连接"之旅。在《印度之行》中,福斯特通过对阿德拉印度之旅的描述,用象征性的方法来展示以印度为代表的东方生命力。福斯特全知的叙事声音将不断重复的生殖喻象串联起来,创造了小说的"节奏",使小说具有结构上的连贯性,同时也加强了主题的深刻性。

---

① J. C. Cirlot, *Dictionary of Symbols*, 2nd ed., Routledge & Kegan Paul Ltd., 1971, p.94.

福斯特对东方原始生命力的认同和他在小说中对生殖意象的设置为小说的文化连接主题的开展设下了伏笔。从表面上看，小说《印度之行》的文化连接主题自然与政治和历史事件相关联。达斯(G. K. Das)在他的《〈印度之行〉：一份社会历史研究》中强调，该小说与当时的帝国政策和在印度的政治局势有关。福斯特的小说是他对发生在印度的Amritsar大屠杀周围局势和态度的"戏剧性"反应，"他利用这些事件来描绘英国印度衰落的一个重要历史真相，坚信过去的种族和社会歧视政策削弱了英国印度的结构，而使用暴力则进一步加剧了这种结构的崩溃"[1]。尽管福斯特似乎有意避免引入敏感的名字"Amritsar"，但是小说的故事和实际情况之间有明显的联系。在小说中，在马拉巴洞穴、加尔各答和拉合尔发生的事件都与当时印度的政治局势有关。小说中一个印度人试图骚扰一个英国女孩的情节也与实际事件有联系，实际上当时在印度"恐惧困扰着生活在阿姆利兹社区的英国女人"[2]。《印度之行》的文化连接主题也与形而上学的意识相呼应，正如麦克道尔(Frederick P. W. McDowell)所评述的那样："这本书的吸引力主要是美学的、象征的和哲学的。福斯特富有创造性的想象力，照亮了人性的基本方面，使这部小说丰富多彩。"[3]

事实上，《印度之行》的主题最终是"诗意的"，它是关于"连接的"，传达的是关于人的自我完善的美好愿望。阿德拉这个人物一直是饱受争议的。在表面上，阿德拉只是山洞事件中的受害者，是在马拉巴山洞中

---

[1]　G. K. Das, "*A Passage to India*: A Socio-Historical Study," in John Beer (ed.), *A Passage to India: Essays of Interpretation*, Houndmills: Palgrave Macmillan, 1985, pp.4-15, p.4.

[2]　Ibid.

[3]　Frederick P. W. McDowell, "A Universe…Not…Comprehensible to Our Minds," in Alan Wilde (ed.), *Critical Essays on E. M. Forster*, Boston: G. K. Hall & Co., 1985, pp.132-144.

产生恐慌并且受到印度人侮辱的"白人女士"①,但是从连接的含义来说,她是个体的人,一个有理性但缺乏情感的英国女性知识分子,或者更确切地说是心中蕴含着强烈的情感,但对感情不自知或不知道如何表达情感的英国人的典型。阿德拉的印度之旅本质上是她发现蕴藏在身体内部的生命力、学会表达自己内心情感的自我发现和自我完善之旅。

阿德拉出身于英国中产阶级,受过良好的公学和大学教育。她富有理性,坦率,真诚,同时坚持人道主义的思想。阿德拉的理性反映在她对英印人的真实处境的理解和对自己和朗尼的未来婚姻状况的思考。她敏锐地感觉到英帝国的入侵政策所导致的英印人与当地印度人之间的不平等,同时也感觉到英印人在印度是不受欢迎的。由于不喜欢与带有种族偏见的人同流合污,所以她对自己的未来婚姻状况感到不确定。这些都证明阿德拉是有理性的。虽然是一个有知识的英国女性,但是她有英国中产阶级的共同缺陷,那就是缺乏情感。她在福斯特的心中却与担任昌德拉普尔小镇市政法官的朗尼有着不同的地位。朗尼是大英帝国的代言人,是那种不可救药的"心灵发育不良"的英国人的代表。在福斯特眼里,朗尼顽固不化,没有提高和改善的可能。而阿德拉则不同,福斯特对她抱有希望,希望她可以通过"求知"来获得性格的改善,找到蕴藏在她心中的情感"火焰"。按照阿德拉自己的说法,她来到印度的目的是了解印度、了解印度人。但实际上,福斯特试图通过她在外域环境下的经历实现自我的连接和文化连接的理念。在印度的广阔场域中,阿德拉见证了印度的强大生命力,从而发现了自己的生命激情和想象,阿德拉从呆板、情感冷淡逐渐发展成对情感有所需求、有所认识到最终实现情感的爆发,从而成长为一个真正的完善的人。所以,阿德拉的印度之旅是英国知识分子自我发现和自我完善的旅程。

---

① Wilfred Stone, "The Caves of *A Passage to India*," in John Beer (ed.), *A Passage to India: Essays of Interpretation*, Houndmills: Palgrave Macmillan, 1985, p.17.

在阿德拉自我发现和自我完善的过程中，东方的生殖喻象起着重要的引领作用。刚刚来到印度的阿德拉虽然热衷于了解印度和印度人，带有求知的渴望，但是她对情感似乎没有任何需求。她和朗尼之间只是很客套地交流，根本没有深层次的心灵沟通。她也没有体会到恋人之间的感情依赖和情感冲动。她对朗尼的态度是冷淡的。但是每一次与印度生殖喻象的接触，都对她的情感产生一定的影响。

在小说第七章，菲尔丁邀请阿德拉和穆尔夫人参观学校，同时被邀请的还有阿齐兹和戈德博尔教授。在交谈中，阿齐兹谈起了芒果树和吃芒果的事情，并以芒果为诱饵，劝说阿德拉留在印度。阿德拉对此很感兴趣，所以拒绝了同穆尔夫人和菲尔丁一起参观校园的提议。阿齐兹向阿德拉发出了要参观马拉巴山洞的邀请，阿德拉毫不犹豫地接受了。在道别的时候，阿齐兹握住阿德拉的手连连上下摇动。

最后，戈德博尔唱了一首歌，这是一支无名姑娘之歌。歌中描绘的是"那个男人正在采菱角，他一丝不挂的从水塘里爬上来，高兴的合不拢嘴，露出了他那绯红色的舌头"[1]。老教授唱完歌曲之后解释说，这是一支宗教歌曲，教授自己在歌曲中扮演了一位挤牛奶的少女：

> 我对木牛神讫里什那（即黑天）说："来吧，只到我这来吧！"可牧牛神拒绝了我的请求。我改变了态度，谦恭地对他说："不要只到我这儿来。你要变成一百个讫里什那，分别到我的一百个同伴那里去，啊，宇宙之主啊，就到我这儿来吧！"牧牛神仍然拒绝前来。就这样重复了数次，这首歌是用拉迦谱写的，音调与夜晚气氛很相宜。[2]

在这里，阿德拉受到了多种印度生殖喻象的暗示，其中的芒果树、芒果、

---

[1]　［英］E.M.福斯特：《印度之行》，杨自俭译，译林出版社 2003 年版，第 85 页。

[2]　同上。

握手的动作、歌曲的内容都与生殖有关。虽然歌曲所唱的内容是关于神话故事的,但是其中的水塘和牛奶都是男性生殖力的意象。这些意象似乎对阿德拉没有产生任何影响,"朗尼的脚步声渐渐远去了,于是在这儿有了一个绝对安静的时刻,没有涟漪激荡那平静的水面,树上的叶子一动不动"①。这平静的水面似乎暗示了阿德拉平静的内心世界。

在小说第八章,由于对朗尼对待阿齐兹的恶劣态度不满,在一起看了马球赛之后,阿德拉提出与朗尼解除婚约。此时,印度的生殖喻象再次出现,这次出现的是树木和小鸟:

> 他俩坐在一棵树下,阿德拉皱着眉头向这棵树表示了她的不快心情,一只绿色的小鸟在注视着她,小鸟长得非常漂亮而且很机灵,好像是从美术商店直接飞出来似的。小鸟迷住这姑娘的眼睛以后,慢慢闭上了自己的眼睛,轻轻跳了一下,便准备睡觉了。这是印度的一种野生鸟。②

无疑,这只鸟对阿德拉的情感产生了微妙的影响。她和朗尼两个人用理性的方式决定分手之后,进行了坦诚的交流。他们答应要永远做朋友。他们两人相互交换了上述的承诺之后,"立刻有一股欣慰的暖流流遍了他们全身,然后渐渐转化为一股温情的暖流,又缓缓的荡漾回去"③。他们变得温和起来,同时开始感到孤独和轻率。阿德拉开始问朗尼树上的小鸟叫什么名字,同时把自己的头靠在朗尼的肩上。从这里可以看出阿德拉有了明显的情感的需求。实际上她需要朗尼的陪伴,也对鸟这一生殖意象产生了兴趣,说明她内心深处对爱情与婚姻的渴望。

在回去的路上,阿德拉和朗尼坐上了纳瓦布巴哈达的汽车。接着其

---

① ［英］E.M.福斯特:《印度之行》,杨自俭译,译林出版社2003年版,第85页。
② 同上,第90—91页。
③ 同上,第91页。

他的生殖喻象接连出现，河堤下面忧郁的田野，公路两旁枯萎的树木，还有降临的暗夜，都在传达着阿德拉内心的情感诉求。由于汽车的颠簸，朗尼的手触到了她的手，于是"动物王国里的那种感情的震颤，频繁地在他俩之间传递"[①]，于是他们俩和好如初，但是"俩人都非常高傲谁也不肯多出一点力，使两只手靠得更近，可是谁也不愿意把自己的手抽回，一种虚假的和谐突然在他们之间出现"[②]。虽然这种情感出现得很短暂，但毕竟在阿德拉的心中出现了，说明她心中还是存在着那个情感的"火焰"，只是自己不会表达或不愿意表达而已。在途中，汽车遇到了一个神秘的动物。汽车发生了事故，两个车轮悬空，撞在一棵树上。在印度，车轮和大树都是生殖喻象，两者相撞更是暗含深意。在参观山洞之前，阿德拉就已经在感情上发生了变化，她开始怨恨起自己"那冷淡的感情"[③]，也就是说她开始意识到自己缺乏情感的缺陷了。对于就要看到的真正的印度——马拉巴山洞，她没有丝毫的兴奋，相反她感到有些不快和沮丧。这说明她还不会表达自己的情感。但是她已经比原先有了进步，开始具有了丰富的想象力。她开始在头脑中勾勒自己未来的生活。在路上，她又遇到了一系列的生殖喻象，如番石榴、原野、丘陵、丛林、远处好像张着口的山洞、橘红色的天空、从树林后面发出的渐渐强烈起来的亮光、湖泊、山峦、马拉巴山顶上的卵形巨石、乳房状的小山丘、田野里上下运动的提水杆、大象、老鹰和蛇、直立地插在地上的石头、剑形水池等，这些生殖喻象一个一个向她扑面而来，包围着她，影响着她，使她的心灵受到震撼和冲击。在这些喻象中最惹人注目的是蛇：

　　　　奎斯蒂德小姐看见一个又细又黑的东西竖在小河的那一边，她叫了一声："蛇！"村里来的那些人也都跟着说是蛇，阿齐兹解释说：

---

① 　[英] E.M.福斯特：《印度之行》，杨自俭译，译林出版社 2003 年版，第 91 页。
② 　同上。
③ 　同上，第 147 页。

是的,那是一只黑色的眼镜蛇,很毒,他自己站起来观看过路的大象。但是她用朗尼的双筒望远镜一看,那东西并不是蛇,而是棕榈树的一个枯萎并有些弯曲的树莲子,所以她说那不是蛇,那些村里人对她的这个说法都表示反对,先前的话也铭刻在他们的心上,所以他们很不愿意抛弃。阿齐兹承认用望远镜看,那个东西像个树荏子,但是他坚持说那东西真是一条黑色的眼镜蛇。①

蛇是印度最古老的生殖喻象,也是印度神话中重要的大神。阿德拉对路上蛇的反应说明她已经完全意识到蛇的存在,她还用望远镜仔细看了它,并试图对它加以否定,但是周围的人强调那是蛇,从而更加肯定了蛇的存在。蛇的意象在山洞中再次出现,那就是山洞中无休止的单调的回声,这回声就像是"一只大蛇"②,它扭曲着,翻滚着,以"生命法则的阳具象征"③盘踞在山洞之中。小说中蛇的意象深化了阿德拉的女性意识。在进入山洞之前,阿德拉开始思考自己与朗尼的婚姻,并且敞开心扉,与阿齐兹讨论起婚姻和兄弟关系的问题。当阿齐兹在前面行走的时候,阿德拉对阿齐兹的身体产生了莫名的羡慕:"他是一位多么漂亮的小个子东方人啊!"④她羡慕他美的容貌、细腻的皮肤和卷曲的头发,认为这些特征在婚姻生活中都是重要的。她因此为自己和朗尼都没有迷人的外表而感到懊丧。这些细节都说明此时的阿德拉情感方面的东西越来越多,甚至情感的表露已经多于理性的判断。

山洞这个生殖意象彻底征服了阿德拉,一直深藏在阿德拉身体内部的性的欲望和女性的本能统统释放出来,她出现了一种幻觉。她在山洞

---

① 〔英〕E.M.福斯特:《印度之行》,杨自俭译,译林出版社 2003 年版,第 155 页。

② 同上书,第 163 页。

③ Frederick P. W. McDowell, "A Universe…Not…Comprehensible to Our Minds," in Alan Wilde (ed.), *Critical Essays on E. M. Forster*, Boston: G. K. Hall & Co., 1985, p.136.

④ 〔英〕E.M.福斯特:《印度之行》,杨自俭译,译林出版社 2003 年版,第 169 页。

的墙壁上看到了神秘的火焰,这火焰要和外界的火焰结合在一起。事实上,阿德拉感受到的是大地母亲的原始母性在向她身上传递。在两个火焰接触的那一刹那,远古的、永恒的生命力量就传递到她的身上,因此她感受到了身体内在的悸动,感受到了自己生命的颤动。事实上,阿德拉在山洞的墙壁上看到的是大地母亲生命力的投射,那火焰是一个镜像,她从中看到了自己的生命力,并由于同化作用,因此具有了对生命力的感受。在此,阿德拉在山洞外面所有的关于身份和婚姻的思考都有了最后的裁决,那就是"不可抗拒的自然力的作为",即"上帝之作为"。[①] 当阿德拉从山洞中出来的时候,她已经不是原来的那个充满理性的女性,而是一个有强大的生命本能,能够表露强烈情感的完整的人。阿德拉在洞中实现了人格再生。

第三节　福斯特对东方宗教的认同

福斯特对东方文化的认同还表现在对东方宗教的认同。宗教作为一种社会现象和社会存在,在人们的生活中和社会的发展中发挥着重要作用。关于"宗教"一词,赖永海编著的《宗教学概论》认为该词主要有两个来源:一是源自印度佛教,"佛教以佛陀所说为教,以佛弟子所说为宗,宗为教的分派,合称宗教,意指佛教的佛法、教理"[②]。二是源于拉丁文,由拉丁文的"religio"衍化而来,取其"联系"之意,"泛指人与神的联系,人对神圣物的信仰"[③]。但是,德国宗教学家弗里德里希·海勒(Friedrich Heiler,1892—1967)则做了另一番解释,指出宗教(religere)一词在基督教出现以前的真正含义是"要求特别关注",即小心翼翼地接近带有神秘

---

① ［瑞士］C.G.荣格：《自我与自性》,赵翔译,世界图书出版公司 2017 年版,第 21 页。

② 赖永海：《宗教学概论》,南京大学出版社 1989 年第 3 期,第 41 页。

③ 同上。

而原始的力量——魔力。① 事实上这一说法也揭示了人的主体和神的客体之间的关系。关于宗教的本质，人们说法不一。费尔巴哈(Ludwig A. Feuerbach,1804—1872)认为"宗教乃是对于我之所以为我的思量和承认"②，也就是说，宗教是人对人类自身的一种思考，是一种超乎理性而又基于理性的判断。近代著名哲学家克利(A.Bruce Curry)从另一个角度去定义宗教。他主张宗教"是我们内面的至高至善与外界的至高至善之契合"③。这一定义强调人的自我对善的追求以及在大自然中获得灵感以实现理想的可能，揭示的是人与上帝之间的关系。近代另一位著名哲学家铁德尔(Ernest Fremont Tittie)对宗教的定义更强调宗教对人的影响，他主张"宗教是使人感奋的一种信仰"，是"灵性上的一种探险"，能帮助个人达到他的"最高点"。④ 其实，不论人们如何定义宗教，有一点是肯定的，人类对宗教一直怀有深切的情感。人的宗教情感不仅包括对自然的认识，更包含对人的自我的认识。人们对自我的认识最终必然归于对宗教的思考。

由于生长环境的影响，福斯特起初信仰的是基督教。基督教强调原罪和心灵的救赎，在西方历史上占据着重要地位，一直对人们的生活产生重要影响。二十世纪初，基督教深入社会生活的各个方面，从当时人们的著作就可以有所觉察。但是福斯特后来受到剑桥老师迪金森(G. Lowes Dickinson)的影响，他放弃了基督教。他在《我的信仰》("What I Believe")一文中公开阐明了自己的宗教立场："我的立法者是伊拉斯谟和蒙田，而不是摩西和圣保罗。我的圣坛不是矗立在摩利亚山上，而是在人类可以进入的极乐世界。我的信条是'上帝呀，我不信仰——请帮

---

① ［俄］T.C.格奥尔吉耶娃：《文化与信仰：俄罗斯文化与东正教》，焦东建、董茉莉译，华夏出版社 2012 年版，第 3 期。
② ［德］费尔巴哈：《宗教的本质》，商务印书馆 2013 年版，第 2 页。
③ 赖永海：《宗教学概论》，南京大学出版社 1989 年版，第 42 页。
④ 同上。

助我的不信仰吧'。"①福斯特之所以放弃基督教,主要有几个方面的原因。首先,基督教伦理的核心是对上帝的依赖,主要表现在热爱上帝、信仰上帝和希望上帝能使人类得到拯救。人在基督教世界中的主动性完全被否定,只能作为上帝面前驯服的羔羊。基督教伦理强调人生目的就在于赎罪、净化灵魂和获得永生。所以基督教伦理否定现时生活,忽视和否定人性,否定人的道德尊严。从这种意义来讲,基督教伦理不是以人为主体的伦理,而是"非人的,即人如何否定自我的原理"②。作为人文主义者,福斯特强调人的现世幸福,与基督教所倡导的经历现世的苦难以求得来世救赎的理念相悖。其次,福斯特强调想象力的作用,而基督教强调神性肉身,所以从某种意义上限制了人的想象力和创造力。再有,也是最重要的,福斯特认为基督教不能实现现代条件下人的完整的需求。在《我的信仰》一文中,福斯特提道:"我认为基督教不能应对当今世界的混乱。我认为基督教在现代社会的影响主要来自于支撑它的金钱,而不是它自身的精神方面的吸引力。"③福斯特信仰的变化,说明了他思想的成熟。

　　虽然福斯特摒弃了基督教,但不等于说他无视宗教的存在和作用。相反,福斯特对宗教有更深入的认识。他认为宗教是实现社会秩序的一种途径,这与法国哲学家亨利·柏格森的观点是一致的。福斯特在《为艺术而艺术》("Art for Art's Sake")一文中强调,在当时的社会条件下,在社会和政治范畴里是不会存在秩序的,也不可能实现秩序的理想。他认为在宇宙中只有两个存在秩序的可能,第一个就是"神的秩序"(divine

---

① E. M. Forster, "What I Believe," *Two Cheers for Democracy*, London: Edward Arnold Ltd., 1972, p.67.

② 王永智:《宗教与人》,西北大学出版社 2004 年版,第 97 页。

③ E. M. Forster, "What I Believe," *Two Cheers for Democracy*, London: Edward Arnold Ltd., 1972, p.76.

order),第二个就是"美学的秩序"(esthetic order)。①而要想实现神的秩序,宗教起着至关重要的作用,"在整个宇宙中,似乎只有两种可能。第一个,也不在我的范围之内,是神的秩序。他们创造了神秘的和谐,根据所有的宗教,这种和谐是那些能够进行宗教沉思的人可以达到的"②。可见福斯特把宗教看成了实现社会和谐的一个重要工具。在接触到东方的文化之后,福斯特开始审视东方宗教,并且在东方宗教那里找到了自己想要的东西。

首先,福斯特在东方宗教中找到了想象的力量。想象是人心灵的一种特有状态,是人认识事物和产生创造性的一种手段。柏拉图在论述存在和认识的结构时把灵魂分为四个阶段,即理性、理智、信念和想象③,说明在认识有形世界的过程中,想象是必不可少的。黑格尔把想象看成智性活动的产物,是"心灵自身和内在与直觉的结合"④的结果。人们普遍认为想象是文学创作的源泉。英国十八世纪的散文家和批评家艾迪生(Joseph Addison,1672—1719)认为想象在人们欣赏大自然和进行艺术创作的过程中起着重要作用,它会给人们带来"想象的快感"⑤。而柯略律治(Samuel Taylor Coleridge,1772—1834)具体分析了想象在诗歌创作中的作用,称想象是诗歌创作的"灵魂",它可以"把一切融汇在一起形成一个优美智性的整体"⑥。雪莱(Percy Bysshe Shelley,1792—1822)在《诗之辩护》("A Defence of Poetry")中把想象与推理相提并论,认为两者是两种不同的心理活动,推理是指"心灵对思想之间关系的沉思",

---

① E. M. Forster, "Art for Art's Sake," *Two Cheers for Democracy*, Harcourt, Brace & World, Inc. 1972, p.91.

② Ibid.

③ 汪子嵩、范明生、陈村富等:《希腊哲学史》第二卷,人民出版社1993年版,第795页。

④ G. W. F. Hegel, *Philosophy of Mind*, William Wallace (trans.), Blackmask Online, 2001, p. 29. http://www.blackmask.com. Accessed on May 15, 2022.

⑤ 张安琪:《缪灵珠美学译文集》第三卷,中国人民大学出版社1998年版,第35页。

⑥ M. H. Abrams (ed.), *The Norton Anthology of English Literature*, 6th ed., New York: W.W. Norton & Company, 1996, p.1547.

而想象则指"心灵作用于思想，使思想染上心灵的光辉，然后再催生新的思想，每一种思想都具有内在的完整性"。① 对雪莱来说想象比推理具有更重要的意义，因为想象是创造力，是对宇宙万物与存在本身所共有的形相的综合，而推理是推断力，是对世界上各种事物之间关系的分析，它不是从整体的角度来考察思想，而是把思想分解开。所以，雪莱理解的推理与想象之间的关系是一种主从的关系，只有想象才能触及世界的本质，只有想象才能创造世界。

　　福斯特关于想象的观点与雪莱的观点不谋而合。福斯特非常强调想象，认为想象是文化得以延续的根本因素。在《文化重要吗？》一文中，福斯特强调了想象在文化中的重要意义。福斯特认为文化就是理解力，是对传统的理解和欣赏。如果这种理解力消失了，文化便不复存在。在福斯特看来，文化是通过传统获得的，而传统只有通过想象才能被人们所感知，"过去就陈述而言表里不一，但是训练有素的想象力可以征服它们，触及[它们的]本质"②。所以福斯特认为如果没有想象力，就等于放弃了传统和文化，也就失去了理解传统的机会，从而只能创造一种支离破碎的生活。福斯特遗憾地发现，以英国中产阶级为代表的英国人都具有性格缺陷，而这种缺陷的直接原因就是缺乏想象力。想象力的缺乏导致了英国殖民者在海外的困境，也导致了英国没有神话的后果。福斯特曾在小说《霍华德庄园》中对此表示遗憾："为什么英格兰没有神话？我们的民间传说从来没有超出优美的程度，我们乡村中更美妙的旋律都是从希腊的风笛中发出的。尽管当地人的想象可能是深刻而真实的，但它似乎在这里失败了。它在女巫和仙女身上停止了。"③福斯特认为正是想

---

① M. H. Abrams (ed.), *The Norton Anthology of English Literature*, 6th ed., New York: W.W. Norton & Company, 1996, p.1577.

② E. M. Forster, "Does Culture Matter?" *Two Cheers for Democracy*, Harcourt, Brace & World, Inc. 1972, p.103.

③ E. M. Forster, *Howards End*, Oliver Stallybrass (ed.), London: Edward Arnold, 1973, p.264.

象力的缺乏导致了英国文化中伟大的神话传统的缺失。

而在福斯特的心目中,东方宗教却能够激起人无限的想象。福斯特推崇的是伊斯兰教和印度教。伊斯兰教是一神教,崇信安拉,即真主,认为世界万物均由真主所创造,由于伊斯兰教信仰的关系,清真寺内的陈设简洁朴素,墙壁以阿拉伯文作为装饰。福斯特认为,这简朴的风格必然会激发出人们的想象力和真挚的宗教情感。在小说《印度之行》中,福斯特对昌德拉普尔小镇的清真寺做了生动描绘:

> 阿齐兹一向很喜欢这座清真寺,这寺院高雅、神圣,整个布局都使他赏心悦目。通过一个破旧的大门就进了院子,院子里有个大水池,是举行沐浴仪式的地方。里面的水清新洁净,一直流动着,跟市里自来水系统通着,院子是用碎石板铺砌的。这个清真寺里面比一般建筑物的面积大,看上去就像拆除了一面墙壁的英国人教区教堂的内部一样,他坐在那儿,看着那三个连拱廊里面悬挂的那盏小灯和天上的月亮把黑暗照亮。连拱廊的正面在月光的照耀下,显示出大理石的风采。墙壁缘由蓝天映衬,颜色雪白,上面那九十九个神的名字却显得很黝黑,外面两种颜色对比,里面明暗相争,使阿齐兹感到格外愉快。他竭力让这一切来象征宗教和人类之爱的真理。①

从福斯特对清真寺的描述中,读者可以感受到优雅和肃穆,也感受到了美妙与开阔,同时也体会到了人神相通的宗教情怀。蓝白颜色的对比和光线明暗的变化创造了极美的氛围,拱廊里的灯光与天上的月亮交相辉映,烘托出大理石的润滑光泽,也创造了天、地、人和谐与共的美好画面。在这种氛围中,阿齐兹的想象力得到了解放,他的思想任意驰骋在天地之间和时间长河之中。他的心灵也因此得到了净化,他的内心充

---

① [英]E.M.福斯特:《印度之行》,杨自俭译,译林出版社 2003 年版,第 16 页。

满了爱的温情，他决心放弃狭隘的民族情绪，用真心去爱世界上所有的人。福斯特对于清真寺的描写不止一处，在《清真寺》一文中也对清真寺做了详尽的描写。

与伊斯兰教相比，印度教更令人充满想象。达斯(G. K. Das)认为伊斯兰教所宣称的历史性决定了其反神话的特征，而"印度教世界是非历史的，充满神话色彩"①。事实上恰恰是这种神话色彩使印度教充满了魅力，成为独特的能够激起人无限想象的宗教。在印度，印度教是第一大宗教，印度教徒占印度人口的大多数。根据 1911 年的《印度普查报告》，当时的印度教徒有 2.175 亿，占总人口的 69.39％。② 印度教是多神教，崇拜多神的印度教徒具有丰富的想象力，他们把世界万物幻化成各种各样的神加以崇拜。当黑格尔把印度教盛行的印度称作"妖异的世界"③时，他实际上就是在强调印度宗教对想象所产生的作用。黑格尔曾经在《历史哲学》一书中描述了印度教盛行的印度精神。黑格尔认为，"'精神'的兴趣是要把外在的决定作为内在的决定，把自然的和精神的世界作为一种内在的世界，属于智力的世界来决定；根据这样的步骤，主观性和'绝对存在'的一般统一性——或者'有限的理想主义'——得以成立"④，在这种关照下，黑格尔承认印度确实具有理想主义，但这是一种"想象方面"的理想主义，"这一种想象的确从'有限存在'里取出了'元始'和'物质'，但是它把任何一切都变作了纯粹'想象'的东西；因为虽然想象的东西似乎和概念交织为一，'思想'又时常附和其间，这个是只从

---

① G. K. Das，"E. M. Forster and Hindu Mythology," in Judith Scherer Herz and Robert K. Martin (eds.)，*E. M. Forster: Centenary Revaluations*，London: Palgrave Macmillan，1982，p.245.

② 马克斯·韦伯：《印度的宗教：印度教与佛教》，康乐、简惠美译，广西师范大学出版社 2010 年版，第 6 页。

③ ［德］黑格尔：《历史哲学》，王造时译，上海书店出版社 2014 年版，第 129 页。

④ 参同上。

意外的结合而发生的"①,所以黑格尔把印度精神称作"梦寐"状态里的"精神"②,坚称印度教是一种普遍的泛神论,但是"想象"的泛神论,而不是"思想"的泛神论。③ 值得注意的是,印度教各种各样的神都是可见的,它们各具形态,色彩斑斓,表现出印度教徒的丰富想象力。但是印度教徒心中那个世界的主宰大梵天表现为一个不可见的虚无,无影无形,神秘莫测,这更激起了人们的无限想象,同时也需要更丰富的想象才能理解它。似乎只有印度教徒自己才能理解他们心中的大神,印度教以外的"他者"对此要有所理解似乎只是枉然。福斯特对富有想象力的印度教非常看重,并且被印度教的神话想象深深吸引,认为印度教超乎包括佛教、伊斯兰教和基督教在内的其他所有宗教,具有"更强大的力量"④。在《印度之行》这部小说中,印度教的神韵一直贯穿始终,确定了小说的主体结构。在小说中,福斯特一直把印度教描绘成"一贯的不可见的感觉"⑤,那个空空如也的马拉巴山洞就是印度教梵的寓居之所,但是具有欧洲文化传统的阿德拉和穆尔夫人感受不到梵的存在。她们都对洞中的混乱和单调的回声感到困惑。阿德拉在洞中的表现是歇斯底里,而穆尔夫人则完全放弃了她以前的基督教信仰,变得异常冷漠,此时她觉得整个世界都是无意义的,对一切都失去了兴趣。她们在山洞中的经历充分说明了英国人有限的理解力根本不能触及印度教高深莫测的精神内核,同时也验证了基督教在认识世界方面的有限性,西方人心中的无所不能的上帝在神秘莫测的东方世界变成了能力有限的上帝,而基督自然也变成了"失色"的基督。

---

① ［德］黑格尔:《历史哲学》,王造时译,上海书店出版社 2014 年版,第 129 页。

② 同上,第 130 页。

③ 参同上。

④ G. K. Das, "E. M. Forster and Hindu Mythology," in Judith Scherer Herz and Robert K. Martin (eds.), *E. M. Forster: Centenary Revaluations*, London: Palgrave Macmillan, 1982, p.245.

⑤ E. M. Forster, "The Gods of India," *The New Weekly*, 30 May 1914, p.338.

　　此外,福斯特在东方宗教中也找到了和谐的理念。福斯特一直崇信"私人关系",强调人们应该像兄弟一样,互相爱护,彼此友善,以实现社会和谐和人的完整。和谐的第一要义是人人平等。作为人文主义者,福斯特一直强调人人平等,他的"私人关系"哲学就建立在人人平等的理念基础上。伊斯兰教的教义恰好与福斯特人人平等的理念相契合。伊斯兰教主张人人平等,认为人不分高低贵贱,没有优劣之分,不论人们来自何种部落、何种民族、何种阶层,也不论人们持何种身份,他们在真主面前一律平等,每个人都有平等的人格。所以对伊斯兰教来说,人的地位不为其出身而有所不同,伊斯兰教要求人们崇敬真主,奉献社会,为社会的发展做出贡献。伊斯兰教的平等理念在清真寺的建筑中也有所体现。清真寺的圆顶就是人人平等的象征,圆顶的中心代表了真主,而圆周的各个点代表了穆斯林,圆周与圆心距离相等,说明每个穆斯林都是平等的,他们都与真主保持同样的距离,但是每个穆斯林的心都是朝向真主的。福斯特在《清真寺》("The Mosque")一文中表达了对清真寺的敬慕之情,认为清真寺是高尚的,它与欧洲人人性中存在的种族优越性形成鲜明的对照,强调人与人之间的平等和种族之间的平等。在福斯特眼中,清真寺不仅满足了一座宗教建筑的功能,是崇信者内心狂喜的外在表达,它更代表了平等的理念:"在真主面前人人平等——基督教迟疑地宣称的信条——是伊斯兰教的根本。"[1]

　　在印度社会中虽然有种姓之分和等级差别,但是在印度教的宗教仪式中蕴含着人人平等的愿望。这种愿望表现在印度教仪式中各种因素的融合和人的等级观念和阶级差别的消失。福斯特曾经在《戴维山》(*The Hill of Devi*)中对他在印度期间参加印度教仪式的经历做了记录,这段记录后来变成了《印度之行》神殿一章中对印度教仪式的精彩描

---

[1]　E. M. Forster, "The Mosque," *Abinger Harvest*, London: Harcourt Brace Jovanovich, 1964, p.275.

写。在《印度之行》中描写的是在茂城举行的庆祝爱神黑天生辰的庆典。举行仪式的神殿有走廊与院子相通,整个建筑皆以拉毛粉饰。但在建筑前面挂满了彩旗、彩球、不透明玻璃的枝形吊灯,还有颜色各异的歪歪扭扭的照片。这些东西挡住了神殿的柱子和拱顶。祭坛上一片混乱,在爱神周围挤满了各种次等血统的偶像。所有的印度教徒不分高低贵贱,不论是何等出身,都席地而坐,脸上容光焕发,充满了快乐的情绪。后来,人们尽情地歌唱、舞蹈、嬉闹,所有的忧愁、悲哀都一扫而光,留在世界上的只有爱和欢乐。这一图景充分说明了印度教所蕴藏的包容、平等、和谐的理念。

除了平等之外,要想实现和谐,宽容也是必不可少的。福斯特一直相信宽容是现代社会中解决争端、消除矛盾的理想途径。作为人文主义者,福斯特当然强调爱的力量,但是他认为在公共事物中,单纯有爱是不够的,因为爱往往囿于个人的情感限制,不能完全解决公共事务中的所有问题。所以他强调要用宽容来实现社会乃至世界的和谐。在福斯特眼里,"宽容"是重建文明的希望:"这就是我们所寻找的最安全的心态。这是唯一能使不同种族、不同阶级和不同利益整合在一起、实现重建工作的力量。"①伊斯兰教也一直强调宽容,这与福斯特的宽容的思想相吻合。伊斯兰教认为,人无完人,都会有这样那样的错误;但只要悔过自新,积极向善,真主还是能够原谅他们的。所以穆斯林一直强调待人要宽宏大度。伊斯兰教"圣训"中说:"宽容忍让地对待对你轻率鲁莽的人;原谅对你不公正的人;对你刻薄的人施恩;与跟你断绝关系的人保持友谊。"②福斯特在伊斯兰教义中找到了共鸣。在小说《印度之行》中,福斯特实践了这一理念,用宽容来解决种族之间的矛盾与冲突。在马拉巴山

① E. M. Forster, "Tolerance," *Two Cheers for Democracy*, London: Edward Arnold Ltd., 1972, p.45.
② 马明良:《论阿拉伯—伊斯兰文化的和谐理念》,《阿拉伯世界研究》2006 年第 3 期,第 51 页。

洞事件发生以后，穆斯林医生阿齐兹由于阿德拉的指控进了监狱，受到了不公平对待。后来虽然冤案得到了纠正，阿齐兹得以释放，但他还是对菲尔丁和阿德拉心存芥蒂。后来阿齐兹在菲尔丁的帮助下了解了阿德拉的处境，阿齐兹原谅了阿德拉，也与菲尔丁冰释前嫌，并且免除了阿德拉的诉讼费。这种结局完全是伊斯兰教宽容精神的真实写照，也是福斯特欲用宽容的理念来解决世界问题的大胆尝试。

福斯特通过东方宗教确立了自己的宇宙观。福斯特一直对宇宙很感兴趣，宇宙的神秘和奥妙一直是他思考的对象。对于福斯特来说，东方宗教要比希腊和罗马传统丰富得多。基督教所关注的点是人，是人类心灵的救赎，而不是宇宙。而东方宗教，尤其是印度教，所关注的是宇宙的运行以及人与宇宙的关系。所以通过对东方宗教的认识，福斯特形成了自己的宇宙观。他的宇宙观具体包括如下几个方面：

首先，福斯特认为宇宙具有有序性。他一直强调在神的方面存在着秩序。这在伊斯兰教和印度教中都有所体现。伊斯兰教认为，宇宙万物都是平等的，都是丰富多彩的世界的组成部分。而印度教更强调混乱中的秩序，强调由梵统领的一统三分的秩序构成，由梵天、毗湿奴和湿婆分别掌管创造、保卫和毁灭世界并使世界得以重生的职责。福斯特在此基础上形成了自己的宇宙秩序观，他认为，那圆拱形的天空就像一个巨大的半透明体，笼罩在万物之上，是宇宙中最公正的主宰。但福斯特认为，这似乎不是一个尽头，也许在天空之外还有更多的穹顶："天空之外，真的没有架在整个天空之上的圆拱形了吗？难道还有比天空更公正的吗？在它之上还有……"[①]由此看来，福斯特心中的宇宙是无限的，它浩瀚无边。但是无论如何，宇宙都是有秩序的，在一个特定的由神掌管的有序的范围内运行。

其次，福斯特认为宇宙具有永恒性。这种永恒性在印度教的"轮回"

---

① ［英］E.M.福斯特：《印度之行》，杨自俭译，译林出版社 2003 年版，第 40 页。

和"再生"的理念中得以实现。印度教徒把轮回再生的整个过程称为"周期"。世间万物生灭的过程都是一个周期，它似乎没有开始，也没有结束，就这样循环往复，永不停歇。事物在看似无的状态中存在，在有之中又存在着无。事物就这样生生不息，没有绝断。在小说《印度之行》中的沉寂黑暗的山洞就是生命的起点，也是生命的终点。看似空无的山洞实际上是大神梵天的存在境界。而印度帮主的死亡则预示着爱神黑天的诞生，是新生命的开端。福斯特就在这死而复生的循环中看到了宇宙的永恒性和无限性。

再次，福斯特认为宇宙具有包容性。这一点与伊斯兰教和印度教主张人人平等、万物平等的思想是分不开的。在印度，世界上的万物，不论大小，不论强弱，都有其存在的理由，都是真主或大神梵天创造的生命，他们共同组成了宇宙的异彩纷呈的生命世界。在恒河里，可以有各种各样的生物，有鳄鱼，有蛇，也有各种浮游生物，甚至到处漂浮着人的尸体。在印度，也存在着各个阶层，各个种族，虽然他们之间免不了存在各种纷争，但是，在大神的眼里，他们都是平等的物质，是大神创造的具有同样重要意义的生命的各种形态，共同生活在神的掌控之中。在小说《印度之行》中，穆尔夫人非常怜惜落在衣服上的小黄蜂。这说明，在福斯特眼中，这小黄蜂与其他任何生物一样，都是大神的宠物，都可以得到大神的恩宠。这些都说明了宇宙所具有的包容性，它承载一切，收纳一切，兼容一切，让一切都接收到太阳的光辉，都激荡着生命的激情。

最后，福斯特认为人与宇宙具有共通性。福斯特认为，人生活在世界上，并不是孤立的，它并不是与神性相隔绝。实际上人和自然和谐相处，在神的庇护下享受着自然的曼妙与美丽。虽然有时候会出现暂时的不解或困惑，但是最终会突破各种障碍，与神性相通，实现与神同在。福斯特认为，这种人神相通的理想可以在印度教"梵我如一"的理念中得到印证。在《印度之行》中，山洞中阿德拉的变化和穆尔夫人的困惑都是她们认识神的过程。她们最终在潜意识中意识到了神的存在。而小说中戈德博尔教授的舞蹈与歌唱帮助这位婆罗门实现了与神相通的愿望,他最后站在神殿,在冥冥中看到了爱神,也看到了与他具有相同本质的万物,包括曾经信仰基督教的穆尔夫人在内。实际上,戈德博尔在意识中已经与神站在了一起,并且用神的意志去爱世界上的每一个人。此时,宇宙中的万物已经结为一体,变成了一个"完美的世界"[①],享受着爱和自然的生命带来的祥和与安宁。

斯托恩(Wilfred Stone)说过这样的话:"福斯特对中东和印度的接近标志着他作为人和作家的成熟。随着他在地理上离家越来越远,他离精神家园越来越近。"[②]确实,福斯特与东方宗教的接触使他对人和宇宙都有了深刻的认识,并因此找到了自己心灵的依托。以前他关于人和宇宙的困惑,现在由于对东方宗教的理解已经不再是困惑。他感到豁然开朗,找到了宇宙和人的真谛,也找到了人的自我在宇宙中的正确位置。

印度对于福斯特本人和英国人来说都是个重要的地方。在福斯特心中,印度是个完美的世界,那里有私人关系赖以存在的生存方式,有蕴藏在天空和人地之上的原始生命力,也有与宇宙相连接的宗教。英国人所缺少的生命力和想象力都可以在那里找到。在福斯特看来,神秘的东方文化不但不是低等的文化,反而在很多方面是西方文化所不及的。东方文化为西方文化提供了一个完美镜像,为西方文化的自我完善提供了有益的参照。福斯特的东方文化认同为本民族的文化自我反思和自我提升提供了思想的桥梁。

---

① ［英］E.M.福斯特:《印度之行》,杨自俭译,译林出版社 2003 年版,第 324 页。

② Wilfred Stone, *The Cave and Mountain: A Study of E. M. Forster*, London: Oxford UP, 1966, p.279.

第六章　人神对话：人与宇宙的连接

　　福斯特的"连接"思想最重要的方面体现在人与宇宙的连接，这一内涵把福斯特的思想提高到形而上的层面。福斯特一直强调他的《印度之行》不是关于政治的，是形而上的，其原因就在于他在这部小说中探讨的是人与宇宙连接的主题。事实上，不单纯是《印度之行》这部小说，最早创作的《最漫长的旅程》也有这方面的尝试。需要明确的是，福斯特对人与宇宙之间关系的哲学思考起始于古希腊罗马哲学，但是在东方宗教中得到终结。而他的小说创作无疑是这一哲学思考的结晶。本书的第一章曾提到过普罗提诺哲学对福斯特的影响，但是由于篇幅和主题所限，没能够展开，所以本章将首先对福斯特与普罗提诺哲学之间的关系进行深入探讨。

第一节　满溢与回归：心向太一的旅程

　　福斯特关于宇宙的观点深受普罗提诺思想的影响，可以说他的小说创作就是对普罗提诺哲学思想的实践。普罗提诺是新柏拉图主义运动的代表。普罗提诺剑桥导读的编者杰尔森（Lloyd P. Gerson）评价说："普罗提诺是亚里士多德至奥古斯丁七百年中最伟大的哲学家。他自认为是柏拉图的信徒，但在他努力捍卫柏拉图主义，反对亚里士多德学派、斯多葛学派和其他学派的过程中，他实际上创造了一种复兴版的柏拉图主义，后来被称为'新柏拉图主义'。"①普罗提诺主要以其人与宇宙关系的哲学而著名。当代学者对其备加推崇。阿姆斯特朗（A. H. Armstrong）称他"是一位独创的哲学天才，希腊后期历史上唯一可以与柏拉图和亚里士多德相提并论的哲学家"②。普罗提诺的哲学成就完全可以与柏拉图和亚里士多德比肩。他的灵感来自柏拉图文本和包括逍遥派、怀疑派和斯多葛派在内的希腊思辨的悠久传统。③普罗提诺一生的著作由他的学生波菲利（Porphyry）编订成书，名为《九章集》（*Enneads*，共五十四篇，九篇一组共六组）。

一、普罗提诺的宇宙论

普罗提诺的宇宙论哲学思想主要体现在其一元多层的哲学体系。该体系阐述了太一创世和人归化太一的本体论哲学。这一哲学遵循的路线是"太一——纯思—普遍灵魂—世界—回归太一之路"④，主要包含两方面内容，一是自上而下的本体创世，二是自下而上的本体回归，两个方面内容构成一个完整的圆圈。

太一（One）是普罗提诺哲学体系中的核心概念，是宇宙万物存在的根本原因，是宇宙中的最高本体，它具有统一性、超越性和无限性的特点，是宇宙的最高原则。太一具有不可言说性，只能用否定的形式对它加以描述。太一具有自足性，它不依靠任何东西，泰然自存，宁静不动，

①　Lloyd P. Gerson, *The Cambridge Companion to Plutinus*, Cambridge University Press, 1996, Forepage.

②　A. H. Armstrong, *The Cambridge History of Later Greek and Early Medieval Philosophy*, Cambridge U.P., 1967, p.195.

③　Stephen R. L. Clark, *Plotinus: Myth*, *Metaphor*, *and Philosophical Practice*, Chicago: The University of Chicago Press, 2016, p.5.

④　汪子嵩、范明生、陈村富等:《希腊哲学史》第四卷下，人民出版社 2009 年版，第 1172 页。

但是,它是人以及其他事物所追求的最终目标,是至善。更重要的是太一具有创造性,在不动中完成创造,派生出下一层实是本体——纯思(nous,一说理智),纯思又派生出普遍灵魂(All Soul, Universal Soul),普遍灵魂又派生出现实世界。

普罗提诺认为,太一创造了宇宙中的一切。太一主要以"满溢—回转"的方式创造出下一层本体。普罗提诺心中太一本体的意象有如发光的太阳一样,"是一个立体的圆球,四面八方处处溢出"①。满溢(overflowing一说流溢)的意象是"完美者自身宁静地实是那里,不求不动,但是从其本质中就会漫渗出自己的'映像'环绕在自己的周围"②。"回转"是指"关照高级实是,从而获得形式、现实和确定性,于是真正进入现实实是"③。普罗提诺用太阳的比喻来解释这一"满溢—回转"说,认为太一的创造就像太阳发光,并不是有意为之,但太阳就是一个固定的中心,它发出来的光都围绕着它,依赖着它,不能与之分离,故而形成"回转"。

普罗提诺用太阳喻表现本体创世关系。首先太阳熠熠生辉并非有意,这象征着满溢。其次阳光环绕并依赖着太阳,时时与之关联而不分离,这象征回转。普罗提诺的意思是任何高级实是都全然自足,毫不在意于低级实是。

普罗提诺认为,宇宙万物都是太一通过满溢的方式创造出来的,最终又以"回转"的方式复归于太一。太一满溢出纯思(即理智,nous),纯思又满溢出灵魂(psyche)。纯思是知识,是内在的自我认识,是真理。虽然纯思失去了太一的纯一性,但是它仍然具有生命性和创造性,在纯思中拥有世界上的一切。普罗提诺认为,纯思以直觉的方式创造世界,整个创造瞬间完成:"纯思寂然不动,玄观冥想,万物本质刹那全然备于

---

① 汪子嵩、范明生、陈村富等:《希腊哲学史》第四卷下,人民出版社 2009 年版,第 1191 页。
② 参同上。
③ 同上,第 1195 页。

内，便自然会刹那'漫渗出万物'。"①此岸世界是纯思中的彼岸世界的"映像"。普罗提诺把灵魂分成普遍灵魂（或世界灵魂）和个体灵魂，普遍灵魂由于一直处于纯思之中，所以它在有形世界之上，具有超越性和永恒性。相较而言，个体灵魂是一个等级较低的灵魂，与有形世界发生关联。普罗提诺认为个体灵魂受到身体和物质的诱惑就会趋于恶，身体和物质都是质料，而质料由于缺乏形式，所以是恶的。②

普罗提诺三层本体的层级关系最精确的可以用"内外同心圆"的方式加以说明。普罗提诺认为，圆球是感性事物中最能表证理性事物的意象。每一个纯思范畴都是一个圆心，在纯思领域中所有的原因又是通贯的。纯思是至善的第一活动，是实是的原初形式。而至善则是宁静的核心，它恬然不动，向四外流溢形成纯思，由纯思在外环绕其行动与生活。在沉思之外又环绕着普遍灵魂，灵魂凝视着纯思，并通过透视纯思深邃的内涵而观照神，进而形成一个环环相绕的同心圆的贯通结构。圆圈与圆心的比喻充分阐释了普罗提诺的哲学思想。对于人来说，灵魂必然有一个中心，灵魂围绕自己的中心，而这一中心就是神，"灵魂环绕神而存在，满怀爱意地依偎神，竭尽全力地靠近他——那万物仰赖的存在（the being）；既然它不能与神重合，它便围绕它旋转"③。

事实上，普罗提诺的哲学不仅设定了太一从上到下对世界的创造，更强调自下而上的向太一的回归。普罗提诺的回归哲学所探讨的是人与宇宙之间更深层次的关系，强调人对太一的依附，同时也强调人的主观能动性。普罗提诺劝诫人们要超越世俗伦理，从现世的俗务中解放出来，对真正的本体、源泉、神进行认知，从而踏上向上的回归太一之路。普罗提诺认为，只有与太一合一的生活才是最完满的幸福。在普罗提诺

---

① 汪子嵩、范明生、陈村富等：《希腊哲学史》第四卷下，人民出版社 2009 年版，第 1214 页。

② 同上，第 1274 页。

③ ［古罗马］普罗提诺：《九章集》上，应明、崔峰译，上海三联书店 2017 年版，第 129 页。

回归的思想中,"净化"是最关键的概念。所谓净化是指"把自己从后天附加上的种种'异己'之物如身体、与物利的关系等等当中清洗出来,认识纯粹状态下的自我"①,只有通过净化,才能摆脱外在事物的束缚,实现内转,实现真正的自我认识,并最终实现与太一同一。

福斯特对普罗提诺哲学的认识最早得益于他在剑桥的导师迪金森(Goldsworthy Lowes Dickinson)。迪金森在 1884—1887 年间曾经住在一个联合农场,其间研究过普罗提诺的哲学,福斯特在他为迪金森写的传记里多次提到这一点。福斯特曾经生动地描写了迪金森在农场的唯美生活。在夜晚,迪金森和友人一起仰望星空,谈天说地,进入美妙的纯思境界:

> Crankie 农场是一场失败。而两个一直在那里蹒跚而行的年轻人坐在巨大的弗兰法姆池塘的边缘,看着月亮慢慢地穿过厚厚的云层,再次进入晴朗的天空。他们谈论的是永生。他们同意此时此地它存在着,一个小时前的麻烦都消失了。"我们知道它曾经存在过,但是当我们站在那里完全没有它的时候,它又不存在了。夜晚充满了微小的声音,不仅是鸟儿,还有树木和水,似乎都在说话。月亮落在树的对面,萨里的风景,没有失去自己可爱和平凡的特性,被吸收到普罗提诺的宇宙里了。在他的一生中,迪金森一直有这样的希望:在一次接触中,物质的世界不会被湮灭,而是发生改变。"②

从福斯特的记叙中可见普罗提诺哲学的影子,天空、圆月、宇宙,都是普罗提诺哲学常常出现的意象。当时,迪金森深受普罗提诺哲学思想的影响,经常陷入智性和纯思之中,并因此给自己的生活带来不少麻烦。

---

① 汪子嵩、范明生、陈村富等:《希腊哲学史》第四卷下,人民出版社 2009 年版,第 1310 页。
② E. M. Forster, *Goldsworthy Lowes Dickinson*, London: Edward Arnold & Co., 1934, p.54.

他把大多数时间用来研究哲学与神秘主义，以至于与现实生活格格不入："我不知道怎么样和普通人接触，也不想那样做，因为我想我要传递一个超越一切现实生活的理念。"[①]

由于受到迪金森的影响，福斯特对普罗提诺有较深入的研究和理解。他在关于亚历山大城历史的著作《亚历山大城：历史与向导》（*Alexandria: A History and a Guide*）中讨论了犹太人、新柏拉图主义哲学家和基督徒在亚历山大城历史上所起的重要作用，认为这些人都是东方与西方、过去与现在的桥梁。福斯特对普罗提诺所代表的新柏拉图主义思想极为推崇，称普罗提诺的《九章集》（*Enneads*）是亚历山大城所创造出的"最杰出的作品"[②]。福斯特表达了他对普罗提诺思想的认同："基督徒的诺言是可以看见上帝，但是新柏拉图主义者同印度人一样，承诺人可以成为上帝。"[③]福斯特之所以如此看重普罗提诺的思想，主要是因为普罗提诺最成功地将东方与西方连接了起来。

在《亚历山大城：历史与向导》中，福斯特也通过对普罗提诺哲学的梳理，探寻了人神之间和人与宇宙之间的关系问题。福斯特用简练的语言把普罗提诺的太一创世三原则简化成三个等级（grade），并用喷泉（fountain）来比喻太一创世的满溢（或流溢、发散）过程。福斯特对普罗提诺的人神之间关系的理论做了概括："我们都是太一的一部分，甚至岩石也是，尽管我们没有意识到这一点；人的目标实际上是要成为神，因为他潜在地具有神性。为了在将来的存在中比现在更好地意识到神，就可以再生；因此，为了在此生我们能见到神，就可以有神秘视野（Mystic

---

① E. M. Forster, *Goldsworthy Lowes Dickinson*, London: Edward Arnold & Co., 1934, p.54.

② E. M. Forster, *Alexandria: A History and a Guide*, London: Doubleday & Co., 1922, p.60.

③ Ibid., p.72.

Vision)。"①从福斯特的概述中可以得知,福斯特对普罗提诺的哲学思想理解得十分透彻,他既看到了太一对世界和人的创造,同时也看到了人可以与神同在的可能与途径。福斯特把人神相通的愿望融入了自己的小说创作中。

二、宇宙喻象:圆与无形

由于受到普罗提诺哲学的影响,福斯特非常关注人神之间的关系问题,所以人与神之间的连接就成了其小说力图表现的主题之一。这种尝试首先表现在小说的圆形意象上。福斯特小说中充斥着各种圆形意象,圆圈、小山谷、洞室、耳环、池塘等意象随处可见。这些意象或大或小,但都具有特殊的含义,表明物质存在的独特状态。福斯特小说中人物的类型也用圆型来命名,象征人物的不断发展与自我完善。比如《天使不敢涉足的地方》中的菲利浦和《最漫长的旅程》中的里基就是典型的圆型人物,他们都在积极的生活中不断成长,最终得到心灵的升华,实现了心灵的自我回归。威尔弗雷德·斯托恩认为,福斯特小说中的这些圆形意象都属于女性意象,具有双重含义,它们既可以是囚室和天堂,也可以是封闭的环和理想的摇篮,也可以是和谐的平静。斯托恩进一步指出,圆环具有古老的象征谱系,几乎在所有的文化中它都代表生命的循环状的统一性,代表生与死的不可分离。"他[福斯特]的作品表明他越来越意识到一个基本的矛盾现象,生命创造的背后总是存在着黑暗的虚无,生命来源于死亡。"②斯托恩的理解是深刻的,他看到的是福斯特对有形世界存在的认识,对生命来源的探问,以及生命与死亡互相依存、共同构成完美循环的思想。实际上,福斯特的视域超越有形的物质世界,他所探讨

---

① E. M. Forster, *Alexandria: A History and a Guide*, London: Doubleday & Co., 1922, p.60.

② Wilfred Stone, *The Cave and Mountain: A Study of E. M. Forster*, Oxford: Oxford UP, 1966, p.299.

的是整个宇宙的运行机制。所以，他小说中的圆形意象必然超越现实的有形世界，涉及的是宏大宇宙的生成与结构，它要表现的是普罗提诺所信仰的人与宇宙的关系，也就是神和人之间的连接。圆形意象充分表达了太一(神)创造世界、衍生万物、创造人的生成原理，表明人是太一的一部分。

《最漫长的旅程》是福斯特最喜欢的一部作品，他之所以看重这部作品，主要原因就是小说通过对剑桥学生里基婚姻、工作、追求人文理想的各种经历的描写，探讨了深刻的哲学问题。小说展现了福斯特对宇宙和灵魂的认识。在该部小说中，福斯特有意识地勾勒了两个圆环结构。一个是藏在里基的大学好友安塞尔的头脑中，后来由安塞尔将其清晰地展现在纸上：

> 里基又理论了一通，但是没有得到回应。他在这间昏暗的屋子里走来走去。然后他坐在了桌沿儿上，观看他那聪明的朋友在那个正方形里画了一个圆圈儿，在圆圈儿里又画了一个正方形，正方形里又画了一个圆圈儿，圆圈儿里又一个正方形。
>
> "你为什么画这个？"
>
> 没有回答。
>
> "它们是真实的吗？"
>
> "里边有一个真实的——万物中心的那个，再没有余地往里面画东西了。"[1]

另一个圆环结构出现在英国乡下丘陵草原上，其中心是一个战争遗址，被称作"卡德伯里圆环阵地"。这个圆环形的地点位于峡谷的远处，由两个重叠状的堑壕围着，中间隔着草坡和甘蓝，形成了圈圈环绕的图

---

[1]　E.M.福斯特：《最漫长的旅程》，苏福忠译，人民文学出版社 2009 年版，第 22 页。

案,而在这图案的中央,生长了一棵小树。[①]

事实上,这两组圆环状的图案恰恰应和了普罗提诺的一元多层理论,生动地说明了太一创世的模式特征。两组图案中间的正方形和小树都代表了宇宙的中心,也就是至高无上的太一;它处于图案的中间位置,静止不动,周围由多个圆环形状围绕着,它们分别代表了智性、灵魂和现实世界。按照普罗提诺的理论,太一创造了外面的环状地带,同时也是周围环状地带所追求的目标。具有哲学气质的安塞尔经常陷入纯思状态,他了解自己的灵魂,也了解他心中敬仰的太一。太一在他的思想里形成映像,以圆环状的结构表现出来。而他头脑中的纯思又映射到现实世界,所以在现实世界就有了"卡德伯里圆环阵地"的环状结构。这一结构是纯思即智性在质料世界的映像。

在《印度之行》中,圆形的意象以更宏大、更开阔、更立体的方式充分体现了普罗提诺宇宙论模式,使读者感受到了太一的无穷力量。小说开篇,福斯特就用太阳的意象,描画了太一创造世界的图景。太阳是力量的源泉,它熠熠生辉,每天把力量洒向天空和大地;而天空有如一个巨大的圆顶,笼罩在大地之上。虽然天空会出现混合色彩,但是它的主基调是永恒的蓝色。太阳下山之后,天空出现一条新的圆周线,呈现出橘黄和渐变的柔和的紫色光晕。这里的太阳、天空和大地一个圆球套着另一个圆球,形成一个立体的、永恒的同心圆。福斯特强调,太阳是宇宙的中心,它发出的光创造了天空和大地,同时也创造了大地上的万物。事实上,不论是"卡德伯里圆环阵地"中央的小树也好,还是照耀着大地的太阳也好,它们都是最高本体,超越智性,超越实是,超越生命同时又赋予生命,使整个宇宙囊括在它的统一性之中,正如普罗提诺所表达的那样:

这样一个本原本质上会是什么呢?

[①]　E.M.福斯特:《最漫长的旅程》,苏福忠译,人民文学出版社 2009 年版,第 123 页。

普天的原动力:假如这个原动力不存在,便意味着普天万物不存在,甚至元智,也就是那原初生命和全部生命不存在。

位于生命彼岸的本原,是生命的根由——因为那生命的表现形式,也就是宇宙万物并非第一行动;它本身喷涌而出,可以说,就像水流出一个泉源。

想象一个自身之外没有任何源头的泉源,它把自身施与一切江河,却永远不因它们的索取而枯竭,一直保持它本来固有的样子;始于它的水流在各行其路之前是它内部的一个整体,尽管如此,这些水流,在某种意义上,还是预知它们将把自己的那股水注入哪一个河道。

或者:设想生命贯通某棵大树,但它仍然是整体的稳定本原,绝不散落于全树,却可说是稳扎根部:它是全树以及树上各个部分生命的施予者,却保持自身纹丝不动,它不是多样的,却是多样化生命的本源。

在普罗提诺心中,太阳和树木都是分有实是的本源,是生命最初的源泉。福斯特的圆形意象与普罗提诺哲学的意象遥相辉映,使古希腊罗马的哲学智慧在二十世纪文学中得以重现,使人类的智慧得以传承。

同普罗提诺一样,福斯特也坚信纯思是太一的映像,灵魂是对纯思的模仿,而现实世界则是灵魂的映像。所以,在《印度之行》中,除了太阳、天空、大地形成的圆形结构之外,在大地之上,在印度昌德拉普尔小镇,又可见另一个圆环状的结构。这一圆环形结构是作为智性世界中的影像在此岸世界的投射。福斯特把马拉巴山洞设定为该结构的中心,恒河在远处缓缓流淌,沿着恒河是伸展几英里的小城。在小城内部是房屋、树木、广场、铁路;这里,善恶混杂,矛盾丛生。在此,马拉巴山洞、恒河和绵延的小镇互相呼应,依次生成,共同构成了一个既封闭又开放的层级结构。在小说中,这种圆环结构又反复出现。在小说第 4 章,当看到来参加搭桥聚会的印度人时,阿德拉和穆尔夫人不禁发出感慨:"东方失去了它那古老的壮丽,沉落为人们无法看到彼岸的一个深谷。"①她们忧虑的是上帝似乎已经遗忘了印度人,把印度人置于上帝的恩泽之外。但是此后,福斯特用更加清晰的笔触再一次勾勒出太一的圆环结构:

> 几只风筝在头顶上空盘旋,一只巨大秃鹫从风筝的上空掠过。天空没有染上深色,而像一个巨大的半透明体,不偏不倚笼罩在万物之上,从整个圆周上把光亮喷洒下来。这空间的层次似乎不可能到此终止,天空之外,真的没有架在整个天空之上的圆拱形了吗?难道还有比天空更公正的吗? 在它之上还有……②

可以看出,福斯特在此强调这一圆环状结构的目的在于强化太一对万物的创造,进而不断突出太一对世界的主宰地位。他似乎在回答阿德拉和穆尔夫人的疑虑:太一无处不在,世界上的任何有形物体、任何人都是太一创造的产物,都是太一的一部分,所以印度人不可能永远迷失,他们一直居于神的怀抱之中。

太一确实是生命的源泉。但是普罗提诺认为太一是难以界定的,它的特性只能用否定来加以说明,所以它既可见又不可见,既有形又无形,既实是又不实是;它是无限的,无处不在,但是无影无形。对福斯特来说,太一的这种特性的确难以理解,但是他最终在印度教的教义和思维方式中找到了答案。

印度盛行的宗教包括伊斯兰教和印度教。伊斯兰教真主和印度教梵天的特点都是无处不在,然而又无影无形。但是伊斯兰教的真主创造世界的方式是有意的,带有目的性和预设性。根据普罗提诺的主张,太

---

① ［英］E.M.福斯特:《印度之行》,杨自俭译,译林出版社 2003 年版,第 39 页。
② 同上,第 40 页。

一创世的活动并非故意，而是太一自存自足，然而就在这自存中就创造了纯思、灵魂和现实世界。福斯特根据这一特性，认为印度教恰好满足这一条件。所以在《印度之行》中，福斯特把书写的重点放在印度教的内容上。在印度，印度教徒是最早的土著居民，所以印度教徒似乎更接近印度的基本知识，也更了解古代印度神话的真义。恰恰因为福斯特对印度教的书写，使小说具有了让人难以理解的内涵和正常人难以企及的思想高度，正如斯托恩所言："是印度教的生命观赋予了小说最终的主题和美学中心。"①

在小说中，福斯特力图表现的是印度大神梵的不可见但又无处不在的矛盾特性。他把马拉巴山洞看作印度教大神梵的寓居之所。马拉巴山洞先于宗教和历史，但普通的印度人并不知道这山洞有什么神奇的地方。起初，这个山洞对于福斯特来说也确实是个谜一样的存在。他知道山洞中发生着什么，但是不知道到底发生着什么。它们只是"前面的一堆物体"，但是在福斯特眼中，它们是"故事发生的地方"，"它们是把一切集中起来的地方，它们会产生像卵的东西"。② 马拉巴山洞里漆黑一片，空空荡荡，一无所有，但是"梵"恰恰就存在于这虚无之中，它以不可见的形式居于大地的中心，向整个宇宙散发着它不可见的威力。"山洞包含一切，也被一切包含——正如它们什么都不包含，也不被任何东西所包含一样，这是一个无感觉的悖论。"③在漆黑的山洞里，会传出单调的回声：

不管说什么，回答的都是同样单调的声音，声音来回震动着墙

---

① Wilfred Stone, *The Cave and Mountain: A Study of E. M. Forster*, Oxford: Oxford UP, 1966, p.301.

② E. M. Forster, "The Art of Fiction," *The Paris Review*, I.1 (1953), pp.30-31.

③ Wilfred Stone, *The Cave and Mountain: A Study of E. M. Forster*, Oxford: Oxford UP, 1966, p.300.

壁,一直到被洞顶吸收为止。"睡——奥——斗嗨"是一种声音,用人类的发音可以把它表示成"bou——oum"或者"ou——boum"的形式,听起来极其单调。充满希望的呼喊,文雅的交谈,擤鼻子的声音,皮靴发出的咯吱咯吱的响声,都会产生这种单调的"boum"的声音。甚至划一根火柴的声音都可以造成一个小小螺纹似的声圈,只是因为太小不能形成回声,但却是永远不可忽视的。假如几个人同时讲话,便可听到重叠的大声喧闹,那就是回声,回声又生回声,就像一只大蛇占据了这个山洞,这大蛇由许多小蛇组成,小蛇都在任意地翻滚。①

福斯特在山洞中展示的恰恰是太一,或梵,也就是生命的源头。山洞所发散出来的一圈一圈不断的回声构成循环的圆形图案,其中涉及智性、灵魂、万物、人、光亮、黑暗、蛇的形状、圆环等,无所不包,无所不及。回声裹着这所有的一切,一波儿又一波儿有节奏地冲出洞穴,穿过印度,抵达遥远的宇宙。山洞的回声可以传到印度教徒的耳中,也可以传到穆斯林和基督徒的耳中,但是会产生不同的理解,有人感受到的是恐惧,有人领会的却是平静。这说明梵的不可言说的"无"也是物质的"有",而"有"也便意味着"无"。斯托恩所说的"山洞是我们出生的原始子宫,也是我们要回到其中的原始坟墓;它们是实是于存在之前的黑暗。有些人能够沉思那种虚无,其他人则不能"②,恰恰解说了梵在福斯特心中的创造的本质,也说明了梵是人的最终追求目标,这与普罗提诺关于太一的学说具有很强的同源性。

福斯特认识到,虽然梵不可见,但是它无处不在,它存在于任何事物之中。山峰、河流、岩石、动物、人,无不是梵的产物,无不带有梵的神秘

---

① ［英］E.M.福斯特:《印度之行》,杨自俭译,译林出版社 2003 年版,第 163 页。

② Wilfred Stone, *The Cave and Mountain: A Study of E. M. Forster*, Oxford: Oxford UP, 1966, p.307.

力量。在印度盛行万物有灵论，所有的事物都是神的化身，都富有神性。树木、花草、鸟虫、大象、蛇等应有尽有，都是神灵的化身，被尊称为神。所以，福斯特从印度教徒的思维方式上看到了梵无处不在的特性。这一点可以从戈德博尔教授对山洞事件的回应中得到答案。在山洞事件后，得知阿齐兹被捕了，戈德博尔教授并没有感到震惊，他泰然处之。菲尔丁问他阿齐兹是否会做那件坏事，戈德博尔教授的回答模棱两可。"我得知，马拉巴山发生了一件坏事，那位非常尊贵的英国小姐因此而得了病。我对此做出的回答是：那件事是阿齐兹医生干的。"紧接着他又说："那件事是向导干的。""那坏事是你干的。""那件事是我干的。""是我的学生干的。甚至可以说是小姐自己干的。"他之所以这样说的理由是"坏事发生以后，它就代表了整个世界，同样，好事发生时也是如此"①。戈德博尔教授认为善与恶是神的两副面孔，一副显现，一副隐蔽；"隐蔽暗含着显现，但并非不存在。"②实际上，戈德波尔教授的理论想要表达的是神无处不在的观点；神以善和恶的形式存在于世界上的任何事物之中。当恶出现的时候，它就存在于所有的事物中，当善显现的时候，它也出现在所有的事物中，这是因为任何事物都源出于同一个本体，即至高无上的大神。由此可见，普罗提诺的太一创世的哲学思想在印度教的教义中得到圆满的阐释与印证。福斯特的小说艺术起到的是完美的连接作用，将东西方博大精深的哲学智慧连接在一起，解说了世界形成和运转的奥秘，这不能不说是对东西方文化发展的一种贡献。

三、走向太一：心之回归

普罗提诺的创世说并没有停留在单纯的创世方面，还有一个重要的方面，就是寻求向太一的回归。所谓回归是指"立足于肯定溢出的前提

---

① 　[英] E.M.福斯特：《印度之行》，杨自俭译，译林出版社 2003 年版，第 197—198 页。
② 　同上，第 198 页。

之上,回转、关照上一层实是,并通过此最终回转到最高本体之一"①。由于关照和创造同时存在,二者互相蕴含,因此如果上升之路不能与下降之路完全等同的话,至少它们也是同一过程中无法区分的两个方面。②普罗提诺一直相信一切运动都应该是上升的,所以他似乎更看重向上的对太一的回归。他强调回归的重要原因是灵魂在下降的过程中过于追求自我因此忘了自己的生命源头,忘了它的上界本体:"它们之中的恶来源于自我意志,源于进入生成过程,源于与自我主宰的欲望的原初差异,他们在这种自由中享受欢愉,而且自我放任,从而它们急匆匆地沿着错误的道路渐行渐远,最后甚至忘记了自己在神圣世界的起源。"③因此导致灵魂不能理解神的本质和力量。哈德特(P.Hadot)认为普罗提诺的意思是灵魂之所以与源泉相离,主要问题是我们对于身体以及感性世界过于关心,我们过多地沉迷于毫无真正价值的事和夸大的焦虑,从而导致我们不再关注我们无意识地生活于其中的灵性世界。④ 这种理解似乎更靠近普罗提诺的哲学本意。为了实现回归,普罗提诺提出了回归的链条:转向——净化——纯思——与太一同在。"转向"指从低一层的实在转向高一层的实在;"净化"是指摆脱凡俗的事务,关注自我,上升到高一层的纯思境界。"纯思"指智性的活动,它让灵魂具有更高尚的品质、智慧以及一切美德,实现人的自我认识。普罗提诺认为,"灵魂实现回归自身后,必然拥有我们归于神圣实是的本性。让我们剥去了外壳,然后再观看;也就是说灵魂赤裸之后,让一个人观察自己,在把自己认识为纯思世界一部分和纯粹者之中,找到自己永恒的确证"⑤。

受普罗提诺的影响,福斯特小说力图表现回归的主题。他的小说

---

① 汪子嵩、范明生、陈村富等:《希腊哲学史》第四卷下,人民出版社 2009 年版,第 1283 页。

② J. M. Rist, *Plotinus: The Road to Reality*, Cambridge: Cambridge UP, 1967, p.167.

③ [古罗马]普罗提诺:《九章集》下,应明、崔峰译,上海三联书店 2017 年版,第 555 页。

④ P. Hadot, *Plotinus, or The Simplicity of Vision*, Michael C. (trans.), Chicago: The University of Chicago, 1989, p.30.

⑤ [古罗马]普罗提诺:《九章集》下,应明、崔峰译,上海三联书店 2017 年版,第 533 页。

《最漫长的旅程》和《印度之行》最终是走向太一、走向神的灵魂回归之旅。这一旅程是灵魂上升之旅，是人生终极追求之旅，也是认识"本真之是"(Hypostases)①之旅。这两部小说中都包括净化主题和上升到纯思界域的尝试以及实现与神同在的最高幸福。

"净化"是灵魂实现回归的首要前提。在福斯特的小说中"净化"构成了一个重要主题，首先表现在对现实的疏离或逃离。在小说《最漫长的旅程》中净化的主题贯穿小说的始终。里基是小说的主人公，他是一位关注内心生活的剑桥大学的学生，他所追求的是心灵的完美。他喜欢文学创作，但是由于迷恋艾格尼丝外在的美，所以与艾格尼丝结婚，走入了婚姻生活，同时为了维持生计，到索斯顿公学作了舍监。在婚姻生活中，里基发现，艾格尼丝的价值观与自己的价值观完全不同。艾格尼丝出身于典型的英国中产阶级家庭，精于管理，长于算计，所关注的完全是外在的现实生活。另外，里基感觉到索斯顿的教育理念只关注学生应对外在世界本领的训练，却丝毫不关注学生内心的成长和想象力的培养，与自己的文化理念相去甚远。因此里基陷入苦闷之中。里基后来偶然得知在乡下姑妈家长大的斯蒂芬是自己同母异父的兄弟之后，想要与斯蒂芬相认，但是由于虚荣心作祟，艾格尼丝对此加以阻挠。里基认识到了自己走入婚姻的错误，认为志不同道不合的婚姻生活是一种折磨，是"最漫长的旅程"。最后里基选择了摆脱婚姻和现实生活的束缚，转向内心，投身到自己热爱的文学创作之中。事实上，里基摆脱婚姻和现实生活的烦恼、走向内心的过程就是"净化"，是走向太一的第一步。

在《印度之行》中也存在着"净化"，这种净化主要反映在阿齐兹、戈德博尔教授和穆尔夫人身上。阿齐兹是一个接受过西方教育的穆斯林，他对英国人对印度人的傲慢与偏见十分不满。纷繁的现实生活给他造成了很多困扰，但是他喜欢诗歌。诗歌使他得以从现实生活中逃离，完

---

① 　汪子嵩、范明生、陈村富等：《希腊哲学史》第四卷下，人民出版社 2009 年版，第 1305 页。

全沉浸在诗歌与自我编织的王国里,享受着诗歌之趣,也享受沉思之美。在小说第一章,阿齐兹在清真寺里陷入沉思,想象着将来有一天他会修建自己的清真寺,并在墓碑上刻上表现永恒的诗句。永恒的诗情使阿齐兹远离了现实世界的烦扰,进入纯净的内心世界,并且在内心深处激发起高尚的情感,怀着深沉的哀婉之情,来理解灵魂深处的奥秘。

如果说里基和阿齐兹的净化表现为对现实的逃离,那么戈德博尔教授所表现的净化就是对世事的淡漠。戈德博尔教授是一位音乐教师,同时也是一位婆罗门。他是一位智慧大于行动的典型。戈德博尔教授享有很高的社会地位,也受过很好的教育,根据常规,他应该非常注重在公众场合下的自我形象。但是事实并非如此。小说对戈德博尔的描述很令人费解,他与外在世界联系并不紧密,好像对外在的事物丝毫不感兴趣。他和阿齐兹、阿德拉等人在一起的时候"头不抬,眼不看,只顾吃啊,喝啊","看表情,他总是心安理得,从来没有烦恼",①好像他不把任何事放在心上。在阿齐兹受到冤枉被捕入狱后,他竟然没有表现出丝毫惊讶,更不用说愤怒了。但是从净化的角度看,戈德博尔教授看似古怪的举止其实一点也不古怪。事实上,他是经过"净化"了的人,也可以说带有一种神性,他完全从外在的凡俗事物中摆脱出来,保有神圣的、纯净的内心世界。

穆尔太太也经历了神秘的"净化",她的净化表现为变得对世事的不耐烦和对自己最初信仰的舍弃。在《印度之行》中,穆尔夫人是一个比较富有争议的人物。人们对她在马拉巴山洞中的经历感到非常迷惑,尤其是她从山洞中出来之后的表现更让人琢磨不透。在进入山洞之前,穆尔太太是一位心地善良、热心、善解人意、虔诚的基督徒,但是从山洞出来后,她发生了根本的变化。她想到洞中奇怪而单调的回声,突然感到一切都索然无味,一切都没有任何价值,世界上的一切都归结为毫无意义

---

① [英]E.M.福斯特:《印度之行》,杨自俭译,译林出版社2003年版,第77页。

的"ou-boum"，就连她平日里最信仰的基督教也是如此。"她觉得，她并不想写信给孩子，她不想与任何人来往，甚至包括上帝"，"她对一切都失去了兴趣，甚至连阿齐兹她也感到淡漠了，过去她对他说的那些感情真挚而亲切的话，似乎再也不属于她，而是属于天空了"。① 从此，她不再关注世上的任何事情。当阿德拉问穆尔夫人阿齐兹是否是清白无辜的时候，她回答说当然他是无辜的，但是拒绝对此进一步解释，并且抱怨说这些都是"单调乏味……微不足道"②的。事实上，穆尔夫人在山洞中看到了太一，并且与太一站在了一起。所以她从山洞出来之后，已经摆脱掉了过去的自我，自然也摆脱了世事的烦恼，不再受世事所左右，实现了灵魂的超脱与"净化"。

事实上，福斯特小说中的人物在看似冷漠和古怪的外表下，是一种特殊意义的美德。他们遵循更高德性的人所追寻的更高的原则和标准，实现了灵魂的逃遁，因此具有更新意义的节制、正义、勇敢和智慧，这恰恰应和了普罗提诺对美德概念的阐释。在普罗提诺看来，当灵魂完全与躯体混合时，它就是恶的，并因此分有躯体的经验以及所有相同的意义；但是，当灵魂与身体分离时，这就是纯思性和智慧，"假设它不容形体激情来干扰，即有节制之德；假设它在离开形体时不知畏惧，即有刚毅之德；并假设理性和元智一统全局，而公义居间，那么，灵魂会成为善德，会拥有德性"③。所以，福斯特小说的人物不是冷漠，而是一种别样的执着，不是古怪，而是拥有真正的美德。从某种意义来讲，他们不是过着人的生活，而是过着超乎于人、接近于神的生活。

除了对世事的淡漠与逃离，福斯特的小说中的"净化"还表现在人的死亡。福斯特在小说中设计了里基的死亡和穆尔夫人的死亡。里基为了救自己的弟弟而失去了生命，而穆尔夫人则是在返回英国的路上死在

---

① ［英］E.M.福斯特：《印度之行》，杨自俭译，译林出版社 2003 年版，第 166 页。

② 同上，第 228 页。

③ ［古罗马］普罗提诺：《九章集》上，应明、崔峰译，上海三联书店 2017 年版，第 23 页。

了海上。福斯特对二人死亡情节的设计体现了他与普罗提诺思想的认同与差异。同普罗提诺一样,福斯特认为死亡是最好的灵魂与身体的分离,所以里基的死亡和穆尔夫人的死亡说明他们从更大意义上实现了灵魂与身体的分离,也就是实现了最彻底的"净化"。但是,福斯特把里基的死亡设计成"舍身救人"的典范,似乎与普罗提诺的道德伦理不符。普罗提诺的伦理是"超道德的",他并不在意自己与他人的身体,他所考虑的完全是人的内在自我,所以他人身体的损坏并不在他的考虑范围之内。而福斯特却仍旧关心道德伦理,这似乎和他的人文主义思想是一致的。

除了"净化"之外,福斯特还在小说中从更深的层次探讨了回归太一之路。普罗提诺认为,要想实现向太一的回归,人的灵魂必须进入上一级本体,也就是必须进入纯思状态。所以,福斯特在小说中着力描写了多个人物如何进入纯思境界。普罗提诺认为,"纯思"是较高层级的状态,是人的内在认识和自我认识,也是对人的自我的审视。为了升入这一层级,灵魂首先要将自己作为审视的对象,即把自我视为他者。普罗提诺对纯思境界的推崇,体现了他独特的美学原则。普罗提诺把内在的美看成是最高原则,认为人们应该透过一切外形和外在表现看到蕴藏在后面的内在之美。普罗提诺强调,内在的生命之美是美的真正源泉:

> 在天性本原中有一种美的理想原型,它在物质形式中,比灵魂中的原型更美,是后者产生的源泉。高贵的灵魂中的美更为清澈明亮,也更高级,它使灵魂增色,并赋予它更伟大的原美之光。它在灵魂中即刻显现,由此反映出灵魂之前的事物所属的性质,这原型不在任何事物里,只存在于自身之中。因此美不能被称作理性本原,而是第一理性本原的根源、创造者,这第一理性本原就是显现在灵魂这种质料中的美。[①]

---

① 〔古罗马〕普罗提诺:《九章集》下,应明、崔峰译,上海三联书店 2017 年版,第 627 页。

在普罗提诺看来，离开感性的美才是高级的美，如美德之美、人格之美。这样的美之所以美，恰恰在于与外在的分离和对内在的趋近。而纯思是最极致的内在，是感性世界之源，也是感性世界之美的源泉。所以，纯思是美的极致。

福斯特在小说中力图呈现的就是这最高级的"纯思"之美。他主张通过艺术和宗教架设通向纯思境界的通途，形成纯粹的自我，进而实现纯思者的内视。这种内视就是对自我的一种"凝视"。福斯特着重展示的就是这种"凝视"。

所谓"凝视"就是"看"，但是这种看不是对事物外在的观看，而是观照"相的行程"①。这里的"相"就是太一，是至善，它充满光辉，光芒四射，是万物的创造者；但是这相也需要纯思的观照，没有纯思，灵魂不会灵动，灵魂也不能最终升入更高的本体界，实现与太一的合一。纯思的本质就是对灵魂自我的凝视。凝视者"必须把视界带入自身之中，不要再以分离的模式看，而是要像认识我们自身一样地去看"②。

小说《印度之行》中的阿德拉、阿齐兹、穆尔夫人和戈德博尔教授都经历了这种"凝视"。在清真寺里，圣洁素雅的环境给阿齐兹一种美的享受，阿齐兹认识到"伊斯兰教是一种对待人生的态度，它高尚而永恒"，因此阿齐兹陷入沉思，他的躯体和灵魂都在这里找到了自己的"归宿"③。在清真寺里对诗歌的诵念更让阿齐兹看到了永恒，看到了永恒之光，"他背诵着那诗句，两眼热泪盈眶"④。每次朗诵诗歌，阿齐兹几乎都有同样的感受，他捕捉到的是无限的艺术之美，同时也感受到了艺术之美带给他的心灵的愉悦。阿德拉在马拉巴山洞中也经历了这种内在的"凝视"，这种凝视是由马拉巴山原始自然的美激起的。马拉巴山由古老的岩石

---

① 　汪子嵩、范明生、陈村富等：《希腊哲学史》第四卷下，人民出版社 2009 年版，第 1302 页。
② 　[古罗马] 普罗提诺：《九章集》下，应明、崔峰译，上海三联书店 2017 年版，第 636 页。
③ 　[英] E.M.福斯特：《印度之行》，杨自俭译，译林出版社 2003 年版，第 16 页。
④ 　同上，第 17 页。

构成,而马拉巴山洞是由隧道连接的多个圆形山洞组成。山洞里面漆黑,"甚至在太阳对着洞口的时候,也只有极少的光线扩散到连接圆形洞室的隧道"①。但就是这漆黑、单调的古老山洞在福斯特的笔下呈现出动人的和谐之美。圆形洞室的墙壁非常光滑,在火柴燃着的那一刻,在墙壁上映出另一个火焰,两个火焰好像在不断地相互靠近,努力地要结合在一起。而那光滑的墙壁好像是一面美丽的镜子,映和着柔和的星光,变幻出各种奇妙的色彩。阿德拉在洞中看到了这一切美丽的幻象,内心十分触动,感到"这一切都是美丽的,是耐人寻味的"②。

普罗提诺把纯思分成两种,一种是凝视后的"思",一种是凝视后的"接受",或"迷狂"。"思"是指"能看见自身里面的事物的能力",即自我反省的能力;而"接受"或"迷狂"是"直接意识和接受的能力,借此能够看见超越者"。这两种状态是不同的。"思"是心智清醒时的凝思,而"接受"或"迷狂"是处于沉醉迷狂状态的爱,③因此后者是较高级的状态。

从阿齐兹和阿德拉在凝视后的反应来看,他们的纯思应该属于"思"的状态。清真寺里的景象使阿齐兹想到的是永恒和自己的民族性,以及要建立自己国家的愿望;而在诗歌王国里的徜徉则在阿齐兹的心里激起了对过去的回忆和对未来生活的憧憬。阿德拉在山洞中的凝视之后主要思考的是自己的身份与婚姻。虽然阿德拉出现了短暂的狂乱和歇斯底里,但是他们的思考所涉及的内容都与现实生活相关,而且他们思考的方式带有明显的推理色彩。所以说,阿齐兹和阿德拉确实都进入了纯思境界,但是由于他们的灵魂下降到了感觉的印象中,他们离神还有一段距离,所以他们自身不能成为神。

相比之下,穆尔夫人和戈德博尔教授的纯思则是"接受"或者"迷狂",是超乎智性的一种状态,因此比"思"更进一步。在这种状态中,灵

---

① ［英］E.M.福斯特:《印度之行》,杨自俭译,译林出版社 2003 年版,第 137 页。
② 同上,第 254 页。
③ ［古罗马］普罗提诺:《九章集》下,应明、崔峰译,上海三联书店 2017 年版,第 839—840 页。

魂与神的距离更近。在马拉巴山洞中，穆尔夫人看到了神的影子。她眼前的神表现为单调的 boum 回声和不断翻滚的大蛇和无数条小蛇，最后变成"像狮子鼻"一样的东西，或是"不死的虫"，①由此，穆尔夫人心中的神圣的神突然变成了一点也不高贵的东西，甚至是可憎可鄙的、丑陋的东西。所以她接受了这种映像，开始觉得神的世界也不过如此，于是在她心中，世界上的一切都失去了原有的价值，变得毫无意义。亲情、友谊、爱，所有的一切都失去了存在的理由。围绕着她的是令她恶心的气味。因此，在她走出山洞之后，就开始"寻找一个坏人"②。这意味着她原有的价值观已经不复存在。但事实上穆尔夫人已经与神在一起了，她之所见恰恰是太一本体的可见又不可见的形象，因为在太一那里，无便是有，有便是无，恶便是善，丑便是美，一便是多，多便是一，在她面前的的确是那位具有统一性的、超越时间的、至善的太一，穆尔夫人通过"接受"性的纯思看到了超越者。

而戈德博尔教授在神殿中的凝视则完全变成了"迷狂"。他站在爱神的面前，与爱神共处于同一块地毯上。他的迷狂呈现了一个人与神之间关系的可敬画面，"这种关系可以被描述为神显现在宇宙中各种有生命的生命中和没有生命的物体中"③。对于戈德博尔教授来说，神并不表现为具体的现实的存在，也不表现为一个抽象的存在，他存在于无形："爱神尚未降生——那庄严的时刻午夜才能到来——然而爱神在几个世纪以前已经降生了，他绝对不可能再次降生，因为他是宇宙的大神，他完全超越了人类的作用。他此时在，而过去不在，他此时不在，而过去在。"④在人人陶醉其中的欢乐时刻，戈德博尔教授沉醉于自己的歌声和

---

① ［英］E.M.福斯特：《印度之行》，杨自俭译，译林出版社 2003 年版，第 232 页。

② 同上，第 164 页。

③ Mohammad Shaheen, "Forster's Alexandria: The Transitional Journey," in G. K. Das and John Beer (eds.), *E. M. Forster: A Human Exploration Centenary Essays*, London: The Macmillan Press LTD, 1979, p.86.

④ ［英］E.M.福斯特：《印度之行》，杨自俭译，译林出版社 2003 年版，第 321 页。

舞蹈之中;渐渐的,他的理智开始模糊起来,他看到了渴望看到的众多的偶像,在偶像中,他看到了以前看到过的穆尔夫人,也看到了以前曾经看到过的一只小黄蜂,还有他曾经试图抓到的石头。戈德博尔在迷狂的状态中看到了神,因为神就显现在现实世界中的各种人和物象之中,所以他在穆尔夫人、小黄蜂和石头那里看到了神,看到了那至高无上的超越者。

在福斯特看来,"接受"和"迷狂"是纯思的最高境界,要想见到太一,必须进入接受和迷狂的境界。而福斯特深知,只有宗教能够创造这种接受和迷狂。但是,西方的基督教在这一点上似乎无能为力,因为基督教的教义具有道德性,它主要强调人在现实世界中的道德行为,具有理性和约束力;同时仁慈的基督道成肉身,具体有形,所以在普罗提诺的宇宙论面前必然失掉了太一的本色。伊斯兰教由于教义的道德性,也最终与有形世界更加趋近。另外,伊斯兰教的真主在创造世界的同时要求回报,人们必须按照真主的意旨行事,否则必受到真主的惩罚,这一点使伊斯兰教的真主又具有了局限性。所以,能够满足太一所有特性的唯有印度教的梵,它无影无形,独立自存;创造并非它的目的,但是创造自行发生。它泰然处之,不求回报,但是它的下届本体心向往之,并且努力实现向原初本体的回归。印度教的想象性和梦幻色彩突破了有形的限制,实现了无形和无限。福斯特在印度教中找到了太一,并且通过他的小说创作实现了对太一的回归,最终完成了普罗提诺没有完成的任务。

普罗提诺认为,纯思确实是最高级的自我状态,但是纯思不与太一等同。太一超越纯思,进入纯思状态并不等于与太一同一。所以与太一同一才是最高的回归境界。但是太一是可遇而不可求的,"我们不应该质疑它所[sic]何处而来;因为根本没有那个地方,它不会从那里来,也不会到那里去;它只是被看见或者不被看见"[1]。普罗提诺认为,为了实现

---

①   [古罗马]普罗提诺:《九章集》下,应明、崔峰译,上海三联书店 2017 年版,第 607 页。

与太一同一，必须进行彻底的"净化"，也就是要虚空心灵，无欲无求，静静地等待，"它的到来并不是一定要被看见，而是它显现于万物之前，显现于智觉的任何移动之前"①。由此，灵魂必须停止一切活动，完全归于平静，忘掉一切，以无为的方式等待太一的降临。

福斯特充分认识到了太一的这种特性，在小说中设计了与灵魂与太一同一的完美结局。穆尔夫人最后死亡，被葬入大海，说明她彻底摆脱了凡俗世界，与太一合而为一，最后变成了神自身，以意识的方式进入印度的法庭，进入戈德博尔教授的内心。而戈德博尔教授则在迷狂中觉得自己就是爱神，他在意识中再一次看到了穆尔夫人，并且"自己居于爱神之位来热爱她"②。所以，在福斯特笔下，穆尔夫人和戈德博尔教授都实现了与太一的同一，在这种境界之中，世上的一切都变得不重要了，甚至毫无关系。因为他们已经与太一合而为一，又回复到了最原初的本体状态。他们已经实现了从"此孤独者"向"彼孤独者"的飞跃，圆满完成了心向太一的旅程。

第二节　宗教体验与狂欢：混乱中的连接

近年来，随着殖民和后殖民批评理论的兴起，人们对《印度之行》中的政治色彩多有关注。弗朗西斯·辛（Frances B. Singh）就在其《〈印度之行〉，国家运动及其独立》一文中强调了该小说的政治性，指出《印度之行》触及了非常复杂的国家独立问题③。皮特·莫雷（Peter Morey）也撰文称福斯特欲通过撰写关于帝国和帝国主义的小说为英国创造一个神

---

① ［古罗马］普罗提诺：《九章集》下，应明、崔峰译，上海三联书店 2017 年版，第 608 页。
② ［英］E.M.福斯特：《印度之行》，杨自俭译，译林出版社 2003 年版，第 330 页。
③ Frances B. Singh, "*A Passage to India*, the National Movement, and Independence," *Twentieth Century Literature*, 31.2/3 (1985), p.265.

话。① 张中载先生也强调《印度之行》是一部"政治性显著"的小说,并且在小说中听到了"不和谐的殖民主义和反殖民主义的双声":福斯特一方面受制于根深蒂固的"欧洲中心"主义意识,持有西方殖民主义者的种族偏见,另一方面又对印度人民的反殖民主义斗争深表同情。② 当然,这些评论都是很有见地的。但是我们必须看到,政治并不是《印度之行》的全部。英国著名文学评论家约翰·塞耶·马丁(John Sayre Martin)就曾说过:"假如像过去一些评论家那样,认为《印度之行》只是一部反殖民主义的小说,那么今天就可能没有人读了。"③确实,这部小说的意义应该远远超出政治之外,正如福斯特本人曾经说过的那样:"尽管引起公众关注并且成为卖点的是该书的政治方面,但这本书其实不是真正关于政治的。……它应该是哲学的和富有诗意的。"④在福斯特眼中,《印度之行》所探讨的是"人类对永久家园的探求",也是对"宇宙的一种探索"。⑤《印度之行》所涉及的问题是多方面的,这其中既有个人问题,也有社会问题,更有宗教问题。事实上,福斯特借政治矛盾和冲突展示了一个混乱的世界,但是通过宗教向读者传达了他本人崇尚人类之爱的哲学理念以及构建和谐、秩序世界的崇高人文理想。在此,印度完全是一个象征,一个融汇了文化、种族、宗教、自然于一体的世界乃至宇宙的象征。福斯特创造性地将宗教同自然和社会生活融合在一起,通过各种宗教体验和狂欢使小说得到了升华。本节仅从宗教的视角出发,探讨小说中的各种宗教体验和宗教仪式后的狂欢所承载的深刻寓意。

---

① Peter Morey, *Postcolonial Forster*, David Bradshaw (ed.), *The Cambridge Companion to E. M. Forster*, Cambridge: Cambridge UP, 2007, p.254.

② 张中载:《〈印度之行〉不和谐的双声:反殖民主义与殖民主义话语》,《外国文学》2000 年第 3 期,第 40—45 页。

③ [英]E.M.福斯特:《印度之行》,杨自俭译,译林出版社 2003 年版,第 370 页。

④ Quoted in John Colmer, *E. M. Forster: The Personal Voice*, London: Routledge & Kegan Paul, 1975, p.156.

⑤ Ibid.

一、印度的混乱

福斯特的一生与印度结下了不解之缘。1907 年福斯特结识了印度朋友马苏德(Syed Ross Masood)，并受其影响，对印度产生了极大兴趣。对此，福斯特曾有过这样的表述："他[马苏德]把我从乏味而又不切实际的生活中唤醒，为我呈现了新视野、新文化，帮助我对一个大陆[印度]有了了解。"①在 1912 年，福斯特随同其剑桥大学的哲学导师迪金森(Goldsworthy Lowes Dickinson)前往印度。1921 年，福斯特再赴印度，受邀担任德华邦(Dewas)土邦主的秘书。②《印度之行》就是这两次印度经历的结晶。在印度的经历为福斯特提供了最直观的感受，促成了他对印度这一神秘国度的理性思考，也为他日后进行《印度之行》的写作积累了丰富的素材。

福斯特小说的最终目的就是揭示"人类在混乱世界中的困境"③。在福斯特眼中，混乱构成了印度的主旋律，因为他在印度看到的都是令他不解的神秘和"混乱"(muddle)。在短文《乌贾因的九颗宝石》("The Nine Gems of Ujjain"，1914)中，福斯特曾对在印度中西部城市乌贾因所看到的景象做过这样的描述："什么东西都没有地方，什么东西都不在应该在的地方。时间也不存在了。北方所有细微的变化听起来都很荒谬，除了天空的穹庐和太阳的圆形之外什么都不确定。"④不仅如此，福斯特后来也曾在书信集《戴维山》(*The Hill of Devi*，1965)中对印度的"混

---

① E. M. Forster, "Syed Ross Masood," *Two Cheers for Democracy*, New York: Harcourt, Brace & World, Inc., 1951, p.292.

② John Colmer, *E. M. Forster: A Passage to India*, London: Edward Arnold Ltd., 1967, p.12.

③ Frederic P. W. Mcdowell, "'A Universe... not... Comprehensible to Our Minds': *A Passage to India*," in Alan Wilde (ed.), *Critical Essays on E. M. Forster*, Boston: G. K. Hall & Co.,1885, p.132.

④ E. M. Forster, "The Nine Gem's of Ujjain," *Abinger Harvest*, New York: Harcourt Brace Jovanovich, Publishers, 1964, p.305.

乱"发出过类似的感慨。① 福斯特把小说置于印度这一广阔的东方视野中,目的在于以印度小镇昌德拉普尔为背景向人们呈现一个极其混乱的世界。这里不论是自然环境还是社会生活都处于一片混乱之中。读者从小说第一章的描写就可以感受到这一点。坐落在恒河边上的昌德拉普尔小镇被分成了两个格格不入的城区:外围印度人居住的地区肮脏破败,垃圾遍地,寺庙冷清,整个地区树木和人"都像是泥做成的"②,看起来单调乏味,失掉了所有美的祈望。恒河发水的时候更是混乱不堪:"房子倒塌,人被淹死,尸体腐烂,无人料理。"③可是在城里英国殖民者居住的地区却是另一番景象,这里简直是一座"花园之城"。事实上这种鲜明的对比构成了印度生活的极度不和谐,预示了隐藏在后面的更大混乱与危机。在这个小镇上,印度人恪守不同的宗教信仰,教派林立,即使同一教派之中也存在着各种纷争。这里也存在着严格的等级制度以及男女有别和高低贵贱之分,根本无法谈及真正的自由与民主。英国殖民者的侵入更加剧了这种混乱。占领与被占领的关系性质决定了英印两个民族间注定存在着不可弥合的矛盾,他们之间存在着永远不可逾越的鸿沟。以朗尼为代表的英国殖民者以占领者的身份自居,傲慢无礼,而印度人对英国殖民者也心存芥蒂,毫不信任,在内心深处涌动着抵制与反抗的暗流。

在《印度之行》中,印度生活中的混乱因为穆尔夫人和其儿子的未婚妻阿德拉小姐的到来变得越发明显、越发不可收拾。两位英国女人带着"了解印度"、"了解印度人"的美好愿望来到昌德拉普尔小镇,结果却以失败告终。在清真寺,心存好意的穆尔夫人遭到了阿齐兹医生的大声呵斥:"小姐,这是清真寺,你根本没有权利到这儿来;你应该把鞋子脱掉,

---

①   E. M. Forster, *The Hill of Devi*, London: Penguin Books, 1965, p.73.

②   [英] E.M.福斯特:《印度之行》,杨自俭译,译林出版社 2003 年版,第 3 页。

③   同上,第3—4页。

这儿是穆斯林圣洁的地方。"①虽然穆尔夫人解释了自己已经脱掉了鞋子并因此得到了阿齐兹医生的谅解，但是这一幕反映了英国人在印度并不受欢迎的事实。后来，在为了满足阿德拉"了解印度人"的愿望而举行的搭桥聚会上，英国人和印度人各处一处、互相排斥的局面更说明了这一点。而小说中马拉巴山洞事件将印度这个神秘国度中存在的混乱状态推向了巅峰。马拉巴山洞一带由古老的岩石构成，这些岩石"突然平地拔起，错乱无序"②，毫不协调，暗藏着各种冲突与混乱。热心的阿齐兹医生带领穆尔夫人和阿德拉一起去参观马拉巴山洞。可是洞中的混乱与回声却使阿德拉产生了幻觉，以为阿齐兹医生对她非礼；结果，阿德拉起诉了阿齐兹，并因此激化了英印人民之间早已存在的矛盾，产生了更大的民族隔阂。由此看来，虽然《印度之行》不是一部简单的政治小说，但是与政治有着直接的关系，或者更确切地说，是一部否定政治的小说。印度的混乱完全是政治造成的。政治筑成了人与人之间和种族与种族之间的隔阂；政治也构成了人类在宇宙中所面对的又一困境。

《印度之行》中的混乱世界自然是福斯特不愿意看到的，也是他不能容忍的，对此他持否定和批判的态度。他希望整个世界是个和平、秩序的世界，在这个世界上人人平等，互相尊重，互相爱护；人与人之间、种族之间、宗派之间和谐相处，互相交融。那么，人们应该如何走出现实的困境，实现这一理想呢？这是福斯特在《印度之行》中着重探讨的问题。当然，福斯特首先想到了政治，但是政治其实是印度混乱的真正原因，所以要用政治的方法来解决现实的混乱问题是根本行不通的。朗尼是小说中英国政治势力的代表，他极力维护的是大英帝国的政治利益，正像他自己所表白的那样，英国人来到印度并不是为了向印度人表示友好，而是为了纯粹的殖民统治，为了贯彻其英国人优于印度人的阶级和种族意

---

① 　[英]E.M.福斯特：《印度之行》，杨自俭译，译林出版社2003年版，第17页。
② 　同上，第136页。

识。所以，政治不可能解除印度的混乱，在政治的框架内英国人与印度人也不可能成为朋友，对此福斯特在小说的最后说得再明白不过了："不，你们现在还不能成为朋友！""不，你们在这儿不能成为朋友！"①

面对混乱的世界，福斯特再一次表达了"连接"的渴望。但是这一次他超越了《霍华德庄园》中所提倡的内在与外在、传统与现代的"连接"思想，主张种族之间的连接与融合。他真诚地希望通过沟通和连接，实现世界的融合。这其实就是他创作《印度之行》的初衷。这部小说的书名取自惠特曼（1819—1892）发表于 1871 年的一首诗《通向印度之路》（"Passage to India"）②，就是因为福斯特看中了诗中所承载的世界融合的寓意。福斯特借用这一诗句表达了在东西方建立通途、消除人与人之间的分离与隔阂、共享和谐世界的美好愿望。在小说中，福斯特塑造了菲尔丁的形象，借以传达自己的"连接"理念。可以说菲尔丁是福斯特连接思想的代言人。菲尔丁是个有独特思想的英国绅士，担任昌德拉普尔地方政府学校校长职务。他崇尚文化与教育，相信人与人之间的平等与沟通，试图在互不往来的英印两个社会群体之间搭起一座桥梁。由于菲尔丁没有狭隘的种族偏见，所以他与当地的印度人相处融洽。他尤其同阿齐兹建立了深厚的友谊。在阿齐兹受到污蔑、处境艰难的时候菲尔丁一直站在阿齐兹身边。他坚信阿齐兹是清白无辜的，他还试图让包括昌德拉普尔市长、警察局长在内的英国人都相信这一点。另一位崇尚"连接"思想的人物是阿德拉小姐。她是一位坦率诚实的姑娘，对神秘的印度充满了好奇。到达印度之后，她一反英国人惯有的种族偏见，一直以友好的方式对待所有的印度人，对待阿齐兹更是如此。她认为在印度"一定有某种普遍的东西，……可以把联接的障碍打破的东西"③。她所

---

① ［英］E.M.福斯特：《印度之行》，杨自俭译，译林出版社 2003 年版，第 369 页。

② Fredson Bowers，"The Manuscript of Whitman's 'Passage to India'，" *Modern Philology*，51.2（1953），p.102.

③ ［英］E.M.福斯特：《印度之行》，杨自俭译，译林出版社 2003 年版，第 161 页。

指的这种普遍的东西就是"阿齐兹有时向往的那种普遍的兄弟关系"①。虽然她由于幻觉起诉了阿齐兹，但是后来勇于承认自己的错误，在法庭上当众撤诉，用真诚还了阿齐兹的清白。

　　但是，福斯特这种连接的愿望却在冷酷的现实中被击得粉碎。学者帕瑞（Benita Parry）曾经在《〈印度之行〉：墓志铭还是宣言?》（"*A Passage to India*：Epitaph or Manifesto?"）一文中指出，这部小说"故意揭示了自由—人文主义思想所面临的危机"②。确实，虽然福斯特在小说中运用了连接的思想，但是他明显感觉到这种连接理念在现实中的局限性。他意识到连接不能完全解决现实中的混乱问题，有时候甚至会让事情变得更糟糕。菲尔丁和阿德拉的境况充分说明了这一点。菲尔丁同印度人关系融洽，但是他因此同英国人产生了隔阂，当地的英国人不喜欢他。而且，他为阿齐兹所做出的努力并没有带来什么结果，反而招致了包括市长特顿和警察局长麦克布赖德在内的英国人的反对与敌视，最后不得不辞去校长职务，离开昌德拉普尔。就连阿齐兹最后也对菲尔丁产生了误解，觉得菲尔丁抛弃了他，因此不再信任他。阿德拉小姐的境况也是如此，虽然她极力想去了解印度，了解印度人，但是结果因为她的缘故给印度人带来了更大的伤害。她自己也因为当众撤诉惹恼了当地的英国人，遭到了英国人的冷落。福斯特清醒地认识到，由于英国殖民者强烈的种族偏见和所采取的高压政策，加上印度人性格上的敏感多疑和变化无常，这种连接的理想在现实中是不可能实现的。福斯特借昌德拉普尔市长特顿之口给出了下面的结论："英国人和印度人相互交往可以，礼尚往来也行。要说亲密无间——绝对不行。英国人和印度人期望成为亲密的朋友的时候，除了灾难以外，从未有过任何结果。"③

---

① ［英］E.M.福斯特：《印度之行》，杨自俭译，译林出版社 2003 年版，第 161 页。

② Benita Parry, "*A Passage to India*：Epitaph or Manifesto?" in G. K. Das and John Beer (eds.)，*A Human Exploration*，London: The Macmillan Press Ltd.，1979，p.129.

③ ［英］E.M.福斯特：《印度之行》，杨自俭译，译林出版社 2003 年版，第 183 页。

二、宗教体验与狂欢

虽然现实中的连接以失败而告终,但是福斯特并没有放弃他建构和谐世界的人文理想。他将目光投向了宗教,希望在宗教中找到答案。恩格斯说:"一切宗教都不过是支配着人们日常生活的外部力量在人们头脑中的幻想的反映,在这种反映中,人间的力量采取了超人间的形式。在历史的初期,首先是自然力量获得了这样的反映,而在进一步的发展中,在不同的民族那里又经历了极为不同和极为复杂的人格化。"① 由此可以得知,宗教一直是人类社会生活中的重要组成部分,是人类发展进程中的不可或缺的精神动力。作为一种复杂的社会文化现象,宗教是人们对精神存在的信仰,是人类对自己所获经验的理解,是与周围世界进行沟通的一种尝试,也是人们释放情感压力、应对社会复杂危机的心理方式,它"能够满足一定的社会和心理需求"②,并最终"为人们提供一种有秩序的宇宙模式"③。福斯特出生在一个宗教气氛十分浓厚的福音派教徒家庭,从小就受到宗教方面的熏陶。虽然福斯特曾经在《我的信仰》("What I Believe")一文中强调自己不信仰上帝④,但是他在小说中时常流露出对宗教的依赖。在《天使不敢涉足的地方》中,卡罗琳给吉诺的婴儿洗澡后怀抱婴儿的一幕就象征着圣母玛利亚怀抱圣子的场景,而菲利浦在同吉诺打斗后喝掉给婴儿准备的牛奶则象征着菲利浦心灵的再生,具有浓厚的基督教色彩。福斯特的老友阿梅德·阿里(Ahmed Ali)曾经引述了福斯特在生命的后期写给他的信中所说的话:"最近我一直对宇

---

① 〔德〕马克思、恩格斯:《马克思恩格斯选集》第三卷,人民出版社 1995 年版,第 667 页。
② 庄孔韶:《人类学概论》,中国人民大学出版社 2006 年版,第 349 页。
③ 同上书,第 350 页。
④ E.M. Forster, "What I Believe," *Two Cheers for Democracy*, New York: Harcourt, Brace & world, Inc., 1951, p.67.

宙其他地方可能存在的其它生命形式和非人类的生命形式很感兴趣。"①
在这里，福斯特所指的就是神或者上帝的存在。事实上，福斯特的这种
兴趣早已形成。人们可以随时在他的小说中体察到这种兴趣。他崇尚
自然，陶醉于自然万象之中，并从中感受到了神秘与永恒。《最漫长的旅
程》中的神秘树林和宁静的乡野以及《霍华德庄园》中远离都市喧嚣的乡
村别墅都是这种兴趣的物化。他也相信超然的存在，相信在自然背后，
在宇宙之上存在着更高级的精神存在。《印度之行》中的宗教意识就是
这种信仰的体现。他试图通过宗教理想，否定"混乱的"现实世界，最终
建构一种有秩序的宇宙模式。

　　福斯特在小说中塑造了穆尔夫人、阿齐兹医生和戈德博尔教授三个
主要人物。他们分别信仰基督教、伊斯兰教和印度教。所以，福斯特不
仅通过这三个人介绍了印度生活的各个侧面，更呈现了当时在印度并行
的三种宗教。印度是宗教气氛极其浓厚的国家，宗教在人们的日常生活
和政治生活中占据非常重要的地位。1881 年，在英属印度政府进行第一
次大规模人口普查时，就以人们所信奉的宗教作为社会成员分类的基
础，印度教和伊斯兰教成为英属印度官方正式认可的两大主要宗教。②
除了印度教和伊斯兰教之外，基督教也随着英印殖民者的侵入被带入印
度，成了一部分人的宗教信仰。在印度，虽然同时存在这三种宗教，但是
它们一直存在着不可调和的矛盾，处于根本对立状态。它们之间的对立
主要来自信徒们最原初的信仰。基督教和伊斯兰教都是一神教，坚持
"上帝"和"安拉"是最高的主宰。而印度教则坚持万物有灵论和多神崇
拜，认为上帝寓于世界万物之中。福斯特非常清楚三种宗教互相抵触的
状态，也清楚三种宗教各自的缺陷，但是他借小说中三个主要人物各自

---

① 　Ahmed Ali, "E. M. Forster and India," in Judith Scherer Herz and Robert K. Martin
(eds.), *E. M. Forster: Centenary Revaluations*, London: The Macmillan Press LTD,
1982, p.281.
② 　邱永辉：《印度教概论》，社会科学文献出版社 2012 年版，第 14 页。

的宗教体验以及宗教节日后的狂欢,创造性地将基督教、伊斯兰教和印度教融合在一起,从而建构了一个精神上的和谐世界。

人们的宗教信仰往往是通过各种宗教体验实现的。顾名思义,所谓宗教体验,就是宗教方面的经历,是人体会神性、接近神性的心理过程。根据印度教《湿婆往世书》的记述,人的宗教体验大致可以分成四个层次:"至上的层次是体悟上神的存在,第二个层次是冥思,第三个层次是使人记起至上神的象征性崇拜,第四个层次是举行祭祀仪式和朝圣。"①这些层次反映了人内在精神的发展进程。福斯特在小说中分别描写了戈德博尔教授、阿齐兹医生和穆尔夫人三个人的不同宗教体验,通过这些宗教体验,表达了福斯特对最高精神存在的信仰和实现世界融合的美好愿望。

穆尔夫人是虔诚的基督教徒。她温文尔雅,善良仁厚,坚信"上帝就是爱"②。她对在印度看到的不平等现象深感忧虑。在小说第一章搭桥聚会结束后,当听到儿子朗尼说出英国人到印度来不是为了向印度人表示友好的言辞时,穆尔夫人反驳道:"上帝让我们降生到这个世界上,就是让我们去爱这个世界上的人,并要我们把这爱变成实际行动。上帝无所不在,当然印度也不例外,他也在注视着我们在这儿如何把爱付诸行动。"③她认为英印两个民族之间应该友好相处,"有友好相处的愿望也会让上帝满意……赢得上帝的祝福"④。穆尔夫人知道,她所信仰的上帝创造了世界万物,上帝无处不在,他就在那"圆拱形的天空之外",在那"最遥远回声之外的沉寂"⑤中时时关注着地上的一切。福斯特多次描写了穆尔夫人的宗教体验。在第二章穆尔夫人在衣钩上发现了一只小黄蜂。

---

① 邱永辉:《印度教概论》,社会科学文献出版社 2012 年版,第 283 页。

② [英] E.M.福斯特:《印度之行》,杨自俭译,译林出版社 2003 年版,第 53 页。

③ 同上。

④ 同上。

⑤ Edward Morgan Forster, *A Passage to India*, Beijing: Foreign Language Teaching and Research Press, 1992, p.52.

她觉得，这只小黄蜂就是上帝的杰作，在这小小的生物身上蛰伏着上帝的意志。在她眼中这只小黄蜂同其他的动物和植物一样，是"永恒丛林"的一部分，尽情享受着上帝的恩宠。她不禁感叹道："可爱的小东西！"[①]这声感叹表明她已经看到了上帝，感受到了上帝的光辉，并因此对这只小生物产生了怜爱之心。

马拉巴山洞一章记录了穆尔夫人更深刻的宗教体验。在这里福斯特似乎要通过穆尔夫人的体验来验证基督教在广漠的宇宙面前所表现出来的局限性。[②]马拉巴山洞黑暗、肮脏，散发着难闻的气味，"令她透不过气来"。在黑暗中她还感觉到有一个"像动物肉掌一样的东西"打在了她的脸上。更可怕的是，洞中有一种奇怪的回声，所有的声音在这里都归结为一个声音：单调的"bou-oum"或者"ou-boum"[③]。这次奇特的经历之后，穆尔夫人好像变了一个人，她变得沉默寡言，觉得世界上的一切都失去了价值，过去生活中的一切也都成了一场梦，因此对一切都失去了兴趣，甚至对一直与之坦诚相待的阿齐兹也失去了兴趣。当然，对于穆尔夫人在洞中的经历人们看法不一。路易斯·道纳（Loise Dauner）认为山洞中的经历使穆尔夫人认识到了"精神的衰败和死亡"[④]；艾伦·王尔德（Allan Wilde）认为穆尔夫人在洞中经历了"从哲思到心理的一种转变"，最后形成了她"愤世嫉俗的思想状态"。[⑤] 而诺曼·佩治（Norman Page）则认为洞中的经历"瓦解了穆尔夫人最初的所有信仰和生活意义，使她最终走向了悲观主义"[⑥]。事实上，穆尔夫人在马拉巴山洞确实发生了心理的变化，但是她更经历了一次非常深刻的宗教体验，这种体验是

①　［英］E.M.福斯特：《印度之行》，杨自俭译，译林出版社 2003 年版，第 34 页。

②　Lionel Trilling, *E. M. Forster*, New York: Hogarth Press, 1944, p.144.

③　［英］E.M.福斯特：《印度之行》，杨自俭译，译林出版社 2003 年版，第 63 页。

④　Loise Dauner, "What Happened in the Cave? Reflections on *A Passage to India*," in Alan Wilde (ed.), *Critical Essays on E. M. Forster*, Boston: G. K. Hall & Co., 1985, p.145.

⑤　Alan Wilde, "Injunctions and Disjunctions," in Harold Bloom (ed.), *Modern Critical Views*, New York: Chelsea House Publishers, 1987, p.78.

⑥　Norman Page, *E. M. Forster*, Houndmills: Macmillan Education Ltd., 1987, p.107.

类似于印度教徒"梵我如一"的体验,或者如科鲁兹(Frederick C. Crews)所说的"认识梵天的模仿",①使她完成了从虔诚的基督徒到高贵的婆罗门的蜕变。马拉巴山洞极其古老,山洞里漆黑一片,无声无形。然而在马拉巴山洞的顶上却有一个巨大的卵石,那卵石自己可以摇晃,里面是一个"水泡一样的洞……向四面八方反射出黑色的光"②。这个巨大卵石具有特殊的寓意。在印度文化中,人们往往赋予"卵"这一生命的原体无边无际的性质,称其为"世界卵",并且认为世间的一切生命都容纳在这个世界卵壳之内。人们相信生殖神梵天就是在这个卵壳中诞生的,他"在卵里寂然不动地度过一年孕育期,然后单凭他的思想活动,卵就分裂成两半"③。所以,在福斯特的心目中,马拉巴山洞完全是一个象征,象征着梵所寓居的太一世界。而穆尔夫人走进山洞,就进入了梵的境界,实现了自我与梵天的"和解与同一"④。然而,印度人所理解的自我与梵天的和解与同一并非指人意识和体察到这个统一体,而是指"意识与自意识以及世界内容和人格内容都消失掉"⑤。黑格尔认为这种绝对无知无觉的冥顽空无境界才是最高的境界,"到了这种境界,人就变成了最高的神,即变成婆罗门"⑥。随着穆尔夫人实现了梵我同一,她的"自我"也就变成了"非我",难怪她所听到的一切都发出了一个单调的"bou-oum"的回声,也难怪她对一切都失去了兴趣。她所听到的回声好像在说:"怜悯、虔诚、勇气——世界上都有,但是却毫无差异,就连猥亵也是如此。世界上什么都有,可什么东西都没有价值。"⑦

福斯特不仅表现了基督徒的宗教体验,也记录了穆斯林的宗教体

---

① Frederick C. Crews, *E. M. Forster: The Perils of Humanism*, Princeton: Princeton UP, 1962, p.155.
② [英] E.M.福斯特:《印度之行》,杨自俭译,译林出版社 2003 年版,第 138 页。
③ [德] 黑格尔:《美学》第二卷,朱光潜译,商务印书馆 1979 年版,第 50 页。
④ 同上。
⑤ 同上,第 47 页。
⑥ 同上。
⑦ [英] E.M.福斯特:《印度之行》,杨自俭译,译林出版社 2003 年版,第 165 页。

验。阿齐兹是个虔诚的伊斯兰教徒，把《古兰经》奉为自己的人生哲学。阿齐兹的宗教体验主要通过静思和诵读诗歌来完成的。这两种宗教体验净化了阿齐兹的灵魂，使他的自我得到升华，也传达了福斯特本人的"连接"理念。小说第二章描写了阿齐兹在清真寺的经历。在阿齐兹的心目中，清真寺是个极其高雅神圣的地方，那里拱廊相连，屋内的灯光与天上的月亮遥相辉映。在这里，阿齐兹感到神清气爽，身心愉悦，陷入了宗教式的冥想。在冥想中，他觉得自己领悟到了人生和爱的真谛，也找到了自己生活的目标；同时他也觉得自己的想象力得到了极大的解放，心中充斥着神圣的美感。所以，在这里，不论是在肉体上还是在灵魂上，阿齐兹都找到了自己的归宿。因为他感到"这里是伊斯兰教的圣地，这里是自己的国土，这里有更多的真心诚意，也有更高的战斗的呐喊声，的确，这里还有很多很多……"①

当然，阿齐兹不但从冥想中得到升华，还在吟诵诗歌的过程中得到心灵的净化，并且感悟到神的存在。小说有三处描写了阿齐兹朗诵诗歌的情形。一次是在第二章哈米杜拉的家里同朋友们聚会时阿齐兹用波斯语、乌尔都语和阿拉伯语朗诵哈菲兹、哈里和伊克巴尔的诗歌。② 诗歌的主题大都关于伊斯兰教的衰败和短暂的爱情。第二次是在第二章的清真寺，阿齐兹在冥想之后想起了曾在一国王墓碑上见过的四行诗："啊，我离人间久矣，/玫瑰花盛开，春天更美丽，/然而深知我心灵的人们——/一定会来拜谒埋葬我的墓地。"③第三次是在第九章，阿齐兹患病后几个朋友来看望他。他背诵了印度著名诗人迦利布④的一首诗。事实上，阿齐兹的每一次诗歌朗诵都是深刻的宗教体验，因为每一次他都感

---

① ［英］E.M.福斯特：《印度之行》，杨自俭译，译林出版社2003年版，第16页。

② 哈菲兹(Hafiz, 1320—1389)，十四世纪波斯最伟大的抒情诗人，著有《胡床集》。哈里(Hali, 1827—1914)，印度乌尔都语诗人。伊克巴尔(Iqbal, 1877—1938)巴基斯坦人民著名诗人与哲学家。

③ ［英］E.M.福斯特：《印度之行》，杨自俭译，译林出版社2003年版，第17页。

④ 迦利布(Ghalib, 1796—1869)，印度著名诗人和哲学家，以反对殖民统治和封建压迫著称。

到神在自己意识中的存在。黑格尔认为伊斯兰教诗歌往往存在着东方式的泛神主义:"诗人要在一切事物中见出神性,而且也确实见到了,他也忘去了他的自我,同时也体会到神性内在于他自己的被解放和扩张的内心世界。"①黑格尔还认为,伊斯兰教诗歌往往表现出东方人所特有的自由欢乐的内心生活,"他们尽情地向神,向一切值得赞赏的对象抛舍自我,但是在这种自我的抛舍中却仍保持住自己的自由实体性,去对付周围的世界"②,所以伊斯兰教诗歌往往表现出积极向上的心态和快乐的情绪,能够平静地看待生活中的苦难与厄运。虽然阿齐兹不是诗人,但是他有诗人的气质和情怀。在朗诵诗歌的时候,他同诗人一样,在心里产生了东方人所特有的那种愉快与自由之感,进而完全忘却了自我的存在,从内心深处得到了解放,让自己完全沉浸在永恒的喜悦之中,在一切事物中认识到而且感觉到神的存在和神的形象。阿齐兹对自己所朗诵的诗歌充满了由衷的赞美,觉得"它像出自非凡的美人之口的微声,又好像是两个混乱世界之间的夜莺的低鸣。这诗虽然不如对爱神讫里什那的呼唤那样明了,但是表露了我们的孤寂之情,隔离之苦,以及我们对朋友的渴求……"③当然,阿齐兹所朗诵的诗歌不仅使他本人心情开朗,也给在场的每一个人带来了幸福与快乐,引起了他们对过去的美好回忆。阿齐兹的诗歌朗诵感染了每一个在场的穆斯林,使他们开始重新审视自我,重新审视国家的历史与命运。他们都陷入了沉思,每个人都感到自己的心灵受到了净化。最后他们完全抛舍了自我,都意识到他们应该结束各种争斗。如此看来,诗歌把穆斯林的心凝聚在了一起,人们通过绝对忘我,倾注了对神的爱,最后与神契合成为一体。

在小说中,福斯特极力渲染、着墨最多的是戈德博尔教授这位印度教徒的宗教体验。这表明了福斯特对印度教的偏爱。印度教是指有史

---

① [德]黑格尔:《美学》第二卷,朱光潜译,商务印书馆1979年版,第85页。
② 同上,第87页。
③ [英]E.M.福斯特:《印度之行》,杨自俭译,译林出版社2003年版,第113页。

以来在印度盛行的宗教，虽然后来分化成诸多派别，但仍统称为印度教[①]。广义来讲，印度教一直在世界历史进程中对世界人民有着广泛的影响，"可以说在过去的两千年里，全世界差不多有三分之一的人都受到了印度教的影响"[②]。印度教之所以有如此巨大的影响力，原因就在于它比其他的宗教更深邃，更具有包容性。这种特性在戈德博尔教授身上表现得极其充分。戈德博尔教授是菲尔丁学校的音乐教师，是一位文质彬彬但神秘莫测的婆罗门，更是一位虔诚的印度教徒。在福斯特眼里戈德博尔教授最能代表东方人的气质，他沉静宽厚，总是心安理得，从来没有什么烦恼。在他身上体现了印度教的多元性、丰富性和包容性。正如小说中所描述的那样：他有欧洲人那样白的皮肤，头上戴着穆斯林式的缠头巾，整个外表看上去比较协调——"似乎他已经把东西两方的产品不仅从形态上而且从灵魂上和谐地结合在一起"[③]。他时常沉浸在哲学的思考当中，但是能够透过日常生活的表象看到宇宙和人类的本质。他信奉印度哲学，讲求"梵我如一"，在看似冷漠迟钝的外表下面隐藏着印度哲学的博大精深和吸纳百川的胸怀。山洞事件发生后，当菲尔丁问他阿齐兹是否做了那件坏事的时候，戈德博尔给出了这样的回答：每个人都有可能做了那个坏事。也就是说，每个人都曾参与其中；当邪恶出现的时候，它关系着整个宇宙。他进一步解释道，善与恶实际上是神的两幅面孔，或显或隐，隐暗含着显，但是隐并非不存在。[④] 戈德博尔的回答反映了印度教的哲思。他同其他印度教徒一样，相信一种永恒和超然的法则，认为这种"存在和非存在"并存的状态才是唯一和最终的存在。按照印度教的解释，这一最终的存在就是梵（Brahman），"'大梵'也，即'自

[①]　Hervey D. Griswold, "Some Characteristics of Hinduism as a Religion," *The Biblical World*, 40.3(1912), p.163.

[②]　Ibid.

[③]　［英］E.M.福斯特：《印度之行》，杨自俭译，译林出版社 2003 年版，第 77 页。

[④]　同上，第 198 页。

我'也,宇宙间之万事万物皆在大梵中,大梵亦在万事万物中,大梵即是此万事万物。在彼为此,此即彼也,万物一体"①。

在印度文化中,"梵"被描绘为一切的创造者和保护者,也兼具变化者和吸收者的角色,而这些角色却是由不同的印度教大神来完成的。所以对神的崇拜就凝聚成对"梵"的崇拜。戈德博尔教授通过唱圣歌和主持宗教仪式的宗教体验表达了对牧牛神(即爱神)讫里什那(即黑天)的崇拜。在第七章中戈德博尔教授唱了一首宗教歌曲,在歌曲中以一位挤牛奶少女的身份请求讫里什那的降临。虽然在歌曲中讫里什那没有按照歌唱者的意愿降临人世,但是作为歌唱者的戈德博尔已经同讫里什那在一起了,因为他在歌唱时实现了"感性方面的自否定和凝神默想、收心内视"②的过程,完全摆脱了世俗事物的干扰,获得了神性,使自己的心完全沐浴在神的光辉之中。黑格尔认为印度教对神的崇拜也导致了一些不协调的因素:"印度幻想总是经常想到最高神那个精神的抽象品,与这最高神相对立的个别具体感性现象却是非神性的,不适合的,因而是应作为消极的或反面的东西来看待而加以否定的。"③黑格尔的这段话可以理解为:人要想接近神,或具有神性,就必须对个别具体感性现象加以否定。换句话说,人越远离现实生活,对现实生活越淡漠,就越接近神性。从这个意义来讲,戈德博尔教授是最接近神性的人,因为他对现实生活总是表现出一种超然的态度。他无视印度生活中的"混乱";给穆尔夫人和阿德拉带来巨大烦恼的马拉巴山洞的回声在他那里也似乎从没有存在过。而他歌唱圣歌的过程恰恰是一个深刻内省的过程,虽然他还没有因此实现与"梵"的最终的统一和对尘世事物的安全抛舍,但是至少他借此达到了一个婆罗门教僧侣的权威,实现了自我的超越。

---

① [印度]《五十奥义书》修订本,徐梵澄译,中国社会科学出版社,2007年版,第6页。
② [德]黑格尔:《美学》第二卷,朱光潜译,商务印书馆1979年版,第59页。
③ 同上。

在小说第三十三章中,在印度人为爱神黑天的生辰举行的庆典上,戈德博尔教授完全同神站在了一起。那是一个盛大的庆典,场面宏大混乱,人们个个脸上都焕发着红光,洋溢着精神之美。空气中弥漫着"爱神就是爱"的信仰。戈德博尔教授同他的歌队尽情地歌唱和舞蹈,在歌声中戈德博尔教授的视线渐渐模糊起来,仿佛进入了神境。他努力把一切事物和每一件事物都还原到绝对和神性,在最寻常最感性的事物里看到了由幻想造成的神的现实存在。他记起了他在昌德拉普尔见过的"穆尔夫人",然后他又记起了曾经见过的那种"黄蜂",用精神的力量欢迎他们到这个"完美的世界"中来。此时,戈德博尔教授已经具有了神性,他和爱神在一起,或者说他就是那爱神,他爱世界上的一切,他爱世界上的所有人,而他周围的一切都因此沐浴在爱的荣光里。

福斯特似乎在向世人证明,不论哪种宗教,其实都在传播同一种理念,那就是"爱"。所以,虽然穆尔夫人、阿齐兹医生和戈德博尔教授分别经历了不同的宗教体验,但是殊途同归,他们都借此实现了自我的否定与更新。他们的自我不再处于原初状态,而是经过了宗教的洗涤,得到了净化和升华。他们内心都感觉到了神的存在,并且都接到了神谕,领会了爱的意志。他们每个人的内心都因此充满了爱,他们不再囿于小我的天地,而是放眼民族和世界,爱周围的每一个人,与每个人的心灵息息相通。这无疑是在精神层面上实现了福斯特的"连接"理念,实现了世界的融合。在此,福斯特美化了印度教,对它作了理想化的描写,去掉了印度教中的等级色彩,强化了它的沟通性;这实际上是福斯特的一种有意的误读。福斯特也美化了伊斯兰教,弱化了其民族性的特征,突出了其对心灵的净化作用。但归根结底,作者是根据基督教"爱"的原则把这几种宗教统一起来,从而提供了一种消解政治恶果的方案。

当然,在《印度之行》中,不单纯是宗教体验实现了人物自我的否定与更新,实现了精神上的连接和融合,紧跟在宗教仪式后的狂欢

(carnival)也起到了同样的作用。巴赫金(Mikhail. M. Bahktin, 1895—1975)认为狂欢是各民族文化中的一种特殊现象,它往往与宗教仪式有关,但是从形式上又超越了宗教的束缚,表达了人们对现有世界的一种否定,更是对现有社会秩序的一种更新:"狂欢节具有宇宙的性质,这是整个世界的一种特殊状态,这是人人参与的世界的再生和更新。"①在狂欢节上,人们不是袖手旁观,而是人人参与其中,它是"全民的"文化活动。在狂欢中,人们打破原有的等级观念和阶级差别,不再有高低贵贱之分,而是人人平等,互相理解,互相爱护,人人都沉浸在精神的欢乐之中。在《印度之行》中福斯特酣畅淋漓地描写了黑天生辰盛典之后的狂欢。人们载歌载舞,在雨中抬着黑天大神的偶像,来到河边,把偶像扔到水中,看着他在水中获得再生。此时,人们不再受种族、宗派的限制,也没有了高低贵贱之分,完全融合在一起,汇成了欢乐的海洋。自从马拉巴山洞事件以来一直闷闷不乐的阿齐兹也融入了其中,并从中体会到了无尽的快乐。那晚,阿齐兹所乘的小船发生了倾斜,阿齐兹与船上的同伴同时落入水中。阿齐兹的落水是一种象征,是阿齐兹心灵的洗礼与再生,所以原本对菲尔丁抱有成见的阿齐兹最后彻底消除了成见,与菲尔丁言归于好。福斯特试图通过这种狂欢说明一点:虽然目前英印两个种族之间还不能实现沟通与融合,但是,在精神上,人们已经实现了连接与融合,完成了对现实世界的否定与更新,建立了人人平等、互相爱护的新秩序。庆祝黑天诞生的节日与狂欢本身极具包容性,完全是融合的象征。狂欢彻底消除了现实中的隔阂与误解,把印度人、穆斯林以及英国人都连接在了一起。

芭芭拉·罗斯克兰斯(Babara Rosecrance)曾经对小说《印度之行》做过这样的评价:"这部小说的主要内容是表现纷争,但是其主要目的却

---

① ［苏联］米哈伊尔·米哈伊洛维奇·巴赫金:《巴赫金全集》第六卷,李兆林、夏忠宪等译,河北教育出版社 2009 年版,第 6 页。

是寻找和谐。"①确实，小说《印度之行》不单纯反映了印度分裂的现实生活，更承载着福斯特深刻的人文理念。正如惠特曼的诗歌中所体现的那样，小说《印度之行》中的印度不仅仅是地理或者政治概念，而是一种理念，一种精神，或者是一种理想。福斯特笔下的印度确实是混乱的，不论是在环境层面上还是在社会生活的层面上，都是混乱的。但是福斯特让这种混乱在宗教和狂欢的氛围中得到了改变。穆尔夫人、阿齐兹医生和戈德博尔教授的各种宗教体验和宗教节日后的狂欢大胆地传递了爱的理念，消除了现实生活中的隔阂与分离，在精神上实现了连接的理想。更难能可贵的是，福斯特借小说中的宗教体验与狂欢实现了对人物自我和现实混乱世界的否定与更新，并在精神层面上建立了一个人人平等、各种族相互融合的秩序世界。

第三节 结构与反结构：有序的世界

《印度之行》是一部在异质文化中寻求人文理想的力作。从情节上看，小说呈现的是当代社会现实秩序的"混乱"。每年大水过后恒河沿岸一派狼藉的小镇景象，错乱无序的马拉巴山洞中的混乱回声，以及英国殖民者与印度本土居民之间的明显对立与冲突，都构成了混乱的征象。很多学者都注意到了小说的这一特点，并且试图从不同的角度对此进行解读。考莫（John Colmer）认为混乱揭示了"人类所处的困境"，"标志着福斯特自由信仰的最终崩塌"。② 帕瑞（Benita Parry）则认为，混乱是福斯特所说的"永恒混乱行星"上的固有状态，福斯特本人试图通过"对称

---

① Babara Rosecrance, "*A Passage to India* The Dominant Voice," in Judith Scherer Herz and Robert K. Martin (eds.), *E. M. Forster: Centenary Revaluations*, London: The Macmillan Press LTD, 1982, p.242.

② John Colmer, *E. M. Forster: Personal Voice*, London: Routledge & Kegan Paul, 1975, p.157.

的设计和整合性的象征主义"艺术手法创造一种艺术,以实现"对人类现实做出清晰叙述"的目的。① 而学者亨特(John Dixon Hunt)则强调了小说中印度教仪式上所呈现的混乱情景,认为福斯特的小说艺术因此表现出混乱无形、杂乱无章的特征。②

事实上,"混乱"只是小说情节给读者造成的表面印象,而作者通过这种"混乱"书写,寄寓了他对宇宙与社会运行结构的思考,或者说,小说在混乱的表层下面蕴含着深层的理性内容。福斯特的写作本意就是要以"混乱"这种奇特的方式展示这些理性。只有认识到这一问题,才能理解小说的真谛。意大利哲学家维柯把理性分为三种:神的理性、国家政权的理性和自然理性。③ 福斯特在小说中所要揭示的恰恰是"混乱"表象下隐含的这三重理性,以及这三种理性之间的权力博弈关系,从而为读者提供了一个宇宙和社会运行模式的镜像。现实生活中殖民统治框架下的政治和社会结构所体现的是国家理性,而神的理性以及在神的理性庇护下的自然理性则构成了对结构的解构,即反结构。因此,读者看到的"混乱"实质上就是这种"反结构"所形成的效应。这里所说的"结构"与"反结构",借用了二十世纪人类学家维克多·特纳(Victor Turner,1920—1983)的人类学概念。所以本部分拟在人类学的框架下,利用维克多·特纳的人类学理论探讨《印度之行》的三重理性之间的关系。

人类学(也称文化人类学)是从文化角度对人的产生与发展进行研究的科学,确切地说是"研究人类社会中的行为、信仰、习惯和社会组织的学科"④。作为一个学科,文化人类学在十九世纪中期得以确立。此后

---

① Benita Parry, "*A Passage to India*: Epitaph or Manifesto?"in G. K. Das and John Beer (eds.), *E. M. Forster: A Human Exploration: Centenary Essays*, London: The Macmillan Press LTD, 1979, p.129.
② John Dixon Hunt, "Muddle and Mystery in *A Passage to India*," *A ELH*, 33.4 (1966), p.498.
③ [意]维柯:《新科学》,朱光潜译,人民文学出版社1986年版,第445页。
④ 《简明不列颠百科全书》第8卷,中国大百科全书出版社1986年版,第260页。

出现了古典进化论学派、法国社会学学派、英国功能主义学派、结构主义
人类学派、象征人类学派等诸多理论流派，同时也涌现出了泰勒（Edward
Burnett Tylor）、摩根（Lewis Henry Morgan）、弗雷泽（James George
Frazer）、列维·斯特劳斯（Levi Strauss）等贡献卓越的人类学家。他们
都从不同的角度对人类的进化和人类社会的构成和组织形式进行研究
和探讨。维克多·特纳是象征人类学派的重要代表人物之一，主要从事
象征符号和仪式过程的研究。他的主要学术著作有《一个非洲社会的分
裂和延续：一项关于恩登布人村落生活的研究》（1957）、《象征之林》
（1967）、《痛苦之鼓：恩登布人宗教过程研究》（1968）、《仪式过程：结构与
反结构》（1969）、《戏剧、田野与隐喻》（1974）、《从仪式到剧院》（1982）以
及《表演人类学》（1986）等。

　　象征符号是人类意识的主要功能，是人类创造的认识语言、科学、艺
术、神话、历史和宗教的基础，是理解人类文化和各种行为的重要途径。
德国哲学家恩斯特·卡西尔（Ernst Cassirer，1874—1945）把符号定义为
"人的本性之提示"[①]，认为人生活在一个符号宇宙之中；语言、神话、艺术
和宗教构成了宇宙之网。人被包围在语言形式、艺术想象、神话符号以
及宗教仪式之中，并且通过这些符号建立对世界的认知。卡西尔强调
"我们应当把人定义为符号的动物（animal symbolicum）来取代把人定义
为理性的动物。只有这样，我们才能指明人的独特之处，也才能理解对
人开放的新路——通向文化之路"[②]。许多人类学家都充分认识到象征
符号的重要作用。赫尔兹（Robert Herz）就在其著作《右手的优越》中对
象征符号进行了系统研究，指出人的左右手就是带有文化意义的象征符
号，带有性别和阶级的社会属性。右手被认为是高级的，神圣的，有能力
的，是统治的一方；相比之下左手是低级的，世俗的，没有尊严的，只能处

---

① ［德］恩斯特·卡西尔：《人论》，甘阳译，上海译文出版社 2013 年版，第 40 页。
② 同上，第 45 页。

于从属的地位。① 十九世纪四十年代,怀特(Leslie A. White,1900—1975)也对象征文化进行探讨,指出"符号是一切人类行为和人类文明的基本单元"②,强调符号使人类从动物转变为真正的人,并且使人类文明得以产生和延续。同其他人类学家一样,特纳一直强调象征符号在理解社会活动中的支撑作用,一生专注于仪式象征符号及其仪式过程社会意义的研究。特纳认为,仪式是一种象征符号,这一象征符号具有三个明显的特性:1. 浓缩性(condensation);2. 意义的统一性(unification);3. 意义的两极性。③ 所谓意义的浓缩性是指"一个简单的形式表示许多事物和行动",而意义的统一性指"各种迥异的意义统一于单一的象征符号形式中";④这些不同的所指因其共同的本质或内在的联系而互相关联。所谓意义的两极性是指意义所包含的"理念极"和"感觉极"。"理念极"关涉社会的道德和社会秩序的组成部分、社会组织的原则、团体组织的种类,以及结构关系中内在固有的价值和规范,引导和控制人作为社会团体和社会范畴成员的行为。而"感觉极"则与象征符号的外在指涉内容紧密相连,指象征符号所引起的人的欲望和情感。根据这一理论,特纳研究了非洲赞比亚恩登布人部落社会结构特点及其仪式在部落生活中的地位,总结了仪式象征符号在社会结构中传递社会价值观和调节社会关系方面的重要作用。

特纳引入了"社会戏剧"的概念,这被看成人类学的一大贡献。⑤ 特

---

① Robert Herz, "The Pre-Eminence of the Right Hand: A Study in Religious Polarity," *HAU: Journal of Ethnographic Theory*, 3.2 (2013), p.235.

② 莱斯利·A·怀特:《文化的科学——人类与文明的研究》,山东人民出版社 1988 年版,第 22 页。

③ 维克多·特纳:《象征之林》,赵玉燕、欧阳敏、徐洪峰译,商务印书馆 2012 年版,第 34—35 页。

④ 同上书,第 37 页。

⑤ Mathieu Deflem, "Ritual, Anti-Structure, and Religion: A Discussion of Victor Turner's Processual Symbolic Analysis," *Journal for the Scientific Study of Religion*, 30.1 (1991), p.2.

纳把"社会戏剧"当作一种手段,用以探查社会规范表层下面社会结构中存在的各种矛盾与冲突。特纳认为,社会生活处于动态的过程中,由无数的"社会戏剧"所构成。"社会戏剧"包含"破裂"、"危机"、"调整"、"聚合"四个阶段。在社会生活中占主导地位的思想观念以及社会制度和国家法律形式等构成了"结构",即"封闭的社会"①,而具有象征意义的仪式构成了对结构的"反结构",具有"交融"的特点,形成了与"封闭社会"相对立的"开放的社会",对整个社会生活进行调节。②结构与交融存在于所有的文化与社会的各个时期与各个层面之中。特纳的社会戏剧理论超越了传统结构—功能静态分析的框架,揭示了"行动中的社会结构"③。特纳的研究对人类学以及文学都产生了深刻的影响。

一、结构:国家理性框架下的殖民统治和社会权力关系

在《印度之行》中,人们可以清楚地看到特纳所提到的社会结构,整个小说贯穿了大英帝国国家理性的意识建构。国家理性是指"国家政权的理性"④,也就是一个国家所采用的政体或者所实行的政治方针和政治策略。这一理性"不是一切人都自然懂得的,只有政府里能辨别什么才对保存人类生存为必要的那些少数专家才能懂得"⑤。换句话说,只有政治家或政府中的高级官员才能代表国家理性。在《印度之行》中的国家理性是指大英帝国的国家意志,确切地说是大英帝国所奉行的殖民主义政策和在印度实行的殖民统治。大英帝国的国家理性构成了印度生活中的主导价值体系,形成了稳定的社会结构。在这一结构中,大英帝国的国家理性具有绝对的权威,以高压政策和高人一等的姿态出现,对印

---

①　[美]维克多·特纳:《仪式过程:结构与反结构》,黄剑波、柳博赟译,中国人民大学出版社2006年版,第112页。

②　同上。

③　同上书,第241页。

④　[意]维柯:《新科学》,朱光潜译,人民文学出版社1986年版,第446页。

⑤　同上。

度本土居民进行无情的统治和压榨,成为殖民统治社会结构中的主导力量。这一国家理性由担任昌德拉普尔市政法官的朗尼所代表。朗尼原是一个英国知识分子,他少年时代所信仰的是人道主义,但是在印度他已经完全抛弃了少年时的梦想,蜕变成了一个"诺诺之人"①,成了"英国政府的一个仆从"②。朗尼完全以占领者的身份自居,极力维护大英帝国的利益。在朗尼身上可以充分体现大英帝国国家理性的基本特征。

首先,大英帝国国家理性表现出极强的种族优越感,对印度人极尽歧视与压制。在谈及英国人来到印度的目的时,朗尼宣称"我们从英国来这儿的目的并不是为了表现我们的行为可爱!""我们来这儿的目的是对他们实行公平裁决,为他们保持社会安宁。"③在小说中朗尼充当了一位殉道者的角色,一位肩负着"白人的重任"④的英国种族的殉道者。他把在印度的工作看成一种事业,既是大英帝国的事业,也是他自己的事业,并因此洋洋自得。他认为英国人必须留在印度,只有这样印度才能保持平静,平息各种纷争。在朗尼心中,印度人是劣等民族,相比之下英国人高人一等,所以他对待印度人傲慢无礼,专横残酷。他瞧不起印度,认为在印度除了天气之外没有什么好谈的话题⑤;也瞧不起印度人,认为"印度人、甚至他们当中最好的也不可信"⑥。所以,当得知穆尔夫人去了清真寺时,朗尼非常生气,认为母亲的行动是一种"越轨行为"⑦。当得知由于穆尔夫人同本地人谈话并且由于误解受到呵斥时,朗尼越发蛮横无

---

① [美]爱德华·W·萨义德:《知识分子论》,单德兴译,生活·读书·新知三联书店2013年版,第48页。
② [英]E.M.福斯特:《印度之行》,杨自俭译,译林出版社2003年版,第51页。
③ 同上。
④ Timothy Christensen, "Bearing the White Man's Burden: Misrecognition and Cultural Difference in E. M. Forster's *A Passage to India*," *Novel: A Forum on Fiction*, 39.2 (2006), p.124.
⑤ [英]E.M.福斯特:《印度之行》,杨自俭译,译林出版社2003年版,第50页。
⑥ 同上,第102页。
⑦ 同上,第28页。

理,他竟追问起母亲来:"他是在清真寺里面对你大声呵斥,是吗？怎么喊叫的？是厚颜无耻的吗？夜晚那个时间他自己在那儿干什么——不对,那个时候不是他们祈祷的时间。"①在朗尼眼里,所有的印度人都是粗俗的,低劣的,怀有恶意的,他们做任何事情都是图谋不轨。在马拉巴事件中朗尼自然地认为阿齐兹有罪,认为这一切都是阿齐兹精心策划的。所以他不允许保释阿齐兹,并且为了不让认为阿齐兹清白无辜的穆尔夫人出庭作证,竟把穆尔夫人提前送回了国,直接导致了穆尔夫人在途中的死亡。

此外,大英帝国的国家理性也构成了对自然理性的漠视与破坏。所谓自然理性是指人的自然需求,包括"安逸生活的爱好、对婴儿的温情、对妇女的爱情、对生命的愿望(贪生)"等。② 在《印度之行》中,自然理性由阿齐兹和阿德拉为代表,他们代表了人的自然属性和平等需求。

阿德拉是一个受过良好教育的英国年轻女性。她坦率,真诚,对世界充满好奇。在阿德拉身上主要体现了三个自然追求:即对平等、婚姻幸福和真理的追求。她来到印度出于两个目的:一是了解印度;二是对未婚夫朗尼进一步考察,以此决定是否同朗尼结婚。但是阿德拉的真诚没有得到朗尼的理解。朗尼认为她想要了解真正印度的想法非常幼稚。而且以保护为名处处限制她的自由。虽然两人已经订婚,但是朗尼对她并没有真正的爱情可言,只是把她看成自己的附庸,把他的意志强加在阿德拉身上。"他来这儿并不是为求得愉快,而是要使这儿太平。既然现在阿德拉已经答应要做他的妻子,那她一定要理解他。"③阿德拉崇信人文理念,对印度带有美好愿望。从内心来讲,阿德拉一直尊重印度人,希望能与印度人平等相待。但是到达昌德拉普尔之后,阿德拉发现在印度到处存在着不平等,包括朗尼在内的英印人时时以占领者的身份和高

---

① ［英］E.M.福斯特:《印度之行》,杨自俭译,译林出版社 2003 年版,第 30 页。

② ［意］维柯:《新科学》,朱光潜译,人民文学出版社 1986 年版,第 447 页。

③ ［英］E.M.福斯特:《印度之行》,杨自俭译,译林出版社 2003 年版,第 30 页。

人一等的姿态对当地印度人傲慢无礼。这与她的人文理想背道而驰。所以阿德拉一直为英国人是否应该来到印度的问题所困扰,进而产生了深深的文化身份焦虑。在阿德拉看来,英国人来到印度完全是一种"流放"①,一方面他们远离家园,被祖国抛弃在外,另一方面他们又不能彻底融入印度的当地生活,永远处于精神的游离状态。在具有种族优越感的英印人眼中,拥有落后文化的印度人是边缘人,但是在阿德拉眼中这些英印人才是真正的边缘人,是游离于神秘的印度文化之外的他者。对于印度人来讲,他们这些英印人是闯入印度领地的他者,是不受欢迎的人。所以,阿德拉是在寻找一种消除人与人之间连接障碍的出路。她说:"在这个国家,一定会有某种普遍的东西,我不笃信宗教,所以我说的不是宗教,而是其他什么东西,或者说是可以把联结的障碍打破的东西。"②她所寻找的实际上就是阿齐兹所向往的那种"兄弟关系"③,即互相平等的私人关系。马拉巴山洞之行后,出于错觉,阿德拉起诉了阿齐兹。对于阿德拉所遭遇的痛苦,朗尼没有真正地去理解,而是站在大英帝国的角度,考虑的完全是印度人对英国人的侵犯,是印度人对大英帝国国家荣誉的损害。后来阿德拉选择了在法庭上说出真相,撤销了对阿齐兹的起诉。朗尼为此非常恼怒,认为阿德拉损坏了大英帝国的意志,并为此解除了与阿德拉的婚约。

阿齐兹是一位受过西方式教育的印度医生,也是一位虔诚的伊斯兰教徒。他诗性、乐观,对生活充满了幻想,对家庭和孩子赋予极大的热情。他想念已逝的妻子,经常回忆过去的美好时光,表现出对妻子真挚的爱。除此之外,阿齐兹热情,友好,一直希望与印度人建立良好的私人关系,并与穆尔夫人和菲尔丁建立了友谊。当得知阿德拉和穆尔夫人想要了解印度时,主动邀请二人一起参观当地的著名景点马拉巴山洞。但

---

① ［英］E.M.福斯特:《印度之行》,杨自俭译,译林出版社2003年版,第24页。
② 同上书,第161页。
③ 同上。

是,阿齐兹的好意并没有带来应有的回报,反而遭到了起诉。在没有任何证据的情况下,阿齐兹就被认定为有罪,只是因为他是印度人,是劣等民族,所以英印人认为他一定能干出那种坏事来。

阿德拉和阿齐兹的遭遇归根结底是自然理性在高压的殖民政治背景下受到大英帝国国家理性压制和统治的结果,是国家理性凌驾于自然理性之上的必然结局。在朗尼身上自然集中反映了福斯特心目中具有"发育不良的心灵"(undeveloped heart)①的英国人的典型特征:伪善,盲信,自鸣得意,没有同情心。在朗尼心目中,大英帝国俨然是正义的化身,是世界所有事情的裁决者。所以他们完全有理由侵占印度的土地,践踏印度人的主权。这充分揭示了英国人的伪善。福斯特曾经在他的《英国人性格琐谈》中对此加以讽刺:"他们一手捧着《圣经》,一手拿着手枪,衣兜里揣着金融特权,建立了大英帝国。"②朗尼之所以热衷于站在大英帝国的国家立场维护大英帝国的国家利益,根本原因在于他的盲信,也就是阿德拉所说的"没有洞察力"③。他已经失去了知识分子所具有的敏锐和独特的思维,完全屈从于国家的意志,被引领着,违背初心,对印度原有居民进行欺压和蔑视,这是对他知识分子身份的彻底背叛。而朗尼对自己的背叛并不自知,相反,他完全投入所谓的正义的裁决事务当中,整日被谎言和恭维包围着,从中感觉到自己的重要性。而朗尼对待印度人的态度,以及他对待穆尔夫人和阿德拉的态度,都说明他没有同情心,更没有爱。

但是,在朗尼身上更多的是反映了大英帝国的国家理性。大英帝国的国家理性有其历史根源。其中一个根源就是"帝国主义"和"殖民主义"这两块历史顽石。十九世纪和二十世纪上半叶,欧洲国家在全球范

---

① E. M. Forster, "Notes on the English Character," *Abinger Harvest*, London: Harcourt Brace Jovanovich, Publishers, 1964, p.5.

② Ibid., p.11.

③ ［英］E.M.福斯特:《印度之行》,杨自俭译,译林出版社 2003 年版,第 86 页。

围内大肆扩张,占有别国的土地,对其他民族进行殖民统治,掠夺别国的资源,扩大自己的海外市场。英国更是首当其冲,以高速发展的现代工业为支撑在世界各地开拓自己的殖民地,号称"日不落"帝国。1849年英国吞并旁遮普,进而将整个印度变成为英国的殖民地。然而,正如萨义德指出的那样:"帝国主义和殖民主义都不是简单的积累和获得的行为。它们都为强烈的意识形态所支持和驱使。"[①]大英帝国的国家理性最终可以归结到在欧洲一直占统治地位的种族主义观念。首先,欧洲启蒙思想的形成与发展为十九世纪和二十世纪上半叶欧洲殖民主义提供了思想基础。"启蒙思想肯定人类的统一性,进而肯定价值的普世性。"[②]欧洲国家把自己看成最高价值的承载者,被授权将文明带给那些处于野蛮蒙昧状态的民族;所以像大英帝国这样的"高等民族"自称有义务对别的劣等民族事务进行干预,"他们有权利教化劣等民族"[③]。这为欧洲国家的对外侵略披上了华丽的外衣,也为帝国主义文化的形成提供了理论依据。所以,"传统的19世纪帝国主义文化中存在着大量的诸如'劣等'或'臣属种族'、'臣民'、'依赖'、'扩张'和'权威'之类的字词和概念"[④]。在欧洲殖民者看来,他们占领其他民族的领土完全是因为这些"劣等"民族需要被统治,而他们的占领完全是为了实现所谓神圣的职责,是一种利他主义的"义举"。其次,"欧洲中心主义"也为欧洲侵略者的侵略行为提供了理论和心理支持。在西方自苏格拉底以来存在的"逻各斯中心主义"[⑤]哲学思想导致了"欧洲中心主义"思想的产生,这一思想将欧洲置于存在

---

① [美]爱德华·W·萨义德:《知识分子论》,单德兴译,生活·读书·新知三联书店 2013 年版,第 10 页。

② [法]茨维坦·托多罗夫:《启蒙的精神》,马利红译,华东师范大学出版社 2012 年版,第 36 页。

③ 同上,第37页。

④ [美]爱德华·W·萨义德:《知识分子论》,单德兴译,生活·读书·新知三联书店 2013 年,第 10 页。

⑤ Jacques Derrida, *Writing and Difference*, Allan Bass (trans.), Chicago: The University of Chicago Press, 1978, p.196.

的中心，使其成为理所当然的真理的掌握者，被看成善、高等和光明的一极；相比之下，其他国家和民族都是"他者"，必然处于"去中心"地位，是谎言、邪恶、低级、丑陋、愚昧的一极，所以理所当然应该处于被统治的地位。

福斯特推崇自然理性，主张对人内在需求的尊重。这种思想与大英帝国的国家理性形成了根本的对立。自然理性的需求与福斯特人文主义思想相吻合。作为自由—人文主义者，福斯特所强调的是人的幸福与完整，追求仁慈、博爱、人性和智慧，提倡言论自由和种族平等，承认个人差异，坚信社会进步。福斯特极其珍视私人关系（Personal relationship）。在《我的信仰》（"What I Believe"）一文中，福斯特强调了自己的个人主义立场和对私人关系的信仰，宣称如果要他在背叛朋友和背叛国家两者之间做出选择，他会毫不犹豫地选择后者。① 在散文《我们时代的挑战》（"The Challenge of Our Time"）中福斯特重申了自己的人文主义立场："从气质来讲，我是个人主义者。从职业来讲，我是作家，我的书强调私人关系和私生活的重要性，因为我信仰这些。"②事实上福斯特所信仰的是他的"连接"思想，即人人平等，互相爱护的兄弟般的和谐关系。他的每一部小说都充斥着连接的思想主题。在《印度之行》中，福斯特要探讨的是如何在"政治风暴"③中维系私人关系，这也许就是为什么福斯特坚称《印度之行》"不是关于政治的"④真正奥秘。的确，如福斯特本人所说，《印度之行》是"哲学的"和"富有诗意的"。它的"哲学"是人的哲学，它的"诗意"是人对自然理性的执着追求。

---

① E. M. Forster, "What I Believe," *Two Cheers for Democracy*, New York: Harcourt, Brace & World, Inc., 1951, p.68.

② E. M. Forster, "The Challenge of Our Time," *Two Cheers for Democracy*, New York: Harcourt, Brace & World, Inc., 1951, p.55.

③ E. M. Forster, "What I Believe," *Two Cheers for Democracy*, New York: Harcourt, Brace & World, Inc., 1951, p.68.

④ John Colmer, *E. M. Forster: A Passage to India*, London: Edward Arnold Ltd., 1967, p.156.

福斯特对《印度之行》中的国家理性持否定态度。他借穆尔夫人之口对朗尼所代表的国家理性进行讽刺与批判:"你的观点倒像是神的观点","所以英国人就喜欢装扮成各种各样的神"。[①] 福斯特认为,大英帝国的国家理性在印度的高压统治和在殖民地社会事务中高人一等的裁决者的姿态是一种越位,是对宇宙秩序的破坏。在福斯特心中,宇宙的运行自有其内在的特殊模式。在这一运行模式中,只有神的理性才是最高理性;只有神才有权掌管一切,支配一切,裁判一切。福斯特相信在世界上或者在世界之上一定有这样神的存在。这是一种神秘的力量,控制着宇宙,规定了宇宙的秩序和世界上万物的存在。在福斯特看来,这种力量可能是天空,因为天空主宰着万物,它不仅规定了气候和时令,甚至连大地何时穿上美丽服装也要由它来安排;也可能是天空之外更神秘的力量,在福斯特看来,也许在天空之上还有更高级的存在,就寓居在宇宙深处的寂静之中。福斯特认为这种力量就是神,一个万能的,无所不在的神,一个控制着所有神的神。这个神是理性的化身,他以超出常人理解力的力量,给世界留下带有他的意志符号的各种征象。

二、反结构:神的理性与自然理性的建构

福斯特认为神的理性是仁慈的,也是公正的,在神的庇护下世界万物生生不息。每一个生命都享有生存的权利,不论是凶猛的鬣狗,还是狡猾的鳄鱼,还是不起眼的小黄蜂,它们都是自然丛林中平等的个体。同样在人类社会中,不论是英印人,还是印度人,他们都是活生生的个体,都享有平等的生存权和享受生活的权利,这是神的理性赋予人的权利。然而福斯特看到,大英帝国的国家理性无视人的自然需求,肆意践踏和压制人的自然理性。而人的自然理性在强大的国家理性面前显得异常脆弱,根本无法与之相抗衡,进而形成了宇宙运行模式和社会结构

---

① ［英］E.M.福斯特:《印度之行》,杨自俭译,译林出版社 2003 年版,第 5 页。

中的失衡状态。福斯特意识到，这种失序状态的原因是神的理性被遮蔽了，或者说是神的理性的缺位。福斯特真心希望神之理性的再现，与人的自然理性达成统一，以抗衡国家理性的肆虐。所以在《印度之行》中福斯特创造了神的理性，并且在神的理性的框架下极力宣扬自然理性，与目空一切的国家理性相抗衡。

　　所谓神的理性，借维柯的话说，就是"只有神才懂得的理性，人只有凭神的启示才能懂得"①。维柯认为神的理性具有绝对的权威，它主要通过宗教和神话等与神有关的内容来体现。但对于持不同宗教信仰的人来说，神的理性表现出不同的特征。对于基督教来说，"神先启示给希伯来人，后来启示给基督教徒，启示用原来内在的语言，作为全是心灵的上帝的表达方式启示给人们的心灵；但［也］用外在的语言，通过先知们和通过耶稣基督传给使徒们，由使徒们向教会宣告"②。而对于异教诸民族来说，神是"通过各种预兆、神谕或其他被看作由神传来的信息的各种物体符号"③来传递启示。在《印度之行》中福斯特首先通过一些带有印度神话或印度教宗教色彩的神启意象，揭示了神的存在与权威。在福斯特心目中，印度是一个古老、神秘莫测的东方国度。虽然英国人来到了印度，对其进行殖民统治，但是英国人永远都不能真正了解它，更无法从精神上占领它。

　　马拉巴山洞是《印度之行》中最惹人注目的神启意象。这些山洞位于印度最古老、最原始的岩石之中。这些山洞本身并没有什么奇特之处。它们是由八英尺长、三英尺宽、五英尺高的隧道连接的圆形洞室，样式单调。里面漆黑一片，空无一物，没有装饰，没有石雕，甚至连蜂蜜的巢穴或蝙蝠都没有。人进入山洞以后所感觉到的只有单调的回声。但是在福斯特心中，这些山洞是神之造物，是神的意志既具象又超验的表

---

① ［意］维柯：《新科学》，朱光潜译，人民文学出版社 1986 年版，第 445 页。
② 同上。
③ 同上。

现,象征着印度的永恒存在。马拉巴山洞具有原初性。自从开天辟地以来这些山洞就已经存在。它们甚至比具有神话色彩的恒河还要古老,见证了地球的变迁和大地上的各种沧桑巨变。马拉巴山洞也承载着博大精深的印度教哲学思想。印度教是多神教,崇拜多种大神。他们最崇拜的是宇宙大神"梵",认为"梵"创造了世界万物,掌管着天、地、空三界。后来,梵发展成一个抽象的哲学概念,成了一个纯粹的精神实体,没有任何形式与属性,无影无形,不可感,不可知,不可见。但是梵可以有多种化身。他既是生殖神梵天,又是护持神毗湿奴,也是破坏神湿婆。印度人对神的崇拜和幻想反映了其丰富的想象力。他们的幻想"总是不断地把最没有感性(最抽象)的东西纳入外在的现象里,反过来又使最自然最感性(最具体)的东西消失在极端抽象的处理方式里。就是用这种方法,印度人既把神的起源追溯到最高的神,又把梵天、毗湿奴和湿婆的作用和存在描绘为就在山川人事之类个别具体事物里"[1]。所以梵就寓居在看起来再普通不过的单调的马拉巴山洞之中,创造了一个无形的太初世界[2]。马拉巴山由无数个山洞组成。传说山的绝顶上有一个巨大卵石,"它自己可以摇晃,里面是一个水泡形状的洞,洞里没有顶篷,也没有地板,并且永远向四面八方反射出黑色的光"[3]。这一卵石的意象同黑格尔在《美学》中描述印度神梵天的时候提到的卵意象相同。黑格尔认为,由于卵与鸟的意义相通,所以卵的意义被夸大了,成为"世界卵",具有了漫无边际的无限性,成为世间一切生命之源。而生殖神大梵天就是从这个卵石中诞生。"作为生殖神的梵天在卵里寂然不动地度过一年孕育期,然后单凭他的思想活动,卵就分裂成为两半。"[4]所以,马拉巴山洞就是生殖神梵天的寓居之所,那摇晃的生命之卵随时都可能破壳而出,预示着

---

[1]　[德]黑格尔:《美学》第二卷,朱光潜译,商务出版社1986年版,第56页。

[2]　同上,第54—55页。

[3]　[英]E.M.福斯特:《印度之行》,杨自俭译,译林出版社2003年版,第138页。

[4]　[德]黑格尔:《美学》第二卷,朱光潜译,商务出版社1986年版,第50页。

印度强大而不息的生命力。另外,从形状上看,山洞的圆形洞室和光滑的内壁都使人联想到人的子宫。可以想见,福斯特是把山洞比喻成印度的生命家园,蕴藏着印度人的最原初的记忆和最安定的幸福感和归属感。

但是阿德拉在山洞之行中并没有体验到这种安定感和归属感,她丝毫没有回家的感觉。虽然阿德拉想要了解更多的印度,但是奇怪的是,在理想即将变为现实之际阿德拉并没有表现出应有的热情,反而感到不快甚至是沮丧。一路上阿德拉看到的差不多都是令人乏味的事情,所见的景致也单调得很,"原野连着原野,然后是丘陵,丛林,丘陵,而后,是更加广阔的原野"①。在黑夜离去的黎明时刻她等待着奇迹出现,但是"却什么事情也没发生,好像天国的源泉已经没有力量"②,所以她产生了一种极度失望的情绪。虽然阿德拉自己并没有意识到,但是她的不快是有原因的。在通往马拉巴山洞的路上,阿德拉遇到了多个意象,那是神从远古时候起就安排那里的物象,通过这些物象,阿德拉潜意识里认识到了印度的神圣不可侵犯。第一个意象就是远处看到的山洞,"印度通过它无数张嘴,通过许多荒谬而威严的形态常常高声喊道:'起来!'"③虽然这些山洞没有说出来起来做什么,但是阿德拉似乎已经听到了起来与侵略者进行战斗的呼吁和呐喊。其他的意象分别是"做了两个几乎把象轿震落下来的动作"的大象、在路上自己站起来观望的蛇、在山顶的巨石间盘旋的婆罗门的雄鹰和剑形水池。这些意象在印度神话中都是梵天或毗湿奴的保护神,他们都在用自己的全部力量保护着马拉巴山洞这个神的领地。他们似乎都在告诉她,她在这里并不受欢迎。这些意象都令阿德拉感到不安。

除了带有印度神话或印度教宗教色彩的神启意象外,福斯特还在小

---

① [英] E.M.福斯特:《印度之行》,杨自俭译,译林出版社 2003 年版,第 150—151 页。

② 同上,第 152 页。

③ 同上,第 151 页。

说中塑造了阿德拉、穆尔夫人和戈德博尔几位神启式的人物,通过各种"仪式"来展示神的权威,强化了人的自然理性在神的理性庇护下的自主建构。

阿德拉在进入马拉巴山洞之前表现出的冷淡、失望、不安的感觉最终在山洞的黑暗和奇怪的回声中演化成了强烈的幻觉。事实上,阿德拉在山洞中的经历是一个神秘的接受神启的过程。这种神启恰恰以反常的反映表现出来。阿德拉觉得阿齐兹把她逼到了洞中的角落里要对她非礼。所以她努力挣扎,拽断了挎在脖子上的登山望远镜的带子,逃出了山洞。对于阿德拉为什么会产生这一幻觉,学者们有无数的猜测。科鲁兹认为阿德拉听到的回声是她自己的性欲,而她的受到性威胁的幻觉则完全出于她自己对性爱的渴望①。但事情似乎并没有这么简单。一路上,阿德拉不断地进行着内心的挣扎:她要不要嫁给朗尼?虽然阿德拉思考的确实与性和婚姻有一定的关系,但她的问题最终超出了婚姻的层面,上升到了社会层面。如果阿德拉和朗尼结婚,就意味着从今以后她将在印度度过一生,成为她不喜欢的那类英印人,同时成为朗尼的附庸,获得"以特顿和伯顿这类人的生活附属品的身份"②。用不了多久,她也会同其他的英印人一样摆出傲慢的姿态,对印度人粗暴无礼。这样她必将完全失掉自我,失掉她的"清白和明智的本性"③,这令她对将要到来的婚姻异常恐惧。当然,阿德拉对未来婚姻的恐惧还有另外一层原因,那就是她在参观马拉巴山洞的时候,突然意识到她和朗尼并不相爱。她觉得她和朗尼就像一块巨石上分出的两条上山的小道,或者像汽车轮子在尘土中留下的两条车辙,互不相干,他们的心灵从没有真正相遇过。嫁给一个她不爱的男人的想法使阿德拉几近崩溃,所以她才在洞中出现了

---

① Frederick C. Crews, *E. M. Forster: The Perils of Humanism*, Princeton: Princeton University Press, 1962, p.159.
② [英]E.M.福斯特:《印度之行》,杨自俭译,译林出版社2003年版,第150页。
③ 同上,第161页。

幻觉，觉得自己受到了强迫。实际上她受到的是意识上的强迫，既是英印人文化身份的强迫，也是大英帝国的国家理性对人的自然理性的强迫，同时也是以男性为中心的父权制意识对女性平等意识的强迫。由此，阿德拉努力拽断的并不是望远镜的带子，而是要强加在她身上的英印人的文化身份标签和以婚姻为借口的附属品的身份标签。而她的反抗既是对大英帝国的国家意志的反抗，也是对以朗尼为代表的父权体制的反抗。阿德拉的幻觉是自然理性的非理性呈现，是各种压力下心力交瘁和对强权进行有力反抗的最合理的反应。她这种反应恰恰是一种得到神启的征象，那就是她并不属于这里，印度不是她的家。而对于英印人来说，他们不应该来到印度，这里不是他们的家园，因为在此，他们不会有安定感，更不会有幸福可言。

可以说，阿德拉的印度之行是一个地域上的也是精神上的"过渡仪式"[①]，她从大英帝国的社会结构中脱离出来，进入了古老的带有原初形态的马拉巴山洞，处于整个社会结构的"边缘"地带，或"阈限"阶段。在这一阶段，她接受了神对她的心灵的启示，摆脱掉了过去已经获得的或将来英印人要强加给她的意识和身份标签，实现了自己内心的解放。读者可以看到，同为知识分子，阿德拉与朗尼完全不同。阿德拉没有趋附于强权，而是敢于追求真理，向强权说"不"，支持和维护"不属于这个世界的真理与正义的永恒标准"[②]，是一个纯粹的"谔谔之人"（nay-sayers）[③]。正因为此，阿德拉才有资格成为"阈限人"[④]或"边缘人"，代表可能正义的一方，同时也代表"交融"[⑤]的观念。在山洞事件后，穆尔夫人

---

①　[法]阿诺尔德·范热内普：《过渡礼仪》，张举文译，商务印书馆 2012 年版，第 22 页。

②　[美]爱德华·W·萨义德：《知识分子论》，单德兴译，生活·读书·新知三联书店 2013 年版，第 12 页。

③　同上，第 48 页。

④　[美]维克多·特纳：《象征之林》，赵玉燕、欧阳敏、徐洪峰译，商务印书馆 2012 年版，第 126 页。

⑤　[美]维克多·特纳：《仪式过程：结构与反结构》，黄剑波、柳博赟译，中国人民大学出版社 2006 年版，第 115 页。

的一席话使阿德拉意识到阿齐兹是无辜的,是她给人们带来了麻烦,给英印人和当地印度人之间激起了矛盾和敌对情绪,所以她内心十分自责。在法庭上,面对着无数双眼睛,面对着她可能遇到的名誉扫地和被英印人孤立的境地,她勇敢地说出了真相,推翻了自己对阿齐兹的指控。她的行动自然招致了英印人的谴责与非难,同时也招致了朗尼对自己的背弃,但是她内心坦然,因为她用自己的勇气还原了事实真相,实现了对强权的反抗和自己对真理的追求。

穆尔夫人在马拉巴山洞中的经历也是一个神启的过程,这一过程从更深的层次上说明了神之理性的强大力量。穆尔夫人是基督教文化的代表,她睿智、善良、和蔼可亲,在她身上凝聚着人的自然理性和神的理性的光辉。她相信"上帝······就是······仁爱"①,认为上帝让每一个人来到世界上,为的是让人们都和睦相处,生活愉快。所以她也一直希望能用爱心与印度人建立友谊。"上帝让我们降生在这个世界上,就是让我们去爱这个世界上的人,并要我们把这爱变成实际行动。上帝无所不在,当然印度也不会例外,他也在注视着我们在这儿如何把爱付诸行动。"②在穆尔夫人心中,正如小小的黄蜂是丛林的一部分,印度也是这个世界的一部分,它有权存在,有权享受上帝的恩泽。

与阿德拉相比,穆尔夫人具有更强的对自然和世界的理解力。在月光下,她感觉自己跟天体之间没有任何罅隙,和谐地融合在一起。③但是她在印度开始隐约感觉到基督教的局限性。对于穆尔夫人而言,印度异常神秘,很多事情和现象都在她的理解力之外。到处漂浮着尸体、经常有鳄鱼出没的恒河令她十分恐惧,神秘的夜晚和在夜晚神出鬼没的毒蛇和猎狗也令她不安。"她自踏上印度的国土以来,一直念念不忘上帝,但

---

① ［英］E.M.福斯特:《印度之行》,杨自俭译,译林出版社 2003 年版,第 53 页。
② 同上。
③ 同上书,第 28 页。

是很奇怪，上帝却很少让她满意。"①

对于穆尔夫人在马拉巴山洞中经历了什么，学者们有各种各样的阐释。事实上，穆尔夫人所经历的是"闯入者"所遭遇的一切。山洞里漆黑一片，充满了难闻的气味，令她透不过气来。穆尔夫人感觉自己受到了攻击。有人撞她，紧接着，一种赤裸的令人厌恶的东西打她的脸，然后像动物肉趾一样堵住了她的嘴。她想回到入口隧道，但是冲进来的一堆村民又把她从洞口猛推了回来。她听到了一种可怕的回声。于是，她发起疯来，猛击自己的头，乱打乱抓。福斯特所描写的完全是个混乱的打斗或羞辱场面，穆尔夫人的闯入受到山洞保护神的阻挠。所以整个过程是穆尔夫人领受神谕的过程，神的理性在向她昭示：这山洞所代表的印度是神圣不可侵犯的；她是一个不受欢迎的闯入者；在这里，她所代表的基督教文化是不受欢迎的。

穆尔夫人所代表的基督教文化不但不能占领印度，反而被博大精深的印度教文化所同化。所以，穆尔夫人在山洞中的经历也可以理解成是一个"成长仪式"，在这一过程中，穆尔夫人摆脱掉带有局限性的基督教文化，转而接受更博大精深的印度教文化。这是完全意义上的精神"过渡仪式"。在这个既像坟墓又像子宫的古老的洞中，经历了新与旧的对立，同时也实现了生与死的融合。在这里，旧的因素被分解、毁灭，同时也实现了其在新模式中的生长、转变和再生。洞中出现的蛇、熊掌和裸体意象都说明了这一点。这三个意象既象征着死亡，又象征着再生②。在山洞中穆尔夫人被奇怪的"bou-oum"或"ou-boum"的回声所包围，在她走出山洞之后这回声也一直围绕着她，使她认识到她先前的信仰一文不值，世上的一切都毫无价值。事实上，山洞中"ou-boum"的回声是婆罗

---

① ［英］E.M.福斯特：《印度之行》，杨自俭译，译林出版社2003年版，第53页。
② ［美］维克多·特纳：《象征之林》，赵玉燕、欧阳敏、徐洪峰译，商务印书馆2012年版，第131页。

门教也就是印度教三位主神的秘咒。确切地说这个回声应该为"OM"，或"AUM"，字母"A"代表毗湿奴，"U"代表湿婆，"M"代表大梵天①。"OM"，或"AUM"被看成印度教经典的最高圣音符，代表了最高的哲学范畴："梵、原人、我"②，是印度教徒追求的最高目标。所以，在山洞中，穆尔夫人不但经历了被抵制的过程，也经历了原有文化观念的瓦解和自我蜕变的过程，她从最初的基督教徒蜕变成了一个印度教徒，一个婆罗门，最后升华变成了一位印度女神"埃思米斯-埃思莫尔"。

戈德博尔教授是福斯特创造的另一个神启式的人物。戈德博尔教授是一位音乐教师，也是一位婆罗门祭司，是笃信的印度教徒。他自身就是一个矛盾的统一体，他身着融汇了东西方特色的服饰，也参加由不同宗教信仰的人参加的聚会，但是他信奉的是纯粹的印度教。他沉默寡言，但是内心积聚着热情与智慧。在关于阿齐兹是否有罪的问题上他给出了似是而非的回答。这一切恰恰体现了印度教的博大精深和神秘色彩。在小说最后一章《神殿》中所描写的庆祝爱神黑天诞生的仪式上，戈德博尔教授用他沉醉的歌声和热情的舞蹈表达了对印度教大神的崇敬，也传达了印度教神启，那就是爱。小说中的仪式本身就是一个神启的过程，在印度教的神圣气氛中展现了自然理性的美好愿景，实现了"交融"。特纳认为，在社会生活中，人类之间的相互关系有两种主要模式，一是并列模式，一是交替模式。③ 在并列模式中，社会是一个有组织结构、有彼此差别的存在形式，也就是"结构"。这一结构包括社会运行中政治、司法、等级差别等的制约。而在交替模式中社会没有组织结构，或仅有基本的组织结构，是相对而言缺乏彼此差别的社群，也可能是地位平等的

---

① 毛世昌、刘雪岚：《辉煌灿烂的印度文化的主流——印度教》，中国社会科学出版社 2011 年版，第 192—193 页。

② 同上，第 193 页。

③ ［美］维克多·特纳：《仪式过程：结构与反结构》，黄剑波、柳博赟译，中国人民大学出版社 2006 年版，第 96—97 页。

人们结成的共同体，是一个"开放的社会"，即"交融"。交融打破了结构的"封闭的社会"，是对结构的一种调节或反制，因为"它在潜在的状态下或者理想的状态下能够延伸到人性的边缘处"①。特纳认为，宗教仪式本身就是"交融"，它将仪式与神秘力量联系在一起，出现在"社会结构"的罅隙中。②《印度之行》的仪式在印度内地茂城举行。这是一个盛大的仪式，戈德博尔教授站在神圣的祭坛上，等待着爱神黑天的降临。黑天是宇宙的大神，他超越了人类的作用，同时也超越了时间概念，"他此时在，而过去不在，他此时不在，而过去在"③。参加仪式的人们来自各个阶层，不论男女老幼，脸上都容光焕发，沉浸在亲切欢乐的气氛中。在仪式中，戈德博尔教授和他的歌队尽情地歌唱和舞蹈。美妙的乐音触动着人们的心灵，人们感觉到他们爱人类，爱宇宙，爱零星的往事，也爱微小的细节；他们完全融入了宇宙的温暖之中。此时，戈德博尔教授的心灵得到了升华。他的理智渐渐模糊起来，感觉到他看到了神，也看到了以前见过的穆尔夫人，也看到了他曾经见过的小黄蜂。他感觉自己就是那爱神，他邀请他们都到这里来，因为这里是一个完美的世界。这确实是一个完美的世界。现实生活中的等级差别不复存在，人们人人平等，互相友好，尽情地享受着爱神降生时的喜悦；人们欢笑着，嬉闹着，构成了欢乐的海洋。在这里，爱神具有绝对的权威，他以广博的爱包容一切，统摄一切。这里不再有大英帝国国家理性的严苛与歧视，大英帝国的国家结构完全被打破，人们处于精神上的自由、平等、幸福的最高境界。由于处于弥留之际的印度帮主的参与，小说中这场弥漫着爱的气氛的仪式同时也融汇了生与死的两极，象征着死亡与再生，预示着印度教精神的传承与延续。

---

① ［美］维克多·特纳：《仪式过程：结构与反结构》，黄剑波、柳博赟译，中国人民大学出版社2006年版，第112页。

② 同上，第138页。

③ ［英］E.M.福斯特：《印度之行》，杨自俭译，译林出版社2003年版，第321页。

　　E.M.福斯特一生只出版过六部长篇小说。但是他的作品越来越受到人们的关注。也许评论人莱易德（Forrest Reid）说的对，"数量不意味着什么；重要的是艺术家的天赋"①。评论家特里林就曾对福斯特表现出由衷的敬佩，他提到每次阅读福斯特的作品都有一种学到东西的感觉，认为在现世作家中，只有福斯特的作品值得反复阅读。② 这一评价是相当高的。确实，福斯特的每一部小说都展现出独特的艺术魅力和深邃的思想内涵。尤其《印度之行》更是耐人寻味。小说中所探讨的三重理性及其相互的关系使小说的主题变得凝重。福斯特珍视人的自然理性，对压抑自然理性的大英帝国国家理性予以批判。但是他深深地感觉到大英帝国结构之网的严密性，认识到自然理性在大英帝国国家理性的框架下所处的弱势和遭到的破坏，正如在小说的结尾，当菲尔丁满怀深情地抓住阿齐兹的手说"为什么我们现在不能成为朋友呢？""这是你的愿望，也是我的愿望"时，苍天及其周围的一切所给予的回答"不，你们现在还不能成为朋友！""不，你们在这儿不能成为朋友。"③但无论如何，福斯特并没有放弃他的人文理想，而是在《印度之行》这本小说中通过与印度教相关的神启意象和宗教仪式创造出与大英帝国的国家理性相抗衡的神的理性。在神之理性的统摄之下，人的自然理性得以实现，并受到保护和珍视。

　　福斯特曾经在《我的信仰》一文中表达了他不信仰基督教的立场，原因是他看到了基督教对个体的人现世生活的摧残。于是他把目光转向东方宗教，看到了东方宗教对人的个体的包容。福斯特最终选择了印度教，不单纯是因为印度是小说故事发生的背景，而是因为印度教所具有

---

①　Forrest Reid, "E. M. Forster," in J. H. Stape (ed.), *E. M. Forster: Critical Assessments*, Vol. Ⅱ, Bodmin: MPG Books Ltd, 1990, p.108.

②　Lionel Trilling, "E. M. Forster," in J. H. Stape (ed.), *E. M. Forster: Critical Assessments*, Vol. Ⅱ, Bodmin: MPG Books Ltd, 1990, p.123.

③　［英］E.M.福斯特：《印度之行》，杨自俭译，译林出版社 2003 年版，第 368—369 页。

的包容性。它不仅承认各个个体，而且还容纳所有的个体，它以爱的教义涵盖一切，包容一切，创造了一个没有结构的结构，让世界上所有的人都处于平等的关系中，享受生命的意义与快乐。

　　所以，在《印度之行》中，福斯特用自然理性和神的理性构建了一种"反结构"，对大英帝国的国家理性在印度国土上所建构的社会结构进行解构。这种反结构主要以私人关系、平等和连接的理念以及带有印度教色彩的神启意象和仪式——即山洞经历中接受神谕的"过渡仪式"和"成长仪式"（即阈限）以及庆祝黑天再生的印度教典仪中的"交融"——表现出来。福斯特通过这种"反结构"表达了对奉行殖民统治的大英帝国理性的批判和对人的自然理性的尊重与强调，同时也表达了对神的理性的依赖。神的理性最终以更宏大、更权威的力量战胜了国家理性，使人的自然理性得以彰显，同时对福斯特在小说中提出的重大问题做出了公正的裁决，那就是英国人不应该来到印度；英国人永远不能真正理解印度，更不能从精神上征服印度；在殖民的大背景下不会有实现东西方"连接"的可能。在福斯特心中，只有消除殖民统治，才可能实现真正的"连接"。

结　论

　　E.M.福斯特是二十世纪初英国著名小说家、散文家和批评家,一直在读者中享有盛誉。他一生共完成六部小说,其中《霍华德庄园》和《印度之行》被视为英国小说的经典之作。福斯特是一位人文主义作家,其"连接"思想就是其人文主义思想的艺术体现。"连接"思想一直被人们所关注,但是其内涵和实质,尤其是其在小说中的具体表现等诸方面问题还需要做进一步的探讨。所以本著作结合福斯特小说的文本,对福斯特的"连接"思想做了一个较为系统、全面、深入的研究。

　　本著作重点研究了福斯特"连接"思想的形成、"连接"的内涵和本质以及"连接"思想在小说创作中的具体表现。总体而言,福斯特的"连接"思想受到三方面的影响。一是欧洲人文主义思想传统的影响。古希腊时期的苏格拉底、柏拉图、亚里士多德等哲学家的思想都对他产生了重要影响,使他形成了对人的认识和追求人的完善的思想。十四世纪到十六世纪的欧洲文艺复兴运动使人文主义思想得到广泛传播,受到这一时期伊拉斯谟和蒙田等人思想的影响,福斯特摒弃了基督教,相信和强调个人价值,追求自我和个人的内在自由,主张和谐与宽容。二是英国自由主义思想传统和十九世纪末二十世纪初英国人文理想的影响。边沁的功利主义、穆勒的内在与外在互补的思想、马修·阿诺德所主张的"美好与光明"以及希伯来精神与希腊精神相结合的思想、使徒学社和布卢姆斯伯里社团倡导的自由平等和私人关系等思想都对福斯特产生了重要影响,使他形成了珍视友谊、强调内在生活与外在生活相统一的理念和种族平等、世界和谐的主张。三是东方文化的影响。福斯特在东方宗教中看到了想象力与和谐理念对欧洲理性主义传统的补充。

福斯特的"连接"思想主要包括自我的连接、人与人之间的连接、人与社会的连接、种族之间的连接,以及人与宇宙的连接等。作为人文主义者,福斯特要解决的问题是如何完善人性和美化人的生活。福斯特的"连接"思想成了他小说作品的主旋律。

福斯特的"连接"思想首先体现在对人的自我的关注,他继承了古希腊时期善的哲学,主要强调自我的完善。他在强调理性的同时,也强调激情,进而提出了理性与激情连接的思想,主张人在具有正义、勇敢、自制的同时,还需要富有激情。在福斯特看来,激情主要来自两个方面,一是健康的身体所传递的生命的激情,二是艺术所承载的想象的激情。在福斯特心中,只有实现理性与激情的连接才能够形成完美的人。福斯特的小说创作通过对心灵的拯救、对生命和死亡的探讨和对艺术的书写,呈现了理性与激情连接的主题,以此探索提升自我、完善自我的有效途径。

福斯特的"连接"思想也体现为其创作对"私人关系"的关注。在福斯特笔下,大英帝国的危机首先体现在私人关系的危机——家庭关系的断裂、人与人之间的友谊困境、不同阶层的冲突、非异性恋的困扰,等等,福斯特在小说中探讨了一种超越性别的人际"连接"模式,并探讨了如何消除在确立这种关系中出现的各种障碍,以建立起一种新型的私人关系连接美学。私人关系的主题使福斯特的小说独树一帜。受到柏拉图的影响,福斯特的私人关系是建立在对美的追求的基础上,是对自然理性的追求。福斯特在小说《印度之行》中也探讨了友谊在殖民语境中的困境,指出只有消除殖民统治,实现种族之间的平等和阶级之间的平等,才能真正地拥有良好的私人关系。这种思想让福斯特站到了反殖民主义阵营，把矛头直指英国的殖民统治。在小说《莫瑞斯》中，福斯特记录了一个同性恋者的思想历程。小说主人公最后归隐绿林的选择既表达了福斯特对当时英国世俗社会的批判，也说明了福斯特对自然理性的坚持。

显然，"私人关系"都是在具体的社会语境中存在的，要解除私人关系的危机，自然就涉及人与社会的连接。福斯特十分关心英国社会的进步和社会中存在的普遍问题，他的小说表达了对英国社会进入现代阶段之后产生的贫困、衰落和人格危机等状况的忧虑。在这一背景下，他提出了现代与传统连接的理念，探讨如何让现代性危机下孤独的人群回归社会整体，从而实现人与社会连接的出路。福斯特强调，个人与社会不可分割，一个人的完美必须依靠社会进步的推动。二十世纪初现代性的深入使英国经济得到迅猛发展，进入了帝国主义阶段，但是福斯特认识到，英国人普遍存在"心灵发育不良"的缺陷，这种缺陷是整个英国国民性的缺陷。福斯特认为，单纯的思和单纯的实干都不能保证英国的美好未来，英国要想保持平稳发展，必须依靠现代与传统的结合。福斯特在小说《霍华德庄园》中塑造了理想的代言人知识分子玛格丽特，通过她与具有实干精神的亨利·威尔科克斯的婚姻实现了内在生活与外在生活的统一，也实现了传统与现代的连接。

福斯特不仅是一位"文学领域中的爱国者"，同时也是一位世界主义者，他的连接思想还涉及不同民族及种族之间的连接。福斯特主张种族之间的平等与和谐，希望不同国家的人民互相尊重、互相沟通，共同创造美好的生活。福斯特在他的印度书写中流露出发自内心的对东方文化的认同。这一文化认同反映的是他对本国文化的反省态度，表达出他的民族自我完善的文化理想。福斯特对东方文化的认同包括对东方原始生命力的认同，也包括对东方宗教的认同。他在东方的淳朴生存方式、完整的东方人和神秘的东方生殖想象中看到了强大的生命力，也在东方宗教那里看到了想象的力量与和谐的理念。福斯特通过东方宗教确立了自己的宇宙观。他相信宇宙具有有序性、永恒性、无限性、包容性和共通性，认为宇宙中的万物可以结为一体，构成一个完美的世界。在福斯特眼中，东方文化为西方文化提供了一个完美镜像，为西方文化的自我完善提供了有益的参照。

福斯特"连接"思想中的一个理想高度是人与宇宙的连接。福斯特对人与宇宙之间关系的哲学思考起始于古希腊罗马哲学，但是在东方宗教中得到答案。福斯特关于宇宙的观点深受普罗提诺思想的影响。他的回归太一的理想在西方世界无法实现，但他在印度的宗教文化中看到了融汇文化、种族、宗教、自然于一体的世界乃至宇宙的象征。由此，福斯特创造性地将宗教同自然和社会生活融合在一起，通过对各种宗教体验和狂欢的描写使小说得到了升华。在《印度之行》中，福斯特借种族冲突揭示了一个混乱的世界，但是通过宗教向读者传达了构建和谐世界的崇高人文理想。福斯特的《印度之行》"混乱"书写为读者提供了一个宇宙和社会运行模式的镜像，呈现了国家理性、自然理性和神的理性的权力关系与内在冲突。大英帝国的国家理性以其殖民统治框架下的政治和社会结构对人的自然理性造成了压制与破坏，而神的理性以及在神的理性庇护下的自然理性则以阈限与交融的方式形成了对结构的解构，即反结构。福斯特通过这种反结构表达了对大英帝国国家理性的批判和对人的自然理性的尊重。

总体来讲，福斯特的"连接"思想是关于"善"的哲学，是人实现完善的一种尝试。它建立在爱与宽容的基础上，是世界实现秩序和谐的一种有效途径。福斯特的"连接"思想在今天世界一体化的进程中有着重要的启迪意义。

参考文献

Abrams, M. H. ed. *The Norton Anthology of English Literature*. 6th ed. New York: W.W. Norton & Company,1996.

Ali, Ahmed. "E. M. Forster and India." *E. M. Forster: Centenary Revaluations*. Eds. Judith Scherer Herz and Robert K. Martin. London: The Macmillan Press LTD, 1982: 278-282.

Allen, Glen O. "Structure, Symbol, and Theme in E. M. Forster's *A Passage to India*." *PMLA* 70.5 (1955): 934-954.

Armstrong, A. H. *The Cambridge History of Later Greek and Early Medieval Philosophy*. Cambridge: Cambridge UP, 1967.

Armstrong, Paul B. "Reading India: E. M. Forster and the Politics of Interpretation." *Twentieth Century Literature* 38. 4 (1992): 365-385.

Arnold, Matthew. *Culture and Anarchy and Other Selected Prose*. Ed. P. J. Keating. London: Penguin Books, 1970.

——. *Culture and Anarchy*. Ed. Jane Garnett. New York: Oxford University Press Inc., 2006.

Bailey, Quentin. "Heroes and Homosexuals: Education and Empire in

E. M. Forster." *Twentieth Century Literature* 48. 3 （2002）: 324-347.

Beer, J. B. *The Achievement of E. M. Forster*. London: Chatto & Windus, 1962.

Beer, John. *A Passage to India: Essays in Interpretation*. New York: Palgrave Macmillan, 1985.

Benson, E. F. "A Literary Mystification." *E. M. Forster: The Critical Heritage*. Ed. Philip Gardner. London: Routledge & Kegan Paul, 1973: 329-331.

Bentham, Jeremy. *An Introduction to the Principles of Morals and Legislation*. Kitchener: Batoche Books, 2000.

Bowers, Fredson. "The Manuscript of Whitman's 'Passage to India'." *Modern Philology* 51.2 (1953): 102-117.

Bradshaw, David. *The Cambridge Companion to E. M. Forster*. Cambridge: Cambridge University Press, 2007.

Brown, E. K. "E. M. Forster and the Contemplative Novel." *E. M. Forster: Critical Assessments*. Vol. 2. Ed. J. H. Stape. Bodmin: MPG Books Ltd., 1990: 61-69.

Bryce, J. *Modern Democracies*. 2 vols. London: Macmillan, 1921.

Carey, John. *The Intellectuals and the Masses: Pride and Prejudice Among the Literary Linguistic Intelligentsia* 1880-1939. New York: St. Martin's Press, 1993.

Cavaliero, Glen. *A Reading of E. M. Forster*. London: The Macmillan Press LTD., 1979.

Christensen, Timothy. "Bearing the White Man's Burden: Misrecognition and Cultural Difference in E. M. Forster's 'A Passage to India'." *Novel: A Forum on Fiction* 39.2 (2006): 155-178.

Cirlot, J. C. *Dictionary of Symbols*. 2nd ed. Routledge & Kegan Paul Ltd., 1971.

Clark, Stephen R. L. *Plotinus: Myth, Metaphor, and Philosophical Practice*. Chicago: The University of Chicago Press, 2016.

Cohen, S. Marc, et al., eds. *Readings in Ancient Greek Philosophy: From Thales to Aristotle*. 4th ed. Indianapolis: Hackett Publishing Company, Inc., 2011.

Colmer, John. "Marriage and Personal Relations in Forster's Fiction." *E. M. Forster: Centenary Revaluations*. Eds. Judith Scherer Herz and Robert K. Martin. London: The Macmillan Press LTD., 1982: 113-123.

——. *E. M. Forster: A Passage to India*. London: Edward Arnold Ltd., 1967.

——. *E. M. Forster: The Personal Voice*. London: Routledge & Kegan Paul Ltd, 1975.

Corrigan, Kevin. *Reading Plotinus: A Practical Introduction to Neoplatonism*. West Lafayette: Purdue University Press, 2005.

Crews, Frederick C. "*The Longest Journey* and the Perils of Humanism." *ELH* 26.4 (1959): 575-596.

Crews, Frederick C. *E. M. Forster: The Perils of Humanism*. Princeton: Princeton UP, 1962.

Das, G. K. "*A Passage to India*: A Socio-Historical Study." *A Passage to India: Essays of Interpretation*. Ed. John Beer. Houndmills: Palgrave Macmillan, 1985: 4-15.

——. "E. M. Forster and Hindu Mythology." *E. M. Forster: Centenary Revaluation*. Eds. Judith Scherer Herz and Robert K. Martin. London: The Macmillan Press LTD, 1982: 244-256.

Dauner, Loise. "What Happened in the Cave? Reflections on *A Passage to India*." *Critical Essays on E. M. Forster*. Ed. Alan Wilde. Boston: G. K. Hall & Co., 1985: 145-156.

Day, Gary. "Forster as Literary Critic." *The Cambridge Companion to E. M. Forster*. Ed. David Bradshaw. Cambridge: Cambridge UP, 2007: 223-234.

Deflem, Mathieu. "Ritual, Anti-Structure, and Religion: A Discussion of Victor Turner's Processual Symbolic Analysis." *Journal for the Scientific Study of Religion* 30.1 (1991): 1-25.

Derrida, Jacques. *Writing and Difference*. Trans. Allan Bass. Chicago: The University of Chicago Press, 1978.

Dickinson, Goldsworthy L. *The Greek View of Life*. 6th ed. New York, 1909.

Dodd, Philip. "Englishness and the National Culture." *Englishness: Politics and Culture* 1880-1920. 2nd ed. Eds. Robert Colls and Philip Dodd. Bloomsbury Academic, 2014: Chapter 1, epub.

Firchow, Peter. E. "Germany and Germanic Mythology in *Howards End*." *Comparative Literature* 33.1 (1981): 50-68.

Forster, E. M. "Art for Art's Sake." *Two Cheers for Democracy*. New York: Harcourt, Brace & World, Inc. 1972: 88-95.

——. "Culture and Freedom." *Two Cheers for Democracy*. New York: Harcourt, Brace & World, Inc., 1951: 31-35.

——. "Does Culture Matter?" *Two Cheers for Democracy*. Harcourt, Brace & World, Inc. 1972: 100-107.

——. "Gide and George." *Two Cheers for Democracy*. New York: Harcourt, Brace & World, Inc., 1951: 228-231.

——. "Not Listening to Music." *Two Cheers for Democracy*. New

York: Harcourt, Brace & World, Inc., 1951: 127-130.

——. "Not Looking at Pictures." *Two Cheers for Democracy*. New York: Harcourt, Brace & World, Inc., 1951: 130-134.

——. "Notes on the English Character." *Abinger Harvest*. New York: Harcourt Brace Jovanovich, Publishers, 1964: 3-15.

——. "Salute to the Orient!" *Abinger Harvest*. London: Harcourt Brace Jovanovich, Publishers, 1964: 257-273.

——. "Syed Ross Masood." *Two Cheers for Democracy*. New York: Harcourt, Brace & World, Inc., 1951: 292-294.

——. "The Art of Fiction." *Paris Review*, I.30 (1953): 1.

——. "The Challenge of Our Time." *Two Cheers for Democracy*. New York: Harcourt, Brace & World, Inc., 1951: 55-60.

——. "The Gods of India." *The New Weekly* 30 May 1914: 338.

——. "The Mosque." *Abinger Harvest*. London: Harcourt Brace Jovanovich, 1964: 274-277.

——. "The Nine Gem's of Ujjain." *Abinger Harvest*. New York: Harcourt Brace Jovanovich, Publishers, 1964: 305-308.

——. "The Raison D'Etre of Criticism in the Art." *Two Cheers for Democracy*. New York: Harcourt, Brace & World, Inc., 1951: 107-123.

——. "Tolerance." *Two Cheers for Democracy*. London: Edward Arnold Ltd., 1951: 44-48.

——. "What I Believe." *Two Cheers for Democracy*. New York: Harcourt, Brace & World, Inc., 1951: 67-76.

——. *Abinger Harvest*. London: Harcourt Brace Jovanovich, publishers, 1964.

——. *Alexandria: A History and a Guide*. London: Doubleday &

Co., 1922.

——. *Aspects of the Novel*. London: Hodder & Stoughton Ltd., 1974.

——. *Goldsworthy Lowes Dickinson*. London: Edward Arnold & Co., 1934.

——. *Howards End*. Ed. Oliver Stallybrass. London: Edward Arnold, 1973.

——. *Howards End*. Hazleton: Pennsylvania State University, 2007.

——. *Howards End*. New York: Bantam Books, 1985.

——. *Maurice*. London: Norton & Company Inc., 1971.

——. "The Art of Fiction." *The Paris Review*, I.1(1953): 30-31.

——. *The BBC Talks of E. M. Forster*, 1929-1960: *A Selected Edition*. Eds. Mary Lago, et al. Columbia: University of Missouri Press, 2008.

——. *The Creator as Critic and Other Writings*. Ed. Jeffrey Heath. Toronto: Dundurn Press, 2008.

——. *The Hill of Devi*. London: Edward Arnold, 1973.

——. *The Hill of Devi*. London: Penguin Books, 1965.

——. *The Longest Journey*. New York: Bantam Books, 1997.

——. *Two Cheers for Democracy*. New York: Harcourt, Brace & world, Inc., 1938.

——. *Where Angels Fear to Tread*. Cambridge: Penguin Books, 1905.

——. *Where Angels Fear to Tread*. New York: Vintage International, 1947.

——. *A Passage to India*. Beijing: Foreign Language Teaching and Research Press, 1992.

Foucault, Michel, and Jay Miskowiec. "Of Other Spaces." *Diacritics* 16.1 (1986): 22-27.

Furbank, P. N. *E. M. Forster: A Life*. London: Martin Secker & Warburg Limited, 1977.

——, and F. J. H. Haskell. "The Art of Fiction: E.M. Forster." *Paris Review* 1 (1973): 27-41.

Gaguly, Adwaita P. *India: Mystic, Complex and Real*. Delhi: Motilal Banarsidass Publishers Private Limited, 1990.

Gardner, Philip, ed. *E. M. Forster: The Critical Heritage*. London: Routledge & Kegan Paul, 1973.

Gerson, Lloyd P. *The Cambridge Companion to Plutinus*. Cambridge: Cambridge University Press, 1996.

Gillen, Francis. "*Howards End* and the Neglected Narrator." *E. M. Forster: Critical Assessments*. Vol. 3. Ed. J. H. Stape. Bodmin: MPG Books Ltd., 1990: 250-263.

Gillie, Christopher. *A Preface to E. M. Forster*. New York: Longman Group Limited, 1983.

Goodlad, Lauren M. E. "*Where Liberals Fear to Tread*: E. M. Forster's Queer Internationalism and the Ethics of Care." *Novel: A Forum on Fiction* 39.3 (2006): 307-336.

Grant, Kathleen. "Maurice as Fantasy." *E. M. Forster: Centenary Revaluations*. Eds. Judith Scherer Herz and Robert K. Martin. London: Macmillan, 1982: 191-203.

Griswold, Hervey D. "Some Characteristics of Hinduism as a Religion." *The Biblical World* 40.(3)1912 : 163-172.

Hadot, P. *Plotinus, or The Simplicity of Vision*. Trans. Mischael C. Chicago: The University of Chicago, 1989.

Hardy, J. E. "*Howards End*: The Sacred Center." *Critical Essays on E. M. Forster*. Ed. Alan Wilde. Boston: G. K. Hall & Co., 1985:

113-121.

Hawkins, Hunt. "Forster's Critique of Imperialism in 'A Passage to India'." *South Atlantic Review* 48.1 (1983): 54-65.

Hegel, G. W. F. *Philosophy of Mind*. Trans. William Wallace. Blackmask Online, 2001. http://www.blackmask.com. Accessed on May 15, 2022.

Herz, Judith Scherer, and Robert K. Martin, eds. *E. M. Forster: Centenary Revaluations*. London: The Macmillan Press LTD, 1982.

Herz, Robert. "The Pre-Eminence of the Right Hand: A Study in Religious Polarity." *HAU: Journal of Ethnographic Theory*, 3.2 (2013): 335-357.

Hunt, John Dixon. "Muddle and Mystery in *A Passage to India*." *A ELH* 33.4 (1966): 497-517.

Jeffers, Thomas L. "Forster's *The Longest Journey* and the Idea of Apprenticeship." *Texas Studies in Literature and Language* 30.2 (1988): 179-197.

Kataria, Kanta. "M. N. Roy's Conception of New Humanism." *The Indian Journal of Political Science* 3 (2005): 619-632.

Khan, Anoosh W., and Humaira Aslam. "Forster's *A Passage to India*: A Tale of Gender Diversity and Oppression." *Putaj Humanities & Social Sciences* 21.1 (2014): 27-32.

Lane, Christopher. "Forsterian Sexuality." *The Cambridge Companion to E. M. Forster*. Ed. David Bradshaw. Cambridge: Cambridge UP, 2007: 04-119.

Loomba, Ania. *Colonialism/Postcolonialism*. London: Routledge, 1998.

Lucas, John. "Wagner and Forster: Parsifal and *A Room with a View*." *ELH*, 33.1 (1966): 92-117.

Macaulay, R. *Women in the East*, *Daily News* 4 June 1924: 8.

Manzouri, Amirhossein, and Ivanka Savic. "Multimodal MRI Suggests That Male Homosexuality May Be Linked to Cerebral Midline Structures." *PLOS ONE* 13.10 (2018), e0203189. https://doi.org/10.1371/journal pone.0203189.

Marshall, A. "The Season's Great Novel." *E. M. Forster: The Critical Heritage*. Ed. Philip Gardner. London: Routledge & Kegan Paul, 1973: 143-145.

Martin, John Sayre. *E. M. Forster: The Endless Journey*. Cambridge: Cambridge UP, 1976.

Marx, John. "Modernism and the Female Imperial Gaze." *Novel: A Forum on Fiction* 32.1 (1998): 51-75.

Masterman, C. F. G. "The Soul in Suburbia." *E. M. Forster: The Critical Heritage*. Ed. Philip Gardner. London: Routledge & Kegan Paul, 1978: 73-76.

McDowell, Frederick P. W. "A Universe... Not... Comprehensible to Our Minds."*Critical Essays on E. M. Forster*. Ed. Alan Wilde. Boston: G. K. Hall & Co., 1985: 132-144.

——. "The Mild, Intellectual Light: Idea and Theme in *Howards End*." *PMLA* 74. 4 (1959): 453-463.

——. *E. M. Forster*. Revised ed. Boston: Twayne Publishers, 1982.

Medalie, David. *E. M. Forster's Modernism*. Houndmills: Palgrave, 2002.

Meyers, Jeffrey. "The Paintings in Forster's Italian Novels."*E. M. Forster: Critical Assessments* Vol. 3. Ed. J. H. Stape. Bodmin:

MPG books Ltd., 1990: 13-25.

Mill,J. S. "Bentham." *Utilitarianism and on Liberty: Including Mill's 'Essay on Bentham' and Selections from the Writings of Jeremy Bentham and John Austin*. 2nd ed. Ed. Mary Warnock. Malden: Blackwell Publishing Ltd., 2003: 52-87.

Monkhouse, A. N. "Initialled Review." *E. M. Forster: The Critical Heritage*. Ed. Philip Gardner. London: Routledge & Kegan Paul, 1973: 123-124.

Moore, G. E. *Principia Ethica*. Cambridge: Cambridge University Press, 1929.

Morey, Peter. "Postcolonial Forster." *The Cambridge Companion to E. M. Forster*. Ed. David Bradshaw. Cambridge: Cambridge UP, 2007: 254-273.

Page, Norman. *E. M. Forster*. Houndmills: Macmillan Education Ltd., 1987.

Parry, Benita. "*A Passage to India*: Epitaph or Manifesto?" *E. M. Forster: A Human Exploration: Centenary Essays*. Eds. G. K. Das and John Beer. London: The Macmillan Press LTD, 1979: 129-141.

——. "Materiality and Mystification in 'A Passage to India'." *Novel: A Forum on Fiction* 31.2 (1998): 174-194.

Peat, A. *Travel and Modernist Literature Sacred and Ethical Journeys*. New York and London: Routledge Taylor & Francis Group, 2011.

Peppis, Paul. "Forster and England." *The Cambridge Companion to E. M. Forster*. Ed. David Bradshaw. Cambridge: Cambridge UP, 2007: 47-61.

Perry, Marvin, et al. *Western Civilization*. Vol. 2. Boston: Houghton Mifflin Harcourt Publishing Company, 2009.

Phillips, K. J. "Hindu Avatars, Muslem Martyrs, and Primitive Dying God in E. M. Forster's *A Passage to India*." *Journal of Modern Literature* 15.1 (1988): 121-141.

Raezer, David, and Jennifer Raezer. *The Caves of India: Ajanta, Ellora and Elephanta*. Version 1. 0. New York: Approach Guides, 2012.

Rist, J. M. *Plotinus: The Road to Reality*. Cambridge: Cambridge UP, 1967.

Roeschlein, Michael. "E. M. Forster and 'The Part of the Mind That Seldom Speaks': Mysticism, Mythopoeia and Irony in 'A Passage to India'." *Religion & Literature* 36.1 (2004): 67-99.

Rosecrance, Babara. "*A Passage to India*: The Dominant Voice." *E. M. Forster: Centenary Revaluations*. Eds. Judith Scherer Herz and Robert K. Martin. London: The Macmillan Press LTD, 1982: 234-243.

——. *Forster's Narrative Vision*. London: Cornell UP, 1982.

Said, Edward W. *Representations of the Intellectual*. New York: Vintage Books, 1993.

Sainsbury, Alison. "'Not Yet ... Not There': Breaking the Bonds of Marriage in E. M. Forster's *A Passage to India*." *Critical Survey* 21.1 (2009): 59-73.

Schwarz, Daniel R. *The Transformation of the English Novel*, 1890-1930. London: Macmillan, 1989.

Scott-James, R. A. "The Year's Best Novel." *E. M. Forster: The Critical Heritage*. Ed. Philip Gardner. London: Routledge &

Kegan Paul, 1973: 135-139.

Shaheen, Mohammad. "Forster's Alexandria: The Transitional Journey." *E. M. Forster: A Human Exploration Centenary Essays*. Eds. G. K. Das and John Beer. London: The Macmillan Press LTD, 1979: 79-88.

——. *E. M. Forster and the Politics of Imperialism*. New York: Palgrave Macmillan, 2004.

Shannon, R. *The Crisis of Imperialism* 1865-1915. St Albans: Paladin, 1976: 12-13.

Singh, Frances B. "*A Passage to India*, the National Movement, and Independence." *Twentieth Century Literature* 31. 2/3 (1985): 265-278.

Smith, D. "Englishness and the Liberal Inheritance after 1886." *Englishness: Politics and Culture* 1880-1920. Eds. Robert Colls and Philip Dodd. Bloomsbury Academic, 2014.

Smith, H. A. "Forster's Humanism and the Nineteenth Century." *E. M. Forster: Critical Assessments*. Vol. 4. Ed. J. H. Stape. Bodmin: MPG Books Ltd., 1990: 281-291.

Staley, T. F. *Dictionary of Literary Biography*. Vol. 34. Detroit: Gale Research Company, 1985.

Stoll, Rae H. "'Aphrodite with a Janus Face', Language, Desire, and History in Forster's *The Longest Journey*." *Novel: A Forum on Fiction* 20.3 (1987): 237-259.

Stone, Wilfred. "The Caves of *A Passage to India*." *A Passage to India: Essays in Interpretation*. Ed. John Beer. New York: Palgrave Macmillan, 1985: 16-26.

——. *The Cave and the Mountain: A Study of E. M. Forster*.

Stanford: Stanford university Press, 1966.

Suleri, Sara. *The Rhetoric of English India*. Chicago: University of Chicago Press, 1992.

Sullivan, Zohreh T. "Forster's Symbolism: *A Room with a View*, Fourth Chapter." *Journal of Narrative* 6 (1976): 217-223.

Summers, Claude. "The Flesh Educating the Spirit: *Maurice*." *Critical Essays on E. M. Forster*. Ed. Alan Wilde. Boston: G. K. Hall & Co., 1985: 95-112.

Szala, Alina. "North and South: Civilization in E. M. Forster's First Novel." *E. M. Forster: Critical Assessments*. Vol. 3. Ed. J. H. Stape. Bodmin: MPG Books Ltd., 1990: 26-38.

Thomson, George H. "Thematic Symbol in A *Passage to India*." *Twentieth Century Literature* 7.2 (1961): 51-63.

Trilling, Lionel. "E. M. Forster." *E. M. Forster: Critical Assessments*. Vol. II. Ed. J. H. Stape. Bodmin: MPG Books Ltd, 1990: 123-132.

——. "E. M. Forster." *Kenyon Review* 4 (1942): 161-173.

——. *E. M. Forster*. London: The Hogarth Press, 1969.

Turner, Henry S. "Empires of Objects: Accumulation and Entropy in E. M. Forster's *Howards End*." *Twentieth Century Literature* 46. 3 (2000): 328-345.

"Unsigned Review." *E. M. Forster: The Critical Heritage*. Ed. Philip Gardner. London: Routledge & Kegan Paul, 1978: 68-71.

"Unsigned Review." *E. M. Forster: The Critical Heritage*. Ed. Philip Gardner. London: Routledge & Kegan Paul, 1973: 125-126.

"Unsigned Review." *E. M. Forster: The Critical Heritage*. Ed. Philip Gardner. London: Routledge & Kegan Paul, 1978: 78-80.

Ustinova, Yulia. *Caves and the Ancient Greek Mind: Descending Underground in the Search for Ultimate Truth*. Oxford: Oxford UP, 2009.

White, Gertrude M. "*A Passage to India*: Analysis and Revaluation." *PMLA* 68.4 (1953): 641-657.

Widdowson, P. E. M. *Forster's Howards End: Fiction as History*. London: Chalto and Windus for Sussex University Press, 1977.

Wilde, Alan. "Cosmos, Chaos, and Contingency." *Critical Essays on E. M. Forster*. Ed. Alan Wilde. Boston: G. K. Hall & Co., 1985: 69-83.

——. "Injunctions and Disjunctions." *Modern Critical Views*. Ed. Harold Bloom. New York: Chelsea House Publishers, 1987: 67-106.

——. "The Aesthetic View of Life: *Where Angels Fear to Tread*." *Modern Fiction Studies* 7.3 (1961): 207-216.

Wilde, Oscar. *De Profundis*. London: Methuen, 1905.

Williams, Raymond. *Keywords: A Dictionary of Culture and Society*. New ed. Oxford: Oxford University Press, 2015.

Wolfe, Jesse. *Bloomsbury, Modernism, and the Reinvention of Intimacy*. New York: Cambridge University Press, 2011.

Woolf, Virginia. "Review." *E. M. Forster: The Critical Heritage*. Ed. Philip Gardner. London: Routledge & Kegan Paul, 1973: 332-336.

——. "The Novels of E. M. Forster." *E. M. Forster: Critical Assessments*. Vol. 2. Ed. J. H. Stape. Bodmin: MPG Books Ltd., 1990: 24-31.

Yousafzai, Gulzar Jalal, and Qabil Khan. "Rudeness, Race, Racism and Racialism in E. M. Forster's 'A Passage to India'." *Dialogue*

(Pakistan) 6.1 (2011)：72-89.

［英］马修·阿诺德：《文化与无政府状态：政治与社会批评》，韩敏忠译，生活·读书·新知三联书店，2012年。

［苏联］《巴赫金全集》第六卷，李兆林、夏忠宪等译，河北教育出版社，2009年。

［法］亨利·柏格森：《创造进化论》，肖聿译，译林出版社，2011年。

［古希腊］《柏拉图全集》第二卷，王晓朝译，人民出版社，2002年。

［古希腊］《柏拉图全集》第三卷，人民出版社，2003年。

［古希腊］《柏拉图全集》第一卷，王晓朝译，人民出版社，2002年。

［英］昆汀·贝尔：《隐秘的火焰：布卢姆斯伯里文化圈》，季进译，江苏教育出版社，2006年。

［英］阿伦·布洛克：《西方人文主义传统》，董乐山译，生活·读书·新知三联书店，1997年。

岑家梧：《图腾艺术史》，学林出版社，1986年。

陈家晃、高琳佳：《〈印度之行〉解读：生态批评视角》，《安徽工业大学学报（社会科学版）》2013年第2期，第40—42页。

陈坚：《小说人物"形状"辨析——兼与马振芳先生商榷》，《北京联合大学学报》1992年第2期，第13—19页转第12页。

陈静梅：《反叛与规训：解读E.M.福斯特〈莫瑞斯〉中的同性恋再现》，《中南大学学报（社会科学版）》2007年第3期，第339—342页转第355页。

陈永森、朱武雄：《福斯特对生态帝国主义的批判及其启示》，《科学社会主义》2009年第1期，第152—156页。

程爱民：《现实主义与现代主义的兼容并蓄——试论福斯特的〈一间可以看到风景的房间〉》，《南京师大学报（社会科学版）》，1989年第2期，第53—58页。

［奥］斯蒂芬·茨威格：《人文之光：托尔斯泰·伊拉斯谟》，魏育青、俞宙

明译,漓江出版社,2000 年。

丁建宁:《〈印度之行〉的诗性和乐感》,《外国文学》2001 年第 3 期,第 58—62 页。

段德智:《西方死亡哲学》,北京大学出版社,2006 年。

[法] 阿诺尔德·范热内普:《过渡礼仪》,张举文译,商务印书馆,2012 年。

[德] 费尔巴哈:《宗教的本质》,王太庆译,商务印书馆,2013 年。

[英] J.G.弗雷泽:《金枝》,徐育新、汪培基、张泽石译,新世界出版社,2006 年。

[奥] 弗洛伊德:《精神分析引论》,高觉敷译,商务印书馆,2013 年。

[英] E.M.福斯特:《霍华德庄园》,苏福忠译,人民文学出版社,2009 年。

[英] E.M.福斯特:《看得见风景的房间》,巫漪云译,上海译文出版社,2007 年。

[英] 爱·摩·福斯特:《莫瑞斯》,文洁若译,文化艺术出版社,2002 年。

[英] E.M.福斯特:《小说面面观》,冯涛译,上海译文出版社,2016 年。

[英] E.M.福斯特:《小说面面观》,苏炳文译,花城出版社,1984 年。

[英] 爱·摩·福斯特:《小说面面观》修订本,苏炳文译,花城出版社,1987 年。

[英] E.M.福斯特:《印度之行》,石幼珊、马志行、董冀平译,重庆出版社,1988 年。

[英] E.M.福斯特:《印度之行》,杨自俭译,译林出版社,2003 年。

[英] E.M.福斯特:《最漫长的旅程》,苏福忠译,人民文学出版社,2009 年。

[俄] T.C.格奥尔吉耶娃:《文化与信仰:俄罗斯文化与东正教》,焦东建、董茉莉译,华夏出版社,2012 年。

耿焱:《论爱·摩·福斯特小说中女性的两难选择和身份/认同》,辽宁师范大学硕士学位论文,2007 年。

顾肃:《自由主义基本理念》,中央编译出版社,2003 年。

[德] 黑格尔:《黑格尔美学》第三卷上册,朱光潜译,商务印书馆, 1979 年。

[德] 黑格尔:《历史哲学》,王造时译,上海书店出版社,2014 年。

[德] 黑格尔:《美学》第二卷,朱光潜译,商务印书馆,1979 年。

[德] 黑格尔:《美学》第三卷,上册,朱光潜译,商务印书馆,1979 年。

[德] 黑格尔:《哲学史讲演录》第一卷,贺麟、王太庆等译,商务印书馆, 1959 年。

[美] 莱斯利.A.怀特:《文化的科学——人类与文明的研究》,山东人民出版社,1988 年。

黄新辉:《从〈印度之行〉看福斯特的殖民主义色彩》,《咸宁学院》2009 年第 1 期,第 37—38 页。

黄兆群:《美国的民族、种族和同性恋——关于美国社会的历史透视》,东方出版社,2007 年。

[美] 沃尔特·惠特曼:《草叶集》,楚图南、李野光译,人民文学出版社, 1994 年。

《简明不列颠百科全书》第 8 卷,中国大百科全书出版社,1986 年。

蒋龙贺:《和谐的呼唤——〈霍华德庄园〉中福斯特的生态意识解读》,福建师范大学硕士学位论文,2010 年。

金光兰:《〈印度之行〉中的意象与节奏》,《西北师大学报(社会科学版)》 2000 年第 3 期,第 50—56 页。

金光兰:《〈印度之行〉的象征意蕴》,《兰州大学学报(社会科学版)》2000 年第 2 期,第 146—152 页。

[德] 恩斯特·卡西尔:《人论》,甘阳译,上海译文出版社,2013 年。

赖永海:《宗教学概论》,南京大学出版社,1989 年。

雷玲玉:《从东方主义角度分析爱德华·摩·福斯特〈印度之行〉中的宗主国意识》,电子科技大学硕士学位论文,2015 年。

《〈梨俱吠陀〉神曲选》,巫白慧译解,商务印书馆,2010 年。

李建波:《"联结"之荒诞:〈通往印度之路〉中的婚姻母题》,《外国文学评论》1993 年第 2 期,第 38—42 页。

李建波:《福斯特小说的框架叙述及其文学动力机制》,《外语研究》2009 年第 2 期,第 94—103 页。

李建波:《互文性的呈示:E.M.福斯特小说主题概观》,《外语研究》2001 年第 4 期,第 49—53 页。

梁福江:《〈印度之行〉空间叙事策略研究》,四川外国语大学硕士学位论文,2020 年。

林晓青:《不能言说的秘密》,南京师范大学博士学位论文,2016 年。

刘敏:《福斯特〈印度之行〉的殖民主义意识解读》,《济宁学院学报》2013 年第 5 期,第 27—30 页。

刘苏:《福斯特〈印度之行〉中的反殖民主义与殖民主义意识》,《广西师范大学学报(哲学社会科学版)》2011 年第 5 期,第 58—61 页。

[英] 罗素:《西方哲学史》上卷,商务印书馆,2010 年。

骆文琳:《〈最漫长的旅程〉:福斯特对同性恋欲望的隐匿书写》,《西南农业大学学报(社会科学版)》2009 年第 6 期,第 118—121 页。

骆文琳:《福斯特小说中的婚姻与人际关系》,《重庆工商大学学报(社会科学版)》2003 年第 2 期,第 118—120 页。

吕佩爱:《马修·阿诺德的文化理论及其当代价值研究》,同济大学出版社,2015 年。

[德] 马克思、恩格斯:《马克思恩格斯选集》第三卷,人民出版社,1995 年。

马明良:《论阿拉伯—伊斯兰文化的和谐理念》,《阿拉伯世界研究》2006 年第 3 期,第 50—55 页。

马振芳:《小说艺术论稿》,北京大学出版社,1991 年。

毛世昌、刘雪岚:《辉煌灿烂的印度文化的主流——印度教》,中国社会科学出版社,2011 年。

[印度]《摩奴法论》,蒋忠新译,中国社会科学出版社,2007 年。

[美] 查尔斯·G·纳尔特:《欧洲文艺复兴的人文主义和文化》,黄奕翔译,上海三联书店,2018 年。

[德] 尼采:《权力意志》上卷,孙周兴译,商务印书馆,2013 年。

[古罗马] 普罗提诺:《九章集》上,应明、崔峰译,上海三联书店,2017 年。

[古罗马] 普罗提诺:《九章集》下,应明、崔峰译,上海三联书店,2017 年。

秦惠彬:《伊斯兰教知识读本》,宗教文化出版社,2000 年。

邱永辉:《印度教概论》,社会科学文献出版社,2012 年。

屈晓丽:《〈印度之行〉与"交往"之旅》,《首都师范大学学报(社会科学版)》2001 年第 2 期,第 88—92 页。

[瑞士] C.G.荣格:《自我与自性》,赵翔译,世界图书出版公司,2017 年。

爱德华·W·萨义德:《东方学》,王宇根译,生活·读书·新知三联书店,1997 年。

[美] 爱德华·W·萨义德:《文化与帝国主义》第二版,李琨译,生活·读书·新知三联书店,2016 年。

[美] 爱德华·W·萨义德:《知识分子论》,单德兴译,生活·读书·新知三联书店,2013 年。

《圣经》,中国基督教协会,2016 年。

[德] 莫里茨·石里克:《自然哲学》,陈维杭译,商务印书馆,2013 年。

石松:《圆型人物的"尴尬"——以〈亚瑟王之死〉与〈水浒传〉中人物为例》,《荆楚理工学院学报》2012 年第 2 期,第 32—35 页。

[美] 罗兰·斯特龙伯格:《西方现代思想史》,刘北成、赵国新译,金城出版社,2012 年。

索宇环:《解读〈印度之行〉的性别政治》,《内蒙古大学学报(哲学社会科学版)》2008 年第 3 期,第 65—70 页。

索宇环:《叙述视角与文学交流:是谁在操纵读者的同情心》,《学习与探索》2008 年第 2 期,第 199—202 页。

陶家俊:《启蒙理性的黑色絮语——从〈印度之行〉论后殖民知识分子的民族—国家意识》,《解放军外国语学院学报》2003 年第 3 期,第 83—87 页。

陶家俊:《文化身份的嬗变——E.M.福斯特的小说和思想研究》,中国社会科学出版社,2003 年。

〔美〕维克多·特纳:《象征之林》,赵玉燕、欧阳敏、徐洪峰译,商务印书馆,2012 年。

〔美〕维克多·特纳:《仪式过程:结构与反结构》,黄剑波、柳博赟译,中国人民大学出版社,2006 年。

〔法〕茨维坦·托多罗夫:《启蒙的精神》,马利红译,华东师范大学出版社,2012 年。

〔法〕茨维坦·托多罗夫:《我们与他人——关于人类多样性的法兰西思考》,袁莉、汪玲译,北京大学出版社,2014 年。

汪子嵩、范明生、陈村富等:《希腊哲学史》第二卷,人民出版社,1993 年。

汪子嵩、范明生、陈村富等:《希腊哲学史》第四卷下,人民出版社,2009 年。

〔英〕奥斯卡·王尔德:《王尔德全集:评论随笔集》,杨东霞、杨烈等译,中国文学出版社,2000 年。

王丽亚:《E.M.福斯特小说理论再认识》,《外国文学》2004 年第 4 期,第 34—38 页。

王苹:《〈印度之行〉中的生态诗学》,《四川外语学院学报》2006 年第 5 期,第 53—57 页。

王文俊:《人文主义与教育》,台北武南图书出版公司,1983 年。

王永智:《宗教与人》,西北大学出版社,2004 年。

王政:《印度教及佛教中的生殖喻象》,《世界宗教文化》1995 年第 3 期,第 29—33 页。

［德］马克斯·韦伯:《印度的宗教:印度教与佛教》,康乐、简惠美译,广西师范大学出版社,2010 年。

［意］维柯:《新科学》,朱光潜译,人民文学出版社,1986 年。

文蓉:《论〈最漫长的旅程〉中的象征意蕴》,《嘉应学院学报(哲学社会科学)》2014 年第 4 期,第 56—60 页。

吴华:《爱·摩·福斯特〈霍华德庄园〉的生态女性主义解读》,鲁东大学硕士学位论文,2017 年。

［印度］《五十奥义书》修订本,徐梵澄译,中国社会科学出版社,2007 年。

［英］克里斯·希林:《身体与社会理论》第三版,李康译,上海文艺出版社,2021 年。

［德］席勒:《美育书简》,徐恒醇译,中国文联出版公司,1984 年。

向淼:《E.M.福斯特〈印度之行〉中的复调艺术研究》,湖北民族学院硕士学位论文,2018 年。

萧莎:《作为批评家的 E.M.福斯特》,《外国文学评论》2008 年第 4 期,第 157—159 页。

许娅:《教育旅行、反观光思想和英国性——〈看得见风景的房间〉中的旅行叙事和旅行隐喻》,《天津外国语大学学报》2014 年第 3 期,第 68—73 页。

许娅:《克莱夫:福斯特笔下的柏拉图式同性恋——从小说和电影的比较看同性恋身份的不同建构》,《外国文学》2010 年第 1 期,第 139—148 页。

杨柳:《扁型人物、圆型人物在福斯特作品中的塑造——以〈天使不敢涉足的地方〉为例》,《南京工程学院学报(社会科学版)》2010 年第 1 期,第 15—18 页。

叶秀山:《前苏格拉底哲学研究》,社会科学文献出版社,2007 年。

［挪］G.西尔贝克.N.伊耶:《西方哲学史》,童世俊、郁振华、刘进译,上海译文出版社,2012 年。

殷企平:《福斯特小说思想蠡测》,《解放军外国语学院学报》2000 年第 6
　　期,第 73—76 页转 80 页。

殷企平:《英国小说批评史》,上海外语教育出版社,2001 年。

于丹:《后殖民批评"三剑客"的理论内涵及在文本解读中的运用》,《东岳
　　论丛》2013 年第 2 期,第 169—173 页。

于萍:《东西方的融合还是联结——吉卜林的〈基姆〉和福斯特的〈印度之
　　行〉的后殖民比较研究》,《吉林省教育学院学报》2009 年第 3 期,第
　　135—136 页。

岳峰:《E.M.福斯特小说中的婚姻母题》,《名作欣赏》2005 年第 10 期,第
　　9—13 页。

岳峰:《福斯特意大利小说中文化身份的嬗变》,《名作欣赏》2006 年第 2
　　期,第 75—79 页转第 80 页。

岳峰:《殖民时代旅行写作与身份认同——E.M.福斯特〈印度之行〉的跨
　　文化解读》,《河南社会科学》2007 年第 2 期,第 135—137 页。

张安琪:《缪灵珠美学译文集》第三卷,中国人民大学出版社,1998 年。

张德明:《〈印度之行〉:跨文化交往的出路与困境》,《宁波大学学报(人文
　　科学版)》2012 年第 4 期,第 63—69 页。

张福勇、王晓妮:《E.M.福斯特小说的"交响曲式"复杂节奏》,《东岳论丛》
　　2014 年第 8 期,第 187—192 页。

张福勇、王晓妮:《爱·摩·福斯特的人性观及其借鉴意义》,《外语研究》
　　2013 年第 3 期,第 97—100 页。

张福勇:《E.M.福斯特的小说节奏理论新解》,《文学理论》2009 年第 2
　　期,第 389—400 页。

张福勇:《论爱·摩·福斯特的联结观及其现实意义》,《东岳论丛》2013
　　年第 6 期,第 146—149 页。

张福勇:《论爱·摩·福斯特的自由——人文主义思想及其体现》,《鲁东
　　大学学报(哲学社会科学版)》2010 年第 5 期,第 73—78 页。

张文建:《信主独一　伊斯兰教》,世界知识出版社,1999年。

张中载:《〈印度之行〉不和谐的双声:反殖民主义与殖民主义话语》,《外国文学》2000年第3期,第40—45页。

赵博:《小说叙事美学性质与模式——福斯特"小说美学"探究》,《东北师大学报(哲学社会科学版)》2012年第5期,第156—159页。

赵国华:《外域的生殖崇拜》,《世界宗教文化》1995年第3期,第34—41页。

智量、熊玉鹏:《外国现代派文学词典》,上海文艺出版社,1999年。

庄孔韶:《人类学概论》,中国人民大学出版社,2006年。

致　谢

　　人生最大的幸福莫过于一直拥有好奇心、能够思考并领会更多的智慧和思想。本书是在我的博士论文基础上拓展完成的。在此，我衷心感谢恩师王志耕教授，在我求学期间，他用极大的耐心和宽容包容了我的愚钝和浅薄。在博士论文的撰写过程中，从选题到最终成稿，王老师都付出了极大心血。他的睿智和博学使我的思想和写作一直保持在正确的轨道上。王老师对书稿的每一部分写作都提出了中肯的建议，并一字一句地认真修改过。没有王老师的悉心指导，我的博士论文不会顺利地完成，本书也不会这么顺利地定稿。我很庆幸有了博士阶段学习的宝贵人生经历。在几年的学习中，我从王老师那里学到的不仅是文学研究的方法和严谨的治学态度，更是做人的高尚品格。王老师就像明亮的灯塔，时刻指引着我在思想的大海中前行。

　　在本书的写作过程中，我也得到了南开大学文学院的王立新教授、王旭峰老师、姚孟泽老师和薛英杰老师的帮助，他们都对书稿提出了宝贵意见。在查阅资料过程中，我也得到了南开大学图书馆员和中国民航大学图书馆员的帮助，在此一并表示感谢。

　　我还要感谢樊倩蓉、孙蒨蒨和郑薇几位师妹，她们对我一直非常关心，并给予了我很多鼓励和帮助。

最后,我要感谢我的丈夫和女儿,他们在我学习和写作期间给了我极大的支持和鼓励。我之所以能够完成本书的写作,和他们的理解和支持是分不开的。

本研究获得了天津市社科规划项目资助,本书的出版也得到了中国民航大学外语学科发展专项经费资助,在此一并向有关部门和学院领导的大力支持表示衷心感谢,同时也感谢一直支持我、关心我的同事们。

由于本人学识有限,书中错误在所难免,敬请读者批评指正。